D1507542

*Tous les cœurs
ont leur part secrète*

Rosie Thomas

Tous les cœurs
ont leur part secrète

traduit de l'anglais
par Élisabeth Renaud et Yvan Comeau

UNE ÉDITION DU CLUB QUÉBEC LOISIRS INC.
© Avec l'autorisation de Les Éditions Flammarion
Titre original: Every Woman Knows a Secret
© 1996, Rosie Thomas
© 1998, Les Éditions Flammarion ltée pour la trad. française
Dépôt légal — Bibliothèque nationale du Québec, 1999
ISBN 2-89430-398-X
(publié précédemment sous ISBN 2-89077-180-6)

Imprimé au Canada

À Lindsay

1

Hier n'est plus. Et il ne peut désormais être considéré qu'à travers ce qui est survenu entretemps. C'est ce qui permet de dire que chaque jour qui passe nous dépouille.

Jess Arrowsmith n'entretenait aucunement ce genre de pensée, du moins pas encore.

Elle avait d'ailleurs l'habitude de se concentrer étroitement sur son travail. En ce début de matinée d'hiver, c'étaient les plants, les pots et le compost qui la tenaient occupée. Si sa pensée s'évadait le moindrement, c'était pour savourer d'avance sa pause d'un quart d'heure, où elle pourrait boire sa tasse de café bien chaud.

La journée était froide, mais il régnait une agréable chaleur dans la vaste serre. Les pans de comble en verre, légèrement embués, tamisaient discrètement les rayons du soleil. Jess travaillait avec application dans une atmosphère odorante qui l'enchantait. Elle pouvait d'ailleurs en distinguer les senteurs une à une : à la base, celle de la tourbe humide, du terreau frais et des feuilles écrasées, au-dessus de laquelle flottaient les parfums les plus divers.

Elle prit une nouvelle caisse de plants parmi celles qui attendaient sur le chariot et la posa devant elle sur la table. Délicatement, tendrement, elle détacha un plant et, saisissant une feuille robuste entre le pouce et l'index, dégagea la tige et les radicelles de leur gangue terreuse. Puis elle repiqua le plant dans un pot de huit centimètres, en tassant amoureusement le compost frais autour des racines, et y ficha le bâtonnet d'identification.

Elle travaillait avec diligence et sans brusquerie, repiquant les plants l'un après l'autre. Elle ne s'arrêta qu'une fois les caisses vides. Elle aligna soigneusement ensuite les pots nouvellement remplis, vérifia les identifications et alla déposer les caisses vides dans un réduit au bout de l'allée avant de sortir de la serre.

La salle de détente des employés, au fond de la cour, était déserte. Jess laissa ses bottes à l'extérieur et se prépara un café soluble. Les doigts glacés serrés autour de la tasse brûlante, elle alla s'asseoir dans un fauteuil aux coussins affaissés et feuilleta un magazine féminin abandonné sur une chaise. Elle s'arrêta à un article consacré aux soins de beauté, illustré par des photos de mains douces et blanches, dont les longs doigts fins se terminaient par des ongles impeccables, au vernis écarlate ou lie-de-vin. Elle posa sur la page luisante sa main craquelée et terreuse, puis éclata de rire.

— Ça réjouit le cœur de voir qu'il y a au moins une personne heureuse dans cette cabane.

La femme qui venait d'entrer et de faire cette réflexion était plus âgée que Jess. Visiblement dans la cinquantaine et plutôt boulotte. Jess tourna les yeux vers elle :

— Le suis-je vraiment ?

Joyce s'affaira bruyamment avec la bouilloire, sa tasse et sa soucoupe, affichant clairement sa fatigue et sa mauvaise humeur. Jess travaillait avec elle depuis maintenant trois ans. Elle savait pourquoi Joyce était épuisée et irritable :

— Comment va ta mère ?

— C'est toujours la même chose. Mais non, ce n'est pas toujours pareil : on ne peut espérer que la sénilité régresse, hein ? Son état empire régulièrement ; elle est un peu plus perdue chaque matin. De mon côté, je perds de jour en jour un peu plus d'elle-même, parce qu'elle ne se rend plus compte de ce qui se passe autour d'elle. Elle est maintenant incapable de manger seule et je dois la nourrir bouchée par bouchée.

Jess, qui s'était contentée de prêter une oreille sympathique aux doléances de son amie, se leva et lui tapota amicalement l'épaule :

— Je ferais mieux d'y retourner.

À une vingtaine de kilomètres de la pépinière, à Ditchley, petite ville où habitait Jess, deux jeunes hommes arrivaient au gymnase situé dans une petite rue, à proximité du grand centre commercial. Comme c'était l'heure du lunch, le gymnase était presque désert. Les deux amis prirent le chemin du vestiaire. Ils enfilèrent pantalon en molleton et maillot de corps avant de boucler autour de leur taille la large ceinture des haltérophiles. Une fois dans la salle d'exercices, ils s'installèrent devant les hautes glaces et attendirent le début d'une nouvelle pièce de musique diffusée par les haut-parleurs pour commencer leur séance d'entraînement.

— Ça va, Dan, dit le plus âgé. Fais alterner les spirales et les extensions arrière.

Dan avait dix-neuf ans, trois de moins que son compagnon. Le teint brun, il avait plutôt belle apparence, bien que plus mince et moins musclé que son ami. Il prit, en les entrechoquant, une paire d'haltères courts et les soupesa après s'être placé de nouveau devant la glace. Il reprit alors ses exercices, relevant et laissant retomber chaque bras à tour de rôle, les poings bien serrés autour de la barre de chaque haltère. Ses biceps se gonflaient et se durcissaient, de même que les muscles de son cou. Ses lèvres se rétractaient pour former une grimace crispée qui découvrait ses dents. Bientôt il se mit à pousser des grognements sourds en élevant chaque haltère jusqu'à l'épaule.

Son ami le regardait faire :

— Neuf, dix, mon Danny. Onze, douze. Il t'en reste encore trois.

Il arborait un large sourire en tournant autour de lui, le raillant et l'encourageant tout à la fois. Danny termina la série de mouvements en poussant un bruyant soupir et laissa les haltères tomber sur le plancher.

— Merde, Rob !

— Maintenant tu passes aux extensions arrière.

Rob ne lui permettait pas de se reposer entre chaque série, et Danny ne voulait pas donner l'impression qu'il avait besoin d'un répit. Il alla tout de suite prendre un autre haltère et, une fois de retour devant le miroir, il plia la taille. D'une seule main, en gardant le poing rigide, il balança le poids quinze fois en le faisant monter derrière lui jusqu'à ce que son bras soit droit et en le ramenant chaque fois à son point de départ. Parvenu à quinze, il changea l'haltère de main et commença une autre série.

— Merde encore ! grogna-t-il quand il eut terminé.

Il alla reposer l'haltère à sa place, en n'oubliant pas de le bien faire sonner, puis il vint s'asseoir sur un banc en s'essuyant le front avec l'intérieur de son poignet.

Rob prit une paire d'haltères plus lourds et se plaça à son tour devant le miroir. Il souleva les bras, en laissant saillir les triceps, comme si les haltères avaient momentanément perdu leur poids.

Danny l'observait avec une admiration visible. Quant il eut terminé la série de mouvements, Rob lui fit un sourire en coin :

— Tu vois comment on fait ?

— Parfaitement, maître.

Rob fit le geste de lui donner un coup de poing et Danny le para en riant. Ils se bagarrèrent pendant une minute, allant presque à la limite du véritable affrontement.

— Viens, nous allons maintenant faire des poids et haltères, ordonna Rob.

Ils marchèrent épaule contre épaule jusqu'à l'autre extrémité du gymnase et travaillèrent une vingtaine de minutes sur les bancs avec les haltères longs. Quand ils se retrouvèrent dehors, l'après-midi commençait à peine. Danny s'arrêta sur le seuil, la courroie de son sac de sport passée négligemment sur l'épaule, et lorgna sans vergogne deux jeunes filles qui passaient. L'une d'elles tourna la tête et lui fit un sourire qui valait presque une invitation.

— Tu viens boire un pot ? demanda Rob.

Danny acquiesça de la tête et tourna le dos à la jeune fille.

Les cheveux de Rob prenaient des reflets métalliques sous la lumière qui jaillissait de la vitrine d'un magasin d'appareils électriques. Un nez mince et une bouche aux lèvres dessinées comme celles d'une femme donnaient un charme particulier à son visage aux traits harmonieux. Il ouvrait la marche en se frayant un chemin, avec ses larges épaules, parmi la foule pressée qui se hâtait d'un magasin à l'autre.

Il faisait chaud dans le pub, où flottait une odeur de bière et de cigarette. Un téléviseur clignotait au-dessus du bar. Au fond de la salle un homme en salopette, appuyé sur sa queue de billard, regardait son adversaire préparer son prochain coup. Rob alla poser une pièce de monnaie sur la bande de la table et revint ensuite vers le bar. Leur chope de bière au poing, les deux jeunes hommes choisirent une table et s'y installèrent à leur aise. Ils savouraient pleinement, à la suite de leurs épuisants exercices, ces moments d'oisiveté insouciante qu'ils entendaient bien étirer jusqu'à la fin de l'après-midi.

— Tu te débrouilles très bien, le complimenta Rob avec chaleur avant de lécher l'écume blanche de la bière sur sa lèvre supérieure.

Danny scruta le visage de son ami au cas où il y décèlerait une trace de moquerie, mais il se rendit compte que Rob était sérieux.

— Merci. Et je me sens bien maintenant.

— As-tu l'intention de poursuivre ton entraînement ?

— Oui, oui, j'aimerais bien.

Installé dans le confort relatif du pub, avec ses muscles fatigués et sa soif intense, Dan envisageait le reste de la journée, entièrement libre, avec une conscience aiguë des plaisirs que la vie pouvait lui offrir. Il se rappelait la jeune fille qu'il avait vue à l'extérieur du gymnase. De jolies jambes. Puis il l'oublia aussitôt. Il lui serait facile d'en draguer d'autres encore plus jolies : cela n'avait jamais présenté de difficulté pour lui. L'amitié de Rob, cependant, était d'un ordre différent.

Ils avaient fréquenté la même école, où l'on jouait dur, où il fallait apprendre à encaisser les coups. C'était un établissement surpeuplé, dans le quartier nord de la ville, à trois kilomètres seulement du pub où ils étaient maintenant assis. Étant donné leur différence d'âge, Rob avait alors trop d'avance sur Danny pour prendre simplement conscience de son existence. À cette époque,

Rob était un solitaire. Il était grand et fort, mais il n'avait jamais eu envie de joindre les rangs de l'équipe de football ou de pratiquer l'un des sports qui fascinaient Danny. On sentait chez Rob Ellis une maîtrise de soi et une robustesse que Danny enviait beaucoup.

Il y avait quatre mois maintenant, Danny, nouvellement inscrit à l'école polytechnique de la ville, tuait le temps tout en cherchant un emploi à temps partiel qui semblait ne pas exister. C'est alors qu'il avait aperçu Rob attablé dans un pub du centre-ville. Celui-ci, une trousse d'outils posée à ses pieds, lisait un livre de poche. Danny s'assit tout près et, comme Rob ne daignait pas jeter les yeux sur lui, il lui demanda si le livre valait la peine qu'on l'achète. Rob jeta un coup d'œil sur lui et retourna le livre pour que Danny puisse lire le titre sur la couverture. C'était un roman de Don DeLillo, un écrivain dont Danny n'avait jamais entendu parler. Ils avaient alors commencé à parler à bâtons rompus. Rob admit qu'il se souvenait de Daniel Arrowsmith, mais tout juste. Peu de temps après, ils s'étaient rencontrés pour une partie de squash, suivie d'une soirée passée à boire. Ils se lièrent d'amitié. Ils étaient tous deux de jeunes adultes, mais Danny éprouvait l'inconfortable sentiment de ne pas être l'égal de Rob. Il lui restait à développer son corps pour atteindre le forme physique de son nouvel ami. La douleur lancinante de ses épaules et des muscles de son cou lui rappelait fort à propos qu'il n'était pas à la veille d'atteindre ce but.

Dan prit une grande lampée de bière. Il se sentait heureux d'être avec Rob. La journée s'écoulait d'excellente façon.

L'homme en salopette passa devant eux :

— C'est votre tour, dit-il en tournant son pouce du côté de la table de billard.

— Merci, l'ami.

Rob soupesa une queue et en frotta le procédé avec le cube de craie :

— On parie deux livres sur la partie ?

— D'accord.

C'était l'accalmie du milieu de l'après-midi et il n'y avait plus personne au pub pour réclamer la table. Les deux jeunes gens se disputaient sérieusement la partie. Pendant que l'un faisait rouler les boules dans les poches, l'autre l'observait, les bras croisés. Ils n'échangeaient que de rares remarques.

C'est Danny qui gagna. Il alla faire remplir les deux chopes et demanda en revenant :

— On parie sur le premier qui en gagne deux ?

Après avoir perdu la seconde partie, il gagna la troisième. Incapable de retenir un large sourire, il empocha l'argent de Rob.

— Tu t'es exercé, ça paraît, concéda Rob. Et moi qui pensais que les étudiants n'étaient pas censés sécher les cours, mais plutôt étudier et se préoccuper de leurs prêts-bourses et de leur curriculum vitæ...

— Le temps des études n'est pas l'époque idéale pour la bière, le sexe et le billard, mon pote.

— Je serais porté à le penser.

Ils se retrouvaient sur un terrain glissant. Rob n'avait pas pu se qualifier pour l'université, même pas pour l'école polytechnique locale à laquelle Dan était inscrit. Il travaillait à son propre compte comme menuisier ; il équipait des cuisines d'armoires préfabriquées, quand il avait de la chance, et se résignait à construire des étagères quand les commandes intéressantes se faisaient rares. Il n'aurait pas fallu une grosse étincelle pour qu'éclate une querelle sur les conditions de vie qui les opposaient.

— Tu veux boire un autre pot ? demanda Danny en haussant les épaules.

Ils avaient vidé chacun trois chopes et l'après-midi tirait à sa fin. Le bar se remplissait à nouveau avec de petits groupes de compagnons de travail qui, leur journée terminée, déposaient leur serviette par terre et laissaient tomber leur imperméable sur un dossier de chaise. Danny, voyant leur refuge envahi, en éprouvait de l'ennui.

— Non, mais je mangerais bien un morceau.

Dehors, il bruinait. Les voitures avançaient à la queue leu leu sur la voie maintenant engorgée. Les deux amis hésitèrent, remontèrent le col de leur blouson et coururent sous la pluie. La plupart des boutiques fermaient, mais il y avait un café au coin de la rue. Rob tendit le doigt dans cette direction et ils y coururent.

Ils commandèrent une friture. Après avoir pris quelques bouchées, Rob s'arrêta, la fourchette en l'air :

— Qu'est-ce que tu envisages de faire ce soir ?

Il regardait Danny en tournant à peine la tête. Ses yeux verts largement fendus exprimaient une espèce de défi, qui n'avait rien de volontaire.

Son ami hésita :

— Je devrais retourner chez moi.

Il logeait encore chez sa mère. Ça coûtait moins cher que de vivre en appartement, et sa bourse d'études était maigre.

— Ben oui, pauvre gars. Tu ne veux pas t'attirer des ennuis parce que tu rentres tard.

Ils rirent. L'optimisme envahit Danny encore une fois, et la bière qu'il avait bue n'y était pas étrangère. La porte du café s'ouvrit. Le vent et la pluie s'engouffrèrent à l'intérieur en même temps qu'un groupe de filles.

Elles étaient quatre. Elles portaient des imperméables légers, luisants de pluie, qu'elles retirèrent, découvrant leurs jupes courtes et leurs tricots de laine épaisse et moelleuse. Elles vinrent bruyamment s'installer dans le compartiment voisin de celui des garçons. Elles bavardaient et riaient nerveusement. L'une d'elles avait des jambes longues et minces, mises en valeur par un collant opaque noir et des bottillons à talons hauts. Elle ramena sa longue chevelure sombre derrière sa tête, sépara sa frange au milieu du front et regarda fixement Danny.

Deux minutes plus tard, les garçons décidaient d'aller s'asseoir avec les filles.

— S'il vous plaît, dit l'une d'elles en faisant la moue, il s'agit d'une fête privée.

— Nous n'avons rien contre les fêtes privées. N'est-ce pas, Dan ?

— Pas du tout. Qu'est-ce que vous célébrez, les filles ? Nous allons vous donner un coup de main, si vous voulez.

— C'est l'anniversaire de Kim, les informa la fille aux cheveux noirs, sans cesser de regarder Dan.

Rob fit claquer ses doigts :

— Aucun problème. Les anniversaires sont justement notre spécialité, et les anniversaires de Kim sont nos préférés. Garçon, apportez des fleurs, du caviar, du champagne.

— Vous avez du toupet, lança la moins jolie des quatre.

— Du champagne? pouffa la troisième. Ici? Ce serait plutôt l'endroit où commander deux tasses d'eau chaude, avec un seul sachet de thé.

— Nous allons plus tard dans un café, fit savoir à Danny la fille aux cheveux noirs.

Les jeunes filles semblaient attirées par Dan, avec son air de douce vulnérabilité. Ce n'était absolument pas le cas de Rob. Danny hocha la tête d'un air sérieux :

— Comment t'appelles-tu?

— Cat.

— C'est un vrai nom, ça?

— Cat, pour Catherine, tu vois?

Matin et soir Jess parcourait en voiture, de façon machinale, les vingt kilomètres qui séparaient sa maison de la pépinière. La route lui était si familière que plus rien, dans le paysage, n'attirait maintenant son attention. La ville de Ditchley, où elle habitait, se trouvait au cœur même de l'Angleterre. Elle n'était ni au nord ni au sud. Bien que peu éloignée de cités importantes comme Birmingham, Sheffield ou Nottingham, qui auraient pu l'éclipser totalement, ce n'était plus un bourg insignifiant. Jess, qui y avait grandi, avait vu la campagne environnante avalée par d'importants lotissements, de vastes complexes commerciaux, des pépinières et de petites industries. Les espaces cultivables avaient rétréci et s'étaient retrouvés ceinturés de grandes routes, de sorte qu'il lui semblait vivre sur une île triangulaire délimitée par de larges rubans d'asphalte. La ville avait gardé le même aspect sans éclat, qui restait passable malgré la souillure imputable à une modernité poisseuse. Ditchley arrivait à garder son rang, mais elle avait pris une allure quelque peu vieillotte et ridicule avec sa zone piétonnière et son stationnement étagé. Elle donnait l'impression d'une matrone d'âge mûr faisant des efforts pour endosser une tenue trop jeune pour elle. Jess fit alors une moue désabusée : ce n'était pas son patelin qui avait vieilli, mais plutôt elle-même.

Le voyage de retour, malgré son caractère routinier et banal, avait sur elle un effet calmant. C'était le meilleur moment de la journée. Elle aimait la façon dont le chemin sinuait à travers les champs avant d'atteindre les échangeurs aux garde-fous orange ; elle prenait plaisir à tracer avec sa voiture les arabesques exigées par les deux ronds-points qui lui permettaient d'accéder aux rues coquettes la conduisant à l'impasse où elle habitait.

Quand elle s'engagea dans l'allée, aucune lumière ne brillait aux fenêtres de la maison blottie derrière une haie mal entretenue.

Jess entra et donna de la lumière. Elle jeta un regard sur les enveloppes de papier kraft oubliées sur la tablette du portemanteau et passa dans la cuisine sans les ramasser. D'un geste automatique, elle balaya les miettes qui jonchaient la table et les jeta dans l'évier. Elle ouvrit la porte du congélateur, où se trouvaient soigneusement empilés une bonne douzaine de plats préparés, puis la referma d'un geste brusque.

Tout était en ordre dans le living-room et une chaleur confortable y régnait, le chauffage central s'étant déclenché automatiquement une heure auparavant. La pièce regorgeait de plantes vertes : des ficus aux feuilles tombantes, des palmiers nains, des géraniums à fleurs rouges, roses ou blanches. Jess alla d'un pot à l'autre, touchant la terre du bout des doigts à la base de chaque plante pour en vérifier l'humidité. Le téléphone sonna.

— Jess, c'est moi. Comment s'est passée ta journée ?

C'était sa sœur, Lizzie, qui appelait. Jess sourit et fit trois ou quatre pas, laissant se dérouler derrière elle le fil du téléphone, pour aller s'asseoir dans le fauteuil le plus confortable.

Lizzie habitait à vingt kilomètres de Ditchley. Les deux sœurs s'arrangeaient pour se parler chaque jour.

Lizzie, affalée sur le canapé, massait son cou de sa main libre et posait un regard absent sur les jouets éparpillés sans ordre sur le tapis. Une tache de nourriture de bébé séchait sur son tricot : elle la gratta avec ses ongles en fronçant les sourcils. Elle avait quatre ans de moins que Jess. Quand elle avait voulu embrasser la carrière de comédienne, partagée entre le dégoût pour le travail de serveuse, qui assurait sa subsistance, et l'espoir de frapper un grand coup au théâtre ou à la télévision, Jess était déjà mariée et mère. La famille de sa sœur lui tenait lieu alors de second foyer. Elle y revenait chaque fois qu'elle en sentait le besoin, tout particulièrement après une déception artistique ou amoureuse.

— J'ai eu une journée très ordinaire. Pas mauvaise cependant. C'est plutôt agréable de travailler dans les serres en ce temps-ci de l'année.

Le front de Lizzie se plissa : il était temps que Jess se reprenne en main, qu'elle donne un coup de barre pour réorienter sa vie :

— Toute seule, au milieu du terreau, des pots de fleurs, des racines et du fumier ?

— C'est du compost. Et c'est à l'extérieur qu'on le manipule. On n'en transporte jamais dans les serres. J'aime la paix et la tranquillité, Lizzie.

— Jess, j'aimerais bien que tu quittes cet endroit.

— Je me trouve bien où je suis.

Lizzie essaya de rassembler suffisamment d'énergie pour relancer sa campagne visant à améliorer la vie de Jess, mais elle se sentait trop fatiguée. La journée avait été dure et longue avec son bébé de vingt mois. Il dormait maintenant, rose et fleurant bon après son bain. La joie qu'elle éprouva à penser à lui effaça l'inquiétude qu'elle nourrissait pour sa sœur.

Tandis qu'elles bavardaient, s'échangeant les petites nouvelles de la journée, Lizzie entendit un bruit de clé dans la serrure : c'était son mari qui rentrait. Elle leva la tête en rougissant et mima un long baiser. Elle forma le nom de Jess avec ses lèvres en réponse à la question muette de son mari, qui sortit de la pièce. Lizzie savait qu'il montait sur la pointe des pieds pour aller contempler avec émerveillement son fils endormi.

Lizzie songeait, comme il lui arrivait de le faire une douzaine de fois par jour, qu'elle ne pouvait pas tout à fait croire à tant de bonheur. Maintenant âgée de trente-neuf ans, elle avait en moins de deux années et demie rencontré l'homme de sa vie, l'avait épousé et avait donné naissance à un enfant. Par ailleurs, juste au moment où la vie lui souriait, le mariage de Jess avec Ian arrivait acrimonieusement à son terme, après avoir duré vingt-trois ans.

— Si c'est ce que tu penses, je ne peux rien faire pour t'en empêcher, ma chère.

— Liz, je sais ce que tu souhaites pour moi. Tu désires que je sois heureuse, qu'un homme partage ma vie, que je vive des expériences semblables aux tiennes. Mais nos valeurs ont toujours été totalement différentes. Pourquoi devrions-nous maintenant commencer à nous ressembler en tout ?

— Je ne veux pas que tu restes seule.

Jess, l'avenir de Jess, était le point sombre dans le bonheur tout neuf, tout brillant de Lizzie. Si seulement sa sœur ne se complaisait pas de façon morose dans sa solitude ! Si seulement quelque chose d'heureux lui arrivait, comme à elle-même ! Une source de tendresse maternelle avait jailli chez Lizzie avec la naissance de son enfant, et le trop-plein se déversait sur Jess.

— Eh bien, je ne suis pas seule, n'est-ce pas ? J'ai de la chance.

Lizzie rassembla ses cheveux sur son épaule, comme si elle posait pour une photo.

— Ma chérie, tu ne peux pas vivre en fonction de lui, ce n'est bon pour aucun de vous deux.

Jess répondit d'un ton égal, où Lizzie crut reconnaître un avertissement :

— Je ne vis pas en fonction de lui ou de qui que ce soit d'autre. J'ai été épouse et mère pendant vingt-trois ans. Maintenant j'aspire à être tout simplement ce que je suis.

Un silence embarrassé s'installa entre les sœurs.

— Je suis désolée, finit par s'excuser Lizzie.

Jess sourit au combiné :

— De quoi ? D'être toi-même ?

Elle devint momentanément la consolatrice ; les rôles étaient inversés une fois de plus.

— Comment va Sock ? Que fait-il ? continua Jess.

Baptisé Thomas Alexandre, le bébé de Lizzie avait toujours été désigné sous le nom de Socrate quand il était dans le sein de sa mère. Après sa naissance, on avait continué à l'appeler Sock.

— Il dort enfin, Dieu merci ! répondit Lizzie d'une voix légère. Il était hyperactif aujourd'hui, une vraie tornade.

Sock était une source de joie pour tout le monde. Le voir, le sentir, le toucher ravissait Jess. Sa tête ronde et son teint de pêche lui rappelaient ses propres bébés. Elle tourna la tête pour regarder les photos de ses enfants, bien en évidence dans leurs cadres sur la petite table à côté de son fauteuil. Voir Sock équivalait presque à les retrouver bébés encore une fois.

— Il a appris beaucoup de nouveaux mots, continuait Lizzie.

— Lesquels ? Qu'est-ce qu'il dit ?

Les deux sœurs pouvaient parler sans fin de ses progrès. C'était un sujet qui ne créait jamais de désaccord entre elles.

— James va s'en occuper demain. Je vais à Londres pour le message publicitaire. Tu sais, la pub de crème pour les mains. Je suis en train de me noyer dans les échantillons qu'on m'a donnés. Est-ce que tu en veux ?

— De la crème pour les mains ? Certainement. Est-ce qu'on peut l'utiliser par intraveineuse ?

— Pourquoi pas ? J'espère seulement qu'ils ne s'attendent pas à ce que je puisse mentionner ça dans un spot de trente secondes. Oh ! excuse-moi, je dois maintenant te quitter.

James était réapparu. Il avait troqué ses vêtements de ville contre un pantalon en velours côtelé et un pull. Il fit le geste de remplir un verre pour lui demander si elle désirait prendre un apéritif. Elle brandit son poing droit en l'air pour traduire un assentiment enthousiaste.

— Ça va, Lizzie. J'espère que tout ira bien pour le message publicitaire. Rappelle-moi bientôt.

— Demain soir ou après-demain. Jure-moi que tu vas bien.

— Il n'y a rien qui cloche.

— Bonsoir, Jess.

James vint la rejoindre après qu'elle eut raccroché, la serra contre lui et l'embrassa passionnément :

— Enfin ! Comment vas-tu, mon amour ?

— Pour être franche, gémit-elle en passant un bras autour du cou de son mari, je me sens bien grasse et un peu trop mère poule.

— Tu es merveilleusement belle. Tu es merveilleusement douce dans mes bras.

— Oh! Jim, que pouvait bien être ma vie avant toi?

Jess monta lentement à la salle de bains et y renversa sur le plancher un panier plein de vêtements sales. Elle se pencha pour les trier, ramassa une brassée et descendit à la cuisine la déposer dans la lessiveuse, dont elle referma énergiquement la porte à hublot avant de mettre la machine en marche. Pendant que les vêtements tournoyaient dans l'eau savonneuse, elle mit à réchauffer une boîte de soupe. Quand la soupe se mit à bouillir, elle la versa dans un bol, qu'elle apporta avec elle dans la salle de séjour. Elle regarda ensuite les informations télévisées tout en mangeant.

Le café était bondé. C'était l'une de ces populaires soirées animées par un *disc-jockey*. Danny dansait avec Cat. Il arborait un large sourire et sautillait sur place en pliant et redressant rapidement les genoux comme s'il était mû par des ressorts. D'une main, il tenait une bouteille par le goulot, tandis qu'il agitait l'autre au-dessus de sa tête. Les quatre filles, tout comme Rob et Danny, avaient passablement bu. La fête s'était d'abord transportée du café à un nouveau pub pour prendre un nouvel élan, puis ils étaient tous revenus au café. Les premiers moments de cette journée paraissaient bien loin à Rob, comme si le temps avait perdu, depuis, toute mesure. La musique tonitruante lui semblait sortir directement de sa tête. Il ferma les yeux. Quand il les rouvrit, il découvrit Cat, debout devant lui, qui essayait de lui dire quelque chose. Elle était jolie : il s'en rendait compte pour la première fois. Un petit visage triangulaire, des yeux gris et une frange humide collée à son front. Il savait, pour avoir dansé avec elle, qu'elle était mince et d'ossature délicate. Elle avait, pour tout dire, une grâce féline.

— Quoi?

Elle répéta en criant, la bouche collée contre son oreille. Il sentit son haleine chaude sur son visage.

— Où est Rachel?

Rachel? Oui, celle des quatre qui était sans beauté. Elle se trouvait avec eux une minute ou une heure auparavant. Il haussa les épaules et Cat s'éloigna. Rob rejoignit Danny au bar. Ils commandèrent encore de la bière et, quand Danny inclina sa bouteille au-dessus de sa bouche, une trace de mousse argentée coula sur son menton. Il l'essuya et se pencha vers Rob pour s'appuyer contre lui. Mais les deux gaillards chancelèrent et s'accrochèrent l'un à l'autre pour ne pas tomber.

— Ce n'est pas une mauvaise soirée, décréta Dan avec un large sourire.

— Au contraire.

— Je retourne auprès d'elle.

— Auprès de qui?

— De Cat.

— Merde! Elle me plaisait bien, à moi aussi.

Le sourire de Dan s'élargit :

— Pas de chance, mon ami. La place est déjà prise.

— Qui va conduire alors? Je comptais sur toi.

La vieille camionnette de Rob était stationnée tout près. En sortant du pub, ils s'y étaient tous entassés. Rob se rappelait avoir ri avant d'enfoncer brutalement la pédale d'accélération pour faire démarrer le véhicule au moteur antique. Ils avaient roulé pendant quelques minutes, d'un feu de circulation à l'autre, sur la chaussée luisante de pluie, avant d'atteindre l'ancien entrepôt qui abritait le café.

— Nous prendrons un taxi, répondit vaguement Dan avec un sourire bienheureux qui eut l'heur de déplaire à Rob.

— Va te faire foutre, alors.

L'antagonisme latent qui les opposait refit surface.

— Que dirais-tu de finir la soirée avec... Comment s'appelle-t-elle déjà... Kim?

— Merci.

Cat revint :

— Rachel est aux toilettes. Elle ne se sent pas bien.

— Qu'est-ce qu'on fait alors? lui demanda Dan en prenant une gorgée de bière.

— Nous allons la raccompagner chez elle.

— Toutes les trois ? Vous allez devoir la porter ?

La lèvre supérieure de Cat se pinça pour former un triangle inversé par rapport à celui de son visage :

— Attendez une minute alors, hésita-t-elle.

Il y avait de la bière répandue sur le bar et aussi sur le plancher, où elle collait aux pieds. Les deux jeunes gens reconnaissaient dans la foule, qui se pressait sur deux et même trois rangs, plusieurs figures familières. Le barman, qui transpirait dans son tee-shirt maculé, était lui-même un habitué du gymnase. Ce rassemblement prit soudain un aspect tribal, et la crise un peu mystérieuse qui venait d'éclater chez les filles ranima la connivence entre les deux amis. Ils tournèrent le dos à la piste de danse houleuse. Le barman les aperçut et leur fit passer deux bouteilles décapsulées. Danny choqua la sienne contre celle de Rob et ils trinquèrent en rejetant la tête en arrière. Perdus au milieu des danseurs qui s'agitaient au son d'une musique assourdissante, ils avaient presque oublié Cat quand elle réapparut devant eux accompagnée de Kim :

— Nos deux copines sont parties.

Danny lui prit le poignet. Son large sourire, qui découvrait ses dents, rappelait la bête de proie.

— Venez alors. Nous allons vous reconduire.

La pluie s'était transformée en bruine une fois de plus. À l'avant de la camionnette, Cat s'assit sur les genoux de Danny, alors que Kim s'était recroquevillée dans l'espace étroit derrière la banquette, le menton appuyé sur l'épaule de Danny. Ils avaient cessé de rire et de chanter. Rob regardait devant lui, les sourcils froncés, cherchant à voir la route à travers le va-et-vient hypnotique des essuie-glace. La carrosserie de la camionnette vibrait au même rythme que le ronronnement du moteur. Sur une autre fréquence, les quatre jeunes gens entendaient clairement les chuchotements ambigus de leur appétit sexuel.

Jess lava la casserole qui lui avait servi à réchauffer la soupe et rangea bol et cuillère à leur place respective. En passant dans le vestibule, elle jeta un coup d'œil à la chaîne de sécurité qui pendait librement sur la porte. Elle consulta sa montre, hésita deux ou trois secondes tandis qu'une vague d'anxiété traversait son esprit, puis monta à sa chambre. Elle s'assit sur le bord de son lit, où elle avait hâte de s'étendre, et se pencha avec effort pour délacer ses souliers.

Cat louait une chambre dans une invraisemblable maison sentant le moisi, près du chemin de fer. Pendant que les autres attendaient qu'elle trouve sa clé dans son sac, un train de marchandises passa à vitesse réduite. Rob imagina de gros conteneurs scellés, remplis de déchets atomiques, qu'on transportait de quelque part à quelque part ailleurs à la faveur de l'obscurité nocturne : il frissonna comme si une main glacée s'était posée sur lui.

— Il n'y a pas grand-chose à boire, s'excusa Cat. Un peu de vodka, je crois, si ça fait votre affaire. Elle a été laissée ici par un visiteur.

Elle sortit une bouteille à moitié vide d'une petite armoire au-dessus de l'évier.

— J'en prendrai volontiers, dit Rob.

Ils s'étaient remis à rire. Les deux garçons, qui trébuchaient à chaque pas dans la chambre en désordre, avaient un aspect incongru et disproportionné dans cet espace exigu. Kim, se regardant dans le miroir de son sac, étira ses lèvres pour y mettre du rouge. Son bâton glissa et lui peignit les dents plutôt que les lèvres. Son rire nerveux se changea bien vite en hoquet.

Cat leur donna à chacun un verre rose avec une once de vodka au fond. Danny le prit, le déposa sur une petite table et l'oublia. Cat glissa une cassette dans son lecteur, et une musique étourdissante remplit la chambre. Elle rit et baissa le volume, puis se laissa tomber sur son lit, à côté de son amie.

Danny marmonna :

— Je vais en rouler un.

Il s'assit près de la petite table, sortit une blague de sa poche et commença à fabriquer un joint de marijuana en chantonnant.

Puis les deux garçons s'assirent sur le lit, encadrant les filles, et la cigarette grossièrement roulée passa de l'un à l'autre. Les jambes noires de Cat, hardiment allongées, excitèrent la convoitise de Danny. Il tapota la courbe d'une cuisse du bout des doigts et se mit à la caresser, délicatement d'abord, puis de façon plus insistante.

Il prit une longue respiration et garda l'air dans ses poumons. Puis, sans crier gare, il se leva brusquement.

La chambre tournoyait, mais il n'en avait cure. Une lumière brillait dans sa tête, une lumière dorée qui se décomposait en étoiles. Elle lui inspirait le sentiment d'une puissance qu'il brûlait d'exercer. Il arborait un sourire qui se voulait à la fois promesse et menace. Sa bouche était sèche et il sentait ses dents grincer. Il abaissa son regard sur Cat et vit qu'elle le considérait avec étonnement. Kim avait fermé les yeux et sa tête reposait sur l'épaule de Rob.

Danny étendit le bras d'un geste impérieux. Il allait prononcer des paroles mémorables, mais il ne savait plus quoi. Aucune importance. Il s'agenouilla plutôt aux pieds de Cat. Elle se pencha lentement vers lui, jusqu'à ce que leurs fronts se touchent. Elle l'embrassa alors légèrement sur la bouche, mais ses doigts se crispèrent dans les cheveux du jeune homme en manière d'avertissement.

Danny murmura :

— Je t'aime.

Cat éclata d'un rire moqueur :

— Je sais ce que ça veut dire. J'ai déjà entendu la chanson.

— Non, non. Je t'aime vraiment.

— Évidemment que tu m'aimes.

Cette désinvolture l'irrita. Il prit le menton de Cat dans sa main et lui tordit légèrement la tête. La lumière dorée qui illuminait son cerveau avait maintenant fait place à des éclairs d'un rouge sinistre, tandis que son cœur battait follement.

— Allons, sois gentille.

— Tu me fais mal !

— Tu aimes ça.

— Non ! Arrête.

Il la renversa sur le dos et glissa sa main sous sa jupe :

— Cesse de minauder. Tu sais bien pourquoi nous sommes ici. Écoute, je t'aime, et je parle sérieusement.

— Moi aussi, je parle sérieusement.

Cat, cédant à la panique, haletait maintenant. Le changement survenu dans sa voix surprit Kim, qui ouvrit grand les yeux.

Rob craignait la violence. D'en voir la manifestation et, tout particulièrement, d'en entendre les échos, réveillait en lui la panique et la terreur. La façon dont elle survenait soudain, même dans le climat de griserie qui régnait dans la chambre, paralysa ses membres. Au cours des minutes qui suivirent, il aurait voulu fondre et disparaître, mais il se reprit et s'interposa. Même s'il se sentait impuissant et malhabile devant cette situation scabreuse, sa réaction fut rapide et décisive, à la hauteur du comportement qu'il s'était exercé à adopter en toute circonstance.

L'air frais fouetta le visage de Rob. Il ne pouvait plus se rappeler où il avait garé la camionnette. Danny, appuyé à la rampe de l'escalier, regardait d'un air hébété les poubelles alignées près du trottoir, en essayant d'effacer le rouge qu'il avait sur les lèvres.

Rob lui cria :

— Hé toi ! le mauvais joueur, grouille-toi et arrive, veux-tu ?

Rob se mit à courir dans la direction où il espérait trouver la camionnette. Danny le suivit en martelant le sol de son pas lourd. Des démons bien plus menaçants rattrapaient Rob. Des images de violence s'amoncelaient avec force derrière lui et surgissaient dans l'obscurité. Alors il accéléra, tourmenté par la hantise d'un coup qui lui serait bientôt asséné entre les épaules.

Ils trouvèrent la camionnette par pure chance et s'y engouffrèrent. Rob réveilla d'un énergique coup d'accélérateur le vieux moteur fatigué et recula en faisant crisser les pneus, avant de quitter à toute vitesse la rue où habitait Cat. Il essayait de se rappeler quelle route ils avaient empruntée en sortant du café et quelle direction il fallait prendre maintenant. Les rues formaient un triangle complexe et lui apparaissaient toutes pareilles. Danny, assis sur le siège du passager, était affalé contre la portière.

Rob tourna furieusement la tête de son côté :

— Où diable est-ce qu'on est ?

— Je suis désolé, je ne sais pas ce qui est arrivé. J'ai tout simplement perdu la tête. Tu vas me couvrir, hein ? Ce sera notre parole contre celle des filles, n'est-ce pas ? Si on a des ennuis, je veux dire.

Rob murmura entre les dents :

— Toi, petit merdeux...

Mais il n'alla pas plus loin. On lui avait personnellement déjà asséné des mots qui ressemblaient trop à ceux qui lui venaient à l'esprit.

Ils finirent par atteindre la route qui contournait la ville. Le véhicule roula sur une bosse et le cahot fit sonner, comme un avertissement, les outils remisés à l'arrière. Rob donna un coup de volant pour corriger la trajectoire et jeta un coup d'œil dans le rétroviseur. Il vit alors les clignotants bleus d'une voiture de police. Il jura. Danny le regarda avant de tourner la tête pour voir derrière.

— Merde ! vas-y ! hurla Danny. Vas-y, pour l'amour de Dieu !

Rob enfonça son pied sur l'accélérateur. La camionnette vibra, gémit et prit de la vitesse. À une heure trente de la nuit, il n'y avait presque pas de circulation. Ils roulèrent à une vitesse folle, rendus sourds par le bruit infernal du moteur. Pendant une minute ou deux, il leur sembla que la voiture de police perdait du terrain.

— Ouais ! vas-y, mon homme ! cria Danny, soudain pris d'enthousiasme.

Mais la sirène de la police se rapprochait d'eux et ils l'entendaient par-dessus le rugissement du moteur. La camionnette vibrait et donnait l'impression qu'elle allait tomber en ruine.

Rob regardait droit devant lui. Il y avait un pont. De larges graffitis en souillaient les piliers.

Des feux étincelants jaillirent soudain en direction opposée. Un éblouissement. La route avait disparu.

Les freins, appliquer les freins. Un long grincement lui déchira la tête. L'écho d'un écho. Et puis la collision. L'éclat du verre brisé, du métal tordu. Et la douleur.

Rob bougea la tête. Il sentit l'air frais sur sa gauche et vit une lumière : c'était celle d'un phare avant de la camionnette, orienté dans un angle impossible. Il regarda à sa gauche, la banquette était vide, la portière ouverte. Danny avait-il détaché sa ceinture de sécurité ? Ou bien, dans sa hâte en partant de chez Cat, avait-il oublié de l'attacher ?

Défaire la sienne lui causa une douleur poignante. Il avala sa salive en grimaçant et ouvrit la portière d'un coup d'épaule. Il se laissa tomber sur le gazon et nota une voiture tout près. Quelqu'un accourait vers lui. Il se releva et contourna l'arrière de la camionnette, car l'avant était entièrement écrasé contre un pilier du pont.

Danny était étendu sur l'accotement. Rob s'agenouilla à côté de lui. Du sang coulait de son oreille et de son nez.

— Allons, mon pote, dit-il en se penchant au-dessus lui. Lève-toi maintenant. Ne fais pas l'idiot. Lève-toi, veux-tu ?

Des mains derrière lui le saisirent par les bras et le tirèrent.

— C'est mon copain, il va bien, criait Rob. Qu'est-ce que vous lui faites ?

Un policier s'agenouilla près de Danny.

2

Les voitures ralentissaient en approchant de la camionnette embou-
tie, de la voiture de police surmontée d'un phare giratoire et des
éclats de verre qui brillaient sur l'asphalte mouillé.

La lumière intermittente des phares brûlait les paupières de
Rob. Dans chaque voiture qui passait, il apercevait la tache blafarde
des visages qui se tournaient avec curiosité. Il aurait voulu crier,
mais il ne faisait que cligner des yeux. Quelque chose de gluant
coulait sur sa joue droite. Le policier qui le retenait le fit asseoir sur
l'accotement :

— Tu es blessé, lui répétait-il. Tu es blessé. Ne t'inquiète pas
pour ton compagnon.

Il ne pouvait pas voir Danny, parce qu'un policier, penché au-
dessus de son ami, faisait écran. Il parlait dans son appareil radio.
Rob porta son regard vers les voitures qui approchaient sur la route
et tenta, malgré son étourdissement, de reconstituer ce qui venait
d'arriver. Tout avait basculé en une fraction de seconde, mais il ne
pouvait pas se souvenir de cet instant précis. Il avait l'impression
de se tenir devant un miroir dont le tain avait disparu à l'endroit
même où aurait dû apparaître l'image qu'il voulait voir. En revanche, tout ce qu'il voyait maintenant autour de lui avait des contours précis, telle la visière luisante du képi que portait le policier
accroupi à ses côtés. Sa mémoire lui permettait aussi de revoir
nettement la chambre de Cat, ainsi que les deux filles et le verre de
vodka qu'il avait à la main. Mais la tache du milieu, là où il aurait

voulu fixer son regard, n'était qu'un trou vide. Il ne se souvenait pas non plus d'avoir fait une embardée, ni d'avoir freiné, ni d'avoir percuté les piliers du pont.

Il passa ses mains sur son visage et s'aperçut que du sang coulait d'une blessure qu'il s'était faite au front.

Le policier se releva et Rob put de nouveau voir Danny, couché sur le côté, recroquevillé sur lui-même comme s'il dormait. Mais son visage d'une pâleur extrême était défiguré par le sang qui, du nez et d'une oreille, coulait sur sa joue et sa mâchoire. Un cri sortit de la poitrine de Rob, tel un rugissement :

— Danny ! Dan ! Ouvre les yeux. Ouvre-les !

Rob tenta de se lever. Une main posée sur son épaule le maintint assis.

— Peux-tu m'entendre, Dan ?

— Ça va, mon gars. Reste tranquille. On attend l'ambulance.

Comme une réponse, le hurlement des sirènes déchira la nuit en même temps qu'apparurent les lumières bleues des gyrophares, qui avançaient rapidement sur l'autre voie. Deux policiers, vêtus de blousons fluorescents d'un vert tirant sur le jaune, émergèrent bientôt d'une Range Rover blanche. L'un se plaça au milieu de la chaussée pour ralentir la circulation clairsemée, l'autre courut vers le blessé.

D'autres sirènes et d'autres gyrophares approchaient. Des voitures de police ouvraient la voie à l'ambulance et, aussitôt qu'elle se fut immobilisée sur l'accotement, l'équipe paramédicale se précipita vers Danny.

Un des policiers nouvellement arrivés s'accroupit devant Rob. Le jeune homme nota le col serré de sa chemise et même les poils mal rasés de sa barbe sous la lèvre inférieure.

— Es-tu blessé ?

— Non, pas vraiment.

La sensation revenait dans son corps. Une douleur diffuse, à laquelle s'ajoutaient parfois des élancements qui le transperçaient comme autant de coups de poignard, se propageait dans tout son corps.

— C'est toi qui conduisais ?

Rob entendait le dialogue syncopé des postes émetteurs-récepteurs et le crépitement des pneus sur la chaussée mouillée. Il leva la tête :

— Ouais, je conduisais.

— Donne-nous ton nom et ton adresse, mon gars, demanda le policier en ouvrant son calepin. Et aussi le nom et l'adresse de ton ami.

Il sembla à Rob que le temps était suspendu, figé malgré le va-et-vient continu autour de lui, le crachotement des radios et les rapides échanges verbaux des membres de l'équipe paramédicale. On s'occupait de Danny, on se penchait au-dessus de lui, on lui envoyait la lumière crue des lampes torches dans les yeux.

Rob murmura de façon inaudible, comme si sa bouche avait perdu tout contrôle : « Tu t'en sortiras. Tu t'en sortiras. »

On introduisit un tube dans la gorge de Danny. Il y avait autour de lui un cercle affolé d'où Rob était exclu.

— Il faut faire venir un hélicoptère, déclara un ambulancier.

Quand Rob entendit donner cet ordre, il fut frappé par l'évidence que Dan pourrait mourir.

Quelle absurdité ! On vit, on prend un verre, on fume un joint et, la minute d'après, on est étendu sur l'accotement d'une route, en train de mourir. Une rage démentielle s'empara de lui. Il aurait voulu régler ce non-sens avec ses poings, l'oblitérer, l'anéantir.

— Est-ce que tu as bu ? lui demandait le policier.

C'est alors seulement que la question s'imposa et que l'évidence envahit son cerveau : « Est-ce moi qui ai fait ça à Danny ? » Il n'y avait qu'une réponse : « Oui, c'est moi. »

— Est-ce que tu as bu ? répétait le policier.

Le souvenir de ce qui s'était passé juste avant et juste après l'accident s'effaçait de la mémoire de Rob. Les lumières bleues se multiplièrent à l'infini sur sa rétine ; les visages devinrent imprécis, s'élargirent, de sorte que Rob ne pouvait plus voir distinctement les yeux du jeune policier.

Il bougea les lèvres :

— Pas beaucoup. Seulement deux ou trois consommations.

Sa voix se brisa et les mots qu'il aurait voulu ajouter restèrent pris dans sa gorge.

Les brancardiers étaient à genoux à côté de Danny. Ils tenaient au-dessus de lui un sac d'où sortaient des tubes.

Un autre policier vint à Rob avec une petite boîte noire munie d'un tube blanc, qu'on introduisit dans sa bouche.

Il fit ce qu'on lui demandait de faire : il souffla.

Des gens allaient et venaient. Il entendait des voix au-dessus de sa tête, mais il ne pouvait plus entendre ce qu'elles disaient. Et le policier lui posa d'autres questions, tandis qu'un ambulancier examinait sa tête, la penchait à droite et à gauche, tirait ses bras vers le haut et dirigeait le rayon d'une petite lampe de poche sur ses pupilles.

— Je ne sais pas. Il vit chez sa mère. Je n'y suis jamais allé. Pourquoi d'ailleurs ? Je ne connais même pas son adresse. Je vous en prie ! supplia-t-il en pleurant.

Il était furieux de pleurer, d'être surpris en train de pleurer. Il détestait autant les manifestations de faiblesse que de violence, chez lui comme chez les autres. Elles le terrifiaient. Les deux manifestations étaient indissociables : l'action et la réaction, toutes deux terrifiantes.

L'hélicoptère approchait. On entendit un bruit de plus en plus fort, couvrant les voix des radios et le ronflement des moteurs tournant au ralenti. À la fin, le vacarme devint assourdissant. Rob se ramassa sur lui-même, la tête sur les genoux. L'appareil resta un moment suspendu au-dessus de la scène de l'accident, soulevant un tourbillon de déchets et de feuilles mouillées. L'équipe paramédicale souleva Danny pour l'installer sur la civière. Un faisceau de lumière crue, qui donnait l'illusion d'être un bloc solide, jaillit du ventre de l'hélicoptère et les cloua tous au sol. Rob, qui avait l'impression que la lumière était exclusivement braquée sur lui, planta son regard dans l'œil éblouissant et redoutable. Alors l'hélicoptère atterrit dans le champ voisin et la lumière sembla disparaître dans les entrailles de la terre. Danny fut promptement conduit à l'hélicoptère.

Rob ne pouvait plus rien voir maintenant, sinon les policiers qui attendaient au bord de la haie les séparant de Danny et de l'équipe paramédicale.

Le bruit s'enfla encore une fois et l'hélicoptère s'éleva dans les airs, en se balançant au-dessus d'eux, avant de s'élancer au-dessus de la route, où les voitures circulaient maintenant de façon normale. Le bruit pétaradant du moteur se fit moins brutal, s'éloigna et finit par s'éteindre.

Rob se pencha et vomit sur le gazon, entre ses pieds.

— Allons, mon gars, viens, dit un ambulancier. Ton copain sera à l'hôpital dans une minute ou deux. On va t'y conduire aussi.

Un robuste policier, que sa veste fluorescente faisait paraître encore plus gros, monta avec lui à l'arrière de l'ambulance. Rob était en état d'arrestation. Les portes claquèrent derrière eux et l'ambulance cahota sur l'accotement avant de reprendre rapidement le chemin de l'hôpital.

La sonnerie du réveil. Déjà six heures.

Jess sortit un bras de sous les couvertures et chercha le bouton d'arrêt, qu'elle pressa vigoureusement sans pourtant que cesse la sonnerie. Aussitôt qu'elle ouvrit les yeux dans l'obscurité de sa chambre, elle se rendit compte que son réveil était silencieux et qu'on sonnait à la porte d'entrée. Il était environ trois heures. Elle chercha à tâtons sa vieille robe de chambre en tartan et glissa les pieds dans ses pantoufles. Elle souleva le rideau de la fenêtre et aperçut, garée devant la maison, une voiture de police dont les gyrophares bleus balayaient la rue.

Elle débroula l'escalier en se demandant avec inquiétude ce qui pouvait se passer. La chaîne de sûreté pendait encore librement : il n'était donc pas encore rentré. Ce n'était pas inhabituel. Il passait souvent la nuit à l'extérieur. C'était un adulte maintenant ; comment aurait-elle pu l'en empêcher, même si elle avait essayé ? Jess ruminait ces idées dans sa tête en tournant la clé dans la serrure.

— Mrs Arrowsmith ? demanda un jeune officier féminin aux joues rondes.

— Oui.

Elle avait probablement le même âge que Beth. Si un malheur avait frappé Beth... Sous l'effet de la peur, elle porta la main à sa bouche.

La jeune femme pointa le menton vers le vestibule :

— Puis-je entrer ? demanda-t-elle en montrant sa plaque à Jess.

— Bien sûr. Qu'est-ce qui se passe ?

— Est-ce que Daniel Arrowsmith est votre fils ?

Jess éclata presque de rire avant de céder à la terreur. Daniel ne pouvait être en cause, puisque son Daniel était invulnérable. Sa joie de vivre et son aisance le mettaient à l'abri de tout danger. C'est de sa sœur aînée, Beth, qu'il fallait s'inquiéter, parce qu'elle attirait le malheur comme un aimant.

Un instantané. Le petit visage plissé de Beth, dans son tablier-blouse, penchée au-dessus du large sourire gluant de son petit frère, qu'elle tenait anxieusement dans ses bras. Respectivement trois ans et six mois. C'est Ian qui avait pris la photo avec l'appareil que Jess lui avait offert pour son anniversaire. Si seulement Ian était ici maintenant... Elle redoutait qu'on ne lui annonce une mauvaise nouvelle alors qu'elle se trouvait seule pour encaisser le coup.

Ces images avaient traversé son cerveau encore plus vite qu'un film en accéléré.

— Oui. Qu'est-il arrivé ?

Il s'agissait probablement d'une escapade. On lui demanderait probablement d'expliquer le comportement de Danny, comme cela était arrivé dans le passé avec certains instituteurs ou autres personnes en position d'autorité.

— Je crains qu'il n'ait été impliqué dans un accident de la circulation.

Le film ralentit et s'arrêta, brisé.

— Où ? Est-il blessé ?

— Oui, madame. Je suis désolée. L'accident est survenu sur la bretelle de contournement.

— Est-il gravement blessé ?

— Je ne le sais pas exactement. Il a subi des blessures à la tête et on l'a transporté en hélicoptère au Midlands Hospital. Nous pouvons vous y amener tout de suite, madame. On sera en mesure de mieux vous informer à l'hôpital.

Il était inutile d'en demander davantage, même si les questions se bousculaient dans son esprit. Mais il s'en tirerait. Dan s'en tirerait toujours, il était comme ça.

— Oui, je vois. Est-ce que je peux... Voulez-vous m'attendre pendant que je vais m'habiller ?

— Ça va de soi.

À mi-chemin dans l'escalier, la main agrippée à la rampe, Jess se retourna :

— Quelle voiture conduisait-il ?

Dan ne possédait pas de voiture.

— Il était monté dans la voiture d'un ami.

— Quel ami ?

— Robert Ellis.

Ce nom ne lui disait rien. Peut-être Dan l'avait-il déjà mentionné ? Elle n'en avait aucun souvenir.

— Et lui, est-il blessé ?

— Légèrement.

— Était-il soûl ?

La bouche de Jess était sèche.

— Le conducteur avait bu, oui.

— Je vois, merci.

Elle poursuivit une ascension qui ne finissait plus, passa devant la porte fermée de la chambre de Danny et entra dans la sienne, totalement désemparée. Ses mains tremblaient pendant qu'elle choisissait ses vêtements. Elle ne pouvait ni se souvenir de ce qu'elle portait la veille, ni trouver comment s'habiller pour la circonstance. Avant de redescendre, elle s'arrêta dans la chambre de Dan pour y prendre un jean, un sweat-shirt et des sous-vêtements, qu'elle empila dans un fourre-tout. Il aurait besoin de vêtements propres pour revenir à la maison.

— Mrs Arrowsmith ? Venez avec moi, je vous prie.

Jess suivit l'infirmière dans le couloir. La lumière intense et les gens qui se pressaient dans toutes les directions créaient un effet curieux sur elle, qui émergeait des ténèbres de la nuit.

L'infirmière marchait devant et ouvrait porte après porte. Jess aurait voulu courir pour retrouver Danny plus vite. Mais on la fit entrer dans un petit bureau surchauffé qui sentait le renfermé.

— On le soumet actuellement à un examen au scanner. On essaie de trouver ce qui cause l'excès de pression sur son cerveau. Je pourrai vous amener le voir aussitôt que cet examen sera terminé.

Jess attendit, inconfortablement assise sur une chaise en plastique. Danny dormait encore lorsqu'elle était partie travailler au début de la matinée. La veille au soir, elle lisait au lit lorsqu'il était revenu à la maison et avait frappé à sa porte. Il était tel que lui-même, comme toujours. Il s'était assis au pied du lit pendant quelques minutes pour bavarder. Elle ne pouvait plus se souvenir maintenant de quoi ils avaient parlé.

Jess se demandait pourquoi elle ne lui avait pas dit qu'elle l'aimait. Elle décida qu'elle le ferait désormais.

L'infirmière revint :

— Par ici, s'il vous plaît.

Elle mit son bras sous le sien, comme si c'était Jess qui avait été blessée.

Des médecins, une infirmière s'affairaient dans la salle remplie de machines et d'équipements qui lui faisaient peur.

Daniel était allongé sur un chariot, les yeux fermés. Des tubes sortaient de sa bouche, d'autres étaient fixés à ses bras. Jess se précipita vers lui et posa sa main sur la sienne. Elle resta là à contempler son visage.

— Je suis ici, Dan, dit-elle en posant ensuite un baiser sur sa joue.

Elle sentit le mouvement presque imperceptible de sa respiration. Elle ne disposait pas des mots qui lui auraient tardivement permis, même de façon détournée, de lui exprimer ses sentiments.

— Je suis ici, répéta-t-elle.

Quêtant un peu de réconfort, elle s'adressa à une blouse blanche :

— Est-il bien mal en point ?

— Madame, je suis le docteur Healey. La tête de votre fils a subi un important traumatisme lorsqu'il a été éjecté du véhicule. Nous avons craint, dès le moment où nous l'avons vu, qu'il n'ait subi une blessure très grave, parce que la pupille de son œil gauche était dilatée, ce qui laissait supposer une augmentation de la pression à l'intérieur de sa tête. Nous venons tout juste d'explorer son cerveau au scanner et nous avons décelé un important épanchement sanguin qui s'est insinué entre l'enveloppe du cerveau, appelée la dure-mère, et le cerveau lui-même. Il s'agit d'un grave hématome subdural, qui fait pression sur le tissu cérébral.

Jess regardait fixement le docteur Healey, qui paraissait fatigué et dont une paupière tressautait. Jess passa la langue sur ses lèvres sèches et demanda :

— Qu'est-ce que vous pouvez faire pour lui ?

— Nous le préparons à subir une délicate opération. L'équipe neurochirurgicale va lui percer des trous dans le crâne, pour soutirer le sang qui s'y est accumulé et faire diminuer la pression sur son cerveau.

— Est-ce que ça va donner des résultats ?

— Oui, pour l'immédiat.

Elle ne voulait pas se mettre en colère, mais la rage grondait au fond d'elle-même.

— Qu'est-ce que ça signifie ? Il va s'en sortir ?

— Il est trop tôt pour le dire. Il a subi une très grave blessure à la tête. Nous devons l'opérer immédiatement et le surveiller très attentivement dans les heures et les jours qui viennent.

Les yeux de Jess allaient nerveusement du visage du docteur à celui de Dan.

Assez étrangement, ainsi qu'elle s'en rendait compte maintenant, c'était la première fois, depuis qu'on lui avait annoncé que son fils était blessé, qu'elle envisageait la possibilité qu'il meure.

Ses lèvres sèches remuèrent encore :

— C'est un garçon qui a beaucoup de détermination.

— J'en suis convaincu, répondit le médecin.

On emmena Dan au bloc opératoire.

— Est-ce que je peux... est-ce que je pourrais venir avec lui ? demanda Jess en soulevant la main de Dan enserrée dans la sienne.

— Oui, évidemment. Mais vous ne pourrez pas entrer dans le bloc opératoire. Vous le verrez aussitôt qu'il en sortira.

Le policier interrogeait sèchement Rob dans une alcôve des urgences :

— Raconte-moi ce que tu as fait au cours de la soirée.

Rob fit un compte rendu laborieux. Il n'avait qu'une seule préoccupation : le sort de Danny.

Il admit qu'il était chez Catherine Watson, si tel était bien son nom et si l'adresse que lui avait donnée le policier était bien celle de la maison de chambres, près de la voie ferrée.

— Qu'est-ce qui s'est passé ?

Rob haussa les épaules et grimaça alors de douleur. Il raconta les faits le plus exactement possible.

Le policier fronça les sourcils :

— Ce n'est pas tout à fait la version que les demoiselles ont donnée.

— Je m'en balance. Ça s'est passé comme je vous l'ai dit, d'accord ?

Rob haussa le ton, en pointant le doigt vers les rideaux qui fermaient l'alcôve :

— Écoutez, mon ami est couché quelque part par là. Ça n'a aucune importance pour vous ?

Rob demandait impérieusement des nouvelles de Danny à tous ceux qui venaient s'occuper de lui, mais personne ne voulait lui répondre. Une infirmière essaya enfin de le calmer :

— On s'occupe de votre ami. Il est en d'excellentes mains.

Le policier ne désarmait pas :

— Parlons maintenant de toi, Robert. Toi aussi tu es impliqué dans cette histoire, non ? Et tu as déjà un dossier, n'est-ce pas ?

— Oui. Une bagarre, il y a trois ans.

Rob serra les dents et n'en dit pas plus.

— Une agression plutôt. Il t'a fallu payer l'amende et verser une caution, hein ?

— Oui, mais il n'y a rien d'autre.

— Jusqu'à ce soir, Robert.

On sutura la coupure au-desus de l'œil de Rob et on prit une radiographie de son bras. On lui apprit qu'il avait le coude fracturé et qu'il faudrait l'immobiliser dans un plâtre. Il y avait aussi une possibilité de commotion. En conséquence, on le garderait sous observation jusqu'au lendemain, si toutefois il se calmait suffisamment pour qu'on puisse le garder à l'hôpital.

Un médecin venu faire une prise de sang planta la seringue dans le bras valide de Rob et remplit deux fioles, qu'il scella avec soin devant lui :

— Laquelle veux-tu que j'envoie au laboratoire ?

Rob haussa les épaules :

— C'est important ?

— Pas vraiment, répondit froidement l'homme. Mais tu as le droit de choisir.

Rob montra une fiole du doigt et signa maladroitement de la main gauche le formulaire qu'on avait posé devant lui. Il se sentait maintenant étranger à toute cette histoire. Le policier, képi sous le bras, se tourna avant de sortir de l'alcôve :

— Tu dois te présenter au poste de police, avec ton avocat, demain ou aussitôt que tu auras reçu ton congé de l'hôpital.

— J'ai compris, dit Rob.

Mais il n'avait pas compris, du moins pas tout à fait. Encore sous l'effet de l'alcool et du choc, il était incapable d'évaluer les conséquences de cette convocation. Et puis, c'est Danny qui était au centre de ses préoccupations.

Plus tard, une fois son bras dans le plâtre, on l'installa pour la nuit dans le quatrième lit d'une salle. Il s'y trouvait avec deux vieillards qui ronflaient, couchés sur le dos, et un homme d'âge moyen, d'une maigreur squelettique, qui remonta ses draps en jetant un coup d'œil glacial au nouvel arrivant. Rob n'eut pas à attendre sa chance longtemps. Aussitôt que l'infirmière qui l'avait installé eut quitté la salle, il sortit du lit, endossa la robe de chambre de l'un des deux vieillards par-dessus son pyjama d'hôpital et s'esquiva.

Les pantoufles de papier qu'on lui avait données gênaient sa marche. De plus, le poids du plâtre, auquel il n'était pas encore habitué, l'encombrait, de sorte qu'il cherchait constamment à protéger son bras du moindre choc.

Il arriva enfin aux lourdes portes à double battant qui donnaient accès aux salles d'opération. Une infirmière survint alors avec une boîte de pansements dans les mains :

— Qu'est-ce que vous faites ici ?

— Je cherche Daniel Arrowsmith.

— Il n'est pas ici pour l'instant. Êtes-vous un de ses parents ?

— J'étais avec lui au moment de l'accident. Je suis son frère. On m'a dit que je pouvais monter.

— Votre mère attend qu'il sorte du bloc opératoire. Je vais revenir pour vous indiquer comment la rejoindre.

La mère de Danny. Il allait de soi qu'elle serait là.

— Ne vous donnez pas cette peine. Dites-moi où aller, je trouverai bien.

Juste avant d'atteindre la salle d'attente, Rob s'arrêta et appuya sa tête contre le mur. Il entendait les battements sourds de son cœur et le bruit rauque de sa respiration.

Danny lui avait quelques rares fois parlé de sa mère. Il se montrait plutôt discret à son sujet, surtout avec lui d'ailleurs, étant donné ce qu'il savait sur son compte et dont bien peu de gens étaient au courant. Il lui était cependant arrivé de dire quelque chose comme : « Maman est quelqu'un de bien. Elle m'aime. » Il s'était même permis d'ajouter, en affichant un large sourire : « Elle vénère le sol sur lequel je pose les pieds. »

Rob ne pouvait pas s'introduire tout de go dans le bloc opératoire et exiger qu'on lui remette le bulletin de santé de son ami. Il ne pouvait pas non plus se cacher de la mère de Dan, quoique, maintenant qu'il l'apercevait de l'autre côté de la porte, il eût préféré la fuir. Plus que tout, cependant, il voulait connaître l'état de Dan : sa mère serait au courant. Elle pourrait le renseigner.

Avant de pousser la porte, il essaya encore une fois de se rappeler ce qui s'était passé. Le volant qu'il serrait à pleines mains tandis qu'il appuyait à fond sur l'accélérateur. Danny qui lui criait d'aller plus vite. La pluie inondait le pare-brise. Et puis le noir complet.

L'éclairage fluorescent du plafond vacillait et faisait danser toutes sortes de formes capricieuses devant ses yeux fatigués. Il pressa la paume de sa main libre sur ses paupières et, se tournant légèrement de côté, donna un solide coup d'épaule contre la porte de la salle d'attente, qui s'ouvrit bruyamment.

Jess était seule, assise dans un coin, la tête penchée et les mains jointes. Il remarqua sa pâleur, ses sourcils noirs et ses cheveux de la même couleur que ceux de Dan. Se rendant compte que quelqu'un venait d'entrer, elle leva immédiatement la tête et jeta vers Rob un regard implorant.

Le jeune homme au visage lacéré portait un pansement au-dessus d'un œil. Du sang noirci faisait une tache mate dans ses cheveux roux et il portait comme un bouclier son bras immobilisé dans le plâtre.

Elle sut à l'instant qui il était.

Il paraissait désemparé. En le voyant avancer dans ses pantoufles de papier et dans sa robe de chambre qui ne lui couvrait qu'une épaule, Jess pensa à un prophète de *L'Ancien Testament* venu défier l'impie. Il paraissait plus grand, plus carré et plus fort qu'un homme ordinaire. Personne ne lui avait jamais paru aussi débordant de vie. Un étrange magnétisme émanait de sa personne. Leurs yeux se rencontrèrent. Elle ne savait pas si elle devait le couvrir d'invectives ou, au contraire, prendre la fuite.

— Comment va-t-il ? demanda Rob.

Elle l'observa attentivement pendant une minute, au bout de laquelle sa réaction première s'évanouit. Elle inclina le buste et posa ses mains jointes sur ses genoux. Elle avait juste assez d'énergie pour supporter l'attente à laquelle elle était condamnée. Elle répondit quand même, alors qu'elle aurait bien aimé qu'on la rassure.

— Il est actuellement sur la table d'opération. On veut lui retirer le sang qui fait pression sur son cerveau.

— Est-ce qu'il va vivre ? lui demanda-t-il sans délicatesse.

— Il est trop tôt pour le dire.

Rob alla s'asseoir sur la chaise la plus éloignée de Jess. Pendant qu'ils attendaient en silence, il regardait l'aiguille des secondes se déplacer avec une lenteur désespérante sur l'horloge fixée au mur.

Jess était plus seule que jamais. Elle croyait s'être habituée à sa vie de femme divorcée, mais elle n'avait pas pressenti quelle détresse l'accablerait le jour où elle se retrouverait seule dans un endroit comme celui-ci. Elle aurait pu téléphoner à sa sœur ou à sa fille, mais elle savait qu'elles exigeraient des explications et du réconfort, plutôt que de partager avec elle sa peine et sa terreur.

La porte s'ouvrit enfin. C'était le chirurgien :

— Mrs Arrowsmith ?

Jess se leva comme mue par un ressort :

— Comment va-t-il ?

Le chirurgien tourna les yeux vers Rob :

— C'est le frère de Daniel ?

— C'est le jeune homme qui conduisait la voiture. Il n'est pas mon fils ni le frère de Dan. Je me demande pourquoi vous pouvez croire qu'il est de la famille.

— J'ai dit à une infirmière que j'étais son frère, expliqua Rob. Autrement elle ne m'aurait pas autorisé à venir jusqu'ici.

Jess ignora Rob. Elle sentait quand même son imposante présence derrière elle, son impatience d'avoir enfin des nouvelles de Danny et son désir de partager avec elle le même espoir et la même inquiétude.

— Est-ce que nous pouvons parler en privé ? demanda-t-elle au médecin.

— Bien sûr, répondit-il en lui ouvrant la porte.

Le médecin la fit passer dans le bureau du personnel infirmier, où elle oublia aussitôt le jeune homme. Elle écouta les explications du chirurgien aussi attentivement que si sa concentration pouvait exercer quelque influence sur le pronostic qu'il allait faire.

Le sang avait été aspiré hors de la boîte crânienne de Danny, de sorte que la pression sur le cerveau avait diminué. Jusque-là, l'opération était considérée comme un succès. Danny était encore inconscient et on l'avait transporté à l'unité des soins intensifs.

— Quand va-t-il... reprendre conscience ?

— Nous n'en savons rien pour l'instant. Nous en saurons beaucoup plus dans les vingt-quatre heures qui viennent.

— Je vois. Merci. Est-ce que je peux aller le voir maintenant ?

— Suivez-moi.

L'endroit était vaste et bien éclairé. Il lui sembla qu'il y régnait un certain désordre, avec tout le personnel qui s'y affairait. À côté des lits, séparés par des rideaux escamotables, on pouvait voir un équipement sophistiqué. Daniel était couché sur le dos, la tête enveloppée de bandages blancs. Une couverture légère le recouvrait jusqu'au cou.

En s'approchant du lit, elle nota qu'un tube, enfoncé dans une de ses narines, était maintenu en place par des bandes de ruban adhésif, qui lui striaient le visage comme autant de marques tribales. D'épaisses compresses blanches recouvraient ses yeux. Émergeant de sous la couverture, des fils et d'autres tubes s'étiraient dans toutes les directions jusqu'aux machines auxquelles on avait relié son fils. Sur l'écran fixé au mur derrière la tête de son lit, des tracés rouges, bleus et verts scintillaient.

Jess se pencha au-dessus de lui pour caresser une mèche de cheveux qui s'échappait du pansement.

Quand on l'avait conduite en radiologie, à son arrivée à l'hôpital, elle avait eu l'impression que Daniel, endormi dans son lit, allait se réveiller et bavarder avec elle. Maintenant une étrange et complexe machinerie s'interposait entre eux. Jess examina la minuscule cicatrice ovale sur sa joue, une séquelle de la varicelle remontant à sa petite enfance. Il était là. C'était bien lui.

Un flot de tendresse et d'amour l'envahit et gomma pendant un instant la machinerie menaçante dont il dépendait. Elle ne pouvait ni comprendre ni contrôler cet équipement médical complexe. Elle était une mère habituée à s'occuper elle-même de ses enfants et à les soigner. L'accident avait fait perdre à Dan son autonomie. Il était temporairement redevenu enfant.

— Je suis ici, répéta-t-elle en se penchant encore. Danny, je t'aime.

Elle souleva la couverture de deux ou trois centimètres et remarqua que le dos de sa main reposait sur le drap et que ses doigts étaient repliés comme durant le sommeil. Un goutte-à-goutte était fixé à son bras. Malgré la crainte qu'elle avait de l'arracher par inadvertance, elle toucha le bout des doigts de Daniel et fut rassurée en se rendant compte qu'ils dégageaient de la chaleur. Elle se laissa ensuite choir sur la chaise qu'on avait avancée pour elle près du lit.

Jess comptait le nombre des respirations de Daniel et surveillait les battements de son cœur sur l'écran. Une infirmière, vêtue d'une salopette verte sous un tablier de plastique, apparut de l'autre côté du lit et lui demanda en souriant :

— Comment allez-vous ?

— Bien, merci.

Et la question et la réponse étaient absurdes.

L'infirmière rabattit la couverture. Une canule était fichée dans une plaie fraîchement faite sous la clavicule du garçon. Pendant que Jess poursuivait son examen et découvrait d'autres tubes fixés à la poitrine de son fils, un médecin vint pincer le lobe d'une oreille du jeune patient. Jess sentit les doigts de Dan bouger légèrement sous les siens.

— Regardez, s'exclama-t-elle. Il l'a senti. Il est en train de reprendre conscience ? C'est pour ça que vous l'avez pincé ?

— Nous voulons vérifier ses réflexes, madame.

La réaction espérée ne s'était pas produite, comprit Jess. Mais il avait bougé les doigts. Elle l'avait elle-même vu et senti. Le médecin enleva les compresses blanches et envoya un pinceau de lumière dans chacun de ses yeux.

— Pourquoi devez-vous lui recouvrir ainsi les yeux ? s'informa Jess.

— C'est pour les garder humides, répondit-il en remettant les compresses.

L'étendue de l'incapacité de Dan commençait à s'imposer à sa mère.

— Est-ce qu'il souffre ? demanda-t-elle.

— Non, je ne crois pas.

— Y a-t-il quelque chose que je peux faire pour lui ? N'importe quoi ?

— Continuez simplement à faire ce que vous faites déjà, lui répondit gentiment le médecin en se retirant.

L'infirmière se retourna pour inscrire des données sur les graphiques accrochés au mur près du lit.

Tandis qu'elle lui tenait la main, Jess se remémorait des jours qui la ramenaient bien loin de cette chambre inondée de lumière crue où s'affairait un personnel débordé auprès de corps figés comme des gisants. Elle pensait aux Noëls anciens, aux célébrations familiales et essayait d'en extraire suffisamment de joie et de chaleur pour redonner vie à Danny par le seul contact de ses doigts.

« Je suis ici. » Les mots tournaient et tournaient dans sa tête. « Réveille-toi. Reviens. Réveille-toi ! »

Après ce qui lui parut être un temps assez long, Jess posa sa tête sur le lit de son fils, ferma les yeux et s'abandonna au sommeil. Quand elle se réveilla, elle dut faire un effort pour se rappeler où elle se trouvait et identifier la crainte qui avait empoisonné son court sommeil. Elle se souvint tout à coup et leva vivement la tête. Danny n'avait pas bougé.

Le chirurgien revint une fois de plus. Il pressa fortement sa paume contre le sternum du garçon. Danny réagit en étendant les bras de chaque côté du corps, les poings serrés, comme s'il avait été dérangé dans son sommeil. Un large sourire apparut sur les lèvres gercées de Jess. L'espoir et le soulagement l'envahirent.

Danny était là ; il dormait seulement. Il réagissait aux stimuli externes. Il ne mourrait pas. Cette certitude courait dans les veines de Jess comme une poussée d'adrénaline et chassait le sentiment d'épuisement qui l'écrasait l'instant d'avant. Elle se leva, libérant la tension qui raidissait ses membres endoloris. Le sang affluait de nouveau à l'extrémité de ses pieds et de ses doigts.

— C'est merveilleux de le voir réagir comme ça, dit-elle au médecin en souriant. C'est bien, n'est-ce pas, qu'il puisse sentir et réagir ?

— C'est une réponse positive au stimulus, oui. Mais il est bien tôt pour en tirer d'autres conclusions.

— Je sais. Je peux comprendre ça. Mais pourtant, vous savez...

Remplie de bonne volonté, Jess ne voulait pas exprimer de façon trop pressante au médecin son besoin d'être rassurée et d'avoir une raison d'espérer. Si elle pouvait rester calme, si elle pouvait démontrer qu'elle était capable de stoïcisme, tout le monde serait satisfait et ce serait encore mieux pour Dan.

— Je vous remercie pour tout ce que vous faites pour lui, dit-elle humblement.

Il était six heures du matin.

Sock se réveillerait bientôt, s'il n'était pas déjà debout. Jess pensa à téléphoner à Lizzie et à Beth pour leur faire part sans tarder du malheur qui venait de frapper Daniel. Elle avait maintenant une lueur d'espoir à leur offrir.

Il lui faudrait aussi prévenir son ex-mari.

Ian avait définitivement quitté Jess, deux ans auparavant, pour une femme plus jeune qu'il avait rencontrée dans ses activités de vendeur. Ian avait toujours excellé dans le domaine de la vente. Il avait une façon d'afficher sa bonne humeur et d'inspirer confiance qui masquait son manque fondamental d'assurance. Au cours de leur mariage, il avait souvent dû s'éloigner du foyer pour aller rencontrer ses clients dans le large territoire qui lui était assigné. Ses absences fréquentes les avaient aidés à ignorer cette vérité, pourtant évidente, qu'ils n'avaient jamais réussi à se rendre heureux l'un l'autre. Ian avait fini par rencontrer une Australienne, au seuil de la trentaine, qui avait choisi de financer une partie de son voyage en Europe en assumant un travail administratif temporaire dans la compagnie d'équipement électrique où il était directeur des ventes. Ce n'était pas sa première aventure, mais c'était la première fois qu'il tombait amoureux. Il avait été un père attentif, bien que plutôt impatient, mais Beth et Danny étaient maintenant devenus adultes. Il avait annoncé à Jess qu'il la laissait. Elle avait réagi avec amertume, avant de se sentir soulagée et d'adopter enfin une attitude d'indifférence ennuyée.

Ian avait épousé Michelle et il l'avait suivie quand elle était retournée vivre à Sydney, sa ville natale. Jess n'était jamais allée en Australie mais, en attendant qu'on réponde à la sonnerie du téléphone, elle imaginait une pièce inondée de soleil s'ouvrant sur un jardin planté de fougères géantes et d'hibiscus, avec vue sur les eaux rutilantes d'une baie.

Jess leva la tête. Elle se souvenait d'avoir laissé le fourre-tout de Danny dans la salle d'attente, près du bloc opératoire. Il lui semblait maintenant tragiquement ridicule d'avoir imaginé que Danny aurait besoin d'un jean et d'un sweat-shirt, pour revenir à la maison le lendemain matin. Elle se rappela avoir vu une cabine téléphonique dans le corridor. C'est de cet endroit qu'elle ferait ses appels.

Dans la salle d'attente, il y avait une famille indienne où trois générations étaient représentées. Les grands-parents, les parents et les jeunes enfants étaient inconfortablement entassés sur les chaises de plastique. Leurs visages se tournaient parfois vers Jess, comme les plantes assoiffées dont elle s'occupait quotidiennement, puis ils baissaient la tête. Robert Ellis était toujours assis dans son coin, sur la chaise qu'il avait choisie en arrivant, le fourre-tout de Dan sur ses genoux.

Jess s'empara du sac et sortit dans le corridor. Rob la suivit :

— Dites-moi comment il va.

Il avait cessé de lui paraître plus grand que nature. Son visage gris était vide d'expression ; des ombres brunes cernaient ses yeux.

Jess pensa avec colère : « Tant pis pour lui. Ce n'est que juste qu'il souffre, lui aussi. » Pourquoi Danny devrait-il être seul à écoper ? Pourquoi ce jeune homme, après avoir tué son fils sur les piliers d'un pont, s'en tirerait-il seulement avec des blessures légères ?

Elle serra les mâchoires. Elle se souvint alors que Danny avait bougé, qu'il avait étendu les bras. Elle avait alors acquis la conviction qu'il sortirait du coma. Puis sa belle certitude céda la place à l'anxiété, se perdant comme des gouttes d'eau dans le sable sec.

Elle apprit à Robert Ellis ce qu'elle savait. Il l'écouta silencieusement, les yeux fixés sur son visage :

— Merci, dit-il en inclinant la tête.

— Vous devriez retourner à votre chambre. Allez dormir.

— Je retourne à la maison. Je ne veux pas rester ici.

— Vous avez de la chance, dit Jess d'une voix rude.

— Si je pouvais faire quelque chose, je le ferais. Et je vais revenir. Si vous ne me permettez pas de le voir, j'attendrai à l'extérieur.

Jess haussa les épaules. Elle était incapable de laisser la colère l'envahir bien longtemps. Elle faisait déjà demi-tour quand il lui saisit le bras :

— Il a bougé, n'est-ce pas ?

Il faisait une tentative pour lui faire répéter les encouragements qu'aurait pu lui donner le médecin.

— Oui.

Il était si près qu'elle pouvait sentir sa peau et sa transpiration. Elle arracha son bras de la tenaille de sa main :

— Oui, dit-elle doucement. Le chirurgien a dit que Dan avait réagi, mais il est trop tôt pour savoir de façon définitive ce que ça peut vraiment signifier.

Elle sortit et prit la direction du téléphone.

3

Lizzie et James étaient assis en pyjama au pied de leur lit double. Ils se tenaient la main. Les nouvelles que Jess venait de leur annoncer au téléphone les avaient pétrifiés. Leur chambre, si douillette d'habitude, leur paraissait froide.

— Tu sais, dit Lizzie, si ça se produit, s'il meurt, je redoute les conséquences que ça pourra entraîner pour Jess. Danny est toute sa vie. Il a toujours été son préféré.

— Le pire pourrait ne pas se produire. Il pourrait bien s'en tirer.

James attira la tête de sa femme dans le creux de son épaule et lui caressa les cheveux. Il voulait lui donner la provision d'amour qui lui permettrait de traverser les heures à venir. Même si son inquiétude pour Danny et sa sympathie pour Jess le tourmentaient suffisamment pour lui couper le souffle, la plus grande partie de son souci concernait Lizzie. Il craignait que l'atmosphère déprimante du service des soins intensifs ne la bouleverse et il serait volontiers allé lui-même à l'hôpital s'il avait cru que Jess accepterait qu'il vienne à la place de Lizzie. Mais il savait qu'il ne valait même pas la peine de faire la suggestion. Quelqu'un devait rester avec Sock, et les deux sœurs étaient trop proches l'une de l'autre pour accepter que l'absence de Lizzie puisse être envisagée en cette circonstance pénible.

Le téléphone avait réveillé le bébé, qui s'agita dans sa couchette avant de se mettre à quatre pattes sur le matelas. Il leur sourit en les apercevant, un sourire radieux qui révélait ses adorables dents minuscules. James lâcha la main de Lizzie et alla prendre Sock dans ses bras. Il le serra si fort que le bébé geignit un peu. James regardait Lizzie qui retirait son pyjama. Elle avait pris du poids, de sorte que des plis de graisse d'une blancheur de marbre tremblotaient sur son ventre et ses cuisses. James sentit son sexe se gonfler et il croisa les jambes, honteux du caractère inapproprié de sa réaction. Il n'en reconnut pas moins, une fois de plus, que le sexe était l'un des aspects heureux de leur union. Il était encore capable d'être surpris par le côté imaginatif des appétits sexuels de Lizzie.

Le premier mariage de James, qui s'était terminé par le divorce alors qu'il avait déjà atteint la quarantaine, l'avait laissé sans enfants. Il avait ensuite vécu une série de liaisons prolongées, plus ou moins satisfaisantes, qui l'avaient déçu. Il doutait de pouvoir jamais établir une relation dont le caractère premier ne serait pas la critique réciproque. Puis, à cinquante et un ans, il avait rencontré Lizzie Bowers à un banal cocktail offert par l'un de ses clients. James était comptable et travaillait à son compte. Le soir même ils avaient couché ensemble.

Lizzie enfila un jean et un pull-over, se contentant ensuite de passer vaguement les doigts dans ses cheveux.

— Laisse-moi te préparer un petit-déjeuner, lui proposa James.

— Je dois partir tout de suite, Jess a besoin de moi.

James ne discuta pas et suivit sa femme dans l'escalier avec Sock dans ses bras.

— Je ne sais pas quand je pourrai revenir. Oh, mon Dieu! le damné test pour la publicité de la crème à mains!

— Ne t'inquiète pas, je vais parler à ton agent. Va à l'hôpital maintenant et occupe-toi de ta sœur. Appelle-moi aussitôt que tu pourras.

— Vous allez vous arranger, Sock et toi?

Il devinait son inquiétude. Si un malheur aussi terrible avait brutalement frappé Danny, lui tellement fort et libre de tous soucis, quelles catastrophes insoupçonnées ne pourraient-elles alors s'abattre sur son bébé innocent et sans défense?

— Nous t'attendrons en toute sécurité, lui promit James aussi fermement qu'il le pouvait. Ne t'inquiète pas.

Il la regarda monter dans sa vieille Golf et franchir la barrière au petit bonheur en faisant marche arrière.

— Conduis prudemment, lui recommanda-t-il pour le principe alors qu'elle ne pouvait plus l'entendre.

Il connaissait ses défauts et ne l'en aimait pas moins, tout comme elle connaissait les siens et l'aimait tout autant. Il semblait que leur heureuse union fût un miracle.

Rob prit congé de l'hôpital en sortant tout bonnement de la salle où on l'avait installé. Du plus profond de lui-même, il détestait toutes les institutions, ainsi que leurs odeurs, leurs bruits et leurs coteries. Sa mère était morte alors qu'il avait dix ans et, subséquemment, son père avait disparu. Il était plus tard apparu à Rob qu'il était resté trop longtemps dans chacun des endroits où il avait trouvé refuge. Il avait une ambition : une fois parvenu à l'âge adulte, il ne se retrouverait jamais plus encagé. Et pourtant, il semblait maintenant qu'on aurait barre sur lui. Il marcha aussi vite qu'il put dans les rues encore trempées, sans se préoccuper des regards curieux des passants.

Il retrouva sa chambre exactement comme il l'avait laissée vingt-quatre heures plus tôt, avant d'aller rencontrer Dan au gymnase : le grand matelas posé sur le plancher dans un coin de la pièce et la couette dans sa vieille housse de coton aux motifs indiens ; sur le mur opposé, un bureau et une étagère, qu'il avait construits lui-même ; le plancher, entre le lit et le bureau, jonché de vêtements jetés pêle-mêle, de livres de poche et de cassettes.

Rob contempla son royaume pendant un moment et repoussa du bout de sa botte une partie du bazar qui traînait sur le plancher. Une moue d'incrédulité se dessina sur ses lèvres : il ne comprenait pas comment son petit univers avait pu rester intact alors qu'un événement terrible, qui avait chamboulé des vies, sa propre vie, s'était produit entre la veille et cet instant précis.

Il vint à la fenêtre et appuya son front contre le carreau sale. Le jardin minuscule, avec son losange de gravier bordé de conifères dégoulinants, et l'arrière des maisons sans charme lui offraient un spectacle ironiquement immuable. Il ferma les yeux et roula son front sur le vitrage poisseux. Quand il les rouvrit, rien évidemment n'avait changé. Il marcha jusqu'à son lit en enjambant les obstacles et s'y assit. Il posa sa main sur son visage et attendit, dans le silence, ce qui pourrait ensuite survenir.

Jess était assise dans la longue et étroite salle d'attente du service des soins intensifs. On y trouvait une rangée de fauteuils minables, un plateau contenant une bouilloire et des tasses, un téléphone public et un ficus anémique logé dans une encoignure. La religieuse responsable du service lui avait indiqué la chambre minuscule réservée aux parents et l'avait informée qu'elle pouvait prendre le petit-déjeuner dans la cafétéria au sous-sol de l'hôpital. Jess ne pouvait penser ni à dormir ni à manger. Les doigts enlacés autour d'un gobelet de café, elle regardait sans les voir les posters défraîchis accrochés aux murs. On procédait sur Danny à une intervention qu'on préférait ne pas lui laisser voir.

Elle entendit une voix forte dans le corridor et, une seconde plus tard, Lizzie apparaissait. Jess se précipita vers elle et, sans un mot, les deux sœurs tombèrent dans les bras l'une de l'autre.

Lizzie avait passé un ample manteau sur son pull et son jean. Ses cheveux étaient emmêlés et son visage expressif d'actrice, tendu par l'anxiété, n'était pas maquillé. Pendant qu'elles s'embrassaient, Jess avait regretté que Lizzie ne dégage plus cette odeur de tabac qui lui collait autrefois à la peau. Lizzie avait cessé de fumer lorsqu'elle était devenue enceinte. Jess fumait rarement mais, pour l'instant, elle avait la même envie d'une cigarette qu'une fumeuse en manque :

— Je suis tellement heureuse que tu sois venue.

— Comment va-t-il ? Qu'est-ce qui se passe ? Pourquoi ne pouvons-nous pas aller le voir ?

En proie à l'émotion, Lizzie parlait avec des trémolos dans la voix, sans prendre garde aux modulations et aux amples gestes qui donnaient à son discours un caractère mal adapté à la pièce étroite où elle se trouvait.

— Ils font je ne sais trop quelle intervention. Nous pourrons y aller quand ils auront terminé. Tu n'aurais pas une cigarette, par hasard ?

Lizzie la regarda. Ses sentiments étaient toujours parfaitement visibles sur son visage :

— Non. Veux-tu que je descende t'en acheter ?

Jess fit un signe de tête négatif :

— Reste avec moi.

Au bout de quelques minutes, une infirmière vint leur dire qu'elles pouvaient revenir dans la salle. Jess prit la main de Lizzie et lui fit passer les portes à double battant pour l'amener au service.

Arrivée au pied du lit de Danny, Lizzie s'immobilisa. En voyant les pansements et les tubes, elle porta une main à sa bouche et prit une brusque respiration, comme si elle avait été secouée par un spasme.

— Oh ! mon Dieu, Jess. Il a l'air grièvement blessé !

Jess tenta de la rassurer. Pour son propre bénéfice autant que pour celui de Lizzie, elle dit avec conviction :

— Non. C'est la technologie qu'ils utilisent qui donne cette impression. Ça paraît pire que c'est, parce que nous ne connaissons pas l'utilité de tout cet équipement. Il a posé sa main dans la mienne et il a étendu ses bras, je te l'ai déjà dit.

Lizzie s'avança précautionneusement sur la pointe des pieds. Elle posa sa main sur celle de Danny, qui ne réagit pas. Elle s'assit, et Jess tira un tabouret à côté d'elle. L'infirmière vint remplacer le sac d'urine teintée de sang accroché au côté du lit. Elle manifestait de la sympathie à Jess et à Lizzie, mais c'est de Danny qu'elle se préoccupait avant tout. Il semblait que même sa mère n'avait plus vraiment sa place dans cette chambre.

À bord du train, Beth se sentait comme dans les limbes. Elle avait quitté Londres et laissé Sam derrière elle, tout comme les événements monotones et les brefs intervalles de bonheur qui formaient la trame de sa vie quotidienne. Elle osait à peine imaginer ce qu'elle trouverait à l'hôpital. Au téléphone, après lui avoir appris la nouvelle, Jess avait essayé de la rassurer, mais c'était une tentative bien timide. Beth l'avait brutalement interrompue :

— Je me rendrai compte par moi-même quand j'y serai. N'étire pas davantage la communication.

Après avoir raccroché, elle se mordit les lèvres sous l'effet du regret. Même aujourd'hui, elles s'étaient maladroitement heurtées. Tout en réprimant un désagréable sentiment de culpabilité, qui s'ajoutait à son anxiété, Beth composa le numéro de téléphone de son bureau et laissa un message à la boîte vocale de son patron pour le mettre au courant de ce qui venait d'arriver. Elle remplit une petite valise et partit pour la gare.

Pendant que le train s'ébranlait vers le nord, elle se blottit sur son siège sans prendre la peine d'enlever son imperméable humide, regardant à travers la fenêtre les voies de garage, les champs et les usines. Au lieu de se concentrer sur Danny – ce qui était trop terrible –, elle reporta sa pensée sur Sam. Elle pensait trop souvent à Sam, elle le savait, mais la question fondamentale ne perdait jamais de son urgence.

Quitterait-il sa femme pour elle ?

Beth entretenait depuis un an une liaison avec un homme marié. Tout avait commencé alors qu'elle venait de décrocher son second emploi depuis sa sortie du collège de secrétariat. C'est en qualité de secrétaire de Sam Clark qu'elle avait été engagée. Il avait quarante ans, elle en avait vingt-deux. De belle apparence et affichant d'excellentes manières, il était directeur des éditions dans une maison assez importante. Moins de trois mois après l'arrivée de Beth dans son bureau, ils étaient devenus amants. Il l'avait invitée à un cocktail de lancement un soir, après le travail, puis au restaurant et enfin à l'hôtel. Il n'était pas question que Beth le reçoive chez elle, car elle partageait son appartement avec une amie de collège. Le lendemain, de retour au travail, Beth avait été surprise de la complaisance avec laquelle elle s'était prêtée à l'aventure. Mais Sam avait l'habitude d'obtenir ce qu'il désirait et Beth était profondément flattée de découvrir qu'elle était l'objet de son désir. Quelques jours suffirent pour qu'elle devienne irrémédiablement amoureuse de lui.

Il y avait eu évidemment des difficultés au début. D'une part, le travail de Sam était exigeant et, d'autre part, sa femme et ses jeunes enfants accaparaient presque tout son temps libre. Beth devait se contenter des quelques heures qu'il pouvait lui consacrer, chaque semaine, après avoir rempli toutes ses autres obligations. Les rares personnes, au travail, qui étaient au courant de leur liaison n'en paraissaient aucunement surprises. Cela n'empêcha pas Beth de juger préférable de sacrifier le plaisir de se trouver avec lui toute la journée à la discrétion que pourrait offrir un autre emploi. Grâce à la chaude recommandation de Sam, elle avait réussi à se faire engager au service des droits d'auteurs chez un éditeur rival, travail qui lui convenait bien. Elle était sur la voie d'un honorable succès. Sam l'avait aidée à trouver un petit appartement, qu'elle habiterait seule, dans une rangée de maisons de brique rouge située dans la banlieue nord de Londres. Leurs relations, qui avaient semblé si extraordinaires au début, s'étaient dégradées au point d'être devenues une routine pénible.

Il était évident que Sam quitterait sa femme ; en douter équivalait pour elle à remettre en question son propre avenir. Quand avouerait-il la vérité à Sadie ? Beth n'en pouvait plus d'attendre le jour où sa vie pourrait vraiment commencer. Elle avait maigri : sa peau paraissait tendue sur ses pommettes.

Le train s'arrêta à la gare de Ditchley. Rien ne lui semblait différent depuis sa dernière visite à sa mère, au cours de l'été. Elle se sentit soulagée quand elle vit la file de taxis près de l'entrée monumentale aux pierres noircies. En route pour le gros hôpital Midland, elle jetait un regard vide sur les rues, qu'elle connaissait depuis trop longtemps, sans les voir vraiment. Elle souhaitait seulement que les véhicules qui les précédaient roulent plus vite. Même si la peur l'étreignait, il lui tardait que le voyage interminable touche à sa fin. Le chauffeur asiatique essaya d'échanger quelques mots avec elle, mais il y renonça quand il vit, dans son rétroviseur, des larmes couler sur les joues de sa cliente.

À l'entrée du service des soins intensifs, une infirmière intercepta Beth et la conduisit à la salle d'attente. La jeune femme repéra immédiatement sa mère assise avec Lizzie. Jess se tenait droite et la pâleur transparente de son visage faisait anormalement ressortir le bistre sous ses yeux. Dans un mouvement de sympathie encore marqué par le ressentiment, Beth pensait : « C'est ce qui pouvait lui arriver de pire. Si j'étais la victime au lieu de Danny, elle serait malheureuse, mais elle n'aurait pas cet air douloureux. Danny a toujours été son préféré. »

Il arrivait à Beth de penser qu'elle s'était enfuie à Londres pour ne plus faire face à cette réalité.

En se levant avec Jess, Lizzie vit le regard suppliant, affamé et incertain que Beth lançait à sa mère.

— Maman, qu'est-ce qui va arriver maintenant ?

Jess la serra contre elle :

— Nous ne le savons pas encore. Ils mettent tous leurs moyens en œuvre. C'est ce que tout le monde ne cesse de me répéter. Nous attendons maintenant que le consultant en neurochirurgie passe nous voir.

— Je suis venue aussi vite que j'ai pu. Le voyage a duré une éternité.

— Tu es là et c'est très bien. Je suis très heureuse que tu sois venue. Son état est stable, on ne peut en dire plus pour l'instant.

Elle scruta le visage de sa fille, puis tapota ses joues du bout des doigts :

— Mais tu as pleuré !

— Ça va bien maintenant que je suis ici. Je voudrais le voir.

— Il faut attendre que le chirurgien ait terminé sa visite.

Le poids du temps commençait seulement à se concrétiser pour elles. Chaque minute venait péniblement s'additionner aux précédentes pour composer une à une les heures d'angoisse.

— Est-ce que papa va venir ?

Jess fit signe que oui. Ian n'avait pas hésité une seconde : « Je prends le premier avion pour Londres. » Il aimait Danny, c'était évident.

Beth était enfin auprès de Danny. Les machines accomplissaient impassiblement leur travail. Elle se pencha suffisamment pour que sa joue touche presque celle de son frère et elle murmura :

— C'est moi, Beth, est-ce que tu peux m'entendre?

Quand elle se rendit compte qu'elle n'obtenait pour toute réponse que le bruit du respirateur et les bips-bips émis par les moniteurs, elle se redressa.

Elle se tourna vers sa mère et sa tante et, pour la millième fois, elle nota à quel point elles se ressemblaient. Même si le cours de leurs vies avait été très différent, les deux sœurs étaient restées proches d'une façon qui reléguait tous les autres au second plan. À l'exception de Danny, toutefois, qui comptait pour Jess plus que Lizzie. Beth avait très tôt compris qu'aux yeux de sa mère elle n'occupait qu'une minable troisième place.

— Puis-je rester seule avec lui pendant dix minutes? demanda-t-elle froidement.

Jess allait protester, quand Lizzie posa fermement la main sur son bras :

— Accompagne-moi, Jess. Nous allons prendre un café ou quelque chose d'autre.

Après qu'elles furent sorties, Beth s'assit sur le tabouret près du lit et prit dans la sienne la main de Danny :

— Je regrette, dit-elle simplement.

Ce n'était que récemment que son frère avait commencé à être dans son esprit un allié plutôt qu'un rival. Déjà, quand ils étaient enfants, Danny était éveillé et costaud. Contrairement à lui, elle était timide et sérieuse; il lui manquait la confiance qu'affichait naturellement Danny. Dans tous les domaines, sauf à l'école, elle s'était montrée plus lente et plus faible. Elle avait férocement désiré se révéler son égale, mais elle pressentait qu'elle ne le serait jamais aux yeux de sa mère. Jess l'avait protégée contre les moqueries et les brimades de son cadet; elle l'avait même défendue contre l'univers entier, mais Beth savait qu'elle ne serait jamais pour elle l'objet d'adulation qu'était son frère.

« La petite fille à maman », la raillait Danny.

Mais cette raillerie était contraire à la vérité. Beth était plus proche de son père, tandis que Jess restait irréductiblement séduite par la force brillante et insouciante de Danny. Elle pardonnait tout à son fils, même s'il se mettait souvent dans de mauvaises situations.

Beth pensait à tout cela tandis qu'elle tenait la main de Danny pour essayer de lui faire savoir, sans qu'elle ait besoin de parler, que son ressentiment était oublié maintenant.

Une fois que Beth eut quitté la maison, Danny et elle avaient commencé à se rapprocher d'une façon imprévue. C'était comme si, une fois la difficile union de leurs parents parvenue à son terme, ils avaient reçu en échange la liberté de s'aimer l'un l'autre en dehors de tout esprit de compétition. Danny était même venu habiter un certain temps chez elle, à Londres. Elle l'avait invité au théâtre et il l'avait amenée dans les pubs et les cafés.

— Nous nous sommes bien amusés, n'est-ce pas? lui rappelait-elle à haute voix. Nous pouvons recommencer. Je ne me plaindrai pas de la musique disco si de ton côté tu supportes sans maugréer les invraisemblances qui semblent aller de soi au théâtre.

— Est-ce qu'il peut m'entendre? demanda Beth à l'infirmière qui venait d'entrer.

— Nous présumons que tous les malades peuvent entendre.

Beth arrêta son regard sur le visage cireux de son frère. Il disparaissait presque sous les tubes et les bandages.

— Allons, Dan, reviens, murmura-t-elle d'un ton pressant. Ne me laisse pas seule maintenant, surtout pas maintenant.

Après l'avoir examiné, le chirurgien consultant entraîna les trois femmes à l'écart :

— Je constate qu'il ne réagit pas très bien à nos traitements.

— Qu'est-ce que ça signifie? demanda Jess.

— Ses réactions aux stimuli sont moins prononcées qu'elles ne l'étaient hier soir. La conjecture n'est guère brillante. J'aimerais pouvoir vous en dire plus, ou me montrer plus optimiste, mais nous ne pouvons pour l'instant que le surveiller et attendre.

Jess le regarda droit dans les yeux :

— Faites-vous vraiment tout ce que vous pouvez?

— Absolument tout.

Incapable de rester confiné dans sa chambre plus longtemps, Rob sortit. L'épuisement et la faim, tout autant que le choc, contribuèrent à le désorienter. Depuis la nuit précédente, il était en état d'arrestation. Il savait qu'il devait maintenant se rendre aux quartiers de la police en compagnie d'un avocat. Un policier l'avait mis au courant qu'on pourrait lui désigner un avocat d'office, s'il le désirait. Mais un souci instinctif d'indépendance le poussait à se présenter avec un procureur de son choix.

Il restait planté au coin de la rue, évaluant la longue distance qu'il lui faudrait parcourir à pied pour se rendre au cœur de la ville. Il revoyait mentalement sa camionnette écrasée contre le pilier du pont, Danny étendu sur l'accotement. Il se rappela que tous ses outils étaient remisés à l'arrière, et l'inquiétude l'envahit. Pendant qu'il réfléchissait à ce problème, la honte le saisit : comment pouvait-il se laisser distraire par une question aussi insignifiante ?

Il commença à marcher, s'obligeant à faire de longues enjambées régulières, bien que tous ses membres le fissent terriblement souffrir. Une heure après, il était dans la salle d'attente d'un cabinet d'avocats. La réceptionniste, après avoir jeté sur lui un regard rapide, l'expédia dans une petite pièce au fond du bureau.

Un homme jeune, coiffé comme Hugh Grant, se présenta à lui. Un produit des *public schools*[1], pensa Rob, en notant la chemise impeccable et la cravate. L'avocat lui tendit la main en se nommant :

— Michael Blake.

Rob la serra maladroitement avec sa main gauche.

— Dites-moi ce qui s'est passé, dit-il en faisant entrer Rob dans son bureau.

Rob lui raconta la soirée précédente d'un ton monotone, tandis que Michael Blake l'écoutait sans l'interrompre.

---

1. Les *public schools* anglaises, contrairement à ce que peut laisser croire leur appellation, sont en fait des établissements privés au recrutement très sélectif. À leur origine, elles avaient pour but de proposer un enseignement « public », c'est-à-dire visant à remplacer les précepteurs que les nobles et les riches engageaient pour instruire leurs enfants à domicile. Ce sont maintenant des collèges d'enseignement secondaire qui offrent un programme d'études classiques ouvrant la porte aux grandes universités. (NDT)

— Je suis dans de mauvais draps, conclut finalement Rob. Jusqu'à quel point cette histoire peut-elle mal tourner pour moi ?

Blake inclina la tête de côté et réfléchit avant de parler. Rob commençait à le trouver sympathique.

— Ça dépend en partie de ce qui va arriver à votre copain. Et de la plainte que les filles vont déposer.

— J'ai déjà un dossier, dit Rob d'un ton maussade.

— Vous feriez mieux de m'en parler dès maintenant.

L'événement s'était produit trois ans auparavant. Il avait rendez-vous avec une fille et, pour gagner du temps, il avait coupé au travers d'un stationnement désert. Il avait dix-neuf ans à l'époque, comme Danny maintenant. Il se souvenait exactement de la couleur du coucher de soleil, de l'asphalte taché d'huile, des grandes affiches publicitaires partiellement décollées sur la palissade. Trois voyous étaient assis sur un mur bas. L'un avait le crâne rasé et ses cheveux roux et raides faisaient penser au dos d'un porc d'exposition : une brute de cour d'école parvenue à l'âge adulte. Ses deux compagnons avaient des allures de bêtes sauvages.

— Regardez, les gars, c'est Bits, lança le premier d'un ton moqueur. Allons, Bits, qu'est-ce que t'as à manger aujourd'hui ?

Les deux autres rirent bêtement. Rob avança vers eux et vint se planter nez à nez devant le meneur :

— Ferme ta grande gueule, lui ordonna-t-il.

Il croyait avoir passé l'âge de se faire appeler par ce sobriquet et de porter la honte qui s'y rattachait. Le surnom remontait à l'époque où il était ballotté entre l'orphelinat et les foyers d'hébergement. Le sobriquet Bits[1] faisait allusion aux vêtements qu'il portait et à la façon dont il était nourri. Il rappelait aussi le jour où, affamé et ayant envie du goûter d'un camarade, il lui avait demandé : « Donne-moi un morceau, veux-tu ? »

À dix-neuf ans, Rob était devenu assez grand, assez fort et assez indépendant pour que l'ancien sobriquet ne lui colle plus à la peau. De l'entendre de nouveau après quelques années le ramenait à une image de lui-même qu'il voulait oublier.

---

1. Le mot anglais *bits* signifie « morceaux ».

— À qui demandes-tu de la fermer, Bitty?

Une bagarre avait éclaté et Rob en était sorti passablement amoché. Comme il se traînait hors du parc de stationnement, Rob entendit rire ses agresseurs. Une colère noire s'empara de lui et il perdit toute maîtrise de lui-même. Suffoquant de rage, il aperçut une courte tige de métal, provenant d'un ancien échafaudage, oubliée au bord de la rue. Se faisant le plus invisible possible, il décrivit alors un large cercle autour des trois lascars qui, de nouveau assis sur le muret, buvaient de la bière à même une grosse bouteille qui circulait de l'un à l'autre. Il sortit alors de l'ombre et frappa le plus costaud à l'arrière de la tête avec la tige de métal. Le gaillard s'écroula comme un porc à l'abattoir.

Rob fut accusé d'agression. On lui infligea une amende et on le mit en liberté surveillée.

— Il y avait donc eu provocation, fit remarquer Michael Blake.

Rob ne lui parla pas de sa crainte innée de la violence, qui semblait ancrée en lui comme un caractère atavique.

Ils se rendirent ensemble au poste de police, dans la voiture de l'avocat.

— Nous étions sur le point d'aller te chercher, lança le policier qui les accueillit.

Rob fut interrogé après la mise en garde d'usage et ne fit pas l'objet d'un autre mandat d'arrestation. Un inspecteur de police enregistra le compte rendu que fit Rob des événements de la veille. Tout en parlant, le jeune homme entendait dans sa tête la voix de Danny, son rire, comme s'il avait été assis à côté de lui, à la place de Michael Blake.

Puis, avant d'aborder les circonstances de l'accident même, l'inspecteur l'interrompit :

— Tu peux te reposer et prendre une tasse de thé si tu le désires.

Rob but de bonne grâce l'infusion corsée. Quand l'interrogatoire reprit, il pencha la tête et plissa les yeux comme s'il essayait de se souvenir. La zone opaque au centre de ses souvenirs s'était épaissie et agrandie. Il avait poussé le moteur à fond pour échapper à la police. L'instant suivant Danny gisait sur l'herbe et l'univers avait basculé.

— As-tu autre chose à ajouter? demanda l'inspecteur.

Rob secoua négativement la tête. Rien.

Le policier informa Rob et Michael Blake que le test d'haleine administré au bord de la route avait donné un résultat clairement positif. Le résultat du test sanguin ne serait pas disponible avant quelques semaines : dans l'intervalle, la police ferait enquête en recueillant les témoignages et en tentant d'établir des preuves. Les policiers interrogeraient Cat et l'autre fille, et on rédigerait leur déclaration officielle. Après quoi un rapport serait soumis au service du procureur de la Couronne, avec une recommandation relative aux charges qui seraient retenues. Jusqu'à cette date, durant l'enquête, Rob serait libre de ses mouvements pour autant qu'il reste à la disposition de la Cour.

— J'y pense, ajouta l'inspecteur, il semble, d'après le rapport préliminaire de l'enquêteur, que ton pneu arrière gauche s'est dégonflé avant l'impact.

Rob hocha vaguement la tête, trop perturbé encore pour savoir comment interpréter cette information.

— Y a-t-il d'autres nouvelles de l'hôpital? demanda-t-il.

— Il n'y a pas de changement.

— Mr Ellis, intervint Michael Blake, est un menuisier qui travaille à son compte, et tous les outils dont il a besoin pour exercer son métier sont à l'arrière de sa camionnette. Quand pouvons-nous espérer les récupérer?

L'inspecteur consulta ses notes :

— Quand on en aura terminé avec l'inspection du véhicule, tout ce qui s'y trouve sera déposé à notre magasin. Mr Ellis pourra les reprendre quand l'autorisation de les lui rendre aura été accordée. Dans une semaine à peu près, j'imagine.

— Tu pourras au moins travailler quand on t'aura enlevé ton plâtre, l'encouragea l'avocat, une fois qu'ils furent dans la rue.

L'attente dura plusieurs jours encore. La salle où se trouvait Danny ainsi que la salle d'attente devinrent aussi familières aux trois femmes que leurs propres chambres. Elles restaient assises sur les chaises droites en se tenant les mains. Quand elles parlaient, c'était pour évoquer le passé. Chacune le reconstituait à sa façon, de sorte qu'il ne semblait comporter que des événements heureux. Pour l'instant, elles surveillaient les aiguilles de l'horloge, les allées et venues des infirmières et l'écran lumineux au-dessus du lit de Danny. Elles essayaient d'oblitérer l'avenir.

Lizzie retournait régulièrement à la maison, au cours de la journée, pour voir si Sock avait besoin d'elle. Quand elles n'en pouvaient plus de rester éveillées, Jess et Beth s'accordaient quelques heures de sommeil à tour de rôle dans la chambre exiguë du service des soins intensifs.

L'état de Danny ne s'améliorait pas. Quand les infirmières pinçaient sa chair meurtrie ou exerçaient une pression sur son sternum, il n'allongeait pas les bras, pas plus qu'il ne serrait les poings. Les machines continuaient à faire leur travail de robots et le blessé gisait inerte au milieu de cet équipement sophistiqué.

Au milieu du troisième jour, Ian arriva d'Australie.

Il y avait plus de deux ans que Jess et Ian s'étaient séparés et plus d'un an qu'ils ne s'étaient pas revus.

Dans le cadre plutôt triste de l'hôpital, il avait l'air frais et dispos, même après un vol aussi long, et son bronzage paraissait incongru à côté du visage pâle et tiré des femmes.

Beth se leva précipitamment et courut vers lui en poussant un cri de soulagement. Elle restait accrochée à son père comme si de lui dépendait son salut.

— Je suis arrivé, disait-il pour la calmer, la bouche dans ses cheveux. Je suis avec vous maintenant.

Comme si le simple fait de son arrivée changeait tout, pensa Jess. Mais elle s'empressa d'oublier cette pensée amère. Elle n'avait plus la force de se concentrer sur autre chose que sa peur. Et au-delà de cette peur, sur la douleur qui se réveillait et commençait à masquer la peur même.

Quand Ian se tourna vers elle, elle lui tendit maladroitement sa main, qu'il ignora pour mieux la prendre dans ses bras. Ils restèrent enlacés sans parler, pendant que s'affirmait à nouveau l'ancienne familiarité qui avait autrefois uni leurs corps. Jess résista à un mouvement aveugle et instinctif qui la poussait à blottir son visage contre l'épaule de son mari. Elle ne se permettrait pas de pleurer, pas encore.

— Comment va-t-il? demanda Ian.

Elle secoua la tête, incapable de parler.

Dans la salle commune, la famille indienne faisait bloc autour du lit d'une jeune fille; plus loin, de grands enfants montaient silencieusement la garde auprès de leur père, victime d'une crise cardiaque.

Ian marcha tout droit vers le lit de Danny :

— Bonjour, mon garçon, dit-il simplement.

Il se pencha et frotta doucement sa joue, avant de caresser la mèche de cheveux noirs qui sortait des pansements immaculés.

— Bonjour, répéta-t-il.

Jess le regardait parler tout bas à Danny. Elle était incapable de détacher ses yeux secs du tableau que formaient le père et le fils.

Plus tard, alors que la lumière du jour déclinait, Ian et Jess sortirent faire une courte promenade dans l'air humide. Une lumière jaunâtre commençait à illuminer les fenêtres des édifices alignés de l'autre côté du chemin. Ils passèrent sous un réverbère au moment précis où celui-ci s'allumait pour donner une lumière orange aux reflets couleur de sang. Ils marchaient en silence, sans se toucher. Durant les derniers mois de leur mariage, une fois que Ian eut fait la connaissance de Michelle, leurs rapports s'étaient détériorés au point qu'ils en venaient à s'opposer sur tous les sujets. Ils avaient fini par adopter un ton hargneux dès qu'ils s'adressaient la parole. Mais aujourd'hui, alors qu'ils traversaient ensemble des heures sombres, ni l'un ni l'autre n'exprimait le moindre regret ou ne tentait de se justifier. Ils n'étaient pas tentés de revenir sur leur passé, qui ne semblait plus maintenant avoir d'importance.

Jess finit par dire d'une voix neutre :

— Je crois qu'on nous prépare au pire.

— On n'en sait rien. Ils ne le savent peut-être pas eux-mêmes.

Ian refusait toujours d'anticiper le pire avant qu'il ne le frappe. Autrefois, son optimisme était presque délibéré. Jess se souvenait des interminables mésententes qui les avaient opposés durant des années ; elle se rappelait comment leurs attentes particulières et leurs défauts respectifs les avaient dressés l'un contre l'autre. Leur mutuel échec semblait bien triste maintenent qu'il appartenait à un temps révolu. Elle s'immobilisa au milieu de la chaussée et rejeta nerveusement la tête en arrière :

— Que pouvons-nous faire ? cria-t-elle avec angoisse.

Ian posa ses mains sur les épaules de Jess. Les traits familiers de son ex-mari rappelaient à Jess qu'ils étaient bien plus que des étrangers, même si elle ignorait tout de sa nouvelle vie.

— Nous ne pouvons rien faire, lui répondit-il patiemment. Même nous, ses parents. Il nous faut compter sur les médecins et sur Danny lui-même.

Jess regarda les fenêtres illuminées, derrière lesquelles la vie ordinaire poursuivait son cours. « S'il meurt, se disait-elle avec désespoir, tout est fini. » Et sa pensée la ramena au commencement, juste après la naissance de Danny et, encore plus loin, vers une vie antérieure qui ne lui appartenait plus.

Lizzie, qui était revenue de chez elle après avoir passé l'après-midi avec son fils, avait repris son poste auprès de son neveu. Beth s'était alors absentée de la chambre pour venir boire un gobelet de thé dans la salle d'attente. Comme la plupart des gens confinés dans cette pièce, elle leva les yeux aussitôt que la porte s'ouvrit.

Rob avait laissé retomber le pan gauche de sa veste de cuir sur son bras immobilisé dans le plâtre. Des bleus et des escarres faisaient des taches sombres sur le côté droit de son visage. Ses yeux croisèrent ceux de Beth, qui devina immédiatement qui il était.

— Tu es sa sœur, n'est-ce pas ?

— Oui.

Beth avait sensiblement le même âge que Rob Ellis. Elle ne l'avait jamais rencontré cependant, parce que l'école de filles qu'elle avait fréquentée était séparée de celle des garçons. Elle avait toutefois appris, sans doute par les potins de ses camarades, que ce garçon était plutôt étrange et que cet aspect de sa personnalité avait quelque chose à voir avec son passé. Aussitôt que sa mère lui avait appris qui conduisait la camionnette, elle avait fait de vagues associations.

— Qu'est-ce que tu veux ? Que fais-tu ici ?

Il ignora la curiosité de la jeune fille et posa lui-même une question :

— Comment va-t-il ?

— Encore dans le coma. Il est branché à un respirateur. C'est maintenant que tu te fais du souci, après l'avoir toi-même mis dans cette situation ?

Il avait presque fait demi-tour quand il se retourna vers elle. L'expression de son visage la fit reculer d'un pas : elle aurait voulu ravaler ses paroles.

— Oui, en effet, avoua-t-il simplement.

L'interne venait tout juste de faire sa visite de routine et il n'avait noté aucun changement. Lizzie entendit des pas et se retourna. Rob se tenait à un mètre d'elle et il regardait fixement Danny. Puis il s'approcha tout près et se pencha au-dessus de lui.

Beth l'avait suivi. Elle articula silencieusement son nom pour faire savoir à sa tante qui il était. Lizzie se leva brusquement :

— Que veux-tu ?

Rob ne semblait pas l'avoir entendue. Il surveillait Danny, sa main valide appuyée sur le bord du matelas. Lizzie contourna le lit et lui secoua le coude. Il se retourna très lentement, tel un géant qui l'aurait menacée.

— Que veux-tu ? répéta-t-elle d'une voix plus forte.

Le garçon secoua la tête. Les épaisses boucles de ses longs cheveux étaient maladroitement ramassées en queue de cheval. Il n'était pas rasé, de sorte que ses joues étaient hérissées de poils roux. Ses lèvres étaient sèches et ses yeux cernés. Un pansement fraîchement refait, sur un côté de sa tête, semblait étonnamment blanc.

— Le voir. À quoi d'autre pensez-vous donc ?

66

Sa voix était éraillée, comme s'il n'avait pas parlé depuis long-temps. Lizzie poussa le bras de Rob du plat de sa main :

— Tu ne peux pas rester ici.

— Ce n'est pas à vous de me dire quoi faire.

Son effronterie la médusa. Il y avait chez lui une impassibilité, une nonchalance qui le rendaient terriblement antipathique. Que penserait Jess si elle le trouvait ici à son retour ? Lizzie le repoussait plus durement, au fur et à mesure que la colère se frayait un chemin à travers sa fatigue et son angoisse.

Rob saisit son poignet avec ses doigts d'acier, la faisant grimacer de douleur :

— C'est mon ami. Vous comprenez ? Qui êtes-vous ?

— Sa tante, répondit-elle avec une certaine hésitation où se mêlait la peur.

— Ah ! bon.

Beth s'interposa entre Lizzie et Rob. La famille indienne jeta un regard timide vers eux. Rob se tourna vers Danny. Il se pencha au-dessus de lui un moment et ses lèvres articulèrent des mots inaudibles. Beth, se rendant compte de ce qui se passait, hésita à intervenir, mais Lizzie traînait déjà à sa suite un infirmier du service.

— Je crains que vous ne puissiez rester ici sans le consente-ment de la famille, dit ce dernier.

Il était beaucoup plus petit que Rob. Deux médecins qui se tenaient près du bureau, au milieu de la salle, tournèrent les yeux de leur côté. Jess et Ian entrèrent au même moment.

Ian sut à l'instant qui il était. Il vit aussi de quelle façon Lizzie et Beth faisaient front contre l'intrus.

— Allez, sortez, lui ordonna Ian d'un ton tranchant.

Le directeur du service vint à la rescousse :

— Je suis désolé. Il y a trop de monde autour de ce lit. Vous dérangez les autres malades. Vous représentez un risque d'infection, continua-t-il à s'adressant à Rob. Vous devez partir.

Les gens admis dans la salle devaient tous revêtir un tablier de plastique avant d'y entrer. Rob était le seul à n'en pas porter.

— Qu'il reste, intervint Jess. Quelques minutes seulement.

Elle se dirigea ensuite vers le distributeur, à côté de la porte, et en retira un tablier jetable, qu'elle tendit à Rob sans même le regarder. L'infirmière de Danny l'aida à le passer par-dessus sa tête et à nouer les cordonnets.

— Nous attendrons à l'extérieur, dit Jess.

Ils s'installèrent dans la salle d'attente vide. Jess se planta devant la haute fenêtre et regarda fixement la nuit naissante sans rien voir.

— Maman ! protesta Beth.

— C'est ce que Danny aurait voulu, murmura Jess sans se retourner. Rien d'autre ne compte maintenant, ne penses-tu pas ?

Rob se tint à côté du lit sans bouger. L'infirmière fronça les sourcils en le regardant, puis se tourna pour écrire quelques notes dans le dossier de Danny. Les médecins reprirent leur conversation à voix basse et la parents indiens continuèrent leur veille auprès de l'enfant. Rob observait le visage de son ami. Les tubes qui le maintenaient en vie le rendaient méconnaissable.

— Dan, murmura Rob.

Mais Dan ne tourna pas la tête, pas plus qu'il n'ouvrit les yeux.

Rob se mit à trembler. Il avait pris son courage à deux mains pour venir lui rendre visite et, maintenant, il se sentait démuni.

Le chuintement du ventilateur et la danse des points de couleur sur l'écran au-dessus du lit n'avaient rien à voir avec son ami. Ce n'était pas Danny qui reposait là. Mais toute cette quincaillerie était bien vraie, ainsi que ce lieu sinistre et la salle d'attente, à côté, où les gens étaient confinés malgré eux. Cette triste réalité avait pris, dans les quelques jours qui avaient suivi le tragique accident, une dimension terrifiante, quasi surréaliste. Il ne pouvait rien faire pour la chasser de sa pensée. Il ferma les yeux, puis les rouvrit. Il mordit alors l'intérieur de sa bouche pour bloquer le cri d'horreur qui montait du plus profond de lui-même.

« Réveille-toi, le supplia-t-il en silence. Réveille-toi juste une minute et regarde-moi. Redeviens toi-même pour que je puisse échapper à mon remords. Ou lève-toi et laisse-moi prendre ta place avec ces tubes dans la bouche et ces machines qui respireront à ma place. Allez ! Pourquoi ne le fais-tu pas ? »

La profonde inconscience de Danny ne faisait que rendre plus évidente la futilité de ses désirs. Il était impossible de revenir en arrière. L'implacable vérité alimentait sa rage :

— Danny, mon copain, peux-tu m'entendre ? demanda-t-il à haute voix.

Rien. Rob recula en continuant de regarder le visage défiguré de son ami :

— Je te reverrai. Je te reverrai un jour, d'accord ?

Alors il se retourna et courut hors de la salle. Une fois à la porte, il arracha son tablier et le lança vers la poubelle, sans se préoccuper de savoir s'il atteignait sa cible.

Rob passa en courant devant les portes closes de la salle d'attente et s'engouffra dans le corridor désert conduisant aux ascenseurs. Mais un homme qui l'attendait, tapi dans un enfoncement entre deux armoires, surgit devant lui pour lui bloquer le passage.

C'était le père de Danny. Un homme trapu, aux cheveux blond-roux, à la peau bronzée pigmentée de taches de rousseur et aux doigts recouverts de poils gingembre. Mais ses doigts repliés sur eux-mêmes n'étaient pour l'instant que partie intégrante de ses poings rageusement serrés :

— Ne reviens jamais plus rôder par ici, grogna Ian Arrow-smith, les dents serrées. Tu ne penses pas que c'était déjà assez d'avoir soûlé et écrasé notre garçon contre un mur sans que tu viennes vérifier l'étendue des dégâts ?

Rob était encore sous le coup de l'émotion. Il avala difficilement, car la colère lui avait asséché la bouche. Il lui semblait voir des éclairs dans les yeux congestionnés de l'homme.

— Peux-tu imaginer, poursuivit Ian, quelle douleur sa mère et sa sœur ont ressentie en te voyant ici, alors qu'elles savaient ce que tu lui avais fait ?

Rob serra le poing gauche, prêt à frapper, puis il détendit ses doigts. Il s'éloigna en courant, ses semelles crissant sur le lino bien astiqué de l'hôpital.

Le chirurgien demanda à voir Jess et Ian.

— Monsieur, madame, nous allons effectuer quelques tests sur Danny, leur annonça-t-il d'un ton empreint de sympathie. Ces tests détermineront s'il nous est possible d'espérer un rétablissement partiel ou si les dommages subis au cerveau sont permanents.

Jess baissa la tête et fixa ses mains jointes sur ses genoux. Pendant un instant de panique, elle pensa que jamais plus elle ne pourrait se rappeler la voix de Danny ou évoquer son visage. Réagissant soudain aux paroles du médecin, elle leva la tête :

— Quand ?

— Ce soir. Mr Barker, mon interne principal, fera les tests. Et je les referai moi-même à la première heure demain matin. Nous ne voulons pas tirer de conclusions avant d'avoir tout vérifié deux fois.

— Je vois, murmura Jess. Ce sont de mauvaises nouvelles, n'est-ce pas ?

Ian posa sa main sur le bras de Jess, qui la sentit à peine.

— Nous n'avons encore aucune certitude, répondit le médecin. Mais je crains que vous ayez raison. Je suis désolé.

Il faisait preuve d'une sincère compassion. Jess secoua la tête, comme si elle se rendait compte qu'il ne lui servait plus à rien maintenant d'espérer.

L'interne vint administrer la première batterie de tests. On installa des paravents tout autour du lit de Danny, puis on invita la famille à se retirer. Jess se représenta ce que ces tests pouvaient impliquer, mais elle s'interdit de poser des questions, pour ne pas risquer d'entendre des réponses qui l'effraieraient.

Une fois les tests terminés, le docteur Barker, l'air sombre, vint les prévenir qu'ils pouvaient retourner au chevet de Danny.

La nuit parut interminable. Beth était rentrée à la maison avec Lizzie après qu'on leur eut assuré qu'il ne se passerait rien jusqu'au matin. Jess et Ian assumaient la garde à tour de rôle auprès de leur fils. Le visage de Ian avait perdu ses couleurs et pris une teinte grisâtre. Jess évitait de le regarder pour ne pas voir sa douleur. Elle céda sa place à l'infirmière pour aller se reposer dans le lit étroit de la chambre réservée aux parents des malades.

Le jour finit par se lever et bientôt Lizzie et Beth réapparurent. Beth avait les lèvres exsangues et les yeux rouges. Aussitôt qu'elle vit son père, elle se jeta dans ses bras et pleura. Lizzie avait apporté à Jess un thermos rempli de café buvable et un croissant enveloppé dans une serviette de lin. Ce petit luxe semblait grandement étranger à ces lieux. Jess but le café et brisa consciencieusement la pâte floconneuse du croissant dans la serviette pendant que les autres attendaient qu'elle mange.

Alors qu'ils prêtaient l'oreille au va-et-vient matinal de l'unité, ils entendirent les pas du médecin, qui arrivait enfin.

Les deux ou trois minutes pendant lesquelles ils durent attendre encore leur parurent une éternité. Ils restèrent assis en silence et sans bouger, chacun à sa place habituelle, l'oreille aux aguets.

— Je veux entendre ce qu'il aura à dire, moi aussi. N'allez pas le voir sans moi comme hier, rouspéta Beth.

Jess était assise entre sa fille et Lizzie : elle avait besoin de sentir leur présence. L'intuition de Jess était juste : leur solidarité excluait Ian et faisait ressortir la réalité de leur divorce de façon plus aiguë que jamais. L'évidente souffrance de son ex-mari n'en suscitait pas moins chez elle un sentiment de culpabilité.

Le spécialiste vint vers eux. Jess se demanda s'il avait pris son petit-déjeuner avec ses enfants dans une confortable cuisine aux armoires de pin. L'image de deux petites filles bien propres dans leur uniforme d'écolières fréquentant un établissement privé traversa son esprit.

— Je viens juste de faire moi-même les tests du bulbe rachidien. Je suis désolé d'avoir à vous le dire, mais je suis absolument certain que votre fils est mort.

— Non ! cria Ian. Il vit, il bouge, je l'ai vu !

— Les mouvements que vous voyez ne sont que des contractions involontaires, de simples réflexes. Danny restera techniquement en vie aussi longtemps que nous continuerons à le nourrir artificiellement, à drainer les toxines et à l'oxygéner. Mais son cerveau est mort.

— Quelqu'un est déjà sorti de cet état ? demanda Jess.

— Personne. Jamais, répondit le docteur Copthorne en la regardant.

Beth gémit comme un petit animal et pleura sur l'épaule de son père. Lizzie sanglotait sans retenue. Jess, oubliant pour la première fois son chagrin, se dit que les larmes de sa sœur avaient quelque chose de théâtral. Puis elle tourna les yeux vers Ian et crut déceler chez lui de la honte. La perte de leur fils, en plus de lui crever le cœur, lui faisait éprouver un malaise profond. Ce deuil serait désormais associé à leur échec mutuel et il en serait le symbole terrible et définitif.

Danny était mort. Il était parti pour un mystérieux ailleurs, pendant que les machines sifflaient et clignotaient autour de lui. Il apparut à Jess qu'elle l'avait toujours su et que son espoir entêté n'était qu'un écran de fumée.

Les yeux secs, elle soutint le regard du médecin. C'est donc à elle qu'il s'adressa :

— J'ai une faveur à vous demander, bien que je sache que ma requête est une intrusion dans votre douleur. Je sais qu'elle pourra vous paraître terrible et injuste, mais la mort de votre fils peut sauver d'autres vies. Voulez-vous faire don de ses organes ? Je crois que vous trouverez quelque consolation dans ce geste, si vous êtes capable d'y consentir.

Sans hésitation, sans même consulter Ian, parce que Danny était à elle seule maintenant, Jess répondit :

— Oui. Prenez tout ce qui peut aider quelqu'un d'autre.

— Merci, madame.

— Pouvons-nous le voir d'abord ?

— Naturellement.

Précédées par Ian, qui avançait lentement, les trois femmes, soudées l'une à l'autre, entrèrent pour la dernière fois dans la salle.

Ensuite, on laissa Jess seule avec lui. Ian soutint Beth, alors que Lizzie s'attarda encore un moment. Aveuglée par les larmes, elle chercha à tâtons son chemin entre les paravents blancs.

Jess s'assit en silence, et contempla le visage impassible de Danny. Un flot continu de pensées roulait dans sa tête : des images claires du passé, qui se matérialisaient dans la conversation qu'elle tenait maintenant avec son fils, une conversation qu'il n'était pas question d'interrompre jamais. Elle lui parlerait – comment pourrait-elle faire autrement ? – et il lui répondrait. Il serait toujours dans son cœur et cette soudaine certitude était comme une brillante lumière qui la consolait après tous ces jours passés dans les ténèbres.

Elle se leva et plia délicatement la couverture jusqu'à ce qu'elle voie tout entier son fils. Avec un effort de volonté, elle occulta mentalement les disques blancs retenus à sa poitrine par du ruban adhésif, ainsi que les tubes et les cordons d'alimentation. Elle ferma aussi ses oreilles au bourdonnement du ventilateur et aux bruits feutrés de la salle.

Danny avait les épaules carrées. Une fourrure sombre recouvrait sa poitrine et ses avant-bras. Sa cage thoracique se soulevait régulièrement comme s'il dormait. Sa peau, douce comme celle d'un enfant, portait encore la trace de son bronzage de l'été. Jess examina la soudure des muscles et des tendons, le creux à la base de sa gorge, la puissance de ses pectoraux, et pensa à quel point il était beau. Pendant qu'elle l'examinait ainsi, c'était un homme qu'elle voyait et non plus son enfant. Elle aurait souhaité s'allonger à côté de lui et le prendre dans ses bras. La montée de son désir lui donna la chair de poule. Elle sentit son corps parcouru par de légers courants électriques, comme si elle avait été une jeune fille, comme si elle avait été sa maîtresse.

Elle posa le bout de ses doigts sur son épaule, qui gardait encore sa chaleur. Elle se pencha et déposa un baiser sur la petite cicatrice imprimée sur sa mâchoire.

Finalement, elle remonta tendrement la couverture et le borda soigneusement.

Le dialogue intérieur se poursuivait toujours : des bribes de conversations qu'ils avaient eues à propos de ses études, des filles, de son avenir. Elle l'entendait, le voyait bouger, sourire, marcher. Tout cela était fini maintenant.

Jess se redressa, recula d'un pas.

Elle ne prononça aucun mot d'adieu.

Elle poussa le paravent, traversa la salle en posant un pied devant l'autre comme un automate. Elle distingua les visages du chef de l'unité, d'une infirmière et d'un médecin qui se tenaient prêts à l'aider. Elle les remercia en s'efforçant de sourire, tout en se demandant si cet effort ne la faisait pas grimacer involontairement. Une infirmière passa un bras autour de ses épaules. On la reconduisit loin de l'unité et de l'abominable salle d'attente, pour qu'elle ne voie pas le corps qu'on transporterait au bloc opératoire.

4

Ian dressait la table ronde de la salle à manger. Il trouva la nappe blanche dans le tiroir habituel du buffet et la secoua au-dessus de la table. Les faux plis révélaient qu'elle n'avait pas été utilisée depuis longtemps. Jess et Danny devaient sûrement prendre leurs repas dans la cuisine, si toutefois ils mangeaient ensemble. Il y avait presque trois ans que la famille n'avait pas partagé de repas dans cette pièce.

Il ressentit dans son cœur tout le poids du *jamais plus*. Il avala inconsciemment, comme pour chasser cette pensée.

Il prit les deux chandeliers sculptés sur le plateau poussiéreux du buffet et les posa sur la nappe. Il était important de souligner le jour des funérailles de Danny par une cérémonie particulière. Une fois qu'il eut dressé cinq couverts, il jeta un regard d'ensemble sur la salle à manger. La pièce ne semblait pas avoir changé depuis le jour de son départ. Il se rappelait avoir alors descendu ses deux valises dans le hall d'entrée, puis avoir jeté un bref regard dans la salle à manger pour s'assurer qu'il ne laissait derrière lui rien de ce qui lui appartenait. Il avait ensuite mis les valises dans sa voiture et pris la direction de l'appartement de Michelle.

Quelques années plus tôt, il avait réservé une semaine de ses vacances d'été pour tapisser la salle à manger avec Jess. Aujourd'hui, les minuscules fleurs brunes du motif conçu par Laura Ashley paraissaient défraîchies et les tentures assorties pendaient mollement sous les plis de la cantonnière. Le tapis ainsi que les coussins des chaises de bois étaient déchirés. Ils avaient acheté d'occasion l'ameublement, qui rappelait la mode scandinave des années soixante. Jess n'avait rien changé depuis, n'avait apporté aucune amélioration au foyer qu'ils avaient créé ensemble. Ian déduisit peu charitablement que l'énergie engendrée par le bonheur conjugal lui avait probablement manqué autant que l'argent.

Une odeur d'ail frit parvint à ses narines. James préparait le dîner pendant que les trois femmes se trouvaient ensemble à l'étage. Ian était soulagé de profiter de cette accalmie. La maison avait été envahie par les visiteurs durant de longues heures.

Les gens étaient venus après les dernières formalités du crématorium. Ils avaient été invités au buffet, préparé par des traiteurs que Lizzie avait fortement recommandés. Ils avaient serré les mains de Jess et de Ian en les assurant que, s'ils avaient besoin d'aide sous quelque forme que ce soit, ils n'avaient qu'à demander. Bien des visages plus ou moins familiers s'étaient succédé : des voisins que Ian avait presque oubliés, d'anciens professeurs de Danny, des amis de Jess, dont une compagne de travail qui avait cueilli, dans les serres, des clématites, du jasmin d'hiver et des daphnés vigoureux et odorants. Puis les copains de Danny avaient défilé, solennels et muets. Ian ne les avait pas revus depuis le temps où ils n'étaient que des gamins. Des douzaines de visages, dont aucun n'était celui de Danny.

Ian avala sa salive avec effort, comme s'il avait voulu résister à un bâillement ou à la nausée. Il ne savait pas comment exprimer la douleur que lui causait la mort de son fils. Il n'avait pas encore pleuré. Ce genre de manifestation était réservé aux femmes. Cette pensée lui rappela Michelle, qui pleurait aussi facilement qu'elle riait.

— Quand rentres-tu à la maison ? lui avait-elle demandé.

Le téléphone accentuait ses voyelles prononcées à l'australienne, lui avait-il semblé, à moins que ses oreilles ne se soient immédiatement réhabituées à l'accent des Midlands.

— Je serai à bord du premier vol de Qantas après-demain, chérie. J'ai tellement hâte de me retrouver avec toi, tu sais.

— Je viendrai t'accueillir à l'aéroport, lui avait-elle dit spontanément.

— Oh! oui. J'apprécierais.

Elle lui manquait. La vie avec Michelle n'était pas compliquée, tout allait de soi. Dès les débuts, cette simplicité leur avait fait défaut, à lui et à Jess. Il n'avait jamais senti qu'elle se donnait entièrement à lui. Il y avait constamment une petite distance, une façon de résister qui avait au début quelque chose de désespérément tentant, mais qui avait fini par le décevoir.

Ian alluma les bougies avec son briquet. La flamme vacilla avant de s'élever bien droite dans l'air calme. Il la contempla une minute avant de retourner dans la cuisine.

James s'affairait devant de la cuisinière. Il leva la tête tout en tournant sa spatule de bois dans la casserole :

— C'est un peu fait au petit bonheur. Je ne savais pas où trouver les choses.

James avait un réel talent pour la cuisine et il adorait s'en occuper. Lizzie savait à peine préparer un sandwich. C'était l'un des domaines où ils n'étaient jamais en compétition. Il avait passé le tablier à rayures de Jess sur des vêtements sombres qu'on ne lui voyait que rarement.

— Je suis certain que ce sera bon, dit Ian sans conviction.

Il pensa que James ressemblait à une tapette serrant les fesses sous son tablier. Mais il connaissait suffisamment Lizzie pour savoir que cette impression était trompeuse. Dans le milieu ambivalent des artistes, Lizzie avait toujours claironné qu'elle ne s'intéressait qu'aux hommes véritables. Pendant un an ou deux, longtemps auparavant, elle avait habité avec eux pendant de longues périodes alternant avec d'autres où elle nichait ailleurs. Jess avait ensuite pris ses distances vis-à-vis d'elle, avait cru remarquer Ian. Mais elle n'avait jamais fermé la porte à sa sœur : elle en aurait été incapable.

— Tu veux un verre? demanda James en montrant du menton un litre de vin rouge déjà ouvert.

— Un scotch pour moi.

Ian prit la bouteille de Bell's dans l'armoire et s'en versa une bonne rasade. James ouvrit une boîte de tomates et la vida d'un geste trop brusque dans la casserole, faisant jaillir autour quelques gouttelettes de jus. Il prit alors un torchon et essuya les taches cramoisies sur la plaque chauffante de la cuisinière. « Voilà un homme ordonné », pensa Ian.

— Jess se repose encore ?

— Je suppose, répondit Ian. Elle en a bien besoin.

Une fois les derniers amis partis, Jess et Beth étaient allées s'étendre chacune de son côté. Lizzie avait donné son bain à Sock et l'avait installé sur le canapé du living-room pour qu'il dorme. Personne n'était entré dans la chambre de Danny.

Ian s'assit à table et but son whisky. Il ne trouvait rien d'autre à dire à James.

Ils s'étaient rencontrés quelques rares fois durant la période qui avait précédé son départ pour l'Australie avec Michelle. James s'était fait, comme par instinct, le défenseur de Jess. Ian était persuadé que Lizzie n'avait caché à son nouvel ami aucun détail relatif à la conduite répréhensible de son beau-frère. Il s'était cependant senti dans une trop mauvaise situation pour se donner la peine de se justifier. Ian ne se sentait jamais à l'aise avec les hommes qui avaient plus de succès que lui, et il savait que James était à la tête de son propre bureau de comptables. Il savait aussi que, lorsqu'il avait épousé Lizzie, il lui avait acheté une assez imposante maison victorienne dans un village situé au milieu d'une campagne miraculeusement épargnée par l'urbanisation. Ian n'avait pas vu la maison, mais il imaginait une serre avec une charpente de cèdre, une cuisine dallée et des centaines de mètres carrés de tapis de haute laine aux tons pastel. La relative décrépitude de sa propre maison, qui était celle de Jess maintenant, s'imposait à lui comme un reproche humiliant.

C'est avec soulagement qu'il entendit Lizzie sortir de la salle de bains de l'étage. Il l'entendit traverser le couloir et frapper à la porte de Jess.

— Elles vont descendre dans une minute, fit-il remarquer.

James approuva d'un signe de tête :

— Tout est prêt maintenant.

Les trois femmes descendirent ensemble.

— Sock a enfin cessé de lutter contre le sommeil, soupira Lizzie. J'ai craint qu'il ne s'endorme jamais.

— Prends un verre, l'invita Ian en lui versant un scotch.

— Merci.

— Et toi, Beth?

— Donnes-en à maman.

Jess accepta volontiers le verre que Ian lui tendait et s'appuya contre le buffet. Lizzie apporta quelques plats à réchauffer et Beth jeta un tas d'épluchures dans la poubelle à pédale. Elles s'ingéniaient à se tenir occupées avec ces petites tâches, dans l'espoir inconscient d'oublier leur douleur. Quand Jess comprit ce qui se passait, elle pressa son poing contre sa bouche.

— Viens t'asseoir, ma chérie, lui dit Lizzie en la guidant vers une chaise.

Jess perçut une odeur de cigarette qui émanait des vêtements de sa sœur. Lizzie avait de nouveau succombé.

— Merci, murmura-t-elle.

Elle nota le visage blême et les yeux cernés de Beth. Elle remarqua aussi le front maintenant dégarni de Ian. Ils avaient tous deux tellement aimé Danny. Comment d'ailleurs auraient-ils été capables de ne pas l'aimer?

— Je vous remercie d'être tous ici ce soir, dit-elle à la ronde.

— Comment pourrions-nous être ailleurs?

C'est Lizzie qui avait posé la question. Elle n'avait pas encore retiré la jaquette de satin aux rayures écarlates et noires qu'elle avait portée, à la cérémonie des funérailles, avec un large chapeau de feutre noir dont le bord était rabattu pour cacher ses yeux. Un costume de théâtre...

— Je ne peux pas porter du noir pour lui, avait-elle murmuré à Jess. Comme s'il s'agissait d'un vieil homme...

Jess n'avait pas pensé à sa toilette jusqu'à ce qu'elle doive se préparer pour la cérémonie. C'était étrange, car il lui était arrivé, à l'époque où elle vivait avec Ian, de se demander ce qu'elle ferait s'il mourait et la laissait veuve. Elle s'imaginait debout à côté de la fosse, dans la robe noire qu'elle porterait pour l'occasion.

Elle avait lu quelque part que les femmes malheureuses en mariage tombaient amoureuses de leurs fils.

Elle trempa les lèvres dans son verre.

— Passons à table, les invita James.

On se hâta à l'instant d'aller chercher les assiettes et de disposer les plats sur la table de la salle à manger, autour de laquelle ils prirent tous place. Beth penchait la tête comme si elle espérait percevoir un bruit. Elle s'imaginait que la porte s'ouvrirait avec fracas pour annoncer le retour de Danny. Il viendrait les rejoindre, en secouant les épaules pour faire tomber sa veste, et il jetterait un œil de fauve dans les plats pour voir ce qu'il y avait à manger. Ils formaient encore une famille autour de la table. On ne pouvait se résoudre à accepter que Danny n'y soit plus : il était encore si intensément présent parmi eux. Beth aurait voulu reporter à plus tard le moment où il commencerait à leur manquer.

— Tu te souviens, maman, de la fête qu'il avait organisée ? Tu m'avais demandé de m'occuper de lui et de ses amis.

— Je n'oublierai jamais ce jour-là, acquiesça Jess en posant sa fourchette. Il nous avait demandé de débarrasser le plancher pour la soirée, tu te rappelles, Ian ? Il y avait une belle pagaille quand nous sommes revenus. Des débris éparpillés partout. On aurait cru à un bombardement.

— Nous sommes rentrés par la porte d'en avant à onze heures trente, précisa Ian. Et nous avons alors vu un jeune gaillard qui dégobillait dans le récepteur du téléphone.

— Papa ! Il essayait d'appeler un taxi. Je lui avais dit qu'il devait retourner à la maison.

— C'était son seizième anniversaire, précisa Jess. Nous avons mis une semaine pour tout nettoyer. Ne permets jamais à Sock d'inviter un groupe d'ados chez toi, Liz.

James posa sa main sur celle de Lizzie.

Personne ne parla pendant les instants qui suivirent. Le cliquetis des fourchettes et des couteaux se fit plus intense. Puis Jess dit gentiment :

— Il ne lui arrivera rien. Ce qui est arrivé à Danny ne se répétera pas nécessairement pour Sock.

Cependant, malgré tout le bonheur qu'elle souhaitait à son neveu, la jalousie lui vrillait le cœur. Elle serra les poings et sentit sa gorge se serrer. Pourquoi son Danny, qui comptait tellement pour elle, et non pas le fils d'une autre femme ? ou même celui de sa propre sœur ? À peine posée, la question provoqua chez elle un sentiment de culpabilité.

Lizzie se mit à pleurer. Ses traits avaient emprunté un masque tragique avant même que ses larmes aient commencé à couler. Elle sanglotait :

— C'est une chose terrible, et si irrémédiable ! Quelle absurdité !

Ian et Beth se regardèrent. Alors qu'elle était encore toute petite, Beth avait demandé à son père pourquoi Lizzie faisait des scènes pour n'importe quoi. Il lui avait répondu en souriant que c'était ce qu'elle faisait pour gagner sa vie.

Beth avait compris que vivre, pour sa tante, c'était jouer sur une scène. Il lui fallait jouer pour vivre, mais aussi vivre pour jouer. Sa carrière n'avait pourtant jamais été aussi brillante qu'elle l'aurait désiré, ni sa vie d'ailleurs, jusqu'à ce que James se manifeste. Beth tourna des yeux inquisiteurs vers sa mère. Jess était toujours tellement calme dans ses gestes et directe dans ses propos. Tout le monde savait ce qu'elle voulait dire. Sa pensée était toujours clairement exprimée, comme dans un livre ouvert. Quand on s'expose ainsi sans protéger ses arrières, c'est qu'on est fort. Et Jess était forte, même ce jour-là.

Beth se rendit compte à quel point elle avait besoin de sa mère pour être brave. La terreur glaçait son cœur et lui coupait le souffle. Elle se demandait comment elle pourrait supporter maintenant que quelque chose arrive à sa mère. Elle aurait voulu courir vers elle et enfouir sa tête entre ses genoux.

— L'avez-vous vu ? demanda Lizzie. Ce jeune homme est venu cet après-midi.

Jess ne mangeait plus. Un par un, ils cessèrent de prétendre qu'ils avaient faim. Mais ils burent du vin. Ian remplit de nouveau les verres. Lizzie essuya ses larmes avec ses doigts, laissant sur ses joues des traces noires de mascara, que James fit tendrement disparaître.

— Oui, je l'ai vu, répondit Jess. J'ai cru qu'il avait bien fait de venir.

Elle l'avait seulement aperçu l'espace d'une seconde. Rob était assis tout seul à l'arrière de la chapelle. Elle avait seulement pris acte de sa présence au milieu de tous les autres.

— Moi, je ne l'ai pas vu, la canaille ! s'exclama Ian, la figure toute rouge et les yeux injectés de sang.

Sa peine ne pouvait s'exprimer que par une attitude bruyamment belliqueuse :

— Si je l'avais vu, je l'aurais chassé. L'assassin de Dan assis parmi nous ? Pourquoi devrait-il rester libre de se soûler encore ce soir et de tuer le fils de quelqu'un d'autre ?

La police avait expliqué à Jess et à Ian qu'une fois les preuves et les témoignages réunis, un rapport serait soumis au procureur de la Couronne, avec une recommandation touchant l'accusation qui pourrait être portée contre Robert Ellis. La procédure pouvait exiger six semaines, peut-être même un peu plus, avant sa première comparution devant le tribunal.

— Et d'ici là, il circulera librement tout comme moi ? s'était indigné Ian.

On lui avait répondu que c'était la façon ordinaire de procéder.

Ce soir-là, Ian avait bu du vin par-dessus un bon coup de whisky, mais il n'était pas ivre. Il paraissait seulement épuisé et déconcerté, comme un gros animal enfermé dans une cage. Beth, gênée, regardait fixement la nappe pendant que son père tempêtait.

— Ne te mets pas en colère, le pria Jess en se penchant vers lui. Pas ce soir.

Ian s'était trop souvent fâché tout au cours de leurs années de mariage. Contre elle, contre leurs enfants, contre toutes les déceptions que lui avait apportées sa vie à Ditchley. Il avait finalement réussi à tourner la page.

— Il n'est pas venu après les funérailles, ça valait mieux pour lui. J'aurais trouvé bien difficile de lui servir un verre.

— Pensez-vous que la cérémonie s'est déroulée de façon vraiment convenable ? demanda Jess, pour orienter la conversation vers un sujet moins explosif.

82

Jess ne pouvait se souvenir d'aucunes funérailles, excepté celles des parents de Ian et de sa mère, qui était morte d'un cancer alors qu'elle et Lizzie étaient dans la vingtaine. Leur père s'était occupé de faire les arrangements nécessaires pour cette occasion. Il vivait encore, mais il habitait dans un foyer pour vieillards près de York. Il avait été malade, et sa santé ne lui avait pas permis de faire le voyage pour venir aux funérailles de son petit-fils.

Le vin faisait tourner la tête de Jess. Ses pensées allaient constamment du présent au passé et du passé au présent, comme s'il était trop douloureux pour elle de s'attarder longtemps à l'un ou à l'autre.

La cérémonie avait été simple : seulement une lecture et une hymne, après quoi deux ou trois copains de Danny avaient évoqué son souvenir devant les parents et amis réunis dans la chapelle. Le prêtre, qui n'avait pas connu le jeune homme, avait dit des choses gentilles et vagues destinées à consoler sans soulever de controverse au sujet de Dieu ou de la vie dans l'au-delà.

Il y avait eu ensuite la réunion à la maison, puis le temps s'était lentement étiré jusqu'au soir. Quand la journée serait finie, qu'est-ce qui viendrait ensuite?

— Ça s'est passé exactement comme il le fallait, répondit James. Et tu as montré beaucoup de courage, Jess. Comme tout le monde d'ailleurs, y compris ce jeune homme, qui est venu au service.

Jess lui sourit pour lui témoigner sa gratitude et son affection.

James avait manifesté une détermination efficace et discrète au cours des derniers jours. Tout le monde s'en était remis à lui pour faire la cuisine, répondre au téléphone et s'occuper du bébé. Jess regarda ses cheveux grisonnants, son visage sans beauté et ses yeux sympathiques derrière les verres de ses lunettes et elle envia le bonheur de Lizzie, qui lui faisait sentir encore davantage sa propre solitude. Elle se dépêcha de ramasser les assiettes refroidies. Elle ne se sentait pourtant pas très brave. Elle se disait seulement qu'elle devait le paraître.

Beth se leva en frissonnant. Elle tendit encore l'oreille pour entendre Danny qui allait faire claquer la porte d'en avant. La réalité crue, qu'elle connaissait pourtant, ne réussissait pas à décourager son attente désespérée :

— Parlons de lui plutôt que des funérailles. Allons chercher les photos. Je préférerais penser à lui tel qu'il était alors qu'il vivait.

Lizzie l'entoura de ses bras :

— Tu as raison, ma chérie. Toutes les photos. Celles du baptême, de la pièce jouée par les enfants, des vacances : toutes les photos. N'est-ce pas, Jess?

— Oui, oui! Pourquoi pas?

Elle buta mollement contre une chaise en faisant le tour de la table. Elle se sentait heureuse que l'alcool ait mis une distance confuse entre elle et l'irréparable perte qui venait de la frapper. Si elle buvait encore un peu plus, est-ce que l'alcool pourrait occulter complètement sa peine? Elle se rendit compte que Ian la surveillait. Il lui semblait incroyable qu'il ait pu être son mari pendant vingt-trois ans, qu'ils aient pu vivre ensemble sous le même toit et partager la responsabilité de l'éducation de deux enfants. Elle se laissa enlever la pile d'assiettes qu'elle tenait dans ses mains.

— Je vais chercher les photos, dit-elle.

Rob sonna à la porte et, comme il n'obtenait pas de réponse, il appuya résolument le bout de son doigt sur le bouton de plastique et l'y laissa collé. Un train passa sur le remblai, de l'autre côté de la haute clôture de fil de fer : il tourna la tête pour voir défiler la longue chaîne lumineuse qui s'étirait vers l'est. La porte s'ouvrit brusquement sans avertissement. Il sursauta violemment. Devant lui se trouvait une jeune fille de couleur chaussée de hautes bottes à fermeture éclair et vêtue d'une jupe courte.

— Et alors? Qu'est-ce qui te prend de sonner comme ça?

— Cat. Est-ce que Cat est là?

Il ne pouvait plus se souvenir de son autre nom.

La jeune fille haussa les épaules avec une souveraine indifférence et retourna à l'intérieur, le laissant devant la porte ouverte. Rob entra, referma derrière lui, monta l'escalier et se dirigea vers la porte qu'il se rappelait être celle de Cat. Il hésita, puis frappa.

Elle apparut derrière lui, la tête enveloppée d'une serviette, dans le faisceau jaune qui éclairait chichement le couloir :

— C'est toi !

Elle étira le cou, comme pour chercher quelque secours.

— N'aie pas peur, je ne te veux pas de mal.

Elle ramena lentement ses yeux sur lui :

— Qu'est-ce que tu veux ? Qu'est-ce que tu fais ici ?

— Je veux te parler cinq minutes. C'est important.

Elle hésita et mâchonna le coin de sa lèvre inférieure. Il détesta la peur palpable qu'il lui inspirait.

— Attends une minute, finit-elle par dire en entrant dans sa chambre.

Elle ferma la porte et mit le verrou. Il attendit dans le couloir sombre. Quand elle rouvrit, la porte était retenue par la chaîne de sécurité.

— Eh bien ?

— Il m'est impossible de dire ce que je voudrais à travers une porte entrouverte.

— Tu t'imagines que je vais te laisser entrer chez moi une autre fois ?

— S'il te plaît, dit-il d'un ton suppliant.

Il pouvait deviner qu'elle luttait avec elle-même. À contrecœur, elle se décida enfin à dégager la chaîne et ouvrit la porte juste assez pour qu'il puisse se faufiler dans l'embrasure. C'était, de sa part, faire tout de même preuve de confiance, pensa-t-il.

Il se souvenait de la chambre, qui lui paraissait toutefois encore plus petite et plus minable avec les slips et les collants suspendus à une corde, près de l'évier, et le téléviseur portatif sur la table.

— J'ai entendu parler de ce qui est arrivé, dit-elle. La police nous l'a dit, à Kim et à moi, et nous en avons appris davantage par le journal. C'était aujourd'hui, n'est-ce pas, les funérailles ?

— Oui, justement.

Ils ne savaient plus ni l'un ni l'autre comment poursuivre la conversation. Cat paraissait plus jeune et plus vulnérable qu'au club. Ses cils paraissaient plus minces, sans mascara, et sa lèvre inférieure laissait voir de petites croûtes de peau séchée. Ses cheveux mouillés pendaient en rouleaux sur son cou.

Pour rompre le silence, Rob plongea. N'importe quoi ferait l'affaire :

— Depuis combien de temps habites-tu ici ?

Elle haussa les épaules d'un air indifférent :

— C'est plutôt le bordel, ne crois-tu pas ? J'habitais avec mon petit ami, dans ma ville natale. Nous partagions un appartement. J'ai quitté Croydon pour venir m'installer ici le temps qu'il fréquenterait le collège. J'ai décroché un emploi de secrétaire chez un agent immobilier de la rue Galloway. Puis j'ai fini par me rendre compte que j'avais lié mon sort à celui d'un perdant. J'ai donc loué cette chambre et j'ai déménagé une fois de plus. Je n'étais guère tentée de retourner chez mes parents. Je suis très bien ici. Le milieu est plus amical que celui de Londres, ne crois-tu pas ?

Elle gardait la tête penchée de côté, comme pour mieux jauger le jeune homme :

— Veux-tu boire un café ?

— Volontiers. Il me semblait bien que je ne t'avais jamais vue dans les environs auparavant.

— Tu connais tout le monde, hein ? railla-t-elle.

— On dirait bien. C'est normal : je suis resté collé ici toute ma vie.

Elle retira deux grandes tasses de l'évier et les remplit de Nescafé :

— Pourquoi ne vas-tu pas ailleurs, si tu ne te plais pas ici ? Quel travail fais-tu ?

— Menuiserie. Cuisines, armoires. Pas du vrai travail de construction. J'obtiens principalement du boulot grâce au bouche à oreille et aux contacts locaux. Ce serait difficile de repartir de zéro dans une nouvelle ville.

Elle l'observa plus attentivement. À brûle-pourpoint, elle allongea le bras et toucha la manche vide du blouson de Rob :

— Qu'est-il arrivé à ton bras ? Tu t'es fait ça lors de l'accident ?

— Oui. Je me suis fêlé le coude.

— Mais pourquoi donc es-tu venu chez moi aujourd'hui?

— Je vais être accusé d'homicide et de conduite en état d'ébriété. C'est une chance que je n'aie pas fumé l'herbe de Danny ce soir-là, parce que je ferais l'objet d'une autre inculpation. De la façon dont se présentent les choses, je vais déjà en prendre pour cinq ans.

— Qu'attends-tu de moi?

— Je veux savoir ce que tu as raconté à la police. À propos de ce qui s'est passé avant que nous quittions ta chambre.

Elle se raidit.

— Écoute, insista-t-il en se faisant violence pour ne pas la prendre par les épaules et la secouer. Tu sais ce qui s'est passé. Qu'as-tu dit à la police? Est-ce que je dois m'attendre en plus à être accusé d'agression sexuelle?

Il lui rappela les événements tels qu'ils refluaient à sa mémoire. Il lui exposa brutalement les faits, cherchant à obtenir d'elle la confirmation que les choses s'étaient bien déroulées ainsi.

— Kim ne se rappelle pas cette soirée de la même façon que toi, dit Cat.

— Ce n'est pas moi qui ai tout fait, insista Rob.

Au même moment, il sentit qu'il était en train de trahir Danny.

— J'imagine que non, concéda Cat.

Rob avala une gorgée en se rendant à peine compte que le café était beaucoup trop chaud. Il était content d'être venu, ne serait-ce que pour avoir pu établir un contact superficiel avec un autre être humain. Durant les deux semaines qui avaient suivi l'accident, le rythme de son ancienne vie avait peu à peu ralenti et en était finalement arrivé au point mort.

Il n'avait pas travaillé, parce que sa camionnette avait été démontée pour examen aux ateliers de la police. De toute façon, les dommages étaient trop sérieux pour qu'on puisse la réparer. De plus, le bureau du coroner venait juste de lui faire savoir qu'il pouvait reprendre ses outils. Au surplus, il avait toujours le bras dans le plâtre. Avant toute chose, il n'avait pas travaillé parce qu'il ne pouvait pas se résoudre, après l'œuvre de destruction dont il était coupable, à reprendre sa tâche quotidienne : assembler les pièces en queue d'aronde, ajuster les charnières de laiton fin, raboter et poncer les surfaces de bois jusqu'à ce qu'elles aient la douceur du satin.

Il avait téléphoné à la cliente dont la cuisine était à moitié achevée pour lui dire abruptement qu'il ne reviendrait pas. Elle avait exprimé son mécontentement. Il n'avait pas gagné un seul sou depuis deux semaines et, comme il était à son propre compte, il n'avait guère eu l'occasion d'amasser des économies avec les revenus aléatoires de son travail.

À mesure que les jours s'écoulaient depuis l'accident, ses contacts avec les gens se faisaient de plus en plus rares. Dans les premiers jours, il avait rencontré un ou deux amis. Mais, quoi qu'ils pussent dire, Rob croyait ou imaginait que la mort de Danny les avait horrifiés au point d'altérer la spontanéité qui marquait leur amitié. Il prit l'habitude de marcher de longues distances pour se rendre dans des pubs où il n'avait jamais mis les pieds. Il commandait un verre et se laissait distraire par le murmure de la télé placée au-dessus du bar. Il allait au gymnase, où il faisait obsessivement travailler les muscles de ses jambes. Un linge imbibé de sueur, passé autour de son cou, supportait son bras invalide tandis qu'il répétait inlassablement ses exercices. Il fuyait la conversation avec les autres haltérophiles et il évitait de regarder son propre reflet dans les miroirs muraux. Depuis un jour ou deux, il était resté dans sa chambre et n'avait parlé qu'aux personnes de service dans les magasins d'alimentation où il avait dû aller s'approvisionner.

Il repensait aux funérailles. La mère de Danny l'avait reconnu parmi l'assistance : il s'était alors empressé de détourner son regard.

La physionomie de Cat avait changé. Il fut près de croire qu'elle pouvait avoir suivi sa pensée et compris ce qui le préoccupait. Elle dit, après un moment d'hésitation :

— C'est terrible pour toi, ce qui est arrivé. Mais c'était un accident.

Il n'avait pas tragiquement écopé comme Danny.

Partout, toujours, Rob se heurtait à la même évidence : c'était bel et bien arrivé, et c'était arrivé par sa faute. Il avait déjà, plusieurs années auparavant, rencontré la mort sur son chemin, et il en connaissait le caractère définitif, irrévocable. Il avait pris conscience de l'obscène, ridicule et non moins tragique possibilité qu'une personne, encore vivante à un moment donné, soit morte et à tout jamais disparue l'instant d'après.

Telles étaient les pensées qui occupaient son esprit quand il avait croisé le regard de la mère de Danny.

— Je suis incapable de me rappeler ce qui s'est passé. Ni les minutes qui ont précédé, répondit-il à Cat.

— Tu ne paraissais pas aussi beurré que lui. Il était parti dans les vapes, crois-moi.

— Danny. Il s'appelait Danny.

— Je le sais.

— Dis-le alors.

— Danny.

Il avait remarqué les commissures de ses lèvres, qui s'étaient écartées lorsqu'elle avait prononcé le nom de son ami.

Il voulait partir maintenant, avant que cette fille n'en découvre trop sur son compte.

— Je dois y aller, dit-il en se levant.

— Tu peux revenir si tu veux, l'invita Cat au moment où il allait atteindre la porte. Tu sais... si jamais tu as besoin de parler.

— Ouais, peut-être.

James sortit du living avec Sock enveloppé dans une couverture. Jess tendit le cou pour embrasser la tête du bébé et respirer la douce odeur de ses cheveux. Puis elle s'effaça pour permettre à James de passer.

— Tu n'as besoin de rien ? répéta une fois de plus Lizzie.

— Non, merci.

— Tu es sûre ?

— Oui. Tout ira bien. Ian et Beth sont avec moi.

Elle sentit un malaise sous le diaphragme, comme sous l'effet de la peur ou d'une maladie qui s'annonçait.

Les sœurs s'embrassèrent et Jess prit le visage de Lizzie dans ses mains :

— Ne t'inquiète pas pour moi.

— Je ne peux m'en empêcher. Tu vas m'appeler ? N'importe quand, même au milieu de la nuit, quand tu veux. Je viendrai immédiatement.

Jess essaya de sourire :

— Je sais. Merci.

Elles s'embrassèrent encore une fois et Lizzie sortit en trébuchant pour rejoindre James dans la voiture.

Jess monta lentement à l'étage. Beth était au lit, recroquevillée sur le côté, une main sous sa joue, exactement comme lorsqu'elle était petite fille.

Jess s'assit sur le bord de son lit et regarda les photos encadrées qui décoraient le mur.

— Je ne crois pas que nous ayons encore digéré ce qui vient de nous arriver, murmura Beth.

— Moi non plus.

— Il ne semblait pas du genre à devoir mourir bientôt, hein ?

— Non. Danny semblait plutôt intéressé à tirer toujours davantage de la vie.

Beth avait enfoui son visage dans son oreiller. Jess fut surprise de l'entendre lui demander avec une pointe d'amertume :

— As-tu souhaité que ce soit moi plutôt que lui ?

— Comment peux-tu poser une telle question ? Non, ma chérie. Tu es ma fille. Toi et moi devons vivre maintenant.

Elle ne savait pas comment. Elle se dit qu'elles devraient toutes deux entreprendre un voyage à partir du début des temps et apprendre à vivre dans un monde dont Danny serait absent.

— Je suis désolée, s'excusa Beth. J'ai toujours su que tu l'aimais plus que moi.

— Non. Je vous aime également tous les deux, mentit Jess.

Beth avait toujours été l'enfant vulnérable et Danny, le brave. Elle s'était toujours inquiétée pour Beth et l'avait protégée, mais elle savait qu'elle avait mal joué son rôle de mère auprès d'elle.

— Je t'aime maman. Et papa aussi. Je souhaiterais que vous ne soyez pas divorcés.

— Je te comprends.

Jess prit les mains de sa fille et les frictionna entre les siennes en pensant que la marge était bien mince qui séparait sa fille adulte de l'enfance.

— Je pense seulement que si tu n'étais pas divorcée, tu aurais quelqu'un pour veiller sur toi, maintenant que tu en as vraiment besoin.

— Toi, Lizzie et moi pouvons compter l'une sur l'autre, n'est-ce pas? Nous veillons l'une sur l'autre. Chacune son tour.

— Je suppose que tu as raison.

— Penses-tu que tu pourras dormir maintenant?

Beth se tourna sur le dos. Jess recouvrit ses épaules avec la couverture et lissa les fins cheveux derrière son oreille. Puis elle l'embrassa et tourna le commutateur, comme elle l'avait fait si souvent dans le passé.

— Dors bien.

Quand Jess redescendit, Ian était en train de ranger les photos dans les boîtes et les enveloppes à l'intérieur desquelles on les conservait. Il n'y avait jamais eu d'album de famille.

— Elle va bien?

— Oui.

Le silence s'installait dans la maison. Jess s'assit, en laissant sa tête retomber derrière. Ian étala en éventail une dernière liasse de photos, puis les laissa retomber côté verso comme un joueur de poker qui aurait une mauvaise main. C'étaient les photos de leur mariage. Jess portait une robe blanche et un grand chapeau; Ian, un complet cintré et une chemise à large col.

— Est-ce que je t'ai beaucoup déçu? demanda-t-il.

Ils avaient meublé et décoré cette pièce ensemble. Leur échec réciproque semblait être incrusté dans les coussins et les tapis.

Jess secoua la tête avec lassitude. Elle savait que Ian voulait être absous de l'avoir laissée pour Michelle, d'avoir finalement pris l'initiative de mettre fin à leur mariage, qui s'était, même avant Michelle, révélé un échec. Ce n'était pas la faute de Ian, et elle lui devait cet aveu. S'il fallait imputer la faute à quelqu'un, c'était à elle. Elle avait cessé d'aimer Ian avant la naissance de Danny. Même si elle avait déployé beaucoup d'énergie pour cacher la vérité, celle-ci était finalement devenue trop évidente pour qu'il puisse l'ignorer.

— Une partie de notre vie commune me manque. Je ne veux pas déprécier la vie que nous menions ensemble, mais elle me manque dans ce qu'elle pouvait avoir d'ordinaire, de routinier. Ce n'était pas la grande passion, je l'admets. Mais combien de couples la vivent ? Je suis désolée que nous ayons échoué, mais je ne regrette pas que tu aies rencontré quelqu'un d'autre.

Avait-elle dit ce qu'il voulait entendre ?

Ils s'étaient mariés trop tôt, trop jeunes. C'était en partie la cause de leur échec. Jess n'avait que dix-neuf ans lorsqu'elle l'avait rencontré. Elle fréquentait encore le collège d'horticulture. Ian avait deux ans de plus qu'elle et il remportait un succès précoce dans son travail de vendeur de photocopieuses. Après avoir vécu toute une année ensemble, ils n'avaient plus aucune raison de ne pas se marier. Leurs parents, assez âgés, avaient hâte qu'ils régularisent leur union. Jess avait été engagée comme assistante jardinière dans un domaine du voisinage. Ian l'avait magnanimement assurée qu'elle ne travaillerait que si elle le voulait, qu'il prendrait de toute façon soin d'elle.

— Te rappelles-tu le couple du Yorkshire ?

Ils avaient passé leur lune de miel à Majorque, dans un hôtel où était aussi descendu un autre couple de jeunes mariés. Le deuxième jour, l'autre jeune femme avait eu des malaises d'estomac et n'était plus sortie de sa chambre, alors que son mari consacrait son temps à boire plutôt qu'à s'occuper de son épouse. Ils le croisaient alors que, le visage aviné, il tanguait entre les tables du bar en braillant : « C'est mort ici, c'est mort ! Demain, je loue une voiture et je file à Madrid. Voir de l'action. Vous m'accompagnez, ou quoi ? »

Il y avait si longtemps. Jess sourit à ce souvenir, reconnaissante à Ian de lui rappeler, de leur vie commune, un événement qui ne comportait rien de pénible.

— Nous revoir à cette époque-là, c'est comme nous rappeler deux personnes autres que nous, ajouta Ian.

— J'étais alors plus jeune que Beth ne l'est maintenant.

Beth était née un an après leur mariage et Danny, trois ans plus tard.

— Nous étions heureux. Je sais que nous l'étions. Je peux me rappeler exactement à quoi le monde ressemblait. Net, avec des bords bien définis, et brillant comme s'il faisait toujours soleil.

Jess ne pouvait pas nier cette vision, parce qu'elle correspondait à la vérité.

Elle aurait aimé présenter des excuses pour ce qui était arrivé par la suite, mais elle ne trouvait pas de mots qui ne risqueraient pas d'être mal interprétés. Car, au fond, c'est la naissance de Daniel qui avait changé la donne.

— Je suis content que nous ayons regardé toutes ces photos de Danny, dit Ian.

— Moi aussi.

Sauf que toutes ces images aux couleurs brillantes ne le faisaient pas revivre. Elle craignait déjà que les souvenirs qui leur donnaient un semblant de vie ne s'affadissent et ne la laissent entièrement dépouillée.

Jess se rapprocha gauchement et Ian la prit dans ses bras.

Il tapota et caressa ses épaules avec des mains qui avaient toujours la même touche délicate. Le contact de son corps, dont elle reconnaissait la chaude présence, lui rappela de façon claire les épisodes intimes de leur vie d'autrefois. Incapable, il y avait à peine une heure, d'imaginer qu'il ait jamais pu être son mari, elle trouvait maintenant difficile d'admettre qu'il ne l'était plus. Monteraient-ils là-haut ensemble, mettant de nouveau le pied sur la marche qui gémissait chaque fois ? Se révéleraient-ils l'un à l'autre ce que chacun savait déjà, ne réussissant ainsi qu'à aggraver le peine que leur causait la perte de Danny ?

Ian avait raison sur un point : ils avaient chacun été déçus par l'autre. Peu à peu, à petits pas irréversibles et sans qu'ils s'en rendent vraiment compte. Cela avait commencé peu de temps après leur retour de Majorque. Non, ils ne monteraient pas à l'étage ensemble.

« Si nous n'étions pas déjà séparés, se dit Jess, nous devrions le faire maintenant. »

Ils restaient accrochés l'un à l'autre sans parler. Alors, Ian se pencha et déposa délicatement un baiser sur le front de Jess : ce léger contact fut senti par l'un et l'autre comme une absence, comme le fantôme fugitif d'un baiser.

— Partageons-nous les photos, pour que tu puisses en rapporter quelques-unes à Sydney, offrit Jess.

Elle commença à les trier, fouillant rapidement parmi les souvenirs enfouis dans les boîtes, bouleversée à la pensée que ces images n'avaient plus désormais aucune concordance avec la réalité. Elle aurait voulu chasser la vérité au loin, échapper à cette condition nouvelle qu'elle refusait d'accepter.

Les rapports de Ian avec Danny n'avaient jamais été aussi faciles qu'avec Beth. Ian était un homme résolument consciencieux, sans imagination, aussi intolérant que les scrupuleux peuvent l'être. Danny avait régulièrement provoqué sa colère par son insouciance, sa négligence et son comportement irresponsable. Pour la plupart des gens, cependant, ces faiblesses étaient compensées par son charme. Jess avait parfois vu Ian regarder leur fils avec une expression d'incompréhension totale. Ainsi, la famille était divisée en deux clans : la mère et le fils, le père et la fille. Pourtant Ian avait aimé Danny. Sa douleur muette et refoulée, à l'occasion du deuil qui les avait frappés, l'avait assez prouvé.

Elle poussa les boîtes vers Ian :

— Prends ce que tu veux. Je tiens à ce que tu choisisses.

— Je resterais plus longtemps, Jess, si je pensais être utile.

— Si je croyais que tu peux l'être, je te le dirais.

Ils penchèrent simultanément la tête vers les photos.

— Aimerais-tu venir à Sydney passer deux ou trois semaines ? Pour les vacances de Noël, par exemple, ou pour une autre occasion. Je me chargerais du billet d'avion.

Elle fut touchée par son offre, mais elle ne souhaitait pas aller en Australie. Elle ne pouvait pour l'instant s'imaginer ailleurs que chez elle, dans sa maison.

— Es-tu sûre de ne pas vouloir venir, insista Ian. Et si Beth venait avec toi ?

— J'en suis sûre. Mais je crois que ce serait une bonne idée en ce qui concerne Beth. Demande-le-lui de toute façon.

Ils se partagèrent équitablement les photos. Ils restèrent assis pendant quelques instants dans les fauteuils fatigués, de chaque côté du foyer.

— Danny, murmura Ian en poussant un long soupir.

Jess craignit que sa douleur déborde. Elle s'efforçait de protéger son équilibre intérieur, de garder le contrôle d'elle-même. Elle se leva et posa légèrement sa main sur l'épaule de Ian :

— Je vais te laisser dormir.

Il avait dormi chaque soir sur le canapé. À l'étage, il n'y avait que la grande chambre qu'ils avaient autrefois partagée et celles de Beth et de Danny. Jess revit la chambre de son fils, maintenant plongée dans l'obscurité, ses effets personnels qui l'encombraient encore et la mince pellicule de poussière recouvrant toutes ces choses qu'il ne reprendrait plus jamais.

— Bonne nuit donc, souhaita-t-elle à Ian.

En passant, elle jeta un coup d'œil dans la chambre de Beth. Sa fille s'était endormie, les bras sagement allongés contre son corps. Sa respiration était imperceptible. Précautionneusement, Jess se pencha au-dessus d'elle jusqu'à ce qu'elle sente la douce chaleur de son haleine sur sa joue.

Le lendemain du jour où Ian prit l'avion pour Sydney, Jess alla conduire Beth à la gare de Ditchley. Les deux femmes regardaient à travers la pluie battante les ampoules colorées que le vent faisait valser en s'engouffrant dans la zone piétonnière. Des bourrasques plus fortes secouaient les branches du sapin de Noël prématurément planté au centre du rond-point. Il pleuvait depuis des jours. Jess conduisait lentement, les yeux rivés sur la chaussée et sur l'arrière maculé de boue de l'autocar qui les précédait.

Ian devait être rentré à Sydney, dans son bungalow confortable avec vue sur le port.

Dans le parc de stationnement de la gare, elles durent se colleter avec la valise de Beth et un parapluie dont une vicieuse attaque du vent tordit irrémédiablement les baleines. Elles se serrèrent ensuite l'une contre l'autre en attendant l'arrivée du train de Londres.

— Es-tu sûre d'être prête à retourner au travail ? demanda Jess.

— Je ne crois que je puisse faire autrement. Et toi ?

— Non.

— Je viendrai te rendre visite pour le week-end.

— Si c'est seulement pour moi, tu n'as pas besoin...

— Maman ! Je veux venir à la maison.

— Bien. Je serai heureuse de te voir.

Elles parlaient d'une voix faible, comme si elles manquaient d'énergie ou de conviction.

Jess aborda la question avec prudence, parce que Beth s'était toujours montrée réticente à parler de sa vie privée et qu'elle avait déjà éludé la question au cours des derniers jours :

— Y a-t-il quelqu'un à Londres, peu importe de qui il s'agit, pour s'occuper de toi ?

— Il n'y a personne pour le moment, répondit sèchement Beth. Voici mon train. Tout va bien aller, maman ?

En posant la question, Beth se disait : « Il faut que ça aille ! »

— Oui, ça ira.

Elles s'embrassèrent, toute réticence disparaissant pour l'heure.

— Je suis désolée, murmura Jess.

— De quoi ?

— D'être incapable de changer quoi que ce soit.

— Je ne veux pas que tu passes ton temps à t'excuser pour rien. Ça me bouleverse encore plus. Souviens-toi : je serai là vendredi soir.

— Prends soin de toi.

Encore des mots qui ne voulaient rien dire.

Après que Beth fut partie, Jess roula jusqu'à son foyer désert.

Sam Clark était assis dans le fauteuil pivotant de son bureau, face à la fenêtre. Il faisait sombre dehors, et il pouvait voir son image reflétée dans le grand panneau de verre. Il admirait, de façon plus ou moins consciente, ses cheveux plutôt longs mais bien coupés, sa chemise bleue et sa cravate Armani légèrement desserrée. Il parlait à sa femme, qui se trouvait aussi à son bureau dans la salle de rédaction d'un tabloïd londonien. Ils discutaient, sans trop d'acrimonie, afin de s'entendre sur qui, de lui ou d'elle, irait passer une heure à la maison avec les enfants avant qu'ils se retrouvent tous deux à un cocktail littéraire.

— Je suis retenu ici, chérie, disait Sam d'un ton aimable. Un auteur doit venir me rencontrer à la première heure demain, et je n'ai pas encore lu son livre. Si je me débarrasse de ce pensum maintenant, je n'aurai plus à m'en inquiéter ce soir et je pourrai t'amener dîner au restaurant après le cocktail. Est-ce que ça te plairait ?

— Tu es un traître, Sam. Tu manœuvres pour ne pas avoir à revenir à la maison alors que c'est à ton tour et tu me présentes ça comme une grande faveur que tu me fais.

— Où aimerais-tu aller manger ? À l'Ivy ? au Caprice ?

Sadie Clark se mit à rire :

— Ça va, d'accord. Je rentrerai à la maison après le travail, mais essaie de te souvenir que tu étais présent dans les trois occasions, quand nous avons fait ces enfants. Ce sont les tiens tout autant que les miens.

— Et je suis presque aussi fier d'eux que je le suis de toi.

— Bon Dieu ! grogna Sadie avant de raccrocher.

En rentrant dans son appartement, Beth s'accrocha les pieds dans le tas de lettres que le facteur avait livrées durant son absence et se dirigea vers le téléphone. Elle composa un numéro et, pendant qu'elle attendait qu'on lui réponde, elle porta un regard aveugle dans le miroir au-dessus du manteau de la cheminée.

— Sam Clark, s'il vous plaît.

— Je peux lui dire qui l'appelle ? roucoula la réceptionniste.

Conformément à la convention qu'elle avait passée avec Sam, Beth murmura :

— Sarah Sharpe, du ministère de la Culture.

Elle attendit la gorge serrée. Il arrivait à Sam, conformément à ses convictions égalitaires, de répondre lui-même au téléphone. Si son assistante s'interposait, comme elle l'avait fait elle-même quand elle travaillait pour lui, les choses seraient beaucoup plus difficiles. Son visage lui apparut soudain dans l'encadrement doré du miroir, pâle et tendu, avec des yeux auxquels la crainte d'une déception donnait un éclat vacillant.

— Ma chérie, ma pauvre petite fille.

La chaleur bénie de sa voix familière. Beth se décontracta.

— Quand es-tu revenue ? demanda Sam.

— Aujourd'hui.

Elle ne lui avouerait pas qu'elle était rentrée chez elle il y avait à peine deux minutes.

— Comment vas-tu ? Je n'ai guère cessé de penser à toi, de m'imaginer ta peine.

Elle ne voulait surtout pas aborder ce sujet au téléphone, bien que ce fût souvent leur seul moyen de communication pendant plusieurs jours d'affilée.

— Peux-tu venir ?

Elle l'entendit prendre sa respiration et le vit, aussi clairement que s'il était assis devant elle, faire rapidement les petits calculs qui leur permettraient de passer une heure ensemble.

— Beth ?...

— Je suis toujours là.

— Attends-moi vers six heures. Nous n'aurons qu'une heure, chérie. Sadie a déjà prévu quelque chose pour nous ce soir.

Beth avait rencontré Sadie deux ou trois fois à l'époque où elle était la secrétaire de Sam. Elle était américaine et il y avait dans ses manières quelque chose de brusque. Elle était toujours impeccablement mise dans ses vestes taillées sur mesure, sans parler du rouge à lèvres écarlate. Beth était trop intimidée par son style et son succès pour se sentir coupable de la trahir avec son mari.

Pendant qu'elle attendait son amant, elle prit une douche et passa des vêtements propres. Elle mit au frigo une bouteille de Sancerre, le vin préféré de Sam, alluma le gaz du foyer au charbon factice et fit jouer de la musique. En disposant les verres sur un plateau, elle se dit qu'elle ne se sentait jamais plus heureuse que dans les minutes qui précédaient l'arrivée de Sam. Peut-être étaient-ce d'ailleurs les seules fois où elle était vraiment heureuse. En contrepartie, dès qu'il arrivait, Beth entrevoyait déjà son inévitable départ.

Mais elle pensa aussi qu'elle supporterait n'importe quoi pour être avec lui, même la mort de Danny.

Elle était contente que les deux hommes se soient rencontrés au moins une fois. Quand Danny était venu lui rendre visite à Londres, elle l'avait persuadé de l'accompagner au théâtre alors qu'elle savait que Sam et l'un de ses auteurs seraient dans la salle. Ils étaient arrivés nez à nez au bar, à l'entracte, et Beth les avait présentés l'un à l'autre.

— Il me semble que c'est un chic type, lui avait dit Danny plus tard.

— Oui, tu as raison, avait-elle admis.

Beth avait caché à son frère que Sam était son amant.

Il arriva à six heures dix, son lourd manteau trempé de pluie. Il prit les mains de la jeune femme entre les siennes et les frictionna délicatement. Puis il l'attira sous la lumière :

— Laisse-moi examiner ton visage. Ma pauvre petite fille.

Beth se sentit réconfortée, mais elle en voulait davantage. Elle aurait aimé s'enrouler autour de lui, qu'il la prenne dans ses bras et lui dise qu'il ne la laisserait jamais partir. Mais elle s'efforça de le regarder et de lui sourire :

— Tu es tout trempé, chéri. Donne-moi ton manteau et verse-toi un verre de vin.

Une fois qu'il fut confortablement installé, elle se colla contre lui et posa sa tête sur sa poitrine. Les occasions où elle se permettait d'exprimer ses besoins étaient aussi rares que les gestes généreux de Sam à son égard.

— Veux-tu me raconter ce qui s'est passé ou simplement bavarder ? Je ne peux pas croire qu'il soit mort. Il était si jeune et si vivant. Quel âge avait-il exactement ?

— Dix-neuf ans.

— Mon Dieu ! murmura Sam en secouant la tête. C'est une véritable tragédie.

Blottie dans les bras de Sam, son verre à la main et les yeux fixés sur les sages petites flammes du foyer, Beth fit un compte rendu succinct. Elle lui parla de son père et de sa mère, elle décrivit brièvement les funérailles. Sam avait posé sa bouche dans ses cheveux et l'écoutait. Puis Beth, sentant son épaule et son bras se dégager délicatement, comprit qu'il libérait son poignet pour consulter sa montre.

— Quelle heure est-il?

Ils comptaient toujours les minutes.

— Six heures trente-cinq. Je souhaiterais n'être pas obligé de partir ce soir.

Il devait toujours aller quelque part, que ce soit pour affaires ou pour accompagner Sadie ou bien Alice, Justin ou Tamsin, leurs enfants.

Beth tourna la tête et la pencha de façon à pouvoir le regarder. Leurs bouches se touchaient presque. Elle passa un bras autour de son cou et se hissa sur ses genoux.

Sam soupira de désir et ferma les yeux. Tandis qu'il l'embrassait, il glissa les doigts jusqu'aux boutons de son chemisier et les défit. Rouvrant les yeux, il abaissa son regard pour voir la courbe dénudée d'un sein.

— Tu ne veux pas de ça maintenant, je suppose, chérie?

Elle voulait et ne voulait pas. Elle souhaitait être absorbée, submergée, ne plus penser. Elle ne supportait pas d'être abandonnée aussi tôt. Faire l'amour était le seul moyen de s'assurer que Sam resterait un peu plus longtemps. Elle ne lui répondit pas, mais défit le nœud de sa cravate et colla son front contre le sien pour qu'il ne puisse pas voir l'horloge sur le manteau de la cheminée.

Il arrivait parfois que Sam la porte dans ses bras jusqu'à la chambre. Cette fois, il la déshabilla sur place et, emportés par le désir, ils glissèrent gauchement sur le plancher.

Quand ils furent apaisés, Sam était en retard et pressé de partir. Beth se rhabilla et, les yeux vides, le regarda passer son manteau.

— Je sais. Je suis désolé. Je suis très désolé, marmonna-t-il en l'embrassant. Je vais m'arranger pour organiser bientôt une petite escapade. Je te le promets. M'entends-tu? lui demanda-t-il en lui chatouillant le menton.

— Oui.

— Je suis désolé de te laisser seule ce soir. Ça ira?

— Oui.

— Je t'aime.

Une fois qu'il fut sorti de la maison, Beth vint à la fenêtre et regarda dans la rue. Il lui sembla que la moitié des gens qui se déplaçaient sous la pluie avaient l'âge de Danny et semblaient avoir toute la vie devant eux.

5

Les vents incessants avaient endommagé les tunnels de polythène et les toiles protectrices au-dessus des couches de réserve à la pépinière. Presque tous les matins, Jess trouvait de grands pans de feuilles de polythène qui battaient librement sur la charpente des tunnels et, dans les allées, un fouillis de branches et de pots renversés. Aujourd'hui ne faisait pas exception. Tête baissée pour se protéger du vent et du crachin, elle poussait son chariot dans les allées, redressant les pots et ramenant le compost autour des racines dénudées.

Au bout de l'allée, elle aperçut son employeur, Graham Adair, qui émergeait d'un tunnel et allait se réfugier dans la chaleur de son bureau. Quand il l'aperçut, il revint sur ses pas :

— Maudit vent !

Jess acquiesça d'un signe de tête. Elle avait dans les mains une caisse de plants plutôt mal en point.

— Et il y a une autre toile qui s'est décrochée dans le dernier tunnel. Tu devrais y jeter un coup d'œil quand tu en auras terminé ici.

Remettre les lourdes feuilles en place en luttant contre le vent et les assujettir en toute sécurité sur leurs arceaux lui arrachait le dos.

— Tony ne pourrait pas s'en occuper ?

— Il est parti faire les livraisons.

— Gary ?

— Il est absent. Il est encore malade.

Jess jura entre ses dents. Il n'était pas question que Graham exécute cette tâche quand il y avait quelqu'un d'autre pour le faire, y compris Joyce au magasin.

— J'irai quand je sortirai de ce tunnel.

— Merci. Je fais mieux de retourner rédiger le catalogue. C'est un travail qui n'en finit jamais.

Jess le regarda se diriger vers son bureau, les mains dans les poches de son Barbour et sa casquette de tweed bien enfoncée sur son crâne chauve. La plupart du temps, elle aimait travailler dehors, mais aujourd'hui, si elle avait pu, elle aurait sauté sur l'occasion de s'asseoir à l'intérieur et d'entrer dans l'ordinateur les descriptions flatteuses des plants offerts en vente.

Elle mit plus d'une demi-heure à replacer la feuille déchirée. Une fois cette tâche accomplie, elle fut prête à commencer le travail régulier de la journée. La veille, elle avait rapporté des tunnels de pleins chariots de plants d'acanthe et d'anémone japonaise, qui l'attendaient encore sur la table de bouturage. Un côté de l'atelier s'ouvrait sur la cour, mais on y était à l'abri du vent et de la pluie.

Jess tira vers elle une pile de plateaux de plastique et fit tomber une bonne quantité de compost de la trémie installée au-dessus de la table. Obéissant à un vieux réflexe, elle tendit le bras vers un poste de radio transistor posé sur une étagère et tourna le bouton. Elle entendit des voix, mais n'y prêta aucune attention. Elle travaillait dans une bulle de silence.

Au moyen d'une truelle, elle remplit une caisse jusqu'à mi-hauteur avec du compost. Elle détacha délicatement un plant d'acanthe de son pot et démêla les racines. Avec un couteau bien aiguisé, elle préleva un grand bout de racine et le trancha en six segments, faisant apparaître l'intérieur nacré qui étonnait, compte tenu de la croûte noueuse et brunâtre qui l'enveloppait. Elle posa ensuite les boutures sur le lit d'humus au fond de la boîte et les couvrit d'une couche de compost.

Elle avait l'impression d'accomplir un rite funéraire. Il n'y avait aucun espoir raisonnable que chacun de ces petits bouts de racine donnerait naissance à un nouveau plant, bien que l'expérience lui eût appris que cela se produirait effectivement. Elle tassa la terre et poussa la caisse à sa gauche, pour libérer la surface de travail. Tandis qu'elle répétait le processus avec une autre caisse, elle s'aperçut qu'elle pleurait. Elle s'essuya le nez et les joues du revers de sa main froide, se barbouillant ainsi de terre humide. Elle s'arrêta de travailler et fouilla dans la poche de sa veste pour en sortir un kleenex. Les voix provenant de la radio firent place à un Noël chanté par des enfants. On était exactement à une semaine du 25 décembre.

Jess continua à travailler jusqu'à ce qu'elle eût fait la moitié des caisses. Elle remplit au stylo-feutre, pour chacune, une étiquette d'identification en plastique et l'y ficha. Puis elle sortit et traversa la cour pour se rendre à la salle de détente pour sa pause-café.

Joyce s'y trouvait déjà :

— Bonjour, mon petit canard.

Jess fit un effort pour sourire et se laissa tomber sur une chaise, laissant pendre ses bras entre ses genoux. Elle avait les doigts engourdis et elle se sentait trop épuisée pour simplement remplir la bouilloire.

Joyce s'affaira derrière elle pendant une minute et réapparut avec une grande tasse qu'elle déposa dans les mains de Jess. C'était du thé bouillant, que Joyce avait préparé avec sa provision personnelle.

— Joyce, tu n'avais pas à faire ça! Je m'en serais fait moi-même une fois dégelée.

— Ce n'est qu'une tasse de thé. Est-ce que tu manges? Est-ce que tu dors, ma fille?

— Oui, mentit Jess.

Les heures de la nuit, qui s'étiraient interminablement dans un affreux silence, étaient les pires. Et, quand elle réussissait enfin à s'endormir, c'était bientôt l'heure du réveil. Quand elle émergeait de son pauvre sommeil, momentanément désorientée, elle devait chaque fois renouer avec cette peur informe qui l'habitait, avant d'arriver au moment, plus pénible encore, où la mémoire lui revenait.

— Tu ne me donnes pas cette impression, dit Joyce. Te punir toi-même ne le ramènera pas, tu sais.

C'était une remarque que Jess n'aurait acceptée de personne d'autre, mais elle pardonnait facilement à Joyce. Il lui arrivait même d'être capable de lui révéler ses états d'âme.

— Rien ne pourra me le ramener, admit-elle sans discuter.

Elle sentait croître le picotement dans ses doigts à mesure que le sang y circulait mieux. La peine lui amenait encore les larmes aux yeux et elle craignait de se remettre à pleurer.

— C'est ton après-midi de congé, n'est-ce pas ? demanda Joyce.

Chose étonnante de sa part, Mr Adair accordait à chacun de ses employés une demi-journée de congé avant Noël pour lui permettre de faire ses courses. C'était une astuce pour empêcher les membres du personnel de se déclarer malades et d'aller courir les magasins. Cette mesure n'empêchait toutefois pas Gary d'invoquer ce prétexte à la première occasion.

— Oui.

— Pourquoi n'oublies-tu pas tout le monde et ne vas-tu pas t'acheter quelque chose de joli, de cher : un tricot fin ou un parfum, puis une boîte de chocolats que tu viderais toute seule au cinéma ? C'est ce que je fais.

Toutes les trois semaines, les services sociaux soulageaient Joyce de quelques heures de garde auprès de sa mère. Elle en profitait pour prendre congé pendant toute une journée.

— Est-ce que ça marche ?

Joyce se mit à rire, rejeta la tête en arrière et fit entendre un gloussement étonnamment joyeux.

— Ma mère est toujours là quand je reviens à la maison. Mais, au moins, je sens bon et j'ai eu tous les centres mous pour moi.

— J'essaierai peut-être. Comment va-t-elle ?

— C'est toujours pareil.

— Merci pour le thé.

Elle en finit avec les acanthes et s'attaqua aux anémones avant de quitter la pépinière pour le reste de la journée. Elle parcourut en voiture la vingtaine de kilomètres qui la séparaient du centre-ville et, après avoir fait la queue derrière une douzaine de voitures, elle finit par trouver un espace au dernier étage du stationnement. Dans l'ascenseur qui la ramena au rez-de-chaussée, avec une demi-douzaine d'autres personnes, elle se tint raide, comme si elle voulait se prémunir contre quiconque aurait voulu forcer ses défenses.

Le ciel s'assombrissait déjà quand elle se retrouva dans la rue commerçante. Des centaines de lumières regroupées en forme d'étoiles étaient suspendues au-dessus des têtes et les vitrines, richement décorées, étincelaient. Une petite fanfare de l'Armée du Salut jouait des airs de Noël à la porte de Marks & Spencer. Cette année encore, l'esprit de Noël animait le centre-ville, mais Danny n'était pas là pour y participer.

Jess entra dans un magasin de jouets. Il y faisait chaud et les clients se pressaient devant les comptoirs et les étagères. Les couleurs vives des jouets et des pyramides de boîtes dansaient devant ses yeux. Elle s'arrêta devant un étalage de jouets de bois et les prit dans ses mains un par un, passant distraitement le bout de ses doigts sur leur surface vernie et lustrée. Elle choisit finalement une locomotive trapue à laquelle étaient accrochés des wagons chargés de blocs rouges et jaunes. Elle prit une boîte sur laquelle on voyait l'illustration du train et alla faire la queue devant la caisse. Pendant qu'elle attendait son tour, elle jeta un coup d'œil dans la rue à travers la vitrine. Les gens, chargés de sacs et de colis multicolores, déambulaient sur les trottoirs encombrés au son de la musique du *Bon Roi Wenceslas*.

Jess se retrouva dans la rue avec un grand sac à poignées contenant la boîte du train. La liste des cadeaux à acheter était pliée dans la poche de son manteau, mais l'effort qu'elle aurait dû faire pour s'en occuper lui paraissait démesuré. Elle s'arrêta en face du magasin de jouets pour écouter les musiciens. Les lumières se réfléchissaient sur le cuivre brillant de leurs instruments et sur la visière glacée de leur képi.

C'est alors qu'elle aperçut Robert Ellis.

Il se trouvait pourtant à une vingtaine de mètres d'elle, coincé devant une vitrine par la foule indisciplinée, les épaules rentrées pour se protéger du froid. Lui aussi s'intéressait aux musiciens et portait un grand sac au bout du bras.

Jess tremblait. Ce garçon était sorti acheter des cadeaux de Noël comme n'importe qui d'autre.

Il avait légèrement tourné la tête et l'avait aperçue. Elle le vit hésiter avant de se diriger vers elle en se frayant un chemin à travers la foule. Jess aurait voulu faire demi-tour et fuir, mais elle resta clouée sur place.

À l'hôpital, et même aux funérailles, elle avait été capable de supporter sa présence, qui pouvait somme toute s'expliquer. Son audace l'avait bouleversée, mais n'excédait pas la limite de ce qu'elle pouvait tolérer. Maintenant, dans la rue illuminée et remplie de musique, son apparition lui faisait peur.

Il vint rapidement jusqu'à elle. Il dépassait de la tête la plupart des passants et paraissait ainsi plus grand que nature. Il s'arrêta à un mètre devant elle.

Jess jeta les yeux sur son sac : il portait le nom d'un supermarché du quartier. Elle pouvait y distinguer un emballage de pain.

— Ça va bien ? lui demanda-t-il.

Elle secoua la tête, saisie, et le regarda fixement. Il se rapprocha encore et tendit maladroitement la main comme pour l'empêcher de tomber :

— Puis-je faire quelque chose pour vous ?

La réaction survint plus vite que l'éclair : Jess avança une main pour le repousser. Mais, comme il résistait, elle envoya derrière elle l'autre bras, alourdi par le sac contenant le petit train de bois et le projeta violemment vers l'avant. Le sac frappa le plâtre du jeune homme. Pendant une seconde où elle éprouva un grisant sentiment de vengeance, elle le vit grimacer de douleur et l'entendit suffoquer. Mais son élan avait été mal calculé, et elle perdit l'équilibre. Elle glissa sur le trottoir glacé, tandis que ses bras battaient l'air, et tomba sur les genoux. Elle se ramassa sur elle-même, pour absorber la brutalité de l'impact. Quand elle leva les yeux, elle vit qu'un petit attroupement s'était formé autour d'elle et de Robert Ellis.

Un concert de voix indignées s'éleva :

— Voulait-il vous arracher votre sac ?

— Êtes-vous blessée, madame?

Jess se releva en s'agrippant tant bien que mal aux mains secourables. Robert Ellis, le visage livide, la bouche ouverte, la regardait avec des yeux implorants.

Elle lui tourna le dos et s'éloigna. La voie s'ouvrait devant elle jusqu'au coin de rue suivant, d'où elle pourrait prendre la direction du parc de stationnement. Tête baissée, elle courut pour échapper à la foule et au jeune homme désemparé, laissant tomber le petit train dans le caniveau.

Elle retrouva sa maison silencieuse et sombre, refuge de sa douleur.

Elle ne donna pas de lumière. Elle préférait l'obscurité. Elle se dirigea vers la cuisine en tâtonnant et prit place devant la table. Ses yeux finirent par distinguer les étagères et les chaises, qui se détachaient sur un triste arrière-plan gris anthracite. Les assiettes sales et les restes d'aliments qu'elle avait laissés sur la table étaient presque invisibles, mais une odeur rance flottait dans la pièce.

Elle promena sa main au-dessus de la table et reconnut les contours de la planche à pain et du beurrier graisseux. Elle avait toujours reproché à Danny de laisser la cuisine en désordre. Elle posa les mains à plat sur la table, sans remarquer le contact agaçant des miettes de pain rassis sous ses paumes.

Plus tard, le téléphone sonna. C'était Lizzie :

— Comment vas-tu, ma chérie? Tu as passé une bonne journée?

Jess retrouva péniblement sa voix :

— Pas trop mauvaise. Je suis allée en ville cet après-midi et j'ai acheté le cadeau de Noël de Sock.

— Vraiment?

Elle devina que Lizzie souriait.

— Un train de bois avec des voitures rouges et jaunes remplies de blocs. Mais... je l'ai stupidement laissé au magasin.

— On te le gardera. Ou je peux appeler pour leur faire savoir que je passerai le chercher au cours du week-end, si tu préfères.

— Oui, oui, j'imagine. Ne te dérange pas, je m'en occuperai moi-même.

L'intervention de Lizzie, songeait-elle, risquait de compliquer considérablement les choses.

— Qu'est-ce que tu as fait d'autre ?

— Mon travail seulement. Rien de très gratifiant. C'est le pire temps de l'année à la pépinière : c'est la période de dormance. Et toi, qu'est-ce qui se passe de ton côté ?

— Jess, veux-tu vraiment aller à cet endroit, dont j'oublie le nom, pour Noël ?

— Mais oui. Julie et moi passerons du bon temps ensemble.

Jess et Julie s'étaient rencontrées au collège d'horticulture. Julie était même présente quand Jess avait fait la connaissance de Ian dans une discothèque. Les deux femmes étaient restées amies même si elles se voyaient rarement. Julie travaillait à la serre tropicale de Kew Gardens et habitait dans la banlieue ouest de Londres.

Jess avait acheté un forfait séjour pour le congé de Noël. Le dépliant traînait sur le buffet, dans la zone obscure à sa gauche. Quatre jours dans un hôtel de campagne confortable, avec des feux de cheminée, des soirées qui n'auraient rien d'excentrique et, probablement, une compagnie sympathique et discrète, des couples paisibles et d'autres personnes seules d'âge moyen. Mais c'était uniquement pour elle qu'elle avait réservé. Faire croire à Lizzie et à James que Julie l'accompagnerait lui avait paru le moyen le plus sûr pour échapper aux vacances qu'il lui aurait fallu passer avec eux et leur fils. Jess savait qu'elle ne pourrait supporter la chaleur et l'intimité d'un Noël en famille. Elle voulait un refuge où elle se retrouverait seule avec sa peine.

— Es-tu certaine ?

Pourquoi les gens lui demandaient-ils toujours si elle était sûre de tout ou de rien ?

— Oui, je crois que c'est ce dont j'ai besoin. Un changement de décor, un peu de paix et de quiétude. Ça ne durera que quatre jours, tu sais.

— Tu viendras donc à la maison pour le Nouvel An ?

Chère Lizzie. Elle ne pouvait pas se retenir.

— C'est promis.

— Qu'est-ce que tu vas faire maintenant ?

— Me mettre au lit, je pense. Pour une longue nuit.

— Je te rappelle demain, ma chérie. Dors bien.

Et la nuit viendrait, refuge béni pour celle qui pleurait une perte incommensurable, suivie d'un autre jour où la conscience de son malheur la briserait à chaque instant.

Le lendemain soir, elle était à peine rentrée du travail que deux agents de police, dont la femme qui l'avait conduite à l'hôpital le soir de l'accident, sonnèrent à sa porte. Jess les fit passer au salon, mais ils avaient eu le temps de jeter un coup d'œil dans la cuisine. Elle n'eut pas précisément honte, mais elle fut dérangée par l'idée d'avoir pu créer une impression plus ou moins favorable chez des étrangers. Puis elle s'empressa d'oublier cette vaine préoccupation. Cela n'avait pas d'importance.

— Comment allez-vous, madame?

— Très bien. Je vous remercie.

— Madame, nous essayons de nous faire une représentation exacte de ce que Danny et son ami ont fait et des endroits où ils sont allés dans les heures qui ont précédé l'accident.

— Je comprends.

— Nous savons qu'ils ont ramené chez elle une jeune femme du nom de Catherine Watson, ainsi que sa copine Kim Hicks.

— Ça ressemble à Danny.

— Vraiment? demanda sèchement le policier.

Jess se sentit déroutée:

— Que voulez-vous dire? Il avait dix-neuf ans et il aimait les filles. Il était d'ailleurs populaire auprès d'elles.

— Miss Watson a fait une déposition dans ce sens. Au cours de la nuit en question, votre fils et Rob Ellis l'ont agressée. Elle avait clairement exprimé qu'elle se refusait aux relations sexuelles, mais les deux jeunes gens n'ont pas tenu compte de son refus. La déposition de Miss Hicks confirme toutes ces affirmations. Un locataire de la maison, alerté par le tapage, a appelé la police, mais votre fils et Robert Ellis avaient déjà quitté les lieux. On sait aussi qu'une voiture de police les avait pris en chasse, sur le boulevard périphérique, parce qu'ils roulaient trop vite. Ils accéléraient pour tenter de s'échapper quand l'accident s'est produit.

111

Jess, les lèvres serrées, secoua la tête :

— Il y a certainement erreur.

La jeune femme de la police regardait Jess avec sympathie.

— Il y a une erreur quelque part, répéta Jess. Danny n'aurait jamais fait ça. C'est l'autre garçon, Robert Ellis. C'est certainement lui.

Jess revoyait le visage de Rob, devant le magasin de jouets. L'incertitude et le doute l'assaillirent avant qu'elle répète :

— C'était l'autre jeune homme, Robert Ellis, pas Danny.

— Je crains que votre version ne concorde pas avec le témoignage de la jeune fille, madame. Y a-t-il déjà eu des incidents semblables auxquels Danny aurait été mêlé dans le passé, ou des plaintes à son sujet?

— Il n'y a jamais rien eu de la sorte.

— Je vois.

— Est-ce que c'est tout?

Elle voulait qu'ils s'en aillent et la laissent tranquille, qu'ils repartent avec leurs fausses accusations.

— Oui, merci. Je regrette de vous avoir ennuyée avec cette histoire, mais il est très important, en ce qui concerne les accusations qui seront portées contre Robert Ellis, d'établir la vérité sur ce qui s'est passé ce soir-là.

Jess faisait d'immenses efforts pour ne pas pleurer. Il était trop tard pour Danny : la vérité, ou quoi que ce fût d'autre, ne pouvait plus l'affecter.

— Je comprends, réussit-elle à articuler malgré le tremblement de ses lèvres.

Quand la police fut partie, Jess monta dans la chambre de Danny. Debout au milieu de la pièce, elle cria son nom, mais elle ne pouvait ni l'entendre répondre, ni voir son visage. Il lui avait été ravi, et les mensonges et les accusations menaçaient de ternir le souvenir qu'elle garderait de lui.

— Non! cria-t-elle dans le silence, pour nier les insinuations de la police. Non! gémit-elle encore dans une protestation qui s'acheva sur un sanglot.

Mais un doute avait tout de même été semé dans son esprit.

Beth vint à la maison pour le dernier week-end avant Noël.

Avant son arrivée, Jess lava la vaisselle et nettoya superficiellement la cuisine.

Le samedi, elles se rendirent en voiture chez Lizzie, pour l'échange des cadeaux. Jess n'était pas retournée au magasin de jouets : elle avait choisi un autre cadeau pour le bébé et détourna les questions de Lizzie à ce sujet. Elle ne mentionna pas non plus, à Lizzie et à Beth, la visite des policiers. C'était une erreur. Cette visite concernait d'abord Robert Ellis, pas Danny.

À la fin de la journée, elle ramena Beth à la maison, où elles n'échangèrent que de rares paroles. Jess savait que le caractère introverti de sa fille la portait à garder sa douleur pour elle. Elle n'avait pas encore trouvé le moyen de l'amener à se confier. Quand Beth monta à sa chambre, Jess vint s'asseoir sur son lit. Beth paraissait sur la défensive et toute menue sous les couvertures.

— Veux-tu en parler ?

Beth secoua la tête :

— Que pourrions-nous dire ? Je déteste ce monde où je ne peux plus revoir Danny. Parfois j'oublie qu'il est parti, pendant une heure peut-être, puis la mémoire me revient. Alors, c'est comme si je devais faire mon deuil une fois encore.

— Je sais. C'est la même chose pour moi. Je suppose que nous finirons par nous habituer à son départ. D'une certaine façon, on s'habitue à tout.

— Tu le penses vraiment ? Moi, je ne veux pas oublier Danny.

— Nous ne l'oublierons jamais. Mais nous pouvons aborder d'autres sujets. Nous pouvons parler de ce que tu voudras. De ton voyage en Australie, par exemple ?

Beth avait accepté de passer trois semaines avec Ian et Michelle à l'occasion du congé de Noël.

— J'ai hâte. Oh ! oui, j'ai hâte. Mais c'est un long voyage. Et je serai séparée de toi et... de tout.

Alors même qu'elle tenait ces propos, Beth fut frappée de constater que le manque de disponibilité de Sam, à qui elle vouait un amour total, la blessait aussi cruellement que la mort de Danny. Pendant un instant, elle fut tentée de tout raconter à sa mère, mais elle se retint. Si elle lui faisait cette confidence, sa mère lui donnerait de sages conseils sans se départir de son calme habituel. Elle lui dirait qu'elle s'en faisait à son sujet, ce qui la rendrait encore plus malheureuse. Elle lui ferait aussi valoir que quelqu'un de libre, qui serait digne de sa petite fille, se présenterait certainement bientôt.

Beth ne voulait rien entendre de tout cela.

Sam avait téléphoné la veille, juste avant qu'elle parte, pour la prévenir qu'il irait la conduire à l'aéroport. Il avait ajouté qu'il ne savait pas comment il survivrait à ces trois longues semaines sans la voir.

Elle l'aimait tant qu'elle craignait d'éclater. Sa dévotion envers son amant atténuait tout le reste, y compris la mort de Danny.

— Je comprends ce que tu peux ressentir, admit Jess. Ou du moins, je pense que je comprends. Mais ce voyage te fera du bien, Beth. Il vaut mieux partir et changer d'air plutôt que de rester simplement ici avec moi.

« Immergées chacune de son côté dans nos malheurs, poursuivit Jess pour elle-même. Nous ne pouvons pas nous aider l'une l'autre. Pourquoi donc ? »

Beth ne répondit pas. La perspective de mettre la moitié du monde entre elle et son amant lui était insupportable.

Jess attendit encore un moment la confidence qui ne venait pas, puis elle tapota l'épaule de sa fille sans ajouter un mot et regagna sa chambre.

Les derniers jours précédant Noël s'écoulaient avec une lenteur désespérante. Hors de la maison, Jess tenait le coup. Pendant cette période, elle vérifia les stocks de plants et fit l'inspection des tunnels et des serres. Elle assuma certains quarts de travail pour Joyce, afin de la libérer quelque peu. Cependant, en dehors des heures de travail, durant lesquelles elle réussissait à engourdir sa peine, elle évoluait dans un temps qui échappait à toute mesure. Elle avait cessé d'essayer de scander son temps libre avec les repas, les périodes de sommeil et les corvées domestiques. Elle mangeait ce qu'elle avait sous la main quand elle se rendait compte qu'elle avait faim. Elle s'installait alors devant le comptoir de la cuisine, le regard absent, pour manger les aliments froids qu'elle puisait à même la boîte de conserve.

Les heures de la nuit se révélaient les pires, parce que le sommeil tout proche se dérobait sans cesse. Quand elle sombrait enfin, le moment du réveil revenait presque aussitôt la condamner de nouveau à la peine du souvenir. Elle cessa de se coucher dans son lit. Elle errait dans la maison, ramassant au passage des livres ou des magazines, dont elle lisait quelques phrases, avant de les abandonner un peu partout. Elle s'assoupissait durant de brefs moments sur le canapé, avant de se réveiller transie et de recommencer à arpenter la maison.

Le vide qu'elle réussissait à créer autour d'elle et les libertés qu'elle prenait avec les contraintes ordinairement imposées par la vie quotidienne étaient pour elle un énorme soulagement. Elle n'avait plus les ressources qui lui permettaient de s'occuper des autres, de les rassurer. Elle ne les avait même plus pour elle-même. Quand ses amis téléphonaient, Jess les assurait que tout allait bien. Même Lizzie était convaincue que sa sœur s'en sortait, qu'elle assumait son deuil de façon sereine et réfléchie, comme tout le monde s'y était attendu.

Au cours de la matinée du 24 décembre, Jess téléphona à sa fille pour lui souhaiter bon voyage. Beth attendait l'arrivée de Sam. Elle souhaitait que, durant l'heure qu'ils mettraient pour atteindre l'aéroport, elle pourrait faire provision d'assez de courage pour survivre aux trois prochaines semaines. Plus que jamais elle était consciente que, dès l'instant où il entrerait chez elle, les secondes se succéderaient à une vitesse implacable jusqu'au moment de leur séparation.

— Je t'appellerai de Sydney, promit Beth.

L'oreille aux aguets, elle entendit la voiture arriver.

— Je serai à l'hôtel avec Julie, tu te rappelles ? Ce sera plus facile pour moi de téléphoner.

— D'accord, maman. Je t'aime.

— Je t'aime moi aussi.

Jess avait dit cela avec la conscience renouvelée d'avoir déjà laissé tomber sa fille, dans une circonstance restée obscure, et de se retrouver désormais incapable de réparer le tort qu'elle lui avait causé.

Après avoir dit au revoir à Beth, Jess prit la petite valise qui l'attendait dans le couloir. Elle vérifia les portes et les fenêtres de la maison et sortit. Elle déposa son bagage sur la banquette arrière et recula prudemment dans l'allée. Elle ne jeta aucun regard sur les maisons voisines. Elle ne voulait voir personne, ni être remarquée par quiconque. La rue était déserte. La plupart de ceux qui s'absentaient pour le congé étaient déjà partis. Elle conduisit d'abord de façon automatique, ayant emprunté au départ le chemin qui l'amenait ordinairement à la pépinière. Les grandes routes étaient cependant plus achalandées, et elle dut alors porter à la conduite cette sorte d'attention abstraite qui subordonne les gestes à la pensée. Elle roula jusqu'au rond-point donnant accès à l'autoroute avant de se rendre compte qu'elle avançait exactement dans la direction opposée à celle qu'il fallait emprunter pour se rendre à l'hôtel.

Elle continua à rouler calmement, compléta consciencieusement le tour du rond-point, et reprit la route qui la ramenait à son point de départ, dans la rue tranquille où elle habitait. Elle immobilisa sa voiture à quelque distance de chez elle et parcourut rapidement à pied les quelques mètres qui la séparaient de sa maison, en priant pour ne rencontrer personne. Elle fit claquer la porte derrière elle, la ferma à double tour et s'adossa au bouclier protecteur qu'elle lui offrait, les yeux clos, le souffle court comme si elle avait couru. La nouvelle odeur aigrelette qui flottait dans la maison monta vers ses narines pour lui souhaiter la bienvenue. Jusque-là, elle avait sincèrement cru à son intention de passer un Noël tranquille dans un hôtel de campagne. Maintenant, elle se sentait à la fois soulagée et coupable de s'y soustraire.

Elle se dirigea lentement vers la cuisine, au fond de la maison, s'installa à la table et écouta. Il n'y avait rien à entendre, sauf le faible craquement des planchers et des murs ainsi que, dehors, le vent dans les arbres.

Rob passa délicatement son bras dans la manche de son blouson de cuir. On avait retiré son plâtre la veille, et il lui semblait que l'articulation de son coude était faible et imprévisible, comme son bras pouvait soudainement s'égarer dans une direction imprévue.

Tenant son avant-bras contre sa poitrine, il vint se poster devant la table de sa chambre et délibéra devant un cadeau enveloppé dans un papier lustré et une boîte à l'intérieur d'un sac à poignées déchiré. Le cadeau était destiné à Cat. Il s'était surpris à penser à la jeune fille lorsqu'il avait découvert la petite aquarelle victorienne au marché aux puces. Il l'avait achetée en pensant que le tableau serait intéressant à voir parmi les posters et les cartes punaisées sur les murs de la chambre de Cat. Il avait travaillé toute une journée à fabriquer un cadre de bois sculpté qui lui conviendrait parfaitement. Il ignorait les projets de la jeune fille pour la nuit de Noël. Il imagina une ribambelle de frères et sœurs bruyants dans la maison familiale de Croydon.

Rob prit plutôt le sac amoché et le cala, avec son contenu, sous son bras.

Il ne pouvait pas effacer de son esprit le visage livide de la mère de Danny, ni se libérer de la souffrance que lui causait le malentendu qui empoisonnait leurs relations. Il était victime d'une injustice qu'il brûlait de lui expliquer, pour ne plus avoir à en supporter le poids.

Il sortit de sa chambre. Les autres studios de la maison étaient déserts. Tout le monde était sorti fêter. Il ne lui vint pas à l'esprit que Jess Arrowsmith pourrait aussi avoir accepté une invitation. Il était sûr, sans même se poser la question, qu'il la trouverait chez elle et qu'il pourrait lui parler.

Il aurait pu sauter dans un bus qui traversait la ville, mais il avait pris l'habitude de marcher au cours des dernières semaines. Il fonça, tête baissée, le paquet sous son bras valide. Le temps était humide et brumeux ; une lumière diffuse jetait une touche orangée sur la chaussée et les façades des magasins. Il se sentait totalement exclu de cette paisible attente de la nuit de la Nativité, qui parfumait l'air et lui donnait une densité particulière. La plupart des gens qu'il croisait souriaient ou semblaient ivres. Rob gardait la tête penchée et marchait assez rapidement pour en perdre le souffle.

Au bout de la rue où elle habitait, se dressait un grand sapin abondamment orné de lumières multicolores. Une bande d'adolescents à bicyclette stoppèrent au coin de la rue. Ils dévisagèrent Rob d'un air provocateur, mais le jeune homme passa sans les regarder. À mesure qu'il approchait de la maison de Danny, il se sentait comme isolé dans un cachot aux murs d'acier. Les fenêtres de façade, sans exception, étaient sombres.

La sonnerie retentit longuement, bruyamment. Puis l'écho de cette agression sonore fut suivi de coups frappés en staccato.

Tout le monde ignorait qu'elle était à la maison, pensa Jess. Aucune lumière ne trahissait sa présence. L'importun repartirait donc bientôt.

Mais on frappa encore et encore, et cette persistance rappela à Jess la nuit où les policiers s'étaient présentés à sa porte. N'y tenant plus, et seulement désireuse de rétablir le silence, elle s'engagea dans le couloir d'un pas lent et fit glisser la chaîne de sécurité.

Elle entrouvrit à peine la porte, regarda avec des yeux scrutateurs et aperçut Robert Ellis.

Un léger frisson de peur courut sur sa colonne vertébrale. En ouvrant la porte, elle avait deviné que c'était lui qui attendait dehors et elle l'avait ensuite reconnu instantanément.

Elle décida de refermer, mais il glissa rapidement ses doigts dans l'ouverture et agrippa le bord de la porte. Si elle avait violemment repoussé la porte, elle lui aurait écrasé les jointures.

Il avança la tête dans l'ouverture. Jess nota alors que ses boucles à l'éclat métallique avaient pris un reflet foncé sous la pluie. Elle recula tout en gardant le bout de ses doigts serrés autour du bouton de la chaîne :

— Que veux-tu ? Pourquoi es-tu venu ?

— J'ai juste pensé...

Il lui montra un paquet qu'elle n'avait pas remarqué auparavant. Elle aperçut à travers le papier déchiré le petit train qu'elle destinait à Sock. Elle regarda fixement le colis, puis leva les yeux vers la portion du visage de Rob encadrée par l'étroite ouverture.

— Me permettez-vous d'entrer, seulement une minute? demanda le jeune homme.

Les lèvres de Jess essayaient de former les mots qui justifieraient son refus. « Tu as tué mon fils et maintenant tu veux me rendre visite? » Elle secoua négativement la tête.

— Je vous en prie, murmura-t-il. C'est important.

— Va-t'en.

Elle savait qu'elle avait parlé d'une voix à peine audible. Elle répéta, en faisant un effort pour hausser le ton :

— Va-t'en, tout de suite!

— Je veux vous dire quelque chose au sujet de Danny. J'ai besoin de vous raconter ce qui s'est passé. Je vous en prie! la supplia-t-il.

Elle pensa aux policiers et à leur fausse accusation.

Ce garçon connaissait la vérité. Elle l'obligerait à la lui dire.

Une voiture passa lentement dans la rue, la lumière de ses phares perçant la bruine pour ensuite s'évanouir. Jess la regarda disparaître puis, de ses doigts maladroits et raides, tripota la chaîne, qui s'échappa de la glissière et retomba en tintant légèrement. Elle ouvrit parcimonieusement la porte, pouce par pouce, jusqu'à ce que le jeune homme puisse se glisser dans la maison.

Rob lui tendit le sac :

— J'ai pensé que vous pourriez... que vous pourriez en avoir besoin pour l'offrir à quelqu'un.

— C'était pour le fils de ma sœur. Le bébé est le cousin de Danny. J'ai eu le temps de lui acheter un autre cadeau.

Jess prit le sac et remit la chaîne. Elle retourna à la cuisine et il la suivit. Elle était habituée à se diriger dans la pénombre, mais il buta contre l'escalier et trébucha. Il étendit ensuite son bras valide devant lui pour repérer d'autres obstacles. Il respirait un mélange complexe d'odeurs de pain rassis, de graisse refroidie et d'air confiné. Sans réfléchir, il chercha le commutateur à gauche de la porte et donna de la lumière. Il jeta un regard autour de lui en clignant des yeux, s'avança vers la table et tira une chaise pour que Jess puisse s'y asseoir.

Elle se surprit elle-même en acceptant ce geste de courtoisie, puis elle se couvrit le visage avec ses mains.

Elle n'avait plus réfléchi, ces derniers jours, au désordre et à la malpropreté qui s'installaient progressivement dans sa maison. Elle avait arrêté de cuisiner régulièrement et de manger de vrais repas, tout comme elle avait cessé de se mettre au lit pour dormir. Elle avait laissé les restes de ses repas, pris sur le pouce, encombrer le comptoir et bloquer le renvoi de l'évier. Il semblait qu'elle eût perdu tout intérêt à accomplir les gestes réguliers et répétitifs qu'exige l'entretien d'une maison. Si autrefois la présence des enfants l'avait motivée à astiquer les carreaux, à polir les casseroles et à verser de l'eau de Javel dans les renvois, parce que toutes les mères s'acquittent de ces tâches, il n'y avait maintenant plus aucune raison de continuer.

À cause de Danny ! Et parce que Beth, devenue adulte, s'était isolée dans sa tour d'ivoire, où Jess ne semblait plus désormais pouvoir l'atteindre.

Le désordre qui apparaissait dans tous les coins de la maison n'était que la confirmation amère et concrète de la tragédie qui avait bouleversé sa vie et de la solitude qui s'était abattue sur elle comme un oiseau de malheur.

Le jeune homme allait ici et là dans la cuisine. Elle entendit l'eau couler, puis le bruit de la bouilloire qu'il remplissait et remettait sur le comptoir. Ensuite il ouvrit et referma l'armoire. Jess fronça les sourcils et redressa la tête :

— Qu'est-ce que tu fais ?

— Du thé.

Comme Joyce, qui voulait toujours être occupée, même à la moindre tâche insignifiante qui s'offrait à elle.

Il se tenait immobile, les mains autour de la théière vide, attendant ce qu'elle dirait.

Il y eut un long moment de flottement, durant lequel elle aurait pu laisser libre cours à sa colère contre lui, ou à sa peur, ou à ses larmes. Jess savait qu'une très mince pellicule de méfiance recouvrait son affliction. Et alors, dans un moment particulier de lucidité, elle comprit que Robert Ellis partageait exactement ses sentiments.

Elle ne cria pas. Elle ne se permit pas non plus de pleurer. Elle hocha la tête et dit sèchement :

— Il y a des sachets dans l'armoire à ta gauche.

Il prépara l'infusion et lui en versa une tasse, qu'il déposa sur la table près d'elle. Il laissa sa propre tasse sur l'égouttoir et nettoya l'évier. Jess le regarda emplir ses mains de sachets dégoulinants, de coquilles d'œufs et de croûtes humides pour les jeter ensuite dans la poubelle. Il remplit l'évier d'eau chaude, y laissa tomber un jet de détergent au parfum de citron et entreprit de laver la vaisselle, raclant les plats avant de les plonger dans l'eau chaude, de les rincer et de les mettre à égoutter.

Jess buvait son thé en le regardant travailler. Son blouson de cuir craquait faiblement quand il allongeait un bras. Il prenait beaucoup de place dans l'espace restreint entre l'évier et la table. Elle nota aussi dans ses mouvements, dans la façon de courber le poignet en soulevant une assiette pour la laisser s'égoutter, une certaine gaucherie qui lui rappela Dan. Il lui semblait que c'était Danny qu'elle observait en train de faire la vaisselle après le repas qu'elle avait préparé pour lui.

Jess regarda fixement le dos de Rob. Un flot d'immense tendresse pour son fils l'inonda lentement et, pendant un moment, balaya son chagrin et son amertume. Elle se sentit même en quelque sorte soulagée en voyant ce grand et solide jeune homme venu remplir chez elle le vide douloureux dans lequel elle se trouvait maintenant.

— Pourquoi fais-tu ça ? lui demanda-t-elle.

— J'ai l'impression qu'il faut le faire.

Il faisait ce que Danny n'aurait pas fait : nettoyer le poêlon noirci qu'elle avait déposé dans l'évier, pour l'oublier ensuite pendant deux jours.

— Ton thé va refroidir, lui rappela-t-elle.

— Je ne veux pas vraiment le boire.

— Arrête de nettoyer maintenant.

Il se retourna vers elle à contrecœur. Jess lui désigna une chaise en face d'elle. Quand il s'assit, elle nota ses mains, la façon dont son épaisse chevelure collait à son cou et l'ombre mauve sous ses yeux. Il ne ressemblait pas du tout à Danny.

— Je suppose que vous vous demandez comment j'ai osé venir ici? laissa-t-il tomber abruptement.

Sans attendre de réponse, il poursuivit :

— Je n'ai pas vraiment osé, j'ai surtout été incapable de m'en empêcher. On pourrait dire que j'ai été attiré ici comme par un aimant. Je n'ai pas cessé de penser à vous depuis l'accident, et encore plus depuis l'après-midi, en ville, où vous êtes tombée. Je vois continuellement votre visage. Danny vous ressemblait. Pas à l'hôpital où il ne ressemblait à personne, sauf à une sculpture sur bois. C'est le Danny que j'ai connu avant, alors que nous étions amis, que vous me rappelez.

— Amis, répéta Jess.

Décidément, ce garçon ne ressemblait pas à Danny, mais des images statiques de l'un et de l'autre se superposaient dans la tête de Jess. C'était le rythme de leur discours, leur façon indirecte et furtive de marmotter leurs confidences.

— Nous l'étions, vous savez. Nous nous aimions bien, nous étions des copains. Et puis j'ai percuté le pilier du pont et il a abouti dans ce lit d'hôpital, pour y mourir.

Pendant qu'il parlait, Jess l'observait froidement, tout en se rendant compte encore une fois que son cœur oscillait entre la rancœur et la peine. Mais en voyant trembler les mains du pauvre garçon, elle se rappela avoir eu l'impression qu'il vivait ce drame exactement comme elle. Elle se leva, se dirigea vers une des armoires, en sortit la bouteille de whisky, avec deux verres, et lui versa une rasade. Il la regarda d'un air interdit :

— Vous me servez à boire?

— Qu'est-ce que je pourrais t'offrir d'autre? De l'arsenic? Une tasse d'eau de Javel?

Il éclata d'un rire incrédule. Pendant un instant son visage se détendit. Il saisit son verre et avala une gorgée de scotch.

— Les policiers sont venus il y a quelques jours, lui apprit Jess. Ils ont dit qu'ils préparaient contre toi un dossier d'accusation qu'ils présenteront à la Cour.

— Oui, je sais.

— Qu'est-ce que Danny et toi avez fait ce jour-là ?

— Nous sommes allés au gymnase. Danny aimait y venir et nous faisions parfois nos exercices ensemble.

Le rappel de cette journée lui faisait mal. Les souvenirs qui y étaient liés étaient logés à la surface de sa mémoire comme autant d'échardes acérées dans la peau. Il les extirpa un à un pour la mère de Danny, qui l'écoutait en posant sur lui les mêmes yeux que ceux de son fils. Il décrivit la partie de billard qu'ils avaient disputée au pub et que Danny avait finalement gagnée. Puis il lui parla du café où ils avaient rencontré les filles et lui raconta comment la soirée s'était déroulée par la suite. Jess ne bougeait pas, sauf pour reprendre son verre.

— J'ai conduit Danny à l'appartement d'une fille, qui a aussi amené une amie avec elle.

— La police me l'a dit. Quel est le nom de cette fille ?

— Cat. Danny avait le béguin pour elle.

— Les filles ont toujours aimé Danny, souligna Jess en roulant son verre frais sur sa joue. C'est sans doute pareil pour toi ?

Robert secoua la tête lentement, ne sachant trop comment il répondrait aux questions qui suivraient :

— Eh bien... ça va, ou du moins ça allait. La plupart du temps.

La façon dont il avait dit « ça allait » ouvrit à Jess une perspective nouvelle : l'univers de Rob s'était récemment modifié, assombri, tout comme il en avait été pour elle.

Elle lui posa d'un ton plus serein la question qui lui brûlait depuis longtemps la langue :

— Voudrais-tu me raconter ce qui s'est passé entre cette fille et vous deux ? La vérité, je te prie. C'est important.

— C'était, c'était seulement... Rien vraiment. Une de ces situations dont on perd le contrôle. Sans que ce soit la faute de personne.

— Qui essaies-tu de protéger ? Danny ou toi ?

— Ni l'un ni l'autre, hésita-t-il.

— Alors, dis-moi la vérité.

« C'est facile, pensa Rob. Je devrais lui raconter comment Danny se comportait parfois. Mais qu'est-ce qu'il m'avait dit un jour à propos de sa mère ? Qu'elle révérait le sol sur lequel il marchait ? Oui, c'est exactement ce qu'il m'a dit. Et il riait alors. Elle ne sait donc pas qu'il pouvait devenir enragé quand il ne réussissait pas à obtenir ce qu'il désirait. »

Pourquoi devrait-elle apprendre cela, maintenant qu'il était mort ?

— Raconte, l'encouragea Jess.

Il remonta dans ses souvenirs. Ils étaient bien vivants dans sa mémoire, mais il n'était pas facile de les traduire en paroles :

— Au début Danny l'embrassait seulement. Puis le flirt est allé un peu plus loin. C'est comme ça qu'il faisait d'habitude. Il lui a dit qu'il l'aimait.

Jess, parfaitement immobile, fixait ses mains. Le calme qu'elle affichait, mais qu'il devinait précaire, poussa Rob à lui dire la vérité, mais dans une version aussi édulcorée que possible.

Danny avait renversé Cat sur le lit pendant qu'il l'embrassait. Plus elle lui résistait, plus il mettait de brutalité à la maîtriser. Il avait réussi à passer ses hanches entre les jambes de la fille, mais elle se débattait sauvagement. Kim s'était redressée, toute tremblante, et les regardait, effarée. Alors que Cat résistait toujours, Rob s'était jeté hors du lit, avait agrippé les épaules de Danny en essayant de l'arracher de force à sa proie. En même temps que le bruit d'un tissu léger qu'on déchire, il entendait les halètements saccadés de son compagnon.

Rob criait :

— Laisse-la. Ôte-toi de là, espèce de tête brûlée !

Danny était fort, et il devint soudain complètement impossible de le maîtriser. Il plaqua Cat sur le lit, en appuyant sa main sur sa gorge, et lança à toute volée son poing sur les dents de Rob.

— Qu'est-ce que tu veux ? aboya-t-il. Celle-ci est à moi.

Cat était écrasée sous le poids des deux jeunes hommes. Sa tête roulait de gauche à droite et de petits cris de frayeur s'échappaient de ses lèvres meurtries. Kim se leva en titubant.

Avec son bras gauche, Rob enserra le cou de Danny comme dans un étau et le força à reculer. Celui-ci s'arc-bouta et Cat en profita pour se libérer. Les deux garçons roulèrent sur le plancher en même temps qu'une chaise qu'ils avaient brisée. Kim poussa un long cri vibrant qui réveilla toute la maison.

Danny était à quatre pattes, cherchant à reprendre son souffle, et Rob était à cheval sur lui.

Quelqu'un frappa à la porte : le cri de Kim s'éteignit tandis qu'elle se précipitait pour ouvrir.

— Faites venir la police, sanglota-t-elle.

On entendit la personne faire demi-tour puis courir dans l'escalier.

Rob releva Danny, qui, le visage tout barbouillé et les yeux fous, cherchait à voir Cat. Elle était recroquevillée contre la tête du lit. Les larmes avaient fait couler le mascara sur son visage désemparé.

Rob cria :

— Cours, Danny, nous devons vider les lieux avant l'arrivée des flics !

Ils se ruèrent sur la porte. Kim s'écarta rapidement de leur chemin, tandis qu'ils se précipitaient vers l'escalier, en bousculant une jeune fille terrifiée qui bégayait dans le téléphone public du couloir.

Rob avait décrit la scène de la façon la plus détachée qu'il lui avait été possible. Il avait pris soin que sa voix et ses yeux ne trahissent pas les sentiments que la violence réveillait en lui en même temps que le souvenir de son père.

— En moins de temps qu'il n'en faut pour le dire, nous étions déjà loin. Nous avons couru comme si nous avions des ailes. Puis nous nous sommes retrouvés sur la route de contournement avec une voiture de police à nos trousses.

— Et alors tu as perdu le contrôle de la camionnette et frappé de plein fouet le pilier du pont.

— Oui.

Jess se leva, prit la bouteille et se versa une autre rasade de whisky. Danny avait-il essayé de violer une fille alors qu'il était ivre ? Chaque fibre de son être la poussait à rejeter sans détour cette version de l'histoire, mais le récit de Rob lui paraissait vrai. Certes, il pouvait avoir menti. Elle repassait les épisodes dans sa tête, en essayant d'y croire. Elle sentit les yeux du garçon dans son dos.

— Pourquoi es-tu venu précisément ce soir ? lui demanda-t-elle en se rasseyant. Où se trouve ta famille ? Ta mère ?

Il la dévisagea avant de répondre. Il pensait n'avoir laissé aucun indice dans son récit. Il était habitué à masquer son passé. Au cours des ans, il avait complètement réussi à devenir une autre personne. Alors comment cette femme l'avait-elle aussi rapidement percé à jour ? Et de façon aussi juste ?

— Ma mère est morte. Mon père a déménagé en Écosse il y a sept ans environ. Nous nous sommes perdus de vue. Il n'y a que moi dans le paysage.

— Je suis désolée pour toi, dit doucement Jess.

Elle ne tenta pas de savoir comment était morte sa mère, ou pourquoi son père était parti. Elle avait compris qu'elle n'obtiendrait pas de réponses satisfaisantes. Pas maintenant, pas encore.

Rob vida son verre. Il se leva ensuite avec une telle brusquerie que sa chaise bascula presque. Le choc les fit sursauter.

— Il vaut mieux que je parte.

Jess leva les yeux vers lui :

— Tu n'es pas obligé de partir. Tu peux rester, si tu veux, et manger un morceau avec moi.

Comme il la regardait avec étonnement, elle éclata soudain de rire. Il haussa alors les épaules.

— Je viens de penser, se rappela Jess, qu'il n'y a rien à manger, mais beaucoup à boire en revanche.

— On peut toujours compter sur un restaurant chinois. Même la veille de Noël, on fait la livraison, suggéra Rob.

Il avait raison. Le *Golden Parade* des galeries marchandes serait ouvert, même ce soir-là

Jess se leva à son tour en prenant appui sur le dossier de sa chaise. Elle posa les yeux sur ses jointures blanches. Elle se sentait courbaturée et sale, et tout engourdie après être restée trop longtemps assise à la même place.

— Je vais d'abord prendre un bon bain chaud, annonça-t-elle. Après nous pourrons commander un repas chinois si tu veux.

Il ne répondit pas et elle se hâta de sortir de la cuisine pour ne pas laisser voir son embarras. Rob ne souhaitait pas vraiment partir. Il voulait rester et continuer à lui parler.

— Puis-je continuer à m'occuper de ça pendant que vous prendrez votre bain?

En posant sa question, il avait fait un geste montrant qu'il parlait du ménage qu'il restait à faire dans la cuisine.

— Si tu veux.

Il la rappela au moment où elle allait franchir le seuil. Il pointa du doigt le transistor – la radio de Danny – posé sur l'appui de la fenêtre.

— Puis-je l'écouter?

Les images se superposèrent encore une fois.

— Pourquoi pas?

Jess remplit la baignoire avec de l'eau aussi chaude qu'elle pouvait l'endurer et s'allongea dans un nuage de mousse.

La salle de bains était juste au-dessus de la cuisine. La musique montait vers elle par vagues assourdies. Danny aussi vivait dans un tintamarre permanent.

Danny avait peut-être agressé une jeune fille alors qu'il était ivre...

Des larmes filèrent sous ses paupières closes.

Elle était reconnaissante que l'autre garçon soit au rez-de-chaussée. Elle était heureuse du bruit et de l'espace que son grand corps dégingandé remplissait partiellement. Elle était contente de n'être pas seule en cette veille de Noël.

6

Les barquettes d'aluminium vides étaient éparpillées sur la table. Ils avaient tout dévoré le soir précédent. Jess en ramassa une et trempa son doigt dans le reste visqueux de sauce douce-amère qui en tapissait le fond. Elle lécha son index et constata qu'elle avait encore faim. Elle fit donc du café et pêcha quelques biscuits au fond de la boîte en métal.

C'était l'après-midi de Noël : elle avait dormi douze heures.

La cuisine semblait encore résonner de la vie que Rob avait apportée avec lui. La fraîche odeur de citron des produits de nettoyage se mêlait au parfum sucré des mets chinois.

Tout en mangeant, ils avaient parlé de Danny.

Jess avait évoqué les souvenirs de son enfance tandis que Rob l'écoutait avec une avidité qui la surprit et l'intrigua. De son côté, Rob lui avait fait connaître un Danny qu'elle ne connaissait pas : l'adulte, le copain.

— Il était, si l'on peut dire, optimiste. Il voyait toujours le côté positif des choses, ce qui contribuait à le rendre populaire. Chacun voulait se l'approprier, même partiellement. Les femmes, d'autres gars, moi. Il semblait croire que tout finissait par s'arranger. D'une certaine façon, ça se passait presque toujours bien pour lui.

Ces souvenirs flatteurs ne comportaient pas grand danger. Il était plus facile de rappeler les qualités de Danny. Ils ne parlèrent donc pas de la nuit de l'accident ni de ses conséquences.

Jess s'étonnait de se retrouver à table avec Robert Ellis. La dernière fois qu'elle l'avait vu, elle avait essayé de le frapper. En cette veille de Noël, elle éprouvait pour lui une grande reconnaissance, parce qu'il lui tenait compagnie et qu'il traçait pour elle le portrait d'un Danny qu'elle ne connaissait pas. Elle ne pouvait se déterminer quant à savoir si sa nouvelle attitude était la plus déraisonnable ou la plus saine.

Une fois leur repas improvisé terminé, Rob s'était levé poliment et Jess l'avait raccompagné jusqu'à la porte, où ils s'étaient serré la main. La pluie avait cessé et le ciel, merveilleusement clair, était rempli d'étoiles qu'ils prirent le temps d'admirer, la vapeur de leur haleine se mêlant dans l'air frais.

— Je vous remercie, avait dit Rob avant de se retourner.

— Merci d'être venu.

Puis il s'était éloigné à grands pas.

Il y avait d'autres questions qu'elle aurait dû lui poser, pensa-t-elle aussitôt qu'il eut disparu dans la nuit.

Elle avait refermé la porte et elle était montée tout de suite se mettre au lit.

Jess dit tout haut, comme si quelqu'un lui avait posé une question : « Je l'aimais. Même s'il y avait quelque chose de pas tout à fait correct chez lui. Je ne veux pas dire quelque chose de mal, je dirais plutôt une dimension inachevée, incomplète. »

L'écho de sa propre voix la fit sursauter et prendre conscience qu'elle était seule. L'arôme convivial du café fraîchement fait s'insinuait dans la maison vide et morose.

Jess se rendit au salon et composa le numéro de Lizzie. James lui demanda avec sollicitude, de sa belle voix chaude, comment elle allait, si l'hôtel était confortable, si Julie s'y plaisait.

— Nous sommes très bien, bredouilla Jess. Oui, c'est exactement ce dont j'avais besoin. Un vrai repos. Puis-je parler à Lizzie ?

La vieille mère capricieuse de James se trouvait chez eux pour le congé de Noël. Ils devaient être à la veille de prendre le lunch ou bien ils étaient déjà à table :

— Joyeux Noël, James.

Elle répéta les mêmes mensonges rassurants à Lizzie, lorsqu'elle vint au téléphone :

— Oui, c'est réellement charmant et notre chambre est confortable. Nous trouvons beaucoup de gens intéressants à qui parler. Je me prépare justement à descendre avec Julie pour le lunch. Une fois que j'aurai mangé comme une ogresse, je tomberai endormie dans l'un des fauteuils du salon. N'est-ce pas ce que tout vacancier est censé faire ? Parle-moi de Sock. Est-ce qu'il a aimé ses cadeaux ?

Lizzie était heureuse d'avoir de ses nouvelles, mais elle était pressée, énervée par les contraintes de la journée :

— Je suis si contente, ma chérie. Sock est sur le point de se mettre à pleurer. Tu me manques. Jure-moi que tu vas bien.

— Bien sûr que je vais bien.

— Joyeux Noël ! se souhaitèrent-elles l'une l'autre, le cœur rempli d'espérance.

Jess comprit qu'elle venait tout juste de franchir une frontière. Elle avait menti pour se ménager un espace secret. En se comportant de la sorte, elle s'était écartée de la conduite rationnelle que chacun attendait toujours d'elle. C'était comme si son côté rebelle, longtemps tenu en laisse, se manifestait enfin. D'un abîme de douleur, elle était passée à un virulent état d'euphorie solitaire.

Elle composa ensuite le numéro de Ian, à Sydney. Elle souhaita cordialement un Joyeux Noël à Michelle, qui lui avait répondu, avant de lui demander comment ils avaient passé la journée.

— Très bien, merci, répondit Michelle avec un peu de surprise dans la voix. Il fait trente-deux degrés par ici. Nous avons organisé un barbecue sur la plage.

— Ça me semble magnifique !

— Beth a adoré ! Attends, je l'appelle.

Beth vint au téléphone :

— Maman ? Je suis contente que tu appelles enfin. Je pensais que tu ne le ferais pas. Comment allez-vous, toi et Julie ? Est-ce qu'il neige ou est-ce qu'il gèle ? Il fait tellement chaud ici, ça ne ressemble pas beaucoup à Noël.

Elle semblait triste. Jess lui assura tout de suite qu'elle allait bien ; c'était un jour d'hiver typiquement anglais, froid et radieux ; sa fille lui manquait.

— Mais tu ne te sens pas trop seule, maman ?

— Non, je te le jure.

— Veux-tu parler à papa ?

— Une petite seconde.

Elle échangea de brefs souhaits avec Ian. Il lui sembla encore qu'ils étaient plus loin l'un de l'autre que l'énorme distance qui les séparait pouvait donner à croire.

Après le lunch de Noël, la mère de James s'assit devant le téléviseur pour écouter le discours de la reine et tomba aussitôt endormie. Lizzie amena Sock, complètement épuisé, dans sa chambre et le coucha tout habillé. Il faillit crier pour protester, mais ses yeux étaient déjà à moitié fermés. Il s'endormit, les cils humides collés à ses paupières toutes rouges. En se retournant, Lizzie aperçut James dans l'embrasure de la porte, un doigt sur les lèvres.

Elle n'avait pas eu le temps de faire leur lit ce matin-là. Les draps froissés et les oreillers semblaient invitants en dépit ou à cause même de leur désordre. Elle rejeta ses cheveux en arrière et mit le bout de ses doigts sur le décolleté en V de la tunique en cachemire crème que James lui avait offerte pour Noël.

— Oui, murmura James. C'est le temps de se reposer, ne penses-tu pas ?

La salle à manger et la cuisine attendaient encore d'être rangées. Ils se sourirent comme deux conspirateurs. James tira doucement les rideaux et prit sa femme dans ses bras. Il lui retira sa tunique et dégrafa le soutien-gorge en dentelle.

Le nid chiffonné qu'était leur lit les accueillit. Quand elle saisit les hanches de son mari entre ses jambes, Lizzie se sentit enivrée par une délicieuse passion. Déjà sur le point d'atteindre l'orgasme, elle frissonna de plaisir quand il la pénétra. Par-dessus l'épaule de James, elle aperçut son fils qui bougeait dans son sommeil : ainsi distraite, elle perdit sa concentration pendant un moment. James se servit alors de ses mains comme d'un écran pour la ramener à lui.

Collant sa bouche contre l'oreille de sa femme, il dit en y mettant une certaine insistance :

— Il est temps que nous l'installions dans sa propre chambre. Je veux à nouveau t'avoir pour moi seul dans la nôtre.

— D'accord.

Ils se balancèrent en cadence en prêtant l'oreille au râle de jouissance qu'ils faisaient entendre à l'unisson.

— Attends, le supplia soudain Lizzie.

— Non, refusa-t-il brutalement.

Lizzie admirait particulièrement le talent de James à se montrer obligeant partout, sauf au lit.

Une fois leurs corps apaisés, alors qu'enlacés ils attendaient que la mère de James sorte de sa sieste, Lizzie demanda :

— Est-ce que Jess t'a semblé normale ?

— Oui... répondit-il en fronçant les sourcils.

— Elle m'a paru étrange. Affectée.

— Ce n'est pas surprenant. Ne t'en fais pas trop pour elle.

— Elle se fait tellement de souci pour moi.

— Elle n'a plus besoin de s'en faire maintenant.

Jess était sortie faire une promenade. Le froid qui s'était soudain abattu avait affadi toutes les couleurs. Les toits, les branches des arbres et les façades des maisons paraissaient résolument noirs sous le ciel blafard. De longues bandes grises bloquaient l'horizon. On était à l'heure prématurément sombre des jours trop courts, alors que les lumières brillent à toutes les fenêtres. Mais les rideaux n'avaient pas encore été tirés. Jess avançait lentement et se permettait de risquer un œil indiscret à l'intérieur des maisons.

Il lui semblait que chaque carreau encadrait le tableau fidèle d'une famille normale, le jour de Noël. La mère et le père, les enfants, les grands-parents et les cousins, le chien excité et le chat endormi devant la cheminée.

Tandis qu'elle passait en revue chaque maison, Jess se sentait libérée de son corps. Ce n'était pas une sensation déplaisante.

Elle imaginait que son foyer, égayé par le clinquant naïf des guirlandes et doucement éclairé par la flamme des bougies, avait dû paraître aussi idéalement heureux que ceux-là. Mais elle se souvenait aussi de la réalité. Le temps de Noël ne l'avait jamais vraiment comblée. L'intimité prolongée dont il était l'occasion ne la rendait que plus consciente des aspects décevants de son mariage. Elle en sortait avec lassitude, en se promettant que, l'année suivante, les choses seraient différentes, et meilleures. Cela ne se produisait jamais, mais les enfants étaient sa plus belle compensation. Ils avaient toujours adoré Noël, ils l'attendaient fébrilement, et se laissaient gâter avec un bonheur sans mélange. Même après que Ian les eut quittés pour aller vivre avec Michelle, ils s'abandonnaient encore à la joie de Noël avec leur cœur d'enfant.

Cette année, justement, Danny avait soupiré avec nostalgie :

— C'était tellement extraordinaire quand nous étions enfants. Tu faisais alors de pures merveilles. Et papa passait toute la journée avec nous. C'était excitant et on sentait comme un manteau de sécurité qui nous enveloppait.

Son travail de vendeur itinérant n'obligeait jamais Ian à s'absenter à l'occasion de Noël.

— Tu as raison, c'était le bon temps, avait répondu Jess. Comme nous avions de la chance à l'époque !

Jess avait tenu compte de la nostalgie de son fils et avait gardé sa tristesse pour elle-même. Elle était rétrospectivement heureuse de s'être comportée ainsi.

Elle s'engagea dans une autre rue, où elle put contempler une autre série de tableaux illuminés. Elle se mit à faire des suppositions sur la façon dont les apparences pouvaient masquer la réalité, et cela la rendit mélancolique. Elle se sentit soulagée quand tomba le crépuscule et que les rideaux commencèrent à se fermer. Elle accéléra progressivement l'allure à travers les avenues et les rues jusqu'à ce qu'elle atteigne les espaces en friche aux limites de la ville. Quand l'obscurité devint totale, elle rebroussa chemin, à regret.

Elle pensait aux maris et aux femmes à l'abri derrière leurs rideaux. Le bonheur est un luxe accessoire dans le mariage, songeait-elle, comme la direction assistée et les vitres teintées pour une voiture. Il ne faisait pas nécessairement partie de l'équipement de base. Elle ne regrettait plus la dissolution de son mariage. Elle se demandait toutefois jusqu'à quel point la peine causée par la perte de Danny aurait été allégée si elle avait pu la partager avec un compagnon. Même si elle n'avait jamais partagé son fils avec qui que ce fût. Il lui appartenait à elle seule.

Elle fit un long détour et s'engagea finalement, à rebours de la direction normale, dans la rue où elle habitait. Elle avait fait une bonne promenade et l'air froid avait rougi son visage. Elle entra dans sa maison et donna de la lumière dans toutes les pièces. Elle tira ensuite soigneusement les rideaux pour préserver l'intimité de son cadre personnel.

Quand elle entendit frapper à la porte, elle ne se demanda pas qui c'était. Elle alla lentement répondre, consciente qu'elle franchissait une autre frontière.

Rob se tenait sur le pas de la porte et lui tendait une bouteille de vin et une boîte de menthes au chocolat entourée d'un ruban rouge attaché en rosette.

— Vous pouvez me dire de déguerpir, si vous voulez.

Elle ne répondit pas. Elle notait sur son visage un mélange d'agressivité et d'extrême vulnérabilité qui était sans rapport avec ce qu'il venait de dire.

— Je me suis emmuré dans ma chambre toute la journée et j'ai pensé à vous. Vous êtes seule dans cette maison et je crois...

Il se tut, puis il fit un effort évident pour continuer :

— J'aurais dû aller au bout de mes confidences hier soir. Je ne sais pas ce qui s'est passé lors de l'accident. Je ne me rappelle pas le moment précis où c'est arrivé, mais c'était un accident. Il aurait été préférable que ce soit moi, la victime. Sauf que ce n'est pas le cas. Que puis-je vous dire d'autre ? Quoi ?

Il fit un grand geste avec son poing droit, qui enserrait le goulot de la bouteille et dit, comme s'il savait bien qu'elle ne pouvait pas lui souffler la réponse :

— Et je me retrouve ici comme si j'étais invité à quelque soirée idiote.

Jess se rendit alors compte qu'il était à moitié ivre ou drogué, probablement les deux. Elle s'étonna de n'être ni fâchée ni effrayée.

Elle était seulement consciente de ce qu'il avait pu lui en coûter pour revenir.

— Je m'en vais, dit-il en lui tendant les cadeaux.

Jess saisit ses poignets. Pendant une petite seconde elle nota la résistance qu'il lui opposait et à quel point il était fort. Puis il se détendit et elle le tira dans la maison. Elle ferma la porte, lui prit des mains la boîte et la bouteille, et les mit de côté. Elle l'entoura de ses bras comme s'il s'était agi de Danny.

— Ça va, mentit-elle. Tout ira bien.

En espérant qu'il en soit ainsi malgré le risque du contraire.

Il était plus grand et plus costaud que Danny. Elle se sentit petite, écrasée. Elle eut soudain l'impression de dispenser mal à propos son réconfort maternel. Et pourtant, un sentiment curieux de pitié et d'affection l'assaillait. Son odeur, à la fois propre et complexe, lui paraissait vaguement familière. Elle détourna la tête, résistant à la tentation de presser son visage contre sa poitrine.

Robert Ellis se déplaçait avec raideur et ne semblait guère trop savoir quoi faire de ses mains.

Jess laissa retomber ses bras.

— Vous avez éclairé toute la maison, remarqua-t-il.

— Oui. N'est-ce pas une bonne idée?

Il la suivit dans la cuisine. Elle déposa le vin et les chocolats sur la table :

— Merci, dit-elle.

C'est Noël, pensaient-ils chacun de son côté en songeant à la tragique réalité qui les soustrayait aux célébrations familiales.

— Pouvons-nous en boire? demanda-t-elle en soulevant la bouteille de vin. Autrement, il n'y a que du whisky. As-tu faim? Je crois que même le *Golden Palace* est fermé ce soir.

— Avez-vous entendu ce que j'ai dit il y a une minute? Je ne suis pas un tueur, murmura-t-il, la bouche crispée. J'étais bourré, mais pas tant que ça. Nous avions passé une bonne soirée, oui, comme vous auriez pu en passer une. Nous nous enfuyions de chez les filles parce que nous savions que la police allait arriver. Mais tout ça aurait pu tourner autrement, vous savez. Dan aurait pu conduire. Je lui prêtais la camionnette quelquefois.

Jess ouvrit distraitement la porte du congélateur et en retira l'unique plat qui s'y trouvait, presque enseveli sous les cristaux de glace. C'étaient deux portions de lasagne, encore dans leur emballage de papier d'aluminium, qu'elle avait achetées chez Marks & Spencer avant la mort de Danny. Elle n'y achetait pas souvent de plats cuisinés, parce qu'elle les trouvait trop chers. Elle avait prévu les servir au dîner de Noël.

— Mais ce n'est pas ce qui s'est produit, rétorqua-t-elle. Tu es vivant et mon fils est mort.

Elle se ressaisit, alors qu'elle vacillait au bord d'un abîme de colère et de rancœur. Elle glissa la lasagne dans le micro-ondes, referma violemment la porte et appuya sur les boutons de commande.

Rob prit sa tête entre ses mains. Ses doigts étaient repliés comme s'il avait voulu labourer son crâne.

— Vous n'avez pas besoin de me le rappeler, gémit-il. On dirait que je souhaite me décharger du remords qui me torture en me confiant à vous. Comme si c'était possible...

— Comme si, en effet, dit Jess d'un ton glacial.

Elle se déplaçait gauchement dans la cuisine, ouvrant un tiroir pour y prendre des couteaux et des fourchettes, qu'elle laissa ensuite bruyamment tomber en tas sur la table avant de disposer les assiettes. Elle était consciente que Rob ne la quittait pas des yeux. Elle eut l'impression que ses mains et ses pieds prenaient des proportions gigantesques. L'effort qu'elle faisait pour garder la tête droite lui donnait mal à la nuque.

— J'ai été avisé de la date où je dois me présenter encore devant les services de police.

— De quoi parles-tu ?

— Les policiers ne vous ont rien dit ? On a réuni tous les témoignages et toutes les preuves. Je dois retourner au service de police pour qu'on m'informe de l'accusation qui sera portée contre moi. On m'avisera alors de la date de ma comparution en cour de justice.

— Oui, oui. On m'a mise au courant.

Il s'assit et enfouit son visage dans ses mains. Jess s'arrêta tout près de lui et posa sa main sur son épaule. Il éprouvait les mêmes sentiments qu'elle, se rappela-t-elle.

La sonnerie du micro-ondes retentit. Elle retira le plat et en transféra le contenu dans une assiette de terre cuite qu'elle déposa sur la table :

— As-tu faim ? lui demanda-t-elle encore.

De mauvaise grâce, il fit oui de la tête. Elle s'assit en face de lui et ils se regardèrent :

— Dis-moi ce dont tu te souviens. C'est pour ça que tu es venu, non ?

— Quel est votre nom ?

— Mon nom ?

— Comment dois-je vous appeler ? Mrs Arrowsmith ou autrement ?

— Je m'appelle Jess.

— D'accord. Jess alors.

Il lui raconta leur fuite de chez Cat :

— Nous savions que nous étions dans de sales draps, vous l'imaginez bien.

Elle n'insista pas pour connaître d'autres détails. Elle pencha seulement la tête, réveillant la douleur dans sa nuque.

— Nous avons sauté dans la camionnette. Nous avons roulé comme des fous en cherchant notre chemin dans les damnées rues de l'ancienne partie de la ville. Puis nous sommes montés sur la bretelle d'accès de l'autoroute. L'instant d'après, la police était derrière nous. J'ai alors appuyé sur le champignon.

— Que faisait Danny ?

— Il gueulait : « Vas-y mon pote ! »

Rob s'en souvenait maintenant : Danny riait.

— J'ai vu des phares s'avancer vers nous. J'étais aveuglé, dit-il en laissant tomber son couteau et sa fourchette, faisant rouler sa tête comme si elle lui faisait mal. Puis, ensuite, je me suis retrouvé en face du pilier de ciment. Trop près, parce que le nez de la camionnette s'y est écrasé. La banquette à côté de moi était vide. La porte était largement ouverte et Danny était étendu sur le côté, non loin, comme s'il dormait. Je ne me rappelle rien d'autre.

— Je vois.

— Vraiment ? demanda-t-il en levant la tête vers elle. Vous savez comment on se sent quand on est responsable de la mort de quelqu'un ? Vous me surprenez.

— Ce n'est pas ce que je prétends.

La main gauche de Rob fendit l'air et s'abattit sur le bord de son assiette, qui s'envola en tournoyant avant de s'écraser sur le plancher, où elle se brisa en morceaux. Il frissonna et pressa ses mains contre ses oreilles. Il vit en même temps Jess reculer en faisant glisser sa chaise.

— Oh ! ne craignez rien. Je ne suis un vrai danger pour personne. Sauf pour moi.

Ce n'était qu'un enfant, tout comme Danny, pensa Jess. Incapable de voir plus loin que le bout de son nez. Le pathétique en lui la toucha.

— Je suis désolé pour votre assiette.

Il ramassa les débris et les déposa dans la poubelle.

— Ça n'a pas d'importance.

Jess se leva. Coincés dans l'espace étroit entre le comptoir et la table, ils hésitaient en retenant leur souffle, puis ils se jetèrent dans les bras l'un de l'autre. Ils l'avaient fait sans réfléchir, sans besoin apparent. Jess enfouit son visage dans la grosse laine du tricot de Rob. Au bout d'un moment, il posa sa main sur sa nuque et retint sa tête tout contre son épaule. Ils restèrent un moment immobiles, attentifs à leur propre étonnement.

— Que faisons-nous ? murmura Jess.

— Nous nous aidons à supporter notre malheur, je suppose. Rien d'autre.

D'une certaine façon, elle se sentait encouragée à continuer à vivre, même si cela pouvait lui sembler impossible. Rob avait dû se trouver, au cours de sa vie, dans une situation où il lui avait fallu faire face, pensa-t-elle. C'était ce qu'elle faisait elle-même.

— Ça suffit ! dit-elle en se dégageant.

Elle lui donna une autre assiette et lui montra la lasagne. Elle voulait qu'il mange. Puis elle se versa à boire.

— As-tu un bon avocat ? Tu dois en avoir un. Que pense-t-il de cette histoire ?

Il haussa les épaules :

— Pas grand-chose. Ce n'est pas une étoile de première grandeur, et il n'a pas encore pris connaissance des charges retenues contre moi. Je dois me présenter devant la cour de la reine. C'est tout ce que je sais pour le moment.

— Veux-tu que je vienne avec toi pour parler au procureur ?

Rob, incrédule, lui jeta un regard sévère. Puis, comprenant ce qu'elle lui offrait, il sourit.

Jess entendait son sang battre à son oreille. Elle ne se souvenait pas de l'avoir vu sourire auparavant. Ce qu'elle voyait lui plaisait, et quand elle se rendit compte que son imagination l'entraînait vers une zone qu'elle avait crue interdite, elle vit que, de son côté à lui, il se laissait aller aux mêmes rêves. Elle se cacha alors le bas du visage avec sa main.

— Non, refusa-t-il calmement. Mais je vous remercie pour l'offre.

Ils se levèrent d'un même élan quand ils eurent terminé leur repas de fortune et firent les mêmes gestes pour débarrasser la table. Ils se déplaçaient prudemment, évitant anxieusement tout contact accidentel.

— Passons au salon, l'invita Jess.

Elle n'avait pas allumé la cheminée, et l'âtre semblait froid et mort.

— Puis-je ? proposa-t-il en montrant le foyer.

Une minute plus tard, les flammes jaunes réchauffaient doucement la pièce.

— *Christmas Night with the Stars* ? murmura Rob en guise d'invitation.

— Nous pourrions nous contenter de rester ici, près du feu, et bavarder, proposa plutôt Jess.

Les rideaux étaient encore ouverts : des passants qui les auraient épiés les auraient pris pour une mère et son fils se trouvant pour l'instant à l'écart de la famille réunie pour Noël.

Comme s'il avait lu dans les pensées de Jess, Rob se leva pour tirer les rideaux. L'atmosphère particulièrement intime dans laquelle se poursuivait leur tête-à-tête provoqua soudain chez Jess une crise de larmes. Elle gémissait comme si elle ne trouvait pas les mots pour exprimer son chagrin :

— Je voudrais qu'il soit ici. Je veux qu'il revienne !

Rob lui saisit le poignet :

— Je sais que vous le voulez. Mais il est mort.

— Tu dois tout me dire. Dis-moi la vérité !

Rob s'empara de sa main libre et la prit dans la sienne :

— Je vous dirai tout ce que vous voulez savoir.

— C'était toi ou bien lui, ce soir-là ?

Le silence tomba entre eux.

— C'était Danny ?

Jess connaissait déjà la réponse. Elle retira gauchement sa main et la fit tourner devant ses yeux comme si elle avait voulu y lire un message différent.

— Pourquoi ? demanda-t-elle d'un ton désespéré.

— Parfois, quand il voulait quelque chose qu'il ne pouvait pas obtenir... il fallait qu'il l'ait quand même.

Oui. Que ce fût l'attention de Beth, un de ses jouets ou la victoire remportée contre elle au Monopoly...

Elle avait protégé Beth, mais elle avait toujours donné à Danny ce qu'il voulait. Elle ne pouvait rien lui refuser.

Une prise de conscience lente et déplaisante faisait son chemin en elle. « Tu ne peux ignorer les faits une fois que tu les as sous le nez », pensa-t-elle. Elle demanda à Rob :

— Et qu'est-ce que tu as fait ?

Il haussa les épaules, embarrassé :

— Cat était bouleversée et l'autre fille criait. Je savais que nous devions partir.

— Pourquoi ? demanda-t-elle en levant ses sourcils sombres.

— J'avais déjà un dossier, répondit Rob sèchement.

— Pour quel motif ?

Il lui raconta sa mésaventure avec le voyou qui l'avait apostrophé par son surnom datant de l'école.

— Je vois, dit-elle. Je ne veux pas dire, ajouta-t-elle vivement, que j'imagine clairement ce que tu as pu ressentir. Parle-moi de toi, si tu le veux bien.

Il le voulait, justement.

— Ma mère est morte juste après le départ de mon père. J'avais treize ans quand j'ai été placé dans une famille d'accueil, les Purse. Très bien nommés[1], comme l'avait fait remarquer un garçon plus âgé qui vivait aussi chez eux. Le soir où je suis arrivé, on m'a remis un sac contenant des feuillets de papier hygiénique. C'était ma ration pour la semaine.

— Que faisiez-vous si vous en manquiez?

— On volait celui des autres. Ou on improvisait. Vous n'êtes guère intéressée à ce que je vous fasse un dessin, n'est-ce pas?

Jess tourna lentement la tête de gauche à droite.

Il était resté six mois chez les Purse. Il se souvenait encore, des années après, de l'odeur de la maison et du ragoût de pommes de terre de Mrs Purse. Il était ensuite revenu au foyer d'hébergement.

— Quel âge avais-tu quand ta mère est morte?

— Dix ans.

Il avait fait l'expérience de divers foyers d'accueil, où il se retrouvait entre des séjours de plus en plus longs dans des orphelinats.

— Pourquoi ton père ne s'occupait-il pas de toi?

— Il ne le pouvait pas. Maintenant que je vous ai raconté mon histoire, vous devez me raconter quelque chose de personnel en échange. Allez!

Jess réfléchissait. C'était il y a neuf ans. Elle avait trente-cinq ans et Danny, dix.

Sa vie avait été ordinaire, du moins comparée à celle de Rob. Elle travaillait à mi-temps à cette époque. Elle était réceptionniste dans une manufacture de matériel de plomberie. C'était assommant, mais mieux rémunéré que l'horticulture. Ian était souvent sur la route; Danny et Beth ne seraient bientôt plus des enfants.

Elle ne pouvait plus se rappeler nettement quels étaient alors ses sentiments. Il lui semblait que, pour se protéger, elle avait délibérément présenté d'elle-même une image fade, et gardé pru-

---

1. Le mot anglais *purse* signifie « bourse ». (NDT)

demment cachée la Jess exubérante, que minait un complexe de culpabilité.

Rob écoutait le récit de cette vie morne avec la même attention avide que Jess avait notée la veille.

— Cette attitude m'apparaît raisonnable, dit-il quand elle eut terminé.

— Je suppose que tu as raison. J'assurais ainsi ma sécurité. Mais ce n'était pas une vie très excitante.

— L'agitation, la dissipation est une tentation qui risque de bouleverser la vie de gens habituellement rangés. Les vacances consacrées à l'aventure, les trips de drogue au cours des week-ends... J'aurais changé de place avec Danny n'importe quand.

— Oui. As-tu connu les menaces et la terreur?

Il lui adressa encore un regard dur :

— Je ne m'en souviens plus.

Elle comprit qu'il ne voulait pas en parler.

Il était tard quand ils mirent un terme à leurs confidences. En regardant la petite horloge dorée sur le manteau de la cheminée, Jess vit qu'il était une heure. Noël était passé.

— Je dois partir.

— Tu peux rester dormir ici, si tu veux, lui proposa Jess sans le regarder. Tu peux t'installer dans la chambre de ma fille. Pas dans celle de Danny, cependant.

Rob s'allongea sur le dos dans le lit de Beth. Sa gorge était sèche d'avoir trop parlé. Il ne se rappelait plus la dernière fois qu'il avait autant parlé. Il avait apprécié la qualité d'écoute de Jess. Elle n'intervenait pas à propos de tout et de rien, elle ne cherchait pas sans cesse son assentiment comme le faisaient tout le temps les filles de son âge. Elle restait elle-même; la sympathie qu'elle manifestait était sincère, bien que discrète. Elle ne l'avait pas assommé avec des attitudes du genre « Crois-moi, je suis désolée pour toi ». Il détestait ces formules creuses.

La veille, il avait été ennuyé par le désordre dans la cuisine, parce que cela avait réveillé chez lui des souvenirs. C'est pourquoi son premier geste avait été d'y remédier. Ce n'est que tardivement qu'il avait compris que ce capharnaüm ne ressemblait pas à Jess, que c'était seulement l'expression de sa détresse. Quand il l'avait observée de plus près, il avait effectivement lu de la détresse dans ses yeux. Et c'était sa faute à lui. Il ne pouvait malheureusement pas faire disparaître sa responsabilité avec de l'eau de Javel et des torchons.

Elle avait les mains rouges et les ongles courts. Ses cheveux étaient de la même couleur que ceux de Danny. Et la ligne énergique de ses sourcils foncés lui donnait un air sévère.

Les rideaux de la chambre de sa fille étaient rose et crème. Les photos encadrées avaient été soigneusement accrochées sur le grand mur et une collection d'animaux en porcelaine garnissait une petite étagère de métal près de la fenêtre. La courtepointe était faite de bandes de tissu rose et crème. La façon délicate avec laquelle la chambre était décorée lui donnait l'impression d'être un intrus balourd et sale. Il jura mentalement et se tourna sur le ventre, pressant son visage dans l'oreiller. Il ne voulait pas dormir. D'innombrables souvenirs, des fragrances discrètes flottaient dans cette maison, tandis qu'un sentiment de culpabilité le poursuivait comme un sinistre chasseur.

Il frappa à la porte de sa chambre.

— Qu'y a-t-il? Que veux-tu?

Elle était encore au lit. La faible lumière du matin pénétrait chichement à travers les rideaux fermés. Elle s'était à moitié assise, tirant avec méfiance les couvertures autour d'elle.

— J'ai pensé que vous aimeriez peut-être prendre du thé.

Il déposa la tasse sur la table de nuit et recula.

— Hum! oui. Merci. Quelle heure est-il?

— Souhaitez-vous que je m'en aille?

« Il s'attend à ce que je réponde oui, pensa Jess, par habitude. »

— Non, reste. Si c'est possible. C'est ce que tu veux?

— Ouais. Je veux dire, oui.

Plus tard, une fois que le soleil timide eut réchauffé l'après-midi, Jess lui proposa une promenade dans la campagne. Ils laissèrent la voiture sur le bas-côté du chemin et entreprirent la longue montée des champs, qui s'étendaient jusqu'à la crête nue des landes. Parvenus au sommet, ils contemplèrent à leurs pieds le paysage ondulé des collines, les agglomérations gris-bleu et les hautes cheminées au fond des vallons. Jess marchait rapidement, faisant délibérément face au vent. Les villages étaient trop éloignés pour qu'ils puissent y distinguer quelque signe de vie, sinon de minces fumées. Les quelques voitures qui roulaient sur le ruban des routes bordées de haies apparaissaient comme autant de points se déplaçant dans le silence. Sans effort, Jess put imaginer que Rob et elle étaient les deux seules personnes vraiment en vie, en ce lendemain de Noël où l'univers entier semblait en état de dormance.

— J'aime ces hauteurs. J'avais l'habitude d'y venir avec Beth et Danny, lorsqu'ils étaient petits.

— Est-ce que la promenade leur plaisait à eux aussi ?

Rob paraissait déplacé dans ce décor : des jambes trop longues, le dos rond sous son blouson court et inapproprié. Sa peau trop claire et son allure carrément urbaine s'accordaient mal avec cette nature magnifiée par un soleil d'une rare pureté.

Jess sourit :

— Non, pas beaucoup. Ils n'arrêtaient pas de se plaindre.

— Est-ce que votre mari vous accompagnait ?

Le petit homme gris et belliqueux qu'il avait rencontré dans le corridor de l'hôpital était le quatrième membre de cette famille éclatée.

— Non. Il était habituellement absent ou occupé. Comme les hommes le sont souvent.

— Vous en voulez donc aux hommes ? demanda-t-il pour la provoquer.

— Non, je les aime bien.

Ils franchirent en silence une distance d'environ un demi-kilomètre. Un troupeau de moutons effarouchés se sauva en dévalant la pente.

— Mon père était un ivrogne, déclara Rob.

Un coup de vent subit empêcha Jess de bien entendre ce qu'il venait de dire.

— Votre père... ?

— Buvait. C'était un ivrogne.

Rob évitait le plus possible de se remémorer son triste passé. Pourtant, les souvenirs d'autrefois refaisaient parfois surface. C'était notamment le cas depuis la mort de Danny. Les zones sombres de sa mémoire, remplies d'odeurs et de bruits, reprenaient vie de la façon la plus effrayante. L'atmosphère empuantie d'un bar suffisait à faire réapparaître son père, énorme, les poings toujours prêts à frapper, les yeux brouillés et l'haleine empestant le whisky et la bière. D'autres fois, un bruit sans doute relié à une manifestation de violence – une assiette qu'on brise, par exemple, comme c'était arrivé la veille dans la cuisine de Jess – lui rappelait de pénibles scènes familiales. Il entendait alors la voix implorante de sa mère : « Non, Tommy, je t'en supplie, ne fais pas ça ! » Venait ensuite une gifle donnée du revers de la main et une autre encore, accompagnée de jurons, de supplications et suivie du fracas d'un meuble projeté par terre ou du bruit mat d'un corps qui s'affaissait sur le plancher.

Il se cachait sous les couvertures, partagé entre la crainte de voir venir son tour et le remords de n'avoir pas su protéger sa mère.

Et pourtant, avant que se produise l'incident le plus grave, il avait plus d'une fois été à même de voir son père sous un autre jour : un gros homme maladroit qui aimait les cartes et enseignait patiemment à son fils comment jouer au whist et au gin-rummy. Il leur était arrivé parfois de jouer tous trois, assis à la table de la cuisine, alors que le téléviseur était fermé. Mais il arrivait toujours une nuit où Rob se réveillait pour entendre de nouveau les cris et le vacarme.

— Est-ce que ta mère l'a quitté ?

— Pas exactement.

Il y eut un moment de silence, au bout duquel il ajouta :

— Je ne suis pas comme lui. Non, je ne suis pas comme lui.

— Je le crois.

Le soleil déclinait. Comme il allait disparaître, le ciel blanc tourna au vert et s'éteignit comme à regret après qu'une dernière lueur rose pâle se fut évanouie. Ils entreprirent alors la descente et atteignirent le couvert des arbres pour s'apercevoir que, dans les chemins traversant la région boisée, la nuit avait déjà succédé au crépuscule. Alors qu'ils amorçaient d'un pas lent le dernier kilomètre qui les ramènerait à la voiture, Jess pensait à la solitude qu'elle avait ressentie lors de sa promenade de la veille. Elle était contente que Rob l'accompagne cette fois. Les aperçus prudents et laconiques qu'il donnait sur son enfance modifiaient constamment l'image qu'elle se faisait de lui. Il était préférable pour eux d'être ensemble, se convainquit-elle, plutôt que de se retrouver seuls, chacun de son côté, à se laisser torturer par leur douleur.

Elle passa son bras sous celui de Rob et le jeune homme ajusta son pas au sien.

Dans le village voisin, le pub ruisselait de lumière.

— C'est ouvert. Nous pourrions arrêter prendre un verre, lui suggéra-t-elle, peu disposée à se replonger dans le silence de la maison.

Il était encore tôt et le bar était presque vide, mais un bon feu brûlait dans l'âtre et aucune cornemuse n'était là pour leur écorcher les oreilles. Il y avait des guirlandes enroulées autour des médaillons de cuivre, au-dessus de la cheminée, une banderole avec des lettres de couleur disant : « Jack et Aileen souhaitent à leurs clients un Joyeux Noël et une année prospère. »

Rob et Jess s'installèrent dans un coin avec leur bière. L'atmosphère détendue et sans prétention du pub leur rappela qu'ils n'étaient pas seuls au monde, après tout. Cette pensée les rendit conscients, de façon aiguë, du courant qui passait entre eux. Quelques clients, en entrant, portèrent un regard interrogatif de leur côté.

Jess regardait distraitement le feu. Elle avait les joues rouges et, comme elle avait enlevé son bonnet, ses cheveux étaient aplatis sur son crâne. Rob se dit qu'elle ne ressemblait à aucune autre mère. C'était une femme. Il sentit dans son ventre un émoi qui l'obligea à bouger sur le banc de bois. Jess, dont l'attention avait été sollicitée, tourna son regard vers lui, et leurs yeux se rencontrèrent.

— C'est ma tournée, bredouilla-t-il.

Alors qu'il attendait au comptoir, Jess imagina Danny à côté de lui. Il donnait des coups de poing amicaux sur le bras de Rob, par manière de salut, et disait quelque chose qui les faisait rire. L'affreuse conscience de son deuil l'envahit encore et, plus tragique encore, le sentiment de la distance incommensurable qui la séparait des deux garçons et la nostalgie de sa propre jeunesse à jamais perdue.

Rob revint alors à leur table avec les bières et lui sourit : tout bascula encore une fois. Il ne s'agissait pas de son fils, ni de l'ami de son fils, mais d'un homme que maintenant elle connaissait. Elle ne pouvait pas revenir au temps où elle ignorait même son existence, pas plus qu'elle ne pouvait retrouver intacte l'image de son fils. Rob et elle ne se consolaient pas réciproquement ; ils ne se complaisaient pas dans l'amertume. Ils avaient dérapé vers autre chose, et c'est cela qui était en passe de devenir réalité.

Ils s'attardaient au pub, sans se faire d'aveux, n'échangeant que de brèves paroles. Ils commandèrent un repas que ni l'un ni l'autre ne désirait vraiment prendre. Mais c'était un moyen de remettre à plus tard ce qui devait arriver. Un gros homme au visage rubicond s'approcha de leur table :

— Excusez-moi, vous deux.

Ils tournèrent la tête en même temps et Jess se sentit rougir. « Vous deux », avait-il dit. Vous deux. Les mots résonnaient crûment dans ses oreilles et leur écho l'assourdissait.

L'homme les regardait :

— La place est libre ? demandait-il en tambourinant sur le dossier d'une chaise vide.

— Ouais. Bien sûr, mon ami. Installez-vous, marmonna Rob.

— Nous allions partir, intervint Jess.

Rob l'aida à se lever. La façon dont il prit son bras lui parut trop intime. Elle se demanda depuis quand un homme ne l'avait pas touchée de cette façon.

Il s'installa dans la voiture et détourna la tête, l'air absent. « Ce n'est rien, pensa Jess. Mon imagination fait des siennes. Je suis assez vieille pour être sa mère. Vous deux ? » Elle faillit rire d'elle-même. Elle avait beau se sentir soulagée, cela ne l'empêchait pas d'éprouver du regret. Elle se mordit alors sauvagement la lèvre pour chasser cette tentation de morosité.

Une fois à la maison, elle dit :

— Je suis fatiguée, Rob. Je vais directement au lit.

Il s'arrêta sur le seuil et la regarda, alors qu'elle semblait hésiter au pied de l'escalier.

— Vous voulez que je m'en aille ?

— Non.

Elle s'enferma dans sa chambre et se jeta sur son lit tout habillée. Elle tendit attentivement l'oreille et perçut le bruit de ses pas, au rez-de-chaussée.

Rob monta lentement l'escalier. Il colla l'oreille à la porte de Jess : il ne perçut aucun bruit, aucun mouvement. Il saisit le bouton de la porte entre ses doigts et le fit tourner. Puis il ramena le pène dans sa niche. Il avait imaginé les cris de protestation et de colère de Jess. Il attendit encore un moment, les bras ballants, puis il se dirigea vers la chambre de Beth et s'y glissa comme un voleur.

Jess ignorait combien de temps elle avait dormi. Les yeux à peine ouverts, elle émergea de chacune des couches de souvenirs que son esprit devait péniblement traverser chaque fois qu'elle s'éveillait. Maintenant sa mémoire était troublée par la conscience aiguë qu'un jeune homme dormait à deux ou trois mètres d'elle. Elle se tourna et tenta de s'obliger à se rendormir, mais elle se rendit tout de suite compte qu'elle n'avait plus sommeil. Sa peau lui semblait mince et chaude comme si elle avait la fièvre.

Elle repoussa impatiemment ses couvertures et s'enveloppa dans sa vieille robe de chambre en tartan. Nu-pieds, pour ne pas troubler le silence, elle descendit rapidement à la cuisine. Elle emplit un verre d'eau fraîche et le but à petites gorgées, tout en fixant son image qui se réfléchissait dans la vitre noire de la fenêtre. Le plafonnier jetait une lumière trop brillante, qui la faisait cligner des yeux. Elle se rendit au salon, s'agenouilla devant la cheminée et enfonça le bout de ses doigts dans la cendre. « Je veux qu'il revienne. »

« Je le sais. Mais il est mort. » C'est ce que Rob avait dit, et c'est ainsi qu'il en était. Danny était mort et eux, ils étaient vivants.

— Danny ? appela-t-elle à haute voix.

Elle regarda tout autour, mais il n'y avait que le vide absolu de son absence. Pas de réponse, pas d'apparition, pas même d'image précise dans l'œil de sa mémoire.

Jess se releva lentement.

Continuer à faire face, c'est tout ce qu'elle devait faire. Rob l'avait dit.

Elle avait pris sa mesure, croyait-elle. D'une certaine façon, il l'avait tenue occupée. Il avait établi ses positions en fonction du but qu'il poursuivait et lui avait raconté l'histoire qui s'y prêtait le mieux. Peut-être était-il le bienvenu auprès d'elle, peut-être ne l'était-il pas ? À quoi bon se demander si oui ou non elle le désirait ? Ce qui devait arriver arriverait inévitablement. Elle passa le bout de ses doigts sur son visage, dont même les contours lui parurent étrangers.

Elle remonta tranquillement à l'étage, s'arrêtant sur chaque marche.

Elle hésita devant la porte de la chambre de Beth, saisit le bouton et ouvrit.

— Viens, l'invita Rob, dont la voix résonna dans l'obscurité.

7

Elle rendait grâce à l'obscurité.

Il souleva les couvertures pour lui permettre de se glisser à côté de lui. Après avoir eu du mal à en défaire la ceinture, elle laissa tomber sa robe de chambre sur le plancher. L'air frais lui fit rentrer la tête dans ses épaules.

Elle se blottit dans ses bras. Le contact de son corps lui était encore étranger, mais en même temps paradoxalement familier.

— Je suis venu bien près d'entrer dans ta chambre, avoua Rob. Je me suis retenu parce que j'avais peur de t'offenser.

— Je me suis réveillée et je n'ai pas pu me rendormir.

Il l'embrassa.

— Est-ce que je peux te caresser comme ça?

— Oui.

— Et comme ça?

Son odeur et le contact de sa peau révélaient une telle jeunesse. Il se dégageait de lui une si grande impression de propreté et de fraîcheur. Elle bénit l'obscurité de charitablement masquer ses rides et ses bourrelets. Rob, qui faisait courir ses mains sur le corps de Jess, trouvait que sa peau avait perdu de sa fermeté, mais qu'elle était douce et fragile au point de s'abîmer s'il faisait preuve de maladresse. Jess lui semblait essentiellement féminine et si attirante qu'il aurait voulu se blottir contre elle comme un enfant.

— Qu'est-ce que tu aimes? demanda-t-il.

Ce désir impatient l'excita.

— J'aime tout.

— Ça?

— Oui.

La main de Jess était posée sur lui. Rob lui couvrait le visage de baisers.

— Et toi? murmura-t-elle.

— Comme ça. Encore. Tourne-toi sur le côté.

Ils restèrent tous les deux silencieux pendant un certain temps, tandis qu'ils s'exprimaient à travers un langage qui n'était pas celui des mots. Comme les draps s'enroulaient autour d'eux, ils les rabattirent pour s'en libérer.

— As-tu des trucs dans le tiroir de ta table de nuit?

Jess poussa un irrépressible éclat de rire :

— Non. Je n'ai rien de ça.

Depuis son divorce, elle avait accepté une ou deux invitations à manger au restaurant, qui avaient été l'occasion d'un flirt réciproque. Il s'agissait d'improbables possibilités auxquelles elle n'avait pas cru. Elle n'avait gardé de ces rencontres aucun souvenir qui puisse se comparer à cet élan impérieux et quasi instantané de leurs corps.

— Il n'y a pas de problème, de toute façon, ajouta-t-elle. Je me suis fait ligaturer les trompes.

Après la naissance de Danny, elle n'avait plus voulu d'enfant. Il n'y en aurait pas d'autre.

— Je pensais au sida. Que voudrais-tu que je fasse?

— Rien de spécial.

— Parfait! Je sais que je ne suis pas contaminé. Allons-y donc, dans ce cas. Approche. Approche encore.

Jess souriait, en le prenant dans ses bras. Puis elle enroula ses jambes autour de lui. Elle avait oublié la facilité, le côté comique, la brutalité et la tendresse de ces jeux. Elle avait l'impression de réintégrer un pays dont elle était exclue depuis une éternité.

— Jess. Oh! Jess. Attends. Non. Oui. Ah!...

Elle tenait sa joue collée contre la sienne. Elle avait des mèches rousses dans sa bouche et des boucles enroulées autour de son nez.

152

— Je suis désolé. Hé! Tu souris? Je sens les coins de ta bouche qui s'écartent. Ça va. Je serai prêt à recommencer dans une minute.

— J'avais oublié ce dont on est capable à vingt-deux ans.

— J'aime quand tu ris. J'aime vraiment ça. Maintenant c'est ton tour.

— Non, ça va très bien comme ça.

— Oui! La bouche ou les mains? Ou on peut le faire ensemble. Donne-moi ta main. Ici, comme ça. Ça te plaît?

— Oh! oui. Exactement comme ça.

Une fois qu'ils eurent commencé, ils comprirent qu'ils ne se rassasieraient jamais. Ils s'enlaçaient, se caressaient, roulaient l'un par-dessus l'autre.

— Encore.

— Maintenant?

— Immédiatement. Le plus tôt possible. Voilà. Et voilà encore. Retourne-toi. Mets l'oreiller comme ça. Comment te sens-tu?

— Sortie de ma coquille. Totalement dégagée. Sans plus rien à cacher.

— Tant mieux. C'est la même chose pour moi. Ne dis plus rien maintenant.

Le lit devint trop étroit. Ils transportèrent leurs ébats sur le plancher. Quand la lumière grise du petit matin s'infiltra dans la chambre, ils se regardèrent dans la glace de l'armoire. Leur peau humide paraissait lumineusement claire et il y avait entre eux comme un air de famille, avec leurs lèvres enflées et leurs yeux que l'émerveillement avait agrandis.

— Il fait jour.

— Je le regrette vraiment. Rien de tout ça ne serait probablement arrivé si nous nous étions trouvés en plein jour.

Il plaqua sa main contre la bouche de Jess :

— Chut! Reviens dans mes bras.

— J'ai mal.

— C'est normal. Nous y sommes allés un peu fort.

— Contente-toi de me serrer dans tes bras.

— C'est ce que je fais. Es-tu fatiguée?

— Oui. Mais je ne me suis jamais sentie aussi vivante.

— Moi aussi. C'est comme si j'avais découvert un sixième sens. Non, six nouveaux sens.

— J'ai sommeil maintenant, mais j'ai peur de me laisser aller.

— Ne crains rien. Ferme les yeux.

Ils se couchèrent en cuillères. Elle sentit sa chaude respiration, dans son cou, devenir de plus en plus lente et régulière au fur et à mesure qu'ils sombraient dans le sommeil.

Quand elle se réveilla, Jess dut d'abord émerger de sa peur et de ses douloureux souvenirs. Mais, à mesure qu'elle reprenait conscience, des sensations nouvelles reléguaient ses obsessions au second plan. Elle découvrit d'abord une chaude présence à ses côtés, puis le rythme agréable d'une respiration différente de la sienne.

Aussitôt qu'elle fut entièrement réveillée, elle sut immédiatement qu'elle était heureuse que Rob soit là. La solitude et la tristesse avaient commencé à se retirer d'elle.

Mais il était impensable qu'elle soit heureuse. De s'en rendre compte soudain la fit se dresser dans son lit. Était-il possible qu'elle soit heureuse avec ce garçon à ses côtés ?

Rob ouvrit les yeux et la regarda. Elle croisa ses bras sur sa poitrine, comme pour se couvrir.

— Tu te caches devant moi ? Après ce que nous avons fait au cours de la nuit ?

Il y avait de l'incrédulité dans sa voix et une pointe de mépris en même temps qu'un début de résignation :

— Regrettes-tu ce qui est arrivé ? C'est bel et bien arrivé, non ?

— Oui, murmura-t-elle en décroisant les bras pour poser les mains sur les draps chiffonnés.

Rob s'appuya sur un coude et l'observa.

Quelque chose dans leur attitude, ou bien leur expression, ou encore l'angle sous lequel la lumière les frappait réveilla en elle pendant un moment un souvenir si précis qu'il s'imposa avec plus de force que la réalité même. Elle était dans la vingtaine et sa peau bronzée était alors aussi élastique que celle de Rob. C'était l'heure la plus chaude de ces matinées méditerranéennes et le soleil s'infiltrait par les volets à moitié ouverts, projetant sur le plancher une ombre striée faisant penser aux canelures d'une colonne corinthienne renversée. L'homme couché à côté d'elle tourna sa tête, qui reposait sur son bras, et ses traits lui apparurent aussi nettement que si elle l'avait vu la veille. Elle ébouriffa ses cheveux noirs en lui rappelant qu'il était temps de se lever, parce que le bébé allait se réveiller bientôt.

Et tout comme maintenant, elle sentit l'aiguillon du désir charnel, à la fois troublé par un sentiment de culpabilité et encouragé par la conviction d'avoir raison de s'y abandonner. Les longs cheveux de Rob pendaient sur son épaule. Elle se fit violence pour ne pas les caresser.

— Il faut que je me lève, dit-elle en ramassant sa robe de chambre.

Elle avait besoin de café, de silence et de temps pour réfléchir.

— Je ne regrette rien, lui avoua-t-elle naïvement en se retournant sur le seuil de la porte.

Pas plus qu'elle ne regrettait ce qu'elle avait fait vingt ans auparavant.

— Mais je ne sais plus quoi faire maintenant, poursuivit-elle. Comme j'ai perdu Danny, je croyais que le seul moyen de surmonter ma peine était de mener une vie calme et sans complications. Peux-tu comprendre ça? Je vivrais sans m'engager trop vite dans de nouvelles entreprises, sans même trop me disperser, jusqu'à ce que je me sois habituée à l'idée de sa mort. Je croyais que, si je me retranchais dans mon cocon, je pourrais survivre jusqu'à ce que mon chagrin se soit dilué. Je voulais seulement rester tranquille, à l'abri de toute sollicitation extérieure. Mais j'ai fini par apprendre ce qu'il avait fait ce soir-là. Cette découverte a modifié l'image que je me faisais de lui. Elle a aussi changé plusieurs des idées que j'entretenais.

Elle pensait à Beth. Elle devait lui parler, mais par où commencer?

— Et maintenant il y a nous deux, poursuivit-elle. Cette liaison ne va pas de soi et repose sur un lien très fragile, n'est-ce pas?

Rob hocha la tête :

— Penses-tu que nous aurions dû nous retenir ? Aurait-il fallu que tu passes tout droit devant la porte de cette chambre ? Aurais-je dû faire semblant de dormir quand tu l'as ouverte ?

— Je ne sais vraiment pas. Non. Il est temps que je descende.

« Ne me suis pas maintenant. Laisse-moi seulement réfléchir », ajouta-t-elle en son for intérieur.

Rob s'allongea sur le dos, les bras croisés derrière la tête. Ses triceps bien développés se dessinaient avec netteté. La peau de son coude et de son avant-bras droit, restée cachée pendant quelques semaines sous le plâtre, était encore sèche et pelée. Jess s'éloigna rapidement. Elle ne pouvait pas se soustraire à cette évidence qu'ils avaient déjà franchi ensemble les limites d'un nouveau territoire. Même si elle l'avait souhaité, ils ne pouvaient plus ni revenir en arrière ni oublier ce que, déjà, ils avaient découvert.

Une fois dans la salle de bains, elle retira sa robe de chambre et s'examina dans la glace. Elle avait perdu du poids, mais son étroite cage thoracique n'en surmontait pas moins des hanches fortes et un ventre bien rond.

D'un autre côté, elle pensa que, malgré le peu d'attention qu'elle avait attachée à son apparence depuis longtemps, l'image que lui renvoyait la glace n'était pas trop décourageante.

Ses yeux brillaient et le sourire qu'elle s'adressait à elle-même adoucissait ses traits.

« Pauvre toi, se sermonna-t-elle sans complaisance. Te laisser tourner la tête par un garçon de vingt-deux ans et l'amener dans ton lit comme tu l'as fait hier soir. »

Et choisir celui-là, précisément.

Elle appuya son front contre le miroir. Elle avait tourné la manette de la douche et l'eau éclaboussait tout derrière elle. La vapeur de l'eau chaude se condensait sur la glace, brouillant heureusement son reflet.

La honte qu'elle éprouvait à la pensée de sa conduite entrait en conflit avec un sentiment de plaisir coupable, sauvage, agressivement provocant.

Elle enfila un jean et un chemisier, puis descendit dans la cuisine préparer du café et faire un peu de rangement. La nuit lui semblait maintenant appartenir à un lointain passé. Son visage s'était tout de même empourpré lorsque son esprit avait été assailli par ce brûlant souvenir.

Elle s'assit à table pour boire son café. Elle cherchait comment dire au jeune homme qu'il devait partir ; elle repassa en esprit les arguments qu'elle lui ferait valoir pour établir clairement qu'ils ne devaient plus se revoir. Elle formula mentalement la promesse qu'elle lui arracherait de s'interdire tout contact avec elle.

Aucun bruit ne lui parvenait de l'étage. Rob devait avoir la même facilité que Danny à tomber endormi à volonté, n'importe où. Elle l'imagina chaudement emmitouflé dans les couvertures de Beth. Au bout d'un temps assez long, elle entendit couler l'eau de la baignoire. Il n'avait aucun problème à se sentir partout chez lui, pensa-t-elle en se levant brusquement de table. Elle lava sa tasse et la cafetière en faisant de petits gestes raides, gardant bien en tête sa résolution.

Quand enfin elle l'entendit descendre lentement l'escalier, elle se tourna vers la porte, les mains pendantes, le bout des doigts nerveusement planté dans les paumes de ses mains.

Elle nota que ses cheveux, encore humides, avaient pris une teinte plus cuivrée. Il les avait noués derrière sa tête, de sorte que son visage restait entièrement dégagé. Sa peau semblait tirée sur ses pommettes proéminentes. Ses lèvres serrées l'une contre l'autre formaient un pli bien droit ; il donnait l'impression d'être sur ses gardes.

— Tu vas maintenant me dire de m'en aller.

— En effet, c'est ce que j'allais dire.

Il ne méritait pas qu'elle affiche une froideur inconvenante. Elle devait le congédier avec égards :

— Rob, se reprit-elle, écoute-moi. Je ne peux pas te permettre de rester ici, et ce n'est pas à cause à Danny... Oh ! Mon Dieu, qu'est-ce que je dis ? Bien sûr que c'est à cause de Danny ! Mais aussi parce que je suis vieille, que tu es jeune et que j'ai seulement besoin qu'on me laisse seule. Parce que je ne peux pas t'offrir ce dont tu as besoin et...

— Jess !

Il posa ses mains sur ses épaules et la força à le regarder, même si elle essayait de détourner son visage.

— Ne fais pas ça, la pria-t-il.

— Oui, je...

— Nous pouvons nous aider l'un l'autre.

Ce qu'il venait de dire la toucha. Elle renonça à lui échapper et prêta attention à ses paroles. La perspective de bénéficier de son aide lui apportait un doux réconfort. Et pourtant, ce garçon avait autant besoin qu'elle d'être aidé. Ils partageaient un même désespoir. Elle le connaissait bien maintenant. Qui, mieux que lui, pouvait l'aider à surmonter sa peine?

Jess avait la curieuse sensation de se trouver en équilibre instable sur une crête escarpée séparant le désir et la douleur. Elle posa sa tête sur l'épaule de Rob et se rendit compte qu'elle pleurait.

— Reste, alors, murmura-t-elle.

— La porte du placard-séchoir, là-haut, est trop lourde pour les charnières, qui se détachent du cadre. L'as-tu remarqué? Je vais en poser de plus fortes, si tu veux.

— D'accord. Je vais te préparer un bon petit-déjeuner en échange.

— Marché conclu! On dirait que tu n'as que quatorze ans ce matin, lui dit-il en essuyant ses larmes.

— Ajoutes-en trente.

Il l'embrassa, et la charge érotique qui l'avait emportée, la nuit précédente, l'envahit encore une fois. À l'encontre de ses pulsions les plus profondes, elle se détacha de lui.

— Pourquoi recommencer, Rob?

— Parce que je le veux, ça va de soi, dit-il en l'attirant vers lui à nouveau.

Son visage était maintenant presque collé au sien. Elle examina les contours de sa bouche et la barbe de plusieurs jours, d'un roux doré, qui s'arrêtait tout près de sa lèvre inférieure. Elle avait la gorge serrée et la respiration courte.

— Et parce que j'ai besoin de toi, ajouta-t-il. Est-ce que mon aveu te surprend?

Jess réfléchit. Être utile et, par voie de conséquence, désirée : telle était la réponse à une question qu'elle n'avait même pas eu le temps de se poser. Elle leva les yeux et croisa son regard.

— Non, finit-elle par répondre. Les mères sont habituées à se sentir utiles.

Elle lui rendit son baiser, délibérément, pleinement consciente qu'elle aimait la façon dont il tenait vigoureusement ses bras serrés autour d'elle.

Rob trouva un petit coffre à outils que Ian avait laissé dans le placard sous l'escalier. Il enleva la porte du placard-séchoir et remplaça les charnières. Il avait pris avec lui le transistor de Jess et l'avait ouvert à plein volume pendant qu'il travaillait. Le bruit se répandit dans tous les coins et recoins de la maison, affirmant partout la présence du jeune homme.

— Monte voir. C'est réparé.

Jess admira le travail bien fait :

— Hé ! c'est bien. La porte ferme parfaitement. Ça faisait des années qu'on ne pouvait pas y arriver. Tu réussis bien ce que tu entreprends, hein ?

Il haussa les épaules en s'appuyant contre le mur, les mains enfoncées dans les poches de son jean usé.

— Je n'ai pas beaucoup travaillé récemment. Arriver à ce que les pièces s'ajustent bien ne m'a pas paru aussi facile que par le passé.

La même tragédie avait bouleversé leurs vies et avec la même brutalité. La confortable routine de leurs journées avait été irrémédiablement perturbée. Jess le regardait fixement, en prenant conscience des liens amers qui maintenant les unissaient. La profondeur de ces liens la convainquait qu'ils prenaient racine dans une époque bien antérieure à la mort de Danny.

— C'est une sensation qui m'est familière, dit Jess.

Un retour sur elle-même lui fit nettement voir que sa vie était déjà dénuée de sens avant même l'accident. Elle avait délibérément rétréci ses horizons pour se protéger. Et Rob avait sans doute vécu une expérience semblable. Ils s'étaient reconnus l'un l'autre. Autrement ils ne ressentiraient pas cette affinité. Elle chercha à lire une confirmation sur ces traits. Elle s'avança vers lui en écrasant sous ses pieds les copeaux éparpillés sur le carrelage de la salle de bains.

Elle prit le visage de Rob entre ses mains et l'embrassa sur la bouche.

Elle avait besoin de le toucher. Elle cédait à un élan sexuel impérieux, que venait renforcer un besoin plus profond encore. Elle voulait qu'il n'y ait pas de barrières entre eux : le sexe était la façon la plus directe et la plus concrète de faire tomber les obstacles, de les briser. Elle désirait une intimité parfaite, absolue. Elle languissait de l'obtenir, comme une droguée cherchant sa dose en tremblant.

— Viens, commanda-t-elle.

Les rideaux de sa chambre étaient encore fermés, mais Rob avait refait le lit de façon plutôt maladroite, comme Danny, en rabattant les couvertures sans s'assurer qu'elles pendent également de chaque côté. Son jeune amant semblait quelque peu désorienté.

— As-tu peur de moi ? demanda Jess.

— Seigneur, non ! J'ignore simplement ce que tu veux.

Elle défit les boutons de son chemisier et le retira. Elle enleva son jean et ses sous-vêtements et se tint en face de lui, les bras ballants à ses côtés, oubliant les imperfections de son corps. Un grand sentiment de liberté la souleva, illumina son visage et mit un sourire sur ses lèvres.

Rob nota que son ventre était plus rond que dans son souvenir de la veille. Ses seins pendaient et des veinules bleues se déployaient en éventail à partir des mamelons bruns. Les signes physiques qui trahissaient son âge le touchaient de façon plus directe que ne l'auraient fait les charmes d'une beauté plus jeune et plus rayonnante. Il y avait aussi, dans la façon dont elle s'offrait à lui, quelque chose de rassurant qui le sécurisait tout en provoquant chez lui une excitation très forte.

Il se déshabilla en laissant tomber ses vêtements pêle-mêle. La peau fraîche de Jess devint vite brûlante au contact de la sienne.

Leur union charnelle était empreinte d'une urgence qu'elle n'avait pas la veille. Elle fut presque brutale.

— Reste avec moi aujourd'hui, reste ce soir, chuchota Jess à son oreille.

— Tu le veux vraiment ?

— Et toi, Rob ?

C'était la première fois qu'elle utilisait son nom.

— Oui, oui. Je le veux. Je ne sais rien d'autre, sauf que je le veux.

Le téléphone sonna. Jess posa la main sur le récepteur et, quand enfin on raccrocha, elle débrancha l'appareil :

— Je ne veux pas d'intrus dans ma chambre.

— Et si c'était important ?

— Je ne suis pas intéressée à prendre soin de quelqu'un d'autre susurra-t-elle. Excepté nous deux. D'accord ? Seulement pour une journée, ou deux. Après-demain je retourne travailler. D'ici là, il n'y aura que toi et moi.

— D'accord.

Ils firent donc temporairement leur nid hors du temps. La menace du retour prochain à la réalité leur rendait le présent encore plus précieux.

Lizzie sortit de chez elle avec Sock au moment où James refermait la porte du garage. Ils se mirent à deux pour installer le bébé somnolent dans son siège, attacher la ceinture de sécurité, glisser le lapin dans ses bras et s'assurer qu'il était bien couvert. Il leur fallut ensuite ranger la poussette, le fourre-tout et quelques jouets dans le coffre de la voiture. Quand ils furent prêts à démarrer, ils étaient tout rouges et à bout de souffle.

— Es-tu sûre de vouloir le faire ? demanda James en s'installant au volant.

On était au début de la matinée du dernier jour des vacances de Noël. Lizzie se rua sur la banquette du passager, boucla rageusement sa ceinture et regarda son mari d'un œil accusateur ;

— Que pouvons-nous faire d'autre ? Elle n'a jamais mis les pieds dans cet hôtel et elle ne répond pas au téléphone. Je suis mortellement inquiète.

— C'est une adulte, Liz. Elle veut peut-être rester seule.

161

— Sans me le dire ? Ça ne lui ressemble pas. Je la connais. Je suis certaine que ça ne tourne pas rond.

— Elle voulait que tu croies qu'elle était à cet hôtel. Autrement, elle ne t'aurait pas téléphoné et prétendu qu'elle y était.

— C'est justement ce qui m'inquiète le plus. Et si... elle avait commis l'irréparable ?

— Je ne vois pas Jess se suicider, si c'est ce à quoi tu penses. C'est une nature trop forte.

Lizzie poussa un faible cri de frayeur et mordit ses jointures :
— Que lui est-il arrivé ? Où est-elle allée ?

James soupira et posa sa main sur les genoux de sa femme pour la rassurer :
— Nous finirons par le savoir. Mais ne t'attends pas à ce qu'elle soit très heureuse de ton intrusion dans sa vie. Si elle a voulu mettre quelque distance entre elle-même et ses proches, elle ne souhaite pas les revoir avant d'être prête.

— Mais j'ai toujours pu compter sur elle. Depuis toujours, nous sommes comme les deux doigts de la main.

— Je sais.

Lizzie passa spontanément son bras autour des épaules de James, qui dut freiner pour ne pas déraper.

— Jess a toujours été la personne la plus importante du monde pour moi, jusqu'à ce que toi et Sock entriez dans ma vie.

— Crois-tu qu'elle l'ignore ? lui demanda-t-il sombrement.

La maison paraissait inchangée. La Citroën cabossée de Jess était garée dehors et les rideaux de sa chambre étaient hermétiquement fermés.

James stoppa le long du trottoir et coupa le moteur. Sock avait dormi durant tout le trajet, mais il sortait maintenant de son sommeil et roulait sa tête contre le dossier de son siège en rechignant.

— Chut ! mon ange. Regarde, c'est ton lapin. As-tu soif ? Prends ton biberon.

— J'y vais, dit James. Tu restes ici avec lui.

Il y avait deux pintes de lait sur le perron. Par les rideaux entrouverts, il pouvait voir le salon plus ou moins en ordre, les cendres dans l'âtre. Il appuya sur la sonnette. Il l'entendit résonner à l'intérieur. Il retira son doigt et attendit, tout en jetant un coup d'œil du côté de Lizzie.

Il n'y eut pas de réponse, aucun bruit ne parvint de l'intérieur. Il appuya de nouveau sur le bouton tout en se demandant s'il serait difficile de forcer la porte.

Lizzie détacha Sock, le sortit de la voiture et l'appuya contre son épaule. Il tourna le cou à gauche et à droite pour voir tout autour alors que sa mère se hâtait vers la maison.

— Auto, prononça-t-il calmement, maintenant qu'il n'y était plus confiné.

James appuya résolument sur la sonnette une troisième fois. Lizzie se rapprocha de son mari et, ensemble, ils épièrent les ombres derrière le vitrage.

— Jess, où es-tu ? murmura Lizzie. Elle n'est pas là. Comment pouvons-nous entrer ?

— Elle est chez elle, dit James. J'entends du bruit.

Il ramassa les deux pintes de lait et les cala dans le creux de son bras. Il vit une ombre se déplacer dans la maison et venir vers la porte. Il s'approcha alors plus près de la vitre et distingua une tête, des épaules, puis une main qui saisit la chaîne de sécurité.

La porte s'ouvrit et Jess apparut, tenant d'une main les pans de sa robe de chambre bien serrés contre elle, tout en écartant de l'autre ses cheveux, qui tombaient devant ses yeux. Elle jeta un regard interdit sur eux.

Lizzie éclata :

— Jess chérie, où étais-tu ? À l'hôtel on m'a dit que tu ne t'étais jamais présentée. J'ai appelé chez toi et je n'obtenais pas de réponse. J'ai pensé qu'il t'était arrivé quelque chose.

Le regard de Jess trahissait son agacement, son anxiété et son désarroi. Elle se ressaisit néanmoins et afficha aussitôt un air indifférent :

— Il ne m'est rien arrivé, comme tu le vois. Me voici.

Lizzie et James se tenaient sur le perron, comme des gens venus à une surprise-partie qui n'aurait pas lieu. De son côté, Sock

163

balbutiait à sa façon le nom de Jess, complètement indifférent au malaise ambiant.

— Pouvons-nous entrer ?

— Euh... Bien sûr. Entrez.

Ils s'entassèrent dans le hall étroit.

Rob apparut alors en haut de l'escalier.

Ils levèrent la tête vers lui. L'angle sous lequel ils le voyaient le transformait en colosse planté sur deux jambes puissantes. Il cachait sa nudité avec une serviette enroulée autour de sa taille.

La sonnette insistante les avait tirés d'un profond sommeil alors qu'ils étaient encore étroitement enlacés.

Lizzie avait le souffle coupé. Le babil enfantin de Sock meublait le silence étonné.

Jess se résolut à esquisser un sourire contraint. Inutile d'essayer d'expliquer l'évidence.

— C'est ma sœur et mon beau-frère, les présenta-t-elle à Rob. Je vais faire du café.

La bouche ouverte, Lizzie regarda Rob retourner dans la chambre de Jess. Sock le salua en agitant son poing refermé.

Une fois dans la cuisine, Jess s'affaira à préparer le café. Elle évita de les regarder pendant qu'elle mettait l'eau à bouillir et mesurait le café. Lizzie mit son fils par terre. Aussitôt le bébé prit la direction du placard le plus près et entreprit, avec un plaisir évident, de le vider de ses casseroles, puisque personne ne le surveillait.

Lizzie arracha la cafetière des mains de Jess :

— Qu'est-ce qui se passe ? Que fait-il chez toi ?

Jess se tourna vers sa sœur et répondit sèchement :

— Je pense que ça saute aux yeux, non ?

Le soulagement qu'elle éprouvait à retrouver Jess saine et sauve, combiné au choc qu'elle avait reçu sans y être préparée, la fit exploser. Elle cria sa colère à Jess :

— Comment as-tu pu ? Avec lui, après ce qu'il a fait ? Ici, dans ta propre maison ? Est-ce qu'il t'a fait du mal ? Tu dois me le dire. Est-ce qu'il t'a menacée ? Jess, il doit t'avoir contrainte, tu ne peux pas lui avoir ouvert ta porte !

— Pourquoi pas ?

Jess regarda James, qui se tenait derrière sa femme. Au lieu d'afficher son air bon enfant habituel, il avait les traits crispés par l'incrédulité et l'embarras. Jess détourna de nouveau son regard.

— Pourquoi pas ? répéta-t-elle.

Il devenait vital pour elle de se justifier et de prendre la défense de Rob :

— Et si c'était moi qui l'avais voulu ? Nous pourrions bien nous vouloir l'un l'autre, comme vous deux, comme n'importe qui. Peut-être que nous réussissons à nous réconforter l'un l'autre parce que nous sommes les seuls à savoir comment ? Peux-tu l'imaginer ?

— Non ! hurla Lizzie. C'est contre nature, immoral ! Ça ne te ressemble pas, Jess.

— Comment le sais-tu ?

— Liz, murmura James, comme pour la retenir.

Sock frappa deux couvercles de poêlons l'un contre l'autre. Lizzie se pencha sur son fils. C'était un moment crucial. Les sœurs savaient qu'elles ne s'entendaient pas tellement déjà. Il avait suffi de quelques minutes, d'un bref échange de mots pour que ce jeune homme les oppose comme jamais rien ne les avait opposées auparavant.

— As-tu pensé à Beth ? plaida Lizzie.

— Beth a vingt-deux ans. C'est une adulte. Et avant que tu ne fasses allusion à lui, avant que tu ne prononces son nom, je te rappelle que Danny est mort. Tu n'aurais pas dû venir chez moi ce matin, James. Tu n'aurais pas dû laisser Lizzie venir.

Rob apparut, tout habillé, dans l'embrasure de la porte, avec son blouson de cuir jeté sur ses épaules.

— Je m'en vais, annonça-t-il à l'intention de Jess.

Une supplication monta dans sa gorge : « Ne pars pas ! » Mais il avait déjà tourné le dos avant qu'elle puisse l'articuler. La porte claqua derrière lui. Sock sursauta en entendant ce bruit dont il n'était pas l'auteur et son visage prit une expression annonçant une crise de larmes.

— Pourquoi êtes-vous venus ? leur demanda-t-elle avec amertume. Je voulais qu'il reste avec moi.

À l'incrédulité rageuse de Lizzie se mêlait le sentiment jaloux que Jess était perdue pour elle :

— Et nous avons eu tort de venir?

Le silence s'installa entre eux. Jess reprit la cafetière en haussant les épaules. Elle n'avait aucune envie de réparer les choses. Elle était trop en colère pour souhaiter sauver les apparences, rassurer ou faire semblant. Elle voulait rester elle-même.

— Bonjour, dit Cat.

Elle avait mûrement réfléchi avant de se présenter à la porte de Rob. Elle était contente de le trouver chez lui.

— J'ai pensé que je pourrais venir prendre de tes nouvelles. Tu vas bien?

— Oui. Pourquoi pas?

Il l'invita à entrer et elle se trémoussa en retirant son léger imperméable court, qu'elle jeta sur le lit. Elle portait une mini-jupe en suède et un invraisemblable tricot de laine mousseuse très pâle qui accentuait sa ressemblance avec un chat persan.

— Qu'est-ce que tu as fait le jour de Noël? demanda-t-elle.

— Je suis resté ici. Et toi? demanda-t-il aussitôt pour détourner sa curiosité.

— Je suis allée chez mes parents, à Croydon, lui apprit-elle en faisant la moue. Mes sœurs et mes deux frères y étaient aussi, ainsi que les parents de ma mère. Ça faisait pas mal de monde, mais nous avons bien ri.

— Je suis content pour toi. Au fait, fit-il en se rappelant l'aquarelle, j'ai un cadeau pour toi.

Son petit visage triangulaire rougit de surprise. Il nota qu'elle était particulièrement jolie ce jour-là. Elle semblait différente chaque fois qu'il la voyait.

— Il n'y a pas de raison. Je veux dire... pourquoi?

— Je ne sais pas. C'est juste un petit rien que j'ai trouvé.

Il lui donna le paysage d'hiver dans son cadre sculpté. En le lui remettant, il se rappela que son format minuscule et la netteté de sa réalisation lui avaient fait penser à Cat elle-même. Elle examina attentivement le petit tableau sous tous ses angles :

— C'est vraiment joli.

Elle était décontenancée. L'aquarelle créerait un effet étrange, sur le mur, à côté des posters d'ensembles de swing et des cartes postales qu'elle y avait punaisés.

— Veux-tu venir prendre un verre ou quelque chose d'autre? l'invita-t-il.

— Ouais, ce serait gentil de ta part.

Elle sortit un sachet de plastique de son petit sac et y glissa soigneusement le cadeau de Rob.

— Pour être franche, lui avoua Cat une fois au pub, je dois dire que j'ai beaucoup pensé à toi, sais-tu? Au cours du congé de Noël. Je me demandais comment tu devais te sentir. Je pensais aussi à lui. Danny. C'est bien triste. J'ai de la peine pour lui, même si... tu sais de quoi je veux parler.

« Elle a un faible pour moi, pensa-t-il soudain. Que ce soit par sympathie, par curiosité ou par goût du drame, elle en pince pour moi. » Il n'attacha cependant aucune importance à cette découverte.

Tout au long de la journée, depuis qu'il était sorti de chez elle, la laissant avec sa fouineuse de sœur, Jess n'avait guère quitté son esprit. À dire vrai, il avait été envahi par son image, bien plus qu'il n'avait pensé à elle. Maintenant un poids immense l'habitait, qui faisait bourdonner ses oreilles et tambouriner ses mains sur la table. Quelqu'un se faufila derrière sa chaise pour aller prendre des cigarettes dans le distributeur près de la porte. Une musique stimulante sortait du haut-parleur installé au-dessus de leurs têtes. Rob essayait de se réadapter à cet environnement qui lui était familier, mais il se sentait entièrement absent de la compagnie qui l'entourait, comme s'il s'était encore trouvé avec Jess, dans sa maison.

Il voulait reprendre la conversation avec elle, ne jamais avoir à s'arrêter de parler. Elle n'était plus jeune, elle était plus vieille que sa mère ne l'aurait été si elle avait encore vécu, mais leur différence d'âge ne lui avait jamais paru inconvenante. Il n'y avait jamais eu entre eux, dans leurs gestes ou leurs paroles, ni tromperie ni faux-semblant. Tout avait été direct, exprimé en clair; ils s'étaient mis à nu dans tous les sens du terme. Il ne pouvait pas s'expliquer la fascination, le magnétisme qui l'avait transporté tout en le calmant. Il avait l'impression qu'après s'être perdu il s'était miraculeusement retrouvé.

Et puis elle avait été tellement magnifique, tellement étonnante au lit. Les mots et les images lui manquaient pour exprimer mentalement cette espèce de prodige. Là aussi elle s'était montrée directe, que ce fût avec ses mains ou sa bouche. Rien qui pût lui faire regretter la demi-douzaine de filles qu'il avait connues auparavant. Cette pensée provoqua soudain chez lui une érection.

— Est-ce que tu te sens bien? lui demanda Cat.

— Oui, oui. Excuse-moi.

— Je m'occupe du liquide, d'accord? lui proposa-t-elle en voyant leurs verres vides.

Il la regarda se frayer un chemin vers le bar. Il remarqua que deux ou trois clients la regardaient aussi. Rien d'étonnant. Elle valait la peine d'être regardée. Danny avait un infaillible talent pour draguer la plus jolie fille partout où il se trouvait.

Et maintenant il était mort.

Il fut encore frappé par l'horreur de l'irrémédiable, comme cela lui arrivait plusieurs fois par jour maintenant.

Jess l'avait deviné, et c'est ce qui les avait rapprochés. Ce n'était pas vraiment le sexe qui comptait pour eux. Jess ne dissimulait pas son chagrin, pas plus qu'elle n'essayait de le noyer. Il avait néanmoins commencé à nourrir l'espoir qu'elle lui pardonne d'avoir causé la mort de son fils.

Cat revenait, les mains nerveusement crispées sur un pichet d'une pinte et demie de bière.

En sortant du pub, il la raccompagna jusque chez elle.

— Veux-tu entrer quelques minutes?

— Pas ce soir; je dois m'en retourner.

— Tu vas m'appeler?

Elle avait arraché la page du calepin sur laquelle elle avait inscrit pour lui son numéro de téléphone.

— Oui, je vais le faire. Au cours de la semaine.

Elle se souleva sur la pointe des pieds et posa un baiser sur sa joue :

— Si tu as besoin de quoi que ce soit, tu sais...

Il se dit qu'il aurait pu insister pour qu'elle retire le témoignage qu'elle avait donné à la police. Il lui semblait cependant que ses problèmes avec la justice n'avaient aucune importance par rapport à tout ce qui était en train de lui arriver par ailleurs.

La maison était de nouveau plongée dans l'obscurité. Comme un fantôme, Jess glissa jusqu'à la chambre de Danny. Elle entrouvrit la porte et se faufila à l'intérieur, cherchant le commutateur de la lampe de travail sur son bureau. Un cercle de lumière verdâtre couvrit ses effets soigneusement rangés. Jess n'était guère entrée dans la pièce depuis les funérailles.

Elle s'assit et passa ses doigts sur les cassettes méticuleusement empilées; elle tâta la petite monnaie qu'il avait laissée traîner. Elle lut les titres sur le dos des livres alignés sur l'étagère fixée au mur. Puis elle se tourna et posa la main sur son lit. Les couvertures étaient douces sous sa paume. Elle alla à la garde-robe où ses vêtements étaient suspendus. Elle respira profondément pour retrouver son odeur. Mais il ne flottait dans la chambre qu'une vague odeur de renfermé et le parfum presque évanoui de l'encens qu'il faisait brûler pour masquer toute trace de marijuana.

Jess exhala en renversant la tête en arrière. L'odeur de Danny avait disparu de sa chambre comme de toutes les autres pièces de la maison. Elle ne pouvait plus percevoir le son de sa voix, ni imaginer sa présence ou le revoir étendu sur son lit. Et pourtant ça lui était si facile avant l'entrée de Rob dans sa vie. La conscience subite de cette nouvelle perte l'affola. Il faudrait, tôt ou tard, vider cette chambre. Elle n'en ferait pas un sanctuaire : elle savait bien que, même si elle conservait jalousement tout ce qui lui avait appartenu, elle n'y retrouverait rien de ce qu'il avait été.

Elle demanderait à Rob de l'aider. Il saurait comment disposer de tout ça. Puis une pensée s'imposa à elle : au cours des premiers jours, des premières semaines où elle était submergée par sa douleur, elle avait vécu comme suspendue au milieu d'un espace horrible, dans l'attente d'un événement qu'elle ne pouvait ni imaginer ni provoquer. Quelque chose s'était enfin produit qui l'avait forcée à voir Danny sous un nouvel éclairage. Puis Rob était venu.

Jess serra les poings et pencha la tête, soudain prise de désir pour lui.

8

— Je ne sais pas si c'est raisonnable de te demander ce service, hésita Lizzie. C'est gentil à toi d'accepter de le faire. Mais tu es toujours prête à te montrer gentille avec moi, n'est-ce pas ?

Elle rejeta ses cheveux derrière sa tête et roula les manches de son pull. Comme Jess ne disait rien, elle demanda :

— Où est-il ?

Elles se passaient les sacs et les jouets de main à main. Sock était endormi dans sa voiture d'enfant.

— Tu veux dire Rob ?

— Évidemment.

— Comment veux-tu que je le sache ? Tu l'as vu partir, l'autre matin.

— Ça fait trois jours, fit remarquer Lizzie avec un soulagement évident. Tu ne l'as pas revu depuis ?

— Non. Et j'ignore où il habite.

L'angoisse de Jess apparut si nettement sur son visage que Lizzie s'obligea à mettre ses bras autour des épaules de sa sœur pour dissiper la gêne qui régnait entre elles. Mais Jess restait tendue :

— Je suppose que la police me dirait où je peux le trouver si je le demandais. Mais je ne suis pas encore allée jusque-là.

« Pourtant je le ferai, pensait-elle. S'il ne se montre pas bientôt, je le ferai. »

— Jess, je ne sais vraiment pas quoi dire. Ce n'est pas convenable, c'est tout. Je pense seulement que tu ne devrais pas t'occuper de lui. Quand tu y auras réfléchi, tu vas te demander comment tu... euh... tu vas te demander ce que tu étais en train de faire. Imagine ! un tout jeune homme ! Il conduisait la camionnette, n'est-ce pas ? C'est à cause de lui... Tu veux le revoir ?

Jess pinça les lèvres et tourna le dos à sa sœur :

— Je sais ce qu'il a fait, répondit-elle avec impatience sans rien révéler de ce qu'elle avait appris d'autre sur la nuit tragique. Et je veux vraiment le revoir.

Elle avait parlé sur un certain ton de défi, parce qu'elle ne voulait pas que Lizzie la détourne de son intention de revoir Rob. L'abîme entre les deux sœurs s'élargissait à chacun des mots qu'elles prononçaient.

— Comment peux-tu prétendre connaître ce qui est convenable ? Et si c'était bien ? Peut-être ne devrais-tu pas t'en mêler, Liz. Et, bien sûr, je m'occuperai de Sock chaque fois que tu me le demanderas.

James participait à un congrès et Lizzie devait se rendre à Londres, après avoir été invitée à la dernière minute par son agent à venir faire un essai pour un rôle dans une série télévisée :

— C'est un rôle sensationnel, avait-elle dit à Jess. Il s'agit d'une vraie femme avec des rides et des problèmes. Il faut que je le décroche.

— Mais oui, tu vas l'obtenir, l'avait encouragée Jess. J'ai quelques jours de congé en banque parce que j'ai fait des heures supplémentaires avant Noël.

En conséquence, Sock se trouvait dans l'entrée de la maison de Jess avec tout l'équipement requis pour un séjour de quarante-huit heures. Mais Lizzie semblait hésiter. Elle se demandait si, après tout, la maison de sa sœur était un endroit sûr pour son bébé.

— Ne t'inquiète pas. Je m'occuperai de lui comme si c'était mon propre enfant.

Elles s'en voulurent toutes deux de monter aussi facilement sur leurs ergots.

— C'est horrible. Je ne pensais pas à mal, bégaya Lizzie. Je veux seulement que tu ne souffres pas encore une fois.

— Je le sais.

— Toujours amies ?

— Nous le sommes toujours. Nous ne nous sommes même pas querellées.

Jess craignait que ce qui était récemment survenu entre elles soit plus sérieux qu'une simple querelle. Les deux sœurs s'étreignirent chaudement, essayant de raviver l'affection instinctive qui les avait toujours unies.

— Bats-toi pour le rôle et ne t'inquiète pas pour Sock.

— D'accord, et ne lui donne pas trop de Ribena.

— Non, tu m'as déjà mise en garde.

Après le départ de Lizzie, Jess amena le bébé en promenade. Elle poussa la voiture de l'enfant endormi le long d'une petite rue jusqu'à un pont fortement arqué qui enjambait un ancien canal. Elle laissa le poids de la voiture lui tirer les bras dans la pente raide qui descendait jusqu'au sentier de halage.

Elle n'y était pas venue depuis des années, mais le paysage lui était encore familier. Des touffes d'herbe mordue par le froid ainsi que des rameaux de branches mortes s'enchevêtraient dans les roues de la voiture ; des flaques d'eau stagnante remplissaient par endroits les ornières du sentier. Un vol d'étourneaux vint se percher sur une clôture de fil de fer, à faible distance, pour s'envoler avec un frénétique battement d'ailes quand elle s'en approcha.

Elle avait régulièrement amené Beth à cet endroit à l'époque où elle était bébé, parfois seule, parfois avec d'autres jeunes mamans. Elle avait perdu le contact avec ces femmes maintenant que leurs enfants avaient grandi et qu'il n'y avait plus d'excursions au bac à sable du parc ou de réunions de parents à l'école. Plus loin, Jess s'en souvenait très bien, au-delà d'un autre pont, un coude du canal s'élargissait pour former un bassin. Il y aurait là une flottille de petits bateaux en réparation, de yachts lépreux aux hublots aveugles et des chalands délabrés dont la cale était à moitié remplie d'une eau stagnante aux reflets d'huile encrassés. Quand elle eut passé sous le pont, Jess s'aperçut que la vue n'avait effectivement presque pas changé. À son approche, un couple de poules d'eau nagea à toute vitesse vers la rive opposée.

Sock s'était réveillé. Il tourna la tête et découvrit les oiseaux qui laissaient traîner derrière eux leur sillage en V.

— Coin-coin, fit-il en leur faisant signe de la main.

Ce geste enfantin lui rappela tellement le souvenir de Danny que sa peine se réveilla. Assaillie de nouveau par sa douleur, elle se recroquevilla sur elle-même pour encaisser le coup. Puis elle laissa son esprit dériver : la tête ronde de Sock sous le bonnet de laine, les secousses imprimées à ses bras par le cahotement de la voiture sur le sol inégal, l'odeur de l'eau et de l'huile la ramenèrent, d'une façon si vive, aux après-midi d'un lointain passé, qu'elle se retrouva telle qu'elle avait alors été. Elle aimait un homme qui n'était pas son mari. Dès lors, chacun de ses gestes supposait un effort pour masquer ses véritables sentiments. Il lui était impossible d'envisager l'avenir sans remettre en question sa vie présente. Au bord du canal, aujourd'hui comme autrefois, elle sentait le battement sauvage de son désir volontairement emprisonné dans un cachot de silence et de refus.

— Coin-coin, répéta Sock, sur le ton d'une plaisante conversation.

— Tu as raison, lui répondit Jess. Ce sont de beaux petits canards noirs, hein ?

Elle repéra un banc en retrait du sentier de halage, posé au milieu d'un demi-cercle de terre battue que la boue rendait glissante. Les épaisses planches étaient couvertes de graffitis gravés au couteau. *Kim rêve de Mick, Karen est une salope* et autres pièces d'anthologie. Jess s'assit et orienta la voiture de façon à voir le profil du bébé. Son nez minuscule était rosi par le froid, mais tout le reste de sa petite personne était gardé bien au chaud sous sa combinaison à fermeture éclair. Jess regardait sans les voir les reflets irisés sur l'eau du canal.

Elle avait rencontré Tonio en Italie. Elle y était venue en vacances avec Ian et Beth, alors âgée d'un an à peine. Ils avaient séjourné dans une paisible *pensione* qui donnait sur un square entouré de maisons aux murs ocre, auxquels les volets verts donnaient un aspect moins sévère. La veuve imposante qui tenait cette *pensione* avait une fille adolescente plutôt effrontée et un peu trop sûre d'elle-même. Sa mère nourrissait pour elle l'ambition d'obtenir un poste à la direction d'un grand hôtel de Venise ou de Rome. Pour y parvenir, elle devait maîtriser l'anglais. C'est pourquoi Tonio Fornasi venait trois fois par semaine converser en anglais avec Vittoria et corrigeait son vocabulaire et ses fautes de grammaire. Jess se rappelait la première fois qu'elle l'avait vu : il était dans l'étroit vestibule de la *pensione* avec une Vittoria flirteuse suspendue à son bras. Il portait un tee-shirt à rayures marine et blanches, troué à une manche, un pantalon trop ample retenu à la taille par un cordon et des espadrilles sable : son costume habituel, comme Jess allait l'apprendre. Ses cheveux d'un noir profond avaient des reflets bleutés ; son visage et ses bras étaient basanés, comme s'il avait travaillé dehors tous les jours. Jess supposa que c'était un de ces pêcheurs du petit port, à proximité du square.

— Allez, Viti, disait-il, mémorise le vocabulaire que j'ai préparé pour toi et exerce-toi à l'utiliser. Essaie de converser avec les pensionnaires de ta mère.

Il avait souri à Jess, qui le regardait avec insistance sans aucune raison, si ce n'est qu'elle avait été surprise par le caractère prononcé de son accent irlandais.

— Bonsoir, leur lança-t-il en passant devant eux pour sortir dans la lumière éclatante de la fin d'après-midi.

Le lendemain, à l'heure de l'apéritif, ils l'aperçurent à la table d'un café, un verre à la main et un livre fermé posé devant lui. Il leva la main pour les saluer. Beth trottina jusqu'à lui, trébucha sur le sac déposé à ses pieds et tomba sur le sol.

— Pourquoi ne vous joindriez-vous pas à moi ? les invita-t-il, une fois qu'ils eurent récupéré leur fille et calmé ses pleurs.

Le jour suivant il les accompagna à la plage. Ils déjeunèrent ensemble dans un petit café où tout le monde semblait le connaître.

Il leur apprit que sa mère irlandaise avait rencontré son père italien avant la guerre, alors qu'elle accompagnait, à Florence, une tante venue y admirer les peintures et les fresques.

— Ça c'est passé comme ça. Juste devant les portes du baptistère. Le coup de foudre.

Brigid Doherty était revenue à Florence en 1938 pour épouser son amoureux italien. Il avait été tué au cours du combat contre la VIIIe armée, en Tunisie, en 1943. Après la guerre, Brigid était retournée chez elle, à Cork.

— J'y suis moi-même resté jusqu'à l'âge de dix-huit ans. Puis je me suis inscrit au Trinity College d'Oxford. Depuis, j'ai bourlingué ici et là. Toutes sortes d'endroits. Laissez-moi vous raconter.

Son histoire toucha une première corde sensible chez Jess. Ce n'était pas tellement l'aspect romantique du récit ou les broderies de Tonio pour l'embellir qui l'avaient attirée vers lui. C'était surtout le fait de l'écouter et de lui parler qui avait réveillé et aiguisé chez Jess la conscience que le monde lui échappait. Et lui, quand Ian eut fini de parler de son travail et de ses ambitions, l'écouta comme s'il n'y avait rien eu de plus important dans l'univers.

À la fin de la journée, quand ils prirent congé à la plage, il serra la main de Ian et baisa le bout des doigts de Jess. Le pli humoristique de sa bouche transformait ces gestes en parodie, mais l'intention n'en était pas moins évidente. Ébranlée, touchée au plus profond d'elle-même, Jess plongea son regard dans les prunelles noires de Tonio.

— Demain, j'enseigne toute la journée, les prévint-il. Peut-être nous reverrons-nous après-demain, quand je viendrai voir Vittoria.

C'était une affirmation, pas une question.

Le surlendemain, Ian souffrait d'insolation. Au début de la soirée, il se glissa dans la fraîcheur du lit et ferma les yeux pour se protéger de la lumière. Beth était vite tombée endormie, dans la couchette au pied du lit.

— Puis-je faire quelque chose pour te soulager? demanda Jess, inquiète.

— Laisse-moi seulement tranquille, gémit-il.

Elle enfila une robe vert pâle et attacha lâchement ses cheveux. Le miroir de la petite salle de bains lui renvoya une image d'elle-même qui trahissait sa mauvaise conscience, mais elle cessa de s'y regarder. Son apparence n'avait – ne devait avoir – aucune importance.

Ian, couché sur le côté et ne lui montrant que son dos, feignait de dormir. Elle lui toucha l'épaule doucement, avec l'intention de lui dire un bon mot qui les aurait rapprochés. Mais il ne bougea point. Elle sortit donc de la chambre d'un pas léger et dévala l'escalier de pierre de la *pensione*. Comme elle l'avait prévu, Tonio l'attendait.

— Pauvre homme! s'exclama-t-il sans y croire quand elle lui eut appris ce qui arrivait à Ian.

Il lui tendit le bras :

— Est-ce que nous partons?

Tandis qu'elle sortait au bras de Tonio, Vittoria leur jeta un regard mauvais. Jess eut l'impression que ses yeux et ses oreilles s'ouvraient pour la première fois et que sa langue se déliait enfin. Elle voyait la rue grouiller d'une activité fébrile; chaque fenêtre offrait un tableau vivant et chaque recoin de la petite ville semblait recéler sa propre histoire. Elle se grisait du plaisir de plonger dans ce monde de rêve avec Tonio.

Il l'amena dans un minuscule restaurant, où il lui fit goûter un *spaghetti alla vongole* arrosé d'un vin de Toscane d'un beau rouge sombre. Elle lui plaisait bien dans sa petite robe verte et avec ses mèches folles dansant sur son cou.

— Vous êtes très jeune pour être mère déjà, observa-t-il.

— J'ai vingt-deux ans ; ce n'est pas si jeune.

Il pencha la tête de côté :

— Et vous êtes une femme heureuse ?

— Oui.

Elle avait répondu trop vite.

— En êtes-vous tellement certaine ?

Après l'avoir ainsi défiée, il attendit sa réaction. Jess baissa la tête et dessina des spirales sur la nappe avec le pied de son verre. Elle avait épousé Ian, et l'anneau qu'il portait au doigt n'avait pas fait de lui un homme différent. De son côté, elle avait voulu la sécurité et la maternité. Aussitôt l'une et l'autre obtenues, elle s'en était sentie prisonnière. Non pas qu'elle fût malheureuse, mais elle découvrait maintenant des perspectives qu'il lui était dorénavant interdit d'envisager.

Et pourtant, elle s'était volontairement engagée dans le mariage et la vie familiale. L'obligation de respecter ses choix, sans compromis, lui pesait.

— Je suis la mère d'une belle petite fille. Je l'aime beaucoup.

— Je le vois bien.

Mais elle n'aimait pas son mari. L'intimité de leur couple, parfois trop grande, parfois trop chiche, lui avait vite fait constater cette triste vérité. Elle ne croyait pas que Ian le savait, mais un fossé s'était creusé entre eux qui le laissait perplexe. Son malaise se transforma bientôt en colère.

Maintenant, en compagnie de Tonio, Jess se sentait déroutée. Elle avait l'impression de se tenir au bord d'un précipice, possédée à la fois par la peur et l'envie de se jeter dans le tourbillon de l'abîme.

Tonio sortit son argent pour régler la note et se mit à compter de vieux billets froissés de cinq cents lires. Un seul coup d'œil permit à Jess de se rendre compte qu'il n'avait pas la somme suffisante ou, très certainement, qu'il ne lui resterait presque rien. Elle offrit donc, sans trop insister, de payer. Il accepta tout bonnement, ce qui permit à Jess d'apprendre quelque chose de plus à son sujet : il n'avait pas d'argent et son absence de ressources ne semblait pas le gêner.

Ils revinrent à pied à la *pensione,* dans une nuit douce comme du velours. Jess leva les yeux et remarqua que la fenêtre de leur chambre était sombre derrière les volets.

— Êtes-vous obligée de rentrer au pays dimanche ? demanda Tonio en collant sa bouche à l'oreille de Jess.

Elle prit la liberté de réfléchir et de se laisser tenter. On était à la mi-septembre et la saison était presque terminée. La *pensione* se vidait déjà. À la maison, Ian recommencerait à travailler durant de longues heures. Beth adorait la plage et le soleil. Elle s'entendit répondre :

— Si je pouvais changer mon vol, peut-être que Beth et moi pourrions rester quelques jours de plus.

— Ce serait une chose épatante.

Il ne la toucha pas, mais elle vit l'éclat de son sourire dans l'obscurité. Au bout d'une minute, il recula, fit demi-tour et repartit dans la nuit.

« J'ai seulement dit peut-être », se rassura Jess en montant lentement l'escalier. Elle trouva Ian et Beth endormis dans la position où elle les avait laissés : les jambes écartées et les bras rejetés de chaque côté de leur tête.

Jess se rappelait comment les choses s'étaient ensuite passées. Sa douleur, les souvenirs rattachés à ce canal et la vue de Sock tout près d'elle la ramenèrent à une autre étape de son passé.

Un an après le voyage en Italie, elle s'était retrouvée sur ce même chemin de halage avec un autre bébé dans la voiture d'enfant et Beth qui trottinait à ses côtés, une main accrochée à la jupe de sa mère, les yeux méfiants fixés sur le canal, comme s'il avait pu soudain sortir de son lit et l'engloutir. Beth avait toujours peur de tomber dans le canal et elle marchait immanquablement du côté le plus éloigné de l'eau aux reflets glauques.

Après la promenade, Jess rentrait à la maison, préparait du thé, baignait les enfants et bavardait avec Ian, son mari. Jour après jour, elle se résignait à la petite vie sans horizon qu'elle avait délibérément choisie et s'obligeait à maîtriser ses sentiments. Tel était son choix.

Il n'était pas question que le cadre étroit de sa vie puisse jamais se définir ou s'épanouir en fonction de cet homme qu'elle avait aimé en Italie et qu'elle aimait toujours. Elle faisait ce qu'elle imaginait être correct, même si la simple pensée d'une vie passée auprès de Tonio faisait battre son cœur contre sa poitrine.

Et puis, pour préserver la rectitude de sa vie, elle laissa à d'autres, comme à sa sœur Lizzie, la liberté de rêver à l'impossible et de donner libre cours à l'expression de leurs sentiments les plus déraisonnables. Pendant ce temps, elle s'occupait de sa famille, la protégeait, tout en se complaisant à vivre la vie de chacun par procuration.

« Comme c'est triste et futile ! soupira-t-elle. Que d'énergie perdue ! » Récemment, elle avait commencé à penser qu'en essayant de faire ce qu'elle croyait juste, elle avait mal agi.

Néanmoins, avec les meilleures intentions, elle avait échoué avec ses enfants. Jusqu'à récemment, elle aurait pu au moins prétendre qu'elle avait bien agi avec Danny en lui donnant tout ce qu'elle avait pu. Sauf que, maintenant, il semblait qu'elle en avait trop fait ; qu'elle ne pourrait probablement jamais évaluer le tort qu'elle lui avait causé, ni le réparer, parce que son fils était mort. Ce triste gâchis semblait par ailleurs faire paraître moins graves les blessures causées par l'échec de son mariage et sa mésentente avec Beth.

Le bébé tourna la tête et la regarda. Elle s'arracha au passé pour réintégrer le présent. C'était Sock qui était devant elle, et non pas Danny ; et Beth se trouvait, pour l'instant, de l'autre côté du monde et non pas accrochée à ses jupes.

Sock agitait les jambes, tirait sur les courroies qui le retenaient à son siège et tournait violemment la tête de tous côtés. Jess reconnut le signal et se leva :

— Viens, rentrons à la maison.

Elle se remit à marcher rapidement en poussant la voiture. Au moment où elle tournait le dernier coin de rue, l'enfant avait le visage tout rouge à force de hurler.

Jess aperçut alors Rob, qui l'attendait chez elle comme s'ils s'étaient donné rendez-vous.

Il était assis dans l'allée, les genoux sous le menton. Il lançait des graviers sur une boîte de bière abandonnée dans le caniveau, en faisant chaque fois un petit mouvement habile avec son poignet.

En l'apercevant, Jess s'en voulut d'avoir entretenu des craintes absurdes : elle avait réellement imaginé qu'il avait disparu ou qu'il était mort. Le fil de la vie lui semblait si fragile, depuis la mort de

Danny, qu'elle tremblait pour tous ceux qu'elle aimait. C'était seulement sa propre existence qui avançait cahin-caha, jour après jour, de façon inexorable. Le soulagement que lui apporta la vue de Rob détendit tous ses muscles. Il s'y mêlait tout de même de l'irritation, causée par sa désinvolture, par le regard lascif qu'il jetait sur elle et par une chose aussi insignifiante que ses poignets anguleux. Elle s'arrêta devant lui, de sorte que le visage rouge et crispé de Sock se trouva juste au niveau de celui de Rob.

— Seigneur, quel boucan ! s'exclama le jeune homme.

— Il a faim et il a soif. Si tu ne peux pas le supporter, tu sais ce que tu as à faire, rétorqua-t-elle sèchement.

Jess fit rouler bruyamment la voiture vers le perron et fouilla dans son sac pour y trouver ses clés. Rob se précipita pour hisser la voiture dans la maison. Jess amena dans la cuisine le bébé qui hurlait, remplit sa tasse d'eau fraîche et introduisit le bec dans sa bouche grande ouverte. Mais Sock lança la tasse par terre et ne reprit son souffle que pour crier encore plus fort.

— Pour l'amour du ciel ! murmura-t-elle.

La bouteille de Ribena était au fond du sac dans lequel les choses de l'enfant étaient entassées pêle-mêle. Pendant que Jess l'en extirpait, Rob prit le petit et le berça gauchement. Une fois qu'elle eut préparé la boisson sucrée, Jess réintroduisit le bec de la tasse dans la bouche de son neveu, qui s'arrêta aussitôt de pleurer. Il se mit d'abord à téter entre deux sanglots vibrants, puis il ferma les yeux.

Jess pela une banane pour la donner à l'enfant aussitôt que sa soif serait étanchée.

Jess et Rob furent simultanément frappés par la pensée qu'ils formaient tous trois le tableau d'une famille mal accordée. Ils se regardèrent l'un l'autre et Jess éclata de rire, suivie à l'instant par Rob. Il mit par terre l'enfant miraculeusement assagi, qui s'éloigna d'eux en mangeant gloutonnement la banane.

Ils cessèrent de rire : Rob attira Jess vers lui et prit son visage entre ses mains. Il se pencha et l'embrassa brutalement, ses dents mordant le tissu fragile de sa bouche. Jess s'accrocha à lui faiblement, sa colère irrationnelle cédant la place à un désir avide.

Elle renversa la tête pour mieux le voir :

— Où étais-tu passé ? murmura-t-elle.

Sock avait redécouvert le placard aux casseroles. Il lança les poêlons sur le plancher et dédia aux amoureux un beau sourire tout barbouillé de pulpe de banane.

— Qu'as-tu fait, vilain garçon ? déclama Rob dans un style solennel. Je ne savais pas si je devais revenir ou rester loin, ajouta-t-il à l'intention de Jess.

— J'avais peur. J'ai pensé... J'ai pensé que tu étais mort, toi aussi.

Il la regarda droit les yeux :

— J'ai trouvé la solution. Pas assez vite, mais je l'ai trouvée. Je t'aurais attendue à ta porte jusqu'à ce que tu reviennes, peu importe le temps que tu y aurais mis.

— Ne pars pas.

— Il n'est pas question que je parte.

Rob couvrit son visage de baisers. Ses pouces pressaient ses pommettes et ses doigts fourrageaient dans ses cheveux. Elle oublia Sock jusqu'à ce qu'une nouvelle crise le rappelle à son souvenir.

— Qu'est-ce qu'il a à brailler comme ça ? grommela Rob.

— C'est un bébé. Ils sont tous comme ça.

— Où est ta sœur ?

— À Londres, pour deux jours. J'ai pris congé pour m'occuper de lui.

— Hum. Bonnes nouvelles et mauvaises nouvelles. Pourquoi n'a-t-elle pas amené ce fléau avec elle ?

— Parce qu'elle ne le pouvait pas. Et Sock n'est pas un fléau.

À contrecœur, ils s'arrachèrent des bras l'un de l'autre et Rob se pencha pour se mettre à la hauteur de l'enfant. Sock s'arrêta net au milieu d'un hurlement et, les yeux ronds, le regarda fixement.

— C'est mieux, le gronda Rob gentiment.

— Monsieur, dit l'enfant pointant Rob du doigt.

— Et tout un !

— Occupe-toi de lui pendant que je prépare du thé, lui demanda Jess.

Rob prit le bébé dans ses bras et l'amena dans la pièce voisine. Quand Jess les retrouva au salon, Rob regardait la télé avec Sock à califourchon sur lui. « On dirait le père et l'enfant », se dit Jess avec nostalgie. Comme s'il m'était donné d'élever une nouvelle famille. »

Rob devina sa détresse. Il installa Sock sous son bras et vint vers elle :

— Ça va, murmura-t-il.

— Tu le penses vraiment ?

— Non. Mais c'est comme ça. Nous pouvons nous aider l'un l'autre, tu te rappelles ?

Toujours ce concept séduisant. Jess essaya de démêler ses sentiments. Elle n'y réussit pas. Rob prenait toute la place dans son esprit, de sorte qu'elle ne pouvait les examiner objectivement. Il réveillait constamment un désir brûlant au fond d'elle-même. C'était une réalité qu'elle ne pouvait nier ou ignorer.

— Oui, j'imagine.

— Qu'est-ce qu'il nous reste à faire avec le môme ?

Ce *nous* ramenait Jess à l'idée de famille : un père, une mère et un bébé. Son menton tremblait. Un sourire incertain se dessina soudain sur son visage :

— Nous le ferons manger, en buvant notre thé, ensuite nous lui donnerons son bain et nous le mettrons au lit.

— Et nous pourrons ensuite faire la même chose pour nous ?

— Oui.

— En ce cas, arrive, petit fléau.

Dans la cuisine, Jess l'observa pendant que, affichant un curieux sourire, il faisait patiemment manger au marmot une carotte écrasée.

— Tu aimes les bébés, je crois.

— Je n'en sais rien. Je n'en connais aucun.

Il n'avait ni frères ni sœurs, avait-il appris à Jess. Elle ne pouvait pas l'imaginer bébé. Il y avait chez lui, de façon trop marquée, un comportement prudent, une retenue d'adulte.

Il passa son bras autour de sa taille et la tint serrée contre lui pendant qu'il nourrissait le bébé d'une main. Jess lui caressait doucement les cheveux. Un fort courant de tendresse les unissait.

Beth était postée à la fenêtre donnant sur le jardin du bungalow de son père, dans la banlieue de Sydney. Si elle portait les yeux vers la gauche, elle pouvait apercevoir partiellement la partie centrale du port. Pour le reste, cependant, elle voyait le feuillage touffu d'une végétation qui ne lui était pas du tout familière ainsi que les murs et les toits de tuile des maisons environnantes. Le mur bleu, sans fenêtres, du bungalow voisin, dont le terrain était limité par une clôture basse, ne se trouvait qu'à deux mètres, à sa droite. Tout était serré. Plantés chacun au milieu de leur jardinet, les bungalows s'étendaient sur des kilomètres, de bas en haut des collines avoisinant le port. Elle s'était attendue à plus d'espace pour bouger et respirer.

Son attention fut attirée par un lézard qui courait sur le patio, à l'angle de la maison.

— Bonjour, Beth! la salua Michelle, qui arrivait sur le patio.

Elle était infirmière en chef aux urgences de l'hôpital régional et elle portait encore son uniforme blanc. Elle avait les cheveux blond cendré, qu'elle nattait impeccablement pour travailler, et une peau basanée tachetée de son. Son teint, ou peut-être quelque chose dans la forme de sa tête, rappelait à Beth son père de façon troublante. C'était comme si, la seconde fois, Ian avait choisi une version de lui-même plutôt qu'une copie de Jess. Michelle, en effet, n'avait rien qui pût lui rappeler sa mère.

— Bonjour. La nuit a été éprouvante? s'informa Beth poliment.

— Non, pas si mal. Mais je suis claquée.

Michelle se débarrassa de ses chaussures blanches à semelles de caoutchouc et s'assit sur le canapé avec un soupir de soulagement. Beth remplit une tasse de café et la lui tendit.

— Tu es un ange. Merci.

Les deux jeunes femmes faisaient des efforts chacune de son côté, mais la proximité n'avait pas encore réussi à les rapprocher. Beth se sentait comme une intruse à peau blafarde dans les pièces lumineuses et bien ordonnées. Elle gardait cette impression même quand elle se retirait avec soulagement dans la chambre d'invités, de l'autre côté du couloir où se trouvait la chambre de Ian et de Michelle. Et Sam lui manquait. Chaque fois que le téléphone sonnait, elle souhaitait, avec un espoir irrationnel, que ce fût lui. Mais c'était toujours une amie de Michelle, qui lui fixait un rendez-vous pour un match de tennis ou qui suggérait d'organiser un barbecue.

Elles entendirent la mini-fourgonnette de Ian remonter l'allée qui conduisait à la maison. Une minute plus tard, il entrait avec les journaux et un sac de provisions.

— Papa! j'y serais allée, protesta Beth.

— J'ai pensé que tu dormais encore. Bonjour, chérie.

Il embrassa sa femme sur le bout du nez et chatouilla sa joue avec le bout de sa natte. Beth porta son regard sur les larges feuilles des arbres, qui tachetaient le coin du patio d'une ombre relative, mais bienvenue.

— Qu'est-ce que vous avez prévu à votre programme pour aujourd'hui? demanda Michelle en étouffant un bâillement qu'elle essayait de camoufler derrière un sourire crispé.

Il lui faudrait dormir, évidemment, avant son prochain quart de nuit. Beth savait que l'irritation qu'elle entretenait au sujet de l'absence de complexes chez sa belle-mère était tout à fait injuste, mais elle sentit quand même un picotement d'agacement parcourir sa colonne vertébrale. Ian adressa un sourire chaleureux à sa femme :

— Je pense que nous prendrons la direction d'une de ces plages du Nord. Il fait tellement beau. Nous y pique-niquerons et nous pourrons nous baigner. Qu'en penses-tu, Beth?

Beth se dit qu'elle ne supporterait pas que le soleil lui brûle les yeux et le crâne une journée de plus.

— Je ne sais trop. Ne te crois pas obligé de partir en expédition pour me faire plaisir, papa.

Elle devina que ses hôtes échangeaient des regards exaspérés. Elle n'avait pas été jusqu'à présent une invitée très enthousiaste, même si elle essayait de donner le change.

— Bon, d'accord si ce projet ne te convient pas. Nous pourrions peut-être faire une promenade à pied et déjeuner dans un restaurant du port.

— Oh! oui. J'adorerais.

Elle avait exagéré son empressement cette fois, mais au moins la journée était organisée. Elle ferait face à la musique jusqu'au lendemain, puis ce serait à recommencer le jour d'après. Beth serra les lèvres. « Sam, oh! mon Dieu, Sam, pourquoi n'es-tu pas ici avec moi? »

Beth marchait avec son père sur la bande étroite d'une plage de galets. Derrière eux un ferry, venant de Manly, cinglait à travers la vaste étendue d'eau vers le pont du port.

— Je suis heureux de t'avoir à moi seul, risqua Ian. Ça me rappelle le temps où tu étais petite fille. Tu te montrais toujours si sérieuse. Tu regardais toujours avant de faire un saut.

« Un brin mauviette, en d'autres mots, traduisit Beth. Inquiète avant de savoir de quoi m'inquiéter. »

Son père avait depuis toujours pris sa défense. Il était son loyal champion face à l'impétuosité de Danny. Mais elle avait néanmoins toujours souhaité attirer l'attention de Jess. L'amour de sa mère était fuyant, comme celui de Sam. Ian, par contre, la sollicitait avec le sien. Avec sa déception, aussi, lorsqu'elle se révélait incapable de le lui rendre d'égale et explicite façon.

Beth passa son bras sous celui de son père et le colla résolument contre ses côtes. Elle regardait évoluer les amateurs de planche à voile; elle admirait à distance les yachts à la coque effilée; elle essayait de distinguer les passagers sur les ponts grouillants de monde des ferrys; elle porta son regard jusqu'aux pentes verdoyantes de Double Day, sur lesquelles des habitations de rêve formaient autant de taches brillantes. Elle pensait : « Où diable est-ce que je me trouve et qu'est-ce que je fais ici? »

— Je t'aime, papa, dit-elle à voix haute.

— Je sais que tu m'aimes.

Ils parvinrent au bout de la plage en croissant de lune et montèrent les quelques marches qui conduisaient à une rue remplie de commerces de poisson et de fruits de mer.

— Comment va ta mère, à ton avis?

Beth lui avait parlé deux ou trois fois au téléphone depuis Noël. Sa mère lui avait paru étrange : elle lui avait posé quelques questions en rafale sans écouter les réponses. Puis elle était soudain devenue silencieuse, comme si quelque chose d'autre avait attiré son attention.

« Rien. Il ne se passe rien ici », avait-elle affirmé quand Beth avait pris de ses nouvelles.

— Elle souffre, répondit Beth. La perte de Danny était la pire épreuve qui pouvait la toucher.

— Toi ou Danny, oui.

« Non, pas moi », pensa Beth. Mais elle garda cette rectification pour elle.

Ils atteignirent un restaurant dont les tables étaient dressées dehors, sous un auvent bleu. Le menu promettait le meilleur poisson de Sydney, comme le faisaient la plupart des concurrents. Le garçon qui vint prendre leur commande avait de longs cheveux noirs attachés en queue de cheval. Il ressemblait vaguement à Danny. Depuis la mort de son frère, Beth voyait partout des garçons qui lui ressemblaient. La douleur provoquée par le souvenir de son frère lui coupa le peu d'appétit qu'elle avait.

— Pourquoi est-ce que je regardais toujours avant de sauter ?

Ian, surpris par le ton crispé avec lequel sa fille avait parlé, tourna vers elle son visage au teint coloré.

— Est-ce que nous étions si différents, Danny et moi ?

— Vous étiez différents pour moi. Tu es née la première ; c'est toi qui as apporté le plus grand changement dans ma vie. Je me rappelle que je montais l'escalier sur la pointe des pieds, pendant que tu dormais, pour aller voir si tu respirais toujours. Tu étais comme un petit hérisson sous tes couvertures. Ta mère ne montait jamais : elle savait d'instinct que tu respirais.

— Mais tu n'as pas répondu à ma première question.

— Je voulais simplement dire que tu étais une petite fille prudente. Sage et réservée. J'ai toujours pensé que tu me faisais passer un examen avant de m'aimer, afin d'être sûre que je le méritais. Est-ce que ça te paraît ridicule ?

— Non.

Il avait raison. Jess et Danny acceptaient son adoration comme allant de soi.

— Danny n'a jamais eu ce genre de préoccupation, dit Ian comme pour faire écho aux pensées de Beth. J'imagine que c'est la façon dont Jess l'adulait qui lui donnait cette arrogance. Il m'arrivait parfois de penser qu'elle l'aimait de façon indécente.

Il s'empressa d'ajouter, le visage plus rouge encore :

— Pas de cette façon. Je ne voulais pas dire de cette façon-là. Mais trop ouvertement, si l'on peut dire. Avec trop d'ardeur.

— Je le sais.

Beth pencha la tête. On la servit pendant qu'elle écoutait son père lui parler de son enfance, dont le souvenir garderait toujours pour elle un goût amer. Elle prit son couteau et sa fourchette, détacha des flocons de poisson le long des longues arêtes et les recouvrit d'une couche de légumes. Elle se souvenait qu'elle avait elle-même eu envie que Jess l'aime avec autant d'intensité qu'elle aimait Danny. C'était sans doute aussi le cas pour son père. Cette frustration avait probablement sapé les fondations de leur mariage.

On finit de débarrasser la table. Elle s'était arrangée pour qu'on croie qu'elle avait mangé une partie de ce qu'on lui avait servi.

Ian était assis de travers sur sa chaise et fredonnait quelques notes impossibles à identifier. C'était sa façon d'aborder un sujet difficile :

— Tu n'aimes pas tellement Michelle, je crois...

— Mais si, je l'aime. Je crois que c'est une femme extraordinaire.

— Elle l'est à mes yeux, dit-il d'une voix ferme et avec reconnaissance.

Il se souvint de la première fois qu'il lui avait parlé. Elle était assise devant son clavier, dans le bureau principal de la maison où ils travaillaient tous les deux, et le blond cendré de ses cheveux brillait comme un halo dans le soleil. Elle avait les épaules fortes des nageuses et un sourire assez large pour tout engloutir autour d'elle, lui compris.

— Qui est-ce ? avait-il demandé au directeur du bureau.

— Une préposée temporaire au traitement de texte. Pas trop mal d'ailleurs, avait-il répondu avec ambiguïté.

Ian avait mis une semaine avant de se décider à lui parler et un mois avant de l'inviter en dehors des heures de bureau. C'était à l'occasion d'une fête pour souligner le départ de l'un des vendeurs de Ian. Michelle se trouvait parmi les quelques secrétaires qui y avaient été invitées. L'atmosphère plutôt débridée aurait fait reculer Jess, mais Michelle était entrée dans ce milieu comme s'il avait été le sien.

— Je prendrai une bière, merci, répondit-elle à Ian, qui lui offrait une consommation. Ou plutôt deux, même si je n'ai pas l'intention de me soûler.

Elle lui apprit qu'elle avait reçu une formation d'infirmière à Sydney. Elle prenait des vacances pour se remettre d'une longue période de surmenage et elle travaillait ici et là pour payer ses dépenses de voyage en Europe.

— Combien de temps avez-vous l'intention de rester ?

La question permettait une interprétation qui aurait été absolument hors de question une heure auparavant.

Michelle sourit et haussa les épaules :

— Je ne sais trop. De fait, je songe à partir bientôt.

Cette menace l'amena à plonger :

— Vous pourriez dîner une fois avec moi avant votre départ ?

Elle lui avait d'abord jeté un regard sévère, puis elle avait hoché la tête :

— Ouais, pourquoi pas ? Est-ce que jeudi ferait votre affaire ?

Il adora dès les débuts ses manières directes. Michelle connaissait sa propre valeur et jugeait les gens avec perspicacité. Elle réussissait à obtenir ce qu'elle voulait dans la vie et ne gaspillait pas d'énergie à désirer ce qu'elle ne pouvait obtenir. Elle lui avait dit plus tard :

— Quand on fait le travail que je fais, on apprend qu'il n'y a rien à gagner à tergiverser. Demain sera peut-être trop tard.

Il raconta à Jess qu'il travaillait ce soir-là et amena Michelle prendre un repas gastronomique dans un hôtel de banlieue installé dans un ancien manoir.

Devant son feuilleté aux champignons sauvages, elle lui dit :

— Je sais que vous êtes marié, Ian. Quel plan de jeu suivez-vous avec moi ?

Dans des cas semblables, par le passé, la réponse aurait été simple, bien qu'il ne l'eût jamais formulée explicitement. Il aurait envisagé une liaison discrète, qui aurait peut-être duré un an. Nuits à l'hôtel au cours de la semaine, voyages occasionnels de deux ou trois jours. Avant que les relations ne se refroidissent ou ne menacent de prendre un caractère trop envahissant, opter à regret pour la rupture. Ian portait ordinairement son choix sur des femmes mariées qui auraient eu beaucoup à perdre si leur secret avait été éventé. Mais il sut, dès ce soir-là, que Michelle était différente.

— Je ne sais pas, répondit-il humblement. Je n'ai pas de plan.

— Je vois.

Il avait réservé une chambre à l'étage, mais il n'essaya même pas de l'y entraîner ce soir-là. Il la reconduisit plutôt chez elle, à l'appartement qu'elle partageait avec une autre jeune femme. Il en eut pour plusieurs jours à rêver du plaisir qu'il aurait eu à la posséder sous le baldaquin du lit à colonnes aux ressorts gémissants, ou dans la salle de bains aux murs recouverts de marbre et de miroirs.

C'est Michelle qui appela la première.

— Et puis ?

Il y avait quelque chose de taquin et de provocant dans sa voix.

— Et puis, je vous vois ce soir, répondit-il sur le même ton pour ne pas lui laisser l'avantage.

Cette fois, ils couchèrent ensemble.

L'éclat et la fermeté du corps nu de Michelle l'étonna, autant que son indifférence extrêmement commode concernant ce que pourrait penser sa colocataire de l'autre côté de la mince cloison.

Elle s'assit à califourchon sur lui, en arborant un sourire triomphant :

— Nous nous donnons seulement du plaisir. Tout le monde fait ça, même si vous, les *Pommies*[1], prétendez que non.

---

1. Surnom que les Australiens donnent aux Anglais. (NDT)

— Pourquoi moi? répétait-il à son oreille. Qu'ai-je fait pour te mériter?

Michelle redevint tout à coup sérieuse. Leurs visages étaient pressés l'un contre l'autre, de sorte que les grands yeux de la jeune femme louchèrent quand elle plongea son regard dans le sien. Elle passa légèrement ses doigts dans les cheveux de Ian :

— Tu es un chic type, Ian. Je ne crois pas que tu sois tellement heureux, n'est-ce pas?

— Je ne sais pas, mentit-il.

Il l'admit quelque temps après, lorsqu'ils durent se séparer. Michelle était ce que Ian avait toujours désiré. Il la connaissait et la comprenait; de son côté, elle ne lui cachait rien. Jess, au contraire, était hermétiquement fermée. Même au lit, ils se fuyaient l'un l'autre, ne se permettant que des attouchements rituels de façon à réduire au minimum les occasions d'indisposer l'autre. Le passage, chez eux, des récriminations à l'amertume, puis à la séparation et au divorce, s'était révélé aussi prévisible que les figures d'une danse réglée selon une chorégraphie bien définie. Michelle resta à Ditchley et Ian alla bientôt s'installer avec elle. Deux ans plus tard, ils partirent ensemble pour Sydney. Ian était conscient qu'il rendait sa femme et sa famille malheureuses, mais il sentait aussi qu'il n'avait plus le choix.

Beth contemplait la mer et les voiles désinvoltes des planches à voile et des dériveurs. Tout le ressentiment qu'elle avait refoulé durant la promenade refaisait subitement surface. Jess était sa mère et Ian était son père. Ils formaient un tout. Michelle était une intruse, par qui son père se laissait aveugler. Il avait rayé Jess de sa mémoire, de même que toute leur histoire de couple, pour les remplacer par le tennis, la bière et les maudits barbecues sur la plage.

— Ta place est auprès de maman, laissa-t-elle échapper trop fort.

Le couple à la table voisine tourna la tête.

— Auprès de moi aussi, poursuivit-elle. Avec nous. Tu dis que c'est ma naissance qui a apporté le plus grand changement dans ta vie, mais tu es quand même parti, n'est-ce pas?

Elle aurait aimé se lever d'un bond, s'armer de munitions – couverts, assiettes, petits pains – et les lui lancer au visage, lui crier cette peine, restée secrète, qu'il lui avait causée en l'abandonnant pour Michelle.

« Je me conduis comme une gamine, songeait-elle avec étonnement. Comme une gamine capricieuse. Et j'ai pourtant presque vingt-trois ans. Qu'est-ce qui m'arrive ? »

Ian couvrit ses mains avec les siennes. Les poils grêles sur ses jointures et les taches de rousseur qui commençaient à se souder les unes aux autres lui étaient familières, sans pour autant la rassurer.

— J'étais marié à Jess, pas à toi. Je suis ton père, et non pas le sien. J'ai voulu changer mon premier statut, pas le second.

— Tout ça, c'est de la merde, lui cria Beth, qui éclata en sanglots.

Le garçon de table qui ressemblait un peu à Danny se retourna pour les regarder. Ian vint s'asseoir à côté d'elle, passa tendrement un bras autour de ses épaules et caressa ses cheveux.

— C'est ta peine qui refait surface, murmura-t-il. Pas autre chose que ta peine. Moi aussi, j'ai de la peine, mais elle se manifeste différemment. J'aurais envie de blasphémer et de boxer tout le monde.

— Vraiment ?

— Oui, absolument. Il me manque tellement. Je l'aimais autant que Jess et toi l'aimiez. C'était mon fils, mon petit garçon.

Beth essaya de ne plus pleurer. Ian et elle avaient le sentiment d'être seuls au monde, tellement le personnel et les clients s'étaient montrés discrets.

— Je suis désolée, réussit-elle à dire. Je suis égoïste.

Mais elle ne pouvait s'empêcher de se répéter : « Mon fils ? mon petit garçon ? »

Elle cherchait, à travers le brouillard de sa mémoire, à retrouver l'origine du doute qui avait germé dans son esprit. Il s'y était enraciné et avait produit de multiples surgeons.

— Reprends ta place, murmura-t-elle gentiment à son père. Je suis désolée d'avoir fait une scène. Tu as sans doute raison, je n'ai pas encore accepté la mort de Danny. Michelle n'y est pour rien.

192

Ian regagna sa place avec soulagement. Il commanda du café et du brandy pour Beth et lui. Beth ne toucha pas à son verre. Ian remarqua le pli amer sur la bouche de sa fille et son regard affamé d'amour. Dans l'espoir de l'atteindre, de la toucher, il lui dit sans trop de tact :

— Tu as besoin de quelqu'un, chérie. Je souhaite qu'un bon Anglais me remplace pour prendre soin de toi.

Beth leva la tête et le regarda bien en face :

— Ne t'inquiète pas pour moi. Je n'ai besoin de personne. Mais quelqu'un va sûrement se présenter. C'est ce qui se produit toujours, n'est-ce pas ?

Il ne devina pas qu'elle affichait un optimisme de parade. Il savait seulement que la vulnérabilité de sa fille le touchait profondément.

Il marmonna d'un ton embarrassé, en se rendant compte qu'il bafouillait :

— Tu mérites d'être heureuse. Si quelqu'un le mérite, Beth, c'est bien toi.

9

Une odeur désagréable flottait dans le grand hall où l'on attendait d'être appelé à comparaître. Trop de gens inquiets de leur sort y fumaient une cigarette après l'autre ou transpiraient sous l'effet de l'appréhension. Le sol recouvert de carreaux de céramique était sale et jonché de détritus. Les rangées de sièges étaient déjà remplies. Des personnes anxieuses tenaient des conversations animées et d'autres se livraient en chuchotant à des consultations de dernière heure. Au-dessus de cette rumeur monotone se faisait entendre de temps à autre la voix forte des huissiers, qui sommaient par leur nom les contrevenants de se présenter devant le tribunal.

Rob était assis au premier rang et fixait le plancher. De temps en temps, Jess sortait respirer de l'air frais, mais Rob ne bougeait pas.

Michael Blake, l'avocat, apparemment indifférent au bruit et à l'entassement, faisait la navette entre Rob et un autre client, accusé d'un vol de voiture, accompagné par sa famille.

— C'est toujours comme ça? demanda Jess au défenseur de Rob.

Elle avait été immédiatement prise de sympathie pour Michael Blake, parce qu'il avait caché son étonnement quand il l'avait vue avec Rob. Il lui avait serré la main et s'était poliment abstenu de faire le moindre commentaire.

— Oui. On finit par s'y habituer, la malchance aidant.

Ils se trouvaient installés à côté de deux jeunes délinquants et de leurs mères énormes. L'une d'elles invectivait de façon incohérente un avocat corpulent qui restait de glace.

Michael Blake ouvrit son vieux porte-documents et en sortit, en fronçant les sourcils, une liasse de papiers parmi lesquels se trouvaient les formules de demande d'aide juridique de Rob :

— Votre demande a été accordée, de sorte que nous pouvons maintenant préparer votre défense. Une fois que la date de mise en accusation aura été fixée, nous nous efforcerons d'obtenir rapidement le dossier de la poursuite. Et aussitôt que j'aurai une chance de jeter un coup d'œil sur l'expertise médico-légale, nous serons mieux documentés pour arrêter notre stratégie, puisque nous saurons s'il faut maintenir que c'était un accident ou plaider la conduite dangereuse.

— C'était un accident, assura Rob sans lever les yeux.

Michael Blake ne put s'empêcher de jeter un œil sur Jess. Il avait retiré sa veste et l'avait suspendue au dossier de sa chaise. Jess nota des cernes de transpiration sous les manches de sa chemise. Elle avait lavé et repassé une chemise pour Rob, puis elle avait insisté pour qu'il porte une cravate. Il avait fini par céder. Elle se rendait maintenant compte que ses efforts étaient inutiles, puisque tout le monde avait une apparence débraillée, alors que Rob avait l'air de s'être donné trop de peine pour faire bonne impression.

Sous les yeux inquisiteurs de l'avocat, Jess se sentait mal à l'aise. Elle se trouvait du mauvais côté pour une mère qui pleurait son fils. Elle aurait dû se ranger derrière l'accusation. Cette prise de conscience la détermina encore davantage à protéger Rob. La mort de Danny était consécutive à un accident. Comment pourrait-elle se trouver dans cette salle, si elle n'en était pas profondément convaincue ?

— C'était un accident, répéta-t-elle avec conviction.

Elle avait parlé si bas que Blake dut se pencher vers elle pour saisir ses mots, couverts par la logorrhée de la grosse femme.

— C'est pour cette raison que vous êtes venue, madame ?

— Je suis venue parce que Rob me l'a demandé.

Rob l'avait en effet suppliée de l'accompagner et elle avait promis de venir.

— Je vois, dit l'avocat.

— Robert Ellis, lança l'huissier depuis la porte du tribunal.

Il consulta la liste qu'il avait en mains et hurla le nom de Rob encore une fois.

— Allons-y, dit Michael.

Contrastant avec la longue attente, la comparution fut brève. On lut l'accusation simple d'avoir causé la mort par la conduite imprudente d'un véhicule sous l'effet de l'alcool. Rob baissa les yeux et Jess fixa la nuque du jeune homme. L'avocat de la Couronne demanda que la mise en accusation devant le tribunal ait lieu dans six semaines. Les magistrats rapprochèrent leurs têtes pour se consulter. La date de mise en accusation fut arrêtée et Rob fut libéré sous caution, à la condition de dormir tous les soirs à son domicile.

Le président du tribunal jeta un coup d'œil sur le prévenu par-dessus ses lunettes. Jess eut une réaction intérieure qui lui rappela celle d'une louve qui défend son louveteau. C'était un accident, et rien ne pourrait lui ramener Danny.

— Si vous ne respectez pas cette obligation, Robert Ellis, vous vous rendrez coupable d'un délit entraînant la révocation de votre mise en liberté conditionnelle et vous serez immédiatement incarcéré. C'est clair ? Maître Blake, voulez-vous vous assurer que votre client m'a bien compris ? Merci.

On leur permit enfin de quitter les lieux. Jess suivit Rob et son avocat dans la salle d'attente. On appela les jeunes truands au tribunal.

Michael Blake paraissait satisfait :

— Pas de charges secondaires, dit-il en poussant un soupir de soulagement.

— Pour quelle raison ? demanda Jess.

— Manque de preuves, j'imagine. Ou le retrait de certaines plaintes.

Cat et son amie avaient décidé, ou on leur avait conseillé, de ne pas porter plainte pour agression.

Rob pensa à Cat pour la première fois de la journée et se demanda si elle avait accroché la petite aquarelle sur le mur de sa chambre. Il se l'imaginait en train de fouiller dans ses boîtes de plexiglas et ses coffrets à bijoux, à la recherche d'une punaise, pour accrocher le tableau au mur. Il la voyait reculer pour juger de l'effet. L'aquarelle tomberait sur son couvre-lit. Cat grommellerait un merde! bien senti et se mettrait à chercher un clou convenable. Une fois qu'elle l'aurait trouvé, elle l'enfoncerait dans le plâtre avec le talon de son soulier.

L'air, dans la salle d'attente, était devenu proprement irrespirable.

Jess toucha le bras de Rob.

— Est-ce que nous pouvons partir? demanda celui-ci avec impatience.

Dehors, sur les marches, ils hésitèrent avant de se fondre dans la foule des piétons. Un vent violent soulevait des pages de journal et des sacs de plastique au-dessus de leurs têtes.

— À propos de libération sur parole... commença à dire Jess.

Elle dut élever la voix et tourner le dos à la rue pour se faire entendre. Elle tenait à révéler à l'avocat que Rob avait couché presque chaque nuit chez elle depuis deux semaines.

— Oui, dit Michael Blake, voulez-vous aider Rob?

Une fois de plus, Jess sentit l'incongruité de sa position. Elle n'avait cependant pas besoin de l'expliquer : elle jugeait l'avocat assez perspicace pour avoir deviné ce qui se passait entre eux.

— C'est évident que je veux l'aider. Pourrions-nous dire à la police qu'il vit avec moi?

Rob se tenait entre Jess et l'avocat. Le vent chargé de poussière irritait ses yeux, qu'il frottait comme pour essuyer des larmes. Jess savait qu'elle était maladroite, mais elle voulait qu'on détermine clairement ce qu'ils avaient le droit de faire.

— Je ne vous le conseillerais pas, répondit Michael Blake.

— Pourquoi?

— Il serait utile, quand l'affaire passera devant le juge, que vous présentiez une supplique au jury en faveur de Rob. Vous pourriez dire que, en qualité de mère de Danny, vous ne souhaitez pas qu'une peine supplémentaire s'ajoute aux conséquences pénibles de ce que vous croyez avoir été un accident. Si ce sont là vos sentiments, allez-y, je vous y encourage volontiers. Mais l'utilité de votre démarche pourrait être compromise si la justice en arrivait à comprendre qu'il existe... euh... une dimension plus personnelle à vos relations.

— Que nous sommes amants ?

C'est Robert qui avait prononcé le mot. Le fait de mentionner ouvertement la chose sans embarras ni faux-fuyants apparut à Jess comme un geste fort galant. Elle trouvait cependant que le mot *galant* convenait mal à son compagnon. Rob était un homme droit, sans artifices, qui n'avait pas assez de finesse pour entreprendre des manœuvres de séduction. Au milieu de cette rue affreuse, l'occasion lui était offerte d'entrevoir les multiples facettes que peut prendre l'amour. Cette prise de conscience la bouleversait et la rassurait en même temps. Il était absolument inutile d'essayer de définir ou d'analyser ce qui lui arrivait. La perte affective qu'elle avait subie avec la mort de Danny avait été partiellement compensée par l'arrivée de Rob dans sa vie. C'était tout. Ce n'était pas plus compliqué que cela et pourtant, pensait-elle, c'était capital.

Puis, aussi vite qu'elle était venue, la force de cette conviction disparut. Il n'en restait pas moins chez Jess une sorte de bonheur à la fois confus et triomphant.

— Cette obligation qu'on m'impose n'a aucune importance. Tu peux loger chez moi, lui proposa son jeune amant.

Il avait la mine renfrognée, mais il paraissait clairement savoir ce qu'il voulait. Pour le bénéfice de son avocat il ajouta :

— Ça ne regarde que nous deux. Nous n'avons pas besoin de nous expliquer ou de nous défendre devant les autres, non ?

— Absolument pas, confirma Michael Blake. Le juge m'a seulement demandé de m'assurer que vous respectiez les conditions de votre libération.

Il donna une poignée de main à Jess et à Rob :

— Je vais rester en contact avec vous.

Puis il prit la direction du parc de stationnement derrière le palais de justice.

— Quel con prétentieux, dit Rob.

— Il ne fait que son travail.

— Marchons un peu. Je n'ai pas envie de respirer l'air vicié des lieux publics.

Le froid de janvier était vif et désagréable. Jess eut soudain envie de se retrouver à la chaleur pour jouir d'un peu de confort. Elle rêvait de se trouver dans un pays où il n'y aurait ni pluie ni froid, dans un pays réchauffé par le soleil, sous un ciel parfaitement bleu, à l'ombre douce et bienfaisante des arbres. Son rêve était tellement hors de portée qu'elle faillit se mettre à rire tout haut.

Elle jeta les yeux sur Rob et vit ses dents serrées et la pâleur de sa peau mal rasée.

— Est-ce que ça va?

Il secoua violemment la tête :

— Je déteste cet endroit. L'obligation d'attendre pendant des heures. L'air qu'on y respire. Tout ça me rappelle des souvenirs malheureux.

— Quels souvenirs?

— On va m'enfermer derrière les barreaux, dit-il sans répondre à sa question.

— Non!

— Cinq ans au minimum. C'est ce qui est prévu par la loi. Je sais que je suis responsable de la mort de Danny, mais je ne veux pas aller en prison. Bon Dieu!

Il porta la main à sa bouche. Il avait les yeux fous et son teint tournait au vert, comme s'il était sur le point de vomir. Jess se rappela l'élan protecteur qu'elle avait eu pour lui au palais de justice. Rob était plus vulnérable qu'elle ne l'avait cru. Nous pouvons nous aider l'un l'autre, avait-il dit. C'était bien l'assurance qu'il lui avait donnée.

— Allons! je ne te laisserai pas aller en prison, affirma-t-elle résolument en prenant sa main glacée dans la sienne. Marche plus vite pour te réchauffer. Parle-moi de ce qui te trouble. Quel est ce souvenir qui te hante?

— La cour de justice. Ma mère avait fait citer mon père à comparaître. J'avais à peu près huit ans. Le magistrat avait le même air que le vieux schnock d'aujourd'hui. L'odeur des lieux était la même. Je me souviens de m'être trouvé assis dans une salle attenante avec des biscuits dans une assiette, de m'être fait poser des questions, d'avoir haï mon père et d'avoir voulu le protéger en même temps. C'était un homme très bien quand il n'était pas soûl. Ça ne veut pas dire que ça lui arrivait souvent.

Ils avaient quitté la grande artère pour entrer dans une rue bordée de petits magasins, la plupart fermés et barricadés avec des planches.

— Qu'est-il arrivé ?

Il se tourna pour la regarder en face :

— Quoi ?

Elle devina que ses vieux fantômes étaient revenus le hanter. Au coin de la rue, il y avait une fenêtre illuminée. Comme ils en approchaient, Jess vit qu'il s'agissait d'un café avec des lanternes et des rideaux rouges. Cette tache de couleur jetait une note optimiste sur le paysage désolé qu'offrait ce quartier. La possibilité de trouver bientôt de la chaleur lui fit se rendre compte qu'elle tremblait de froid.

— Entrons. Viens boire quelque chose de chaud. Il n'est pas question de continuer indéfiniment à geler dans les rues de la ville.

Un groupe de peintres vêtus de salopettes blanches tachées étaient assis à une table, un vieux couple à une autre, quelques femmes d'âge moyen un peu plus loin. Assez de monde donc pour que leur conversation ne soit pas entendue. Elle conduisit Rob à une table en retrait et commanda du café, des œufs et des toasts.

— Raconte-moi ce qui est arrivé, lui demanda-t-elle encore.

Perdu jusqu'à cet instant dans ses pensées, il se surprit à parler.

Il se revoyait dans le petit deux-pièces familial, couché sur son matelas posé sur le plancher entre le pied du lit de ses parents et le mur. Le papier peint représentait des contrées et des archipels imaginaires. Une échancrure dans le rideau laissait passer la lumière d'un réverbère qui jetait une faible lueur sur ces images exotiques. Immobile sous ses couvertures, il s'imaginait explorant ces lieux inconnus.

Il y avait souvent des querelles, dans la pièce d'en avant, à une heure où il était censé dormir. Il pouvait entendre clairement les cris et les vociférations, qui venaient troubler sa contemplation solitaire.

— Ton père avait pris quelques verres de trop, lui disait sa mère le lendemain. Ça lui fait perdre la tête.

— J'aimerais mieux qu'il ne boive pas.

— Je le sais, Robbie. C'est la même chose pour moi.

Ce soir-là fut marqué par une escalade de violence. Il se le rappelait de façon obsessive chez les Purse, à l'orphelinat et partout ailleurs où il avait pu se trouver. Rob revenait toujours à cette nuit comme au début de la pire période de sa vie. Il entendait des cris et ensuite les gémissements de sa mère.

— Ne fais pas ça, Tommy! Non, Tommy! Ah...

Et puis du vacarme encore. Des pas désordonnés dans l'autre pièce; puis un bruit sourd, l'impact d'un poing sur un corps vulnérable, celui de sa mère. Et un autre coup. Et enfin le calme, plus inquiétant que les cris.

Rob rejeta ses couvertures avec ses pieds et se leva dans la chambre glaciale, transi et tremblant de peur. Il courut jusqu'à la pièce d'en avant et s'arrêta, hésitant devant la porte. Comme il entendait sa mère pleurer, il ouvrit brusquement et aperçut la pauvre femme assise sur le canapé en cuirette brune, devant le téléviseur, une main sur son visage et l'autre sur sa poitrine.

Son père était penché sur elle. Ses poings massifs étaient fermés, prêts à frapper encore. Il tourna lentement la tête vers Rob, ses yeux brillant comme des charbons ardents au milieu de son visage congestionné.

— Qu'est-ce que tu fous là, hein? Qui t'a appelé?

— Tommy, pas l'enfant! Laisse-le tranquille, cria la mère.

Elle retira sa main de sa joue et Rob nota que le coin de sa bouche enflée saignait et qu'elle avait un œil tuméfié et à moitié fermé.

— Ne fais pas de mal à maman!

Mais il reculait déjà devant son père. L'homme était grand et avait les épaules solides. Son ventre protubérant débordait au-dessus de sa ceinture bouclée très bas. Son haleine empestait l'alcool. Le dos au mur, Rob s'entendit gémir exactement comme sa mère quelques instants auparavant.

Le forcené le frappa sur le côté de la tête. Le crâne de l'enfant heurta le cadre de la porte. Rob sentit le coup résonner en même temps que la douleur venait s'ajouter à son effroi. Il se laissa glisser par terre et se retrouva accroupi contre le mur.

— Garde ton nez morveux en dehors de ce qui ne te regarde pas.

Vacillant sur ses jambes, restant debout par miracle, Tommy se retourna pour s'en prendre à sa femme. Il retrouva son équilibre et pointa le doigt vers elle :

— Vous deux, vous me faites dégueuler. Je m'en vais. Mais ne croyez pas que je pars pour de bon. Ne va jamais croire ça une seule seconde, sorcière. Maudite chienne puante ! Je fais ce que je veux. Personne ne viendra me dire quoi faire.

Il se dirigea vers la porte en titubant. Rob se recroquevilla sur lui-même et croisa les bras au-dessus de sa tête pour se protéger. Son père essaya de lui donner un coup de pied dans les côtes, mais il rata sa cible. Rob rampa vers sa mère, qu'il rejoignit au moment où la porte claquait.

— Il est parti, chuchota-t-elle. Il est parti, au moins pour l'instant.

Rob alla chercher un bol d'eau chaude, du Dettol et une serviette. Il nettoya le visage de sa mère. Ils n'échangèrent que quelques mots rapides. Il la reconnaissait à peine : les coupures et les tuméfactions la défiguraient. Elle examina l'endroit de sa tête qui avait percuté contre le cadre de porte, puis elle la fit pivoter de droite à gauche et leva son menton de bas en haut pour s'assurer qu'il n'avait aucun mal. Elle tâta légèrement sa propre blessure :

— Je pense que ça va. Nous allons nous en tirer sans trop de mal.

Il ne posa aucune des questions qui lui brûlaient la langue. Il savait déjà qu'elle ne pouvait pas ou, peut-être, ne voulait pas lui donner les réponses auxquelles il croyait avoir droit : elle était ainsi. Elle finissait toujours par se résigner aux mauvais traitements que lui infligeait son mari et s'attendait à ce que son fils en fasse autant.

Ils allèrent ensuite au lit. Elle poussa le petit verrou de la porte de la chambre : cette précaution minimale fit seulement penser à Rob combien il serait facile pour son père d'arracher d'un seul coup de pied les vis enfoncées dans le bois mince.

Spontanément, il vint se blottir contre le dos arrondi de sa mère, qui avait gardé sa vieille robe de chambre en chenille.

Au bout d'un certain temps, il prit conscience qu'elle pleurait. Elle essayait de refouler ses sanglots et de ne pas bouger. L'enfant posa la main sur la hanche de sa mère et la caressa, avec de petits mouvements d'abord, qui s'élargirent ensuite pour couvrir tout son dos. Il fut étonné de constater qu'elle était bien en chair. Mais il lui semblait en même temps qu'elle était à peine présente, qu'elle l'avait laissé en plan, absorbée tout entière par sa souffrance et son chagrin.

Le jeune garçon fut envahi par un sentiment insupportable qu'il n'arrivait pas à identifier.

Il aurait voulu l'embrasser et la réconforter, calmer ses pleurs et lui faire recouvrer sa sérénité habituelle. Il aurait souhaité que ce soit elle qui le console, et non l'inverse. Il se rendait aussi compte de la sensation troublante qu'il éprouvait au contact de ses formes pleines. Il ne savait même pas de quoi il s'agissait, mais il se sentit vaguement coupable, mystérieusement différent, comme s'il avait quitté son moi pour se glisser dans la peau d'un autre et qu'il ne devrait jamais plus réintégrer cet ancien moi, même s'il en avait envie.

Il mit beaucoup de temps avant de s'endormir.

La serveuse apporta les œufs et le café. Rob n'avait pas faim, mais il avait terriblement soif. Il avala si vite son café qu'il s'ébouillanta le palais.

— Qu'est-il arrivé ensuite ? demanda Jess pour ramener Rob à son récit.

Puis elle beurra un triangle de pain grillé en le faisant adroite-ment pivoter sur le fond de son assiette. Rob remarqua une fois de plus qu'elle n'essayait pas de le consoler avec une sympathie qui l'aurait mis mal à l'aise ou d'exprimer sa réaction aux confidences qu'il venait de lui faire. Elle se contentait d'écouter et d'attendre.

— Ma mère a essayé d'échapper à son sort. Elle était tout à fait déterminée à agir. Elle avait l'air d'organiser son plan, comme si elle savait qu'il serait bientôt trop tard si elle hésitait plus longtemps. Nous sommes partis le lendemain matin avec une valise bien remplie. Il y avait une longue distance à parcourir jusqu'à l'arrêt d'autobus. Nous nous sommes rendus à une grande maison dont l'intérieur sentait mauvais. Elle était cependant entourée d'un jardin qui s'ouvrait en arrière sur des terrains de jeux. Il y avait un bon nombre de femmes, installées sur les bancs, qui fumaient sans s'occuper des enfants qui pleuraient près d'elles.

Rob et sa mère n'étaient pas restés plus d'une semaine dans ce refuge pour femmes battues. Ils étaient revenus à leur deux-pièces, sa mère ne pouvant supporter le manque d'intimité, pas plus que les règlements imposés. Tommy les attendait depuis leur départ, sobre et contrit. Puis, une semaine plus tard, l'ivrognerie du père engendra un autre drame. Rob était couché, les yeux fixés sur les continents mystérieux, terrifié par la violence qui venait d'éclater une fois de plus, le cœur et les poumons tellement oppressés qu'il avait du mal à respirer. Il n'avait plus le courage de se lever pour intervenir. La honte s'ajoutait à son désespoir et à son dégoût.

Ce soir-là, son père brisa la mâchoire de sa femme à trois endroits. Il sortit de la maison en titubant et disparut. Rob se leva cette fois. À peine consciente, sa mère était étendue moitié sur le canapé, moitié par terre. Rob fit venir une ambulance. Il était allé téléphoner à la cabine publique, au coin de la rue, le service leur ayant été coupé depuis longtemps.

Pendant que sa mère était à l'hôpital, Rob fut placé temporairement dans une famille d'accueil. L'endroit ne valait guère mieux que chez les Purse, qu'il devait connaître par la suite. Ce fut pour lui une bénédiction quand on le retourna chez lui. Mais, cette fois, la police et les services sociaux s'occupaient d'eux. On réussit difficilement à persuader Mrs Ellis de poursuivre son mari en justice. Rob se souvenait encore de ses faibles objections : « Ça arrive

205

seulement quand il a bu. Il est violent seulement quand il a pris un verre de trop. »

Il éprouvait maintenant pour son père une répugnance qui était venue s'ajouter à sa terreur. Sa hantise d'assister à une soudaine éruption de violence, que n'importe quoi pouvait provoquer, devint chez lui une préoccupation constante. Il pouvait comprendre que la même frayeur faisait paraître sa mère moins grande qu'elle n'était en réalité. À cette époque elle ne cessait de se faire plus petite et de se dérober. Quand il la touchait maintenant pour la rassurer ou la consoler, il était étonné de l'avoir déjà crue grosse. Il était résolu à ne plus accepter d'être séparé d'elle une autre fois.

La justice avait maintenant pris l'affaire en main. Il s'agissait de contrôler la violence du père et de trouver un foyer où Rob serait en sécurité. L'enfant avait été impressionné par les termes que les gens de loi avaient utilisés : « contrôler », « sécurité ». Il se les répétait sans arrêt. Mais ce n'étaient que des formules creuses auxquelles ne correspondit aucune solution pratique par la suite.

Il fut reçu plusieurs fois en entrevue par des agents sympathiques qui essayaient de lui faire raconter son histoire ou d'exprimer ce qu'il ressentait. La peur de son père et la peur encore plus grande et mal identifiée d'un avenir inconnu lui paralysaient la langue. Il niait les faits autant qu'il le pouvait et, quand il devait parler, il mangeait ses mots, se dépêchait d'en finir, et minimisait sans le vouloir la gravité des sévices que subissait sa mère. Il se sentit très proche d'elle quand ils revinrent à leur triste demeure pour attendre dans l'épouvante le retour de Tommy.

Rob, la bouche sèche, cessa de parler.

— Mange un peu, l'enjoignit Jess.

Il prit une bouchée.

— Ce tribunal. L'odeur et le bruit, la fumée et la sueur, les gens qui crient, tout cela a réveillé mes souvenirs. J'avais l'impression de redevenir l'enfant terrifié que j'ai été.

— Je comprends pourquoi tu étais si pâle.

Il leva les yeux vers elle. Elle était calme, ni troublée ni prise de pitié. Lui parler le soulageait. De multiples facteurs contribuaient à le rapprocher d'elle. Certains étaient clairement liés à sa force de caractère et à son honnêteté foncière. D'autres le touchaient plus intimement; ils atteignaient un noyau, profondément enfoui dans son subconscient, relatif à des impressions olfactives, à la tendre musique de sa parole, à la tendresse de ses gestes à la fois maternels et amoureux. L'âme ainsi envahie, il caressa le bras de Jess à travers la manche de son blouson rouge foncé, coupé dans ce tissu qui lui rappelait tant la chenille. Tandis que ses doigts lissaient la surface cotonneuse, un curieux influx nerveux parcourut son bras et s'étendit comme une onde de choc à ses épaules, à sa poitrine, et fit battre le sang à ses tempes.

Au même instant, il se rendit compte que le courant avait atteint Jess, dont les yeux s'agrandissaient et la bouche s'ouvrait, laissant voir entre ses lèvres un filet de salive.

Ses anciennes peurs et ses souvenirs refluèrent, provoquant l'émergence de besoins impérieux.

La mère de Danny. Rob avait une égale envie de tout oublier et d'assouvir ses pulsions intimes. Comme Jess, de son côté. Pendant qu'il la regardait devant lui, dans ce café, il se dit qu'il la connaissait aussi bien que lui-même, qu'un important réseau de similitudes les rapprochait.

— Allons-nous-en, dit-il à voix basse. Rentrons à la maison maintenant.

La maison était froide, presque glacée, et remplie d'un silence impressionnant.

Jess ferma la porte à double tour. En revenant, ils avaient évité de se toucher. Mais ils se sentaient seuls au monde maintenant. Leur contact fut brutal. Ils se labouraient l'un l'autre avec leurs doigts et embrassaient avidement leur peau froide que le vent avait fouettée. Ils se retrouvèrent bientôt tous deux à bout de souffle.

Saisissant Jess par la main, Rob la tira jusqu'au haut de l'escalier. Dans leur hâte, ils trébuchaient et se cognaient aux murs. La chambre avait un caractère virginal avec le couvre-lit bien tiré et la lumière mate de cette fin d'après-midi d'hiver, qui estompait toutes les couleurs en des tons adoucis de gris et de brun. Jess ferma à tout hasard les rideaux pour protéger leur intimité.

Quand elle se retourna, ils hésitèrent un instant. Leurs visages baignaient dans l'ombre grise. Ils se dévêtirent, trop pressés pour se déshabiller l'un l'autre.

En voyant Rob nu, Jess se rappela le garçon qu'elle avait aperçu pour la première fois dans la salle d'attente de l'hôpital. Plus grand et plus solide que la moyenne des hommes. Il avait aussi un côté indompté et menaçant. Tout son être semblait animé par un courant vital d'une extrême puissance.

Il la renversa sur le lit. Elle ouvrit les jambes et il la pénétra sans préliminaires.

Ce fut la rencontre amoureuse la plus intense que Jess eût jamais connue. Presque la plus courte aussi.

Plus tard, alors qu'ils reposaient immobiles dans les bras l'un de l'autre, Jess frappa de son poing l'épaule de Rob :

— Je ne comprends pas, murmura-t-elle.

Mais en réalité, elle comprenait. Cet assaut de passion était à la fois autant un exorcisme que l'explosive conjugaison de désirs cachés dans le sombre labyrinthe où se cherchent les mères et leurs fils, et de désirs affirmés dans les avenues plus larges et plus libres où se retrouvent les hommes et les femmes. Mais il y avait chez Rob, alors tout entier absorbé dans les gestes de l'acte sexuel, une inconscience totale de cette double dimension.

Il ne lui répondit donc pas.

Jess le frappa encore une fois de son poing crispé :

— Encore, murmura-t-elle. Encore, encore.

Plus tard, après qu'ils eurent dormi quelque peu, Jess s'arracha des bras de Rob et se dirigea vers la salle de bains.

Le verre dépoli de la fenêtre laissait médiocrement filtrer les dernières lueurs du jour. Sur l'appui de la fenêtre recouvert de carreaux de céramique blanche, s'alignaient plusieurs bouteilles et pots de cosmétiques, parmi lesquels se trouvaient les articles de toilette de Rob. Elle fronça les sourcils en voyant la banalité de l'assortiment. Puis elle prit un contenant de mousse à raser et en pressa le sommet pour faire tomber une pyramide moelleuse dans le creux de sa main. Elle retrouva l'odeur factice de fougère qui enveloppait Rob. Elle fit disparaître la mousse sous un jet d'eau, avant de se pencher sous le robinet pour avaler une bonne gorgée d'eau fraîche. Puis elle ramena ses cheveux derrière ses oreilles, sans se regarder dans la glace. Elle prit une profonde respiration, comme pour se donner du courage, et retourna ensuite dans la chambre. Elle vint s'allonger à côté de Rob.

— Qu'est-il arrivé à ta mère ? lui demanda-t-elle en l'enlaçant.

— Si tu tiens à ce que je te le raconte, je vais le faire.

— Attends. Est-ce que Danny le savait ?

— Oui. Je lui avais tout raconté. Parce qu'il comptait beaucoup pour moi, je voulais qu'il sache. Il était mon ami.

— Alors, raconte.

Deux années s'étaient écoulées depuis le triste soir à la suite duquel sa mère s'était résignée à porter plainte contre son mari. Cette fois encore, la querelle avait commencé de la même façon.

Il dormait déjà quand son subconscient l'avertit. Il se réveilla avant même d'entendre son père monter l'escalier. Il s'assit sur son matelas et jeta les yeux sur le lit de ses parents. Les couvertures étaient encore soigneusement tendues : sa mère veillait encore et devait regarder la télévision, dont l'écho lui parvenait. À peine s'était-il recouché qu'il entendit le pas lourd et irrégulier de son père, qui montait péniblement l'escalier conduisant à leur minable logement. L'enfant nota soudain que sa mère avait fermé la télé. Il se l'imaginait clairement, assise au bord du canapé brun, raidie par la peur, les mains entre ses genoux, la tête penchée, dans l'attente de son mari.

La porte d'entrée s'ouvrit avec fracas. Rob entendit la première question vociférée par son père et la réponse patiente que murmurait sa mère.

La scène lui était coutumière : la patience de sa mère alimentait la rage de son père. Les cris devinrent hurlements, une chaise fut renversée ; la voisine du dessus frappa des coups sur son plancher pour protester contre le bruit. Rob plaqua ses mains contre ses oreilles et fixa le mur, récitant avec application les noms qu'il avait donnés aux continents et aux mers.

Il n'en entendait pas moins le vacarme. Son père lui semblait différent ce soir-là, plus mauvais, comme une bête qu'on excite. Rob se rappela confusément un poster de combat de taureau qu'il avait déjà eu l'occasion de voir. L'animal, exaspéré par les piques ensanglantées enfoncées dans son épaule, faisait face au matador, vêtu d'une façon curieusement élégante, qui dansait devant lui. Sauf que sa mère n'était pas un matador. Elle ne dansait pas. L'image ne concordait pas avec la réalité. Mais pourquoi pensait-il à cette scène ?

Des mots et des rythmes saccadés et nerveux tournaient dans sa tête. Il encourageait leur répétition, les laissait lui marteler la tête, dans un vain effort pour occulter le bruit provenant de la pièce voisine.

Il ouvrit même la bouche pour chanter, mais il ne réussit à faire entendre qu'un faible son plaintif et monotone.

— Non ! Tommy, pour l'amour du ciel, non !

Sa mère poussait des cris déchirants. Il aurait voulu se lever, mais il en était incapable. Il ne pouvait même plus remuer les doigts. La terreur et le dégoût le paralysaient.

Il entendit le bruit d'une chute, puis une course précipitée, comme si quelqu'un fuyait à quatre pattes.

— Chienne, maudite chienne ! Je t'ai vue. Je sais où tu es allée.

— Non, Tommy ! Je le jure devant Dieu. Je suis restée à la maison toute la soirée. Demande à Robbie.

Ces mots furent les derniers. Il y eut un cri, un long cri strident, qui se répercuta en écho après qu'il eut cessé, et un lourd bruit mat. Rob se trouva soudain plongé dans un pesant silence. Il s'allongea sur son matelas et attendit l'éclat suivant, même s'il pressentait qu'il ne se produirait jamais. Il entendit plutôt son père haleter comme un chien et murmurer le nom de sa mère encore et encore :

— Kathleen, ça va maintenant, tu n'as rien, Kathleen. M'entends-tu ?

Se déplaçant lentement, les jambes flageolantes comme celles d'un vieillard, Rob sortit du refuge de son lit. Nu-pieds sur le linoléum, il traversa la chambre et ouvrit les deux portes qui le séparaient de sa mère. Il vit son père agenouillé près d'elle, qui était curieusement écroulée sur elle-même, la tête dans l'âtre. Les accessoires de foyer en laiton, habituellement placés à la gauche de la cheminée, avaient été renversés. La vraie cheminée n'existait plus, puisqu'elle avait été bouchée quand on avait installé un système électrique de charbons factices. Mais sa mère avait tenu à ce qu'on laisse à leur place les accessoires, qu'elle astiquait régulièrement.

Il l'avait frappée avec le tisonnier :

— Kathleen ?

Son père se tourna et regarda son fils comme s'il ne l'avait jamais vu. Il se releva péniblement. Rob s'avança vers sa mère, dont le visage avait perdu toute couleur. Une écume sanguignolante collait à sa bouche. Il sut aussitôt qu'elle était morte.

Il descendit dans la rue, en pyjama et nu-pieds, pour faire venir du secours. Tandis qu'il se trouvait dans la cabine du téléphone public, il vit son père sortir de la maison et s'engager dans la rue. Ses pas suivaient une ligne oblique qui l'amena à se cogner le nez sur le mur de la maison voisine. Il jura entre ses dents et s'éloigna en zigzaguant.

Jess pleurait.

— Ils l'ont évidemment retrouvé, dit Rob. Ils avaient une piste. Au procès, la Cour a su à quoi s'en tenir quand j'ai donné ma version des faits. Mon père a été déclaré coupable d'homicide involontaire. Il a passé cinq ans en prison, c'est tout. Il vit maintenant quelque part en Écosse. À Glasgow, je crois.

— J'ai tellement de peine pour toi, dit Jess. Je comprends mieux maintenant, beaucoup mieux.

Rob n'avait pas voulu provoquer sa compassion. Il regretta momentanément de lui avoir raconté son histoire. Il renversa la tête et fixa le plafond :

— Je ne suis pas différent de lui, vraiment. J'ai bel et bien tué Dan, n'est-ce pas ?

La véhémence de la réponse de Jess l'étonna :

— Je t'interdis de répéter ça. Jamais. C'était un accident. Tu aurais fort bien pu être la victime. Tu me l'as dit toi-même.

— J'aimerais bien que les choses aient tourné de cette façon.

— Ça aussi, tu l'as dit. Écoute-moi, insista-t-elle en enfonçant ses doigts dans son avant-bras, assez profondément pour lui faire mal. J'aimais Danny plus que tout au monde. Il ne me reviendra jamais plus. Je ne connaîtrai jamais l'homme mûr qu'il aurait pu être. Jamais il ne se mariera et n'aura d'enfants. Personne ne le remplacera dans mon cœur. Sa mort est une tragédie, c'est vrai, mais je te répète qu'il s'agit d'un accident. Je t'ai déjà pardonné pour la part que tu as eue à ce malheur.

— À cause du passé, à cause de ce que je viens de te raconter ?

Il semblait près d'éclater de rire.

— Non. Parce que les rôles auraient pu être inversés, de sorte que c'est Danny qui aurait pu être responsable de ta mort. Parce que j'ai vu et entendu beaucoup de choses depuis sa mort. Et parce que je le veux.

— Penses-tu que la violence soit héréditaire ? demanda durement Rob. Penses-tu qu'elle est tapie au fond de nous, attendant l'occasion de se manifester, comme une maladie atavique, mais qui serait encore plus néfaste ?

— Non. Je n'en crois rien.

Il fut surpris qu'elle balaie ainsi ses craintes du revers de la main. Il avait énoncé la pire des hypothèses et il semblait qu'elle n'eût rien entendu.

— Moi, c'est ce que je crains, murmura-t-il. Il semble que je me sois laissé moi-même emporter par cette violence.

Elle saisit maternellement sa tête entre ses mains et la colla contre son épaule. Il se blottit alors contre elle et ferma les yeux, en quête de réconfort et d'assurance. La combinaison de son geste maternel et de sa peu scrupuleuse nudité avait quelque chose de curieusement érotique. Il renversa la tête et examina son visage de près, laissant ses mains glisser des épaules de Jess à ses seins, puis au creux de sa taille.

Jess dit avec conviction :

— Tu ne l'as pas tué et tu ne tueras jamais. Tu n'es pas un violent. Tu es un homme doux. Et nous pouvons nous soutenir l'un l'autre, tu te souviens ?

Ce soir-là, conformément à l'ordre de la Cour, Jess ramena Rob chez lui. Elle avait apporté avec elle un sac contenant sa trousse de toilette et ses vêtements de travail. Elle devait être à la pépinière très tôt le lendemain matin. Graham Adair l'avait prévenue qu'elle avait déjà beaucoup trop puisé dans sa caisse de congés afin de pouvoir garder Sock et ensuite accompagner Rob au palais de justice.

— On n'est pas ici pour se la couler douce, lui avait-il dit d'un air sombre.

Jess n'avait jamais passé plus d'une heure chez Rob. Elle posa son sac sur une chaise et essaya de se convaincre qu'elle s'y sentait chez elle. La chambre n'était ni malpropre ni en désordre. L'étagère qui recouvrait tout un mur était très joliment faite. Elle se souvenait d'en avoir admiré la douceur des surfaces et les joints impeccables lors de sa première visite. Rob travaillait bien.

Mais elle se sentait vieille entre ces quatre murs.

C'était le refuge d'un homme en transit, à qui la vie n'avait pas encore donné l'occasion d'accumuler un gros bagage et qui ne s'intéressait guère à l'aménagement d'un intérieur. La chambre était convenablement chauffée et la fenêtre fermait bien : les locataires qui s'y succédaient n'en demandaient pas plus. On pouvait la quitter sans regret. C'était un pied-à-terre provisoire pour une personne jeune qui ne s'est pas encore établie. Jess comparait l'endroit avec sa propre maison, qu'encombraient les acquisitions faites au cours des ans et dans laquelle la moindre broutille rappelait un souvenir. Sa maison abritait encore son mari et ses jeunes enfants. Ils rôdaient encore dans les coins sombres, jaillissaient des photographies posées ici ou là, réapparaissaient auprès des objets qui avaient été les leurs. Le poids que tout cela représentait dans sa vie provoqua soudain chez elle de l'amertume et de l'impatience. Elle envia Rob, qui était encore jeune et qui pouvait sans aucun regret passer d'une demeure à une autre, d'une étape de sa vie à la suivante.

Rob sentit la gêne s'installer entre eux. Il mettait de l'ordre dans la pièce, rangeait les choses dans les tiroirs et débarrassait le lit des vêtements qui y traînaient.

— Arrête, lui dit Jess. Tu n'as pas besoin de t'imposer cette corvée à cause de moi.

— Je ne fais rien de spécial.

« C'est fou, pensa Jess. On ne peut pas vivre à deux bien long-temps dans cette chambre. Comment ai-je pu penser que c'était possible ? Seulement parce que je ne voulais pas être séparée de lui ? »

Rob avait ramassé quelque chose sur une chaise bancale qui occupait un coin de la chambre. C'était un pull en angora, qu'il s'empressa de plier pour mieux le dissimuler. Mais Jess l'avait vu et avait remarqué qu'il était si petit qu'il aurait pu appartenir à une fillette. Gris perle, floconneux comme le poil d'un jeune caniche.

— Je suis certaine qu'il te va comme un gant, le taquina-t-elle.

— C'est à Cat, rétorqua-t-il avec humeur. Elle l'a oublié.

Cat était venue lui rendre visite. Elle avait retiré son imper-méable et semé son sac à dos, son écharpe et ses gants aux quatre coins de la chambre. Elle avait arraché ses bottes et les avait lais-sées tomber au hasard. Quand la chaleur était revenue dans la pièce, elle avait retiré son pull et n'avait gardé que son petit tricot. Elle avait entouré de ses bras nus ses jambes gainées de noir.

Jess observa Rob alors qu'il mettait le lainage hors de portée de sa vue. Il ne lui avait pas dit qu'il avait vu cette fille, qu'elle croyait être le flirt de Danny. Elle se trompait.

Une pensée moins rassurante la fit jeter un regard plus attentif autour de la chambre pour y déceler des signes qui lui auraient échappé. Elle se retrouvait chez un homme jeune, et c'était inévi-table que des filles y soient venues. Il n'y avait rien d'étonnant à ce qu'elle s'y sente vieille et ait l'impression de ne pas y être à sa place.

— Ça t'ennuie ? la provoqua Rob.

— Oh ! non. Pas du tout.

Ils allèrent au lit. Jess fit d'abord sa toilette dans la salle de bains mal chauffée que Rob partageait avec un autre locataire de l'étage. Le lavabo était parsemé de poils de barbe et taché de mousse à raser séchée.

Une fois qu'ils furent étendus ensemble dans l'obscurité, Rob demanda soudain :

— Qu'allons-nous faire ?

— Je n'en sais rien, répondit-elle franchement.

Évidemment, il devenait impératif de prendre une décision.

— Je dois trouver du travail. Je n'ai pas le choix. Je n'ai pas un rond et je déteste te taper.

— Tu ne me tapes pas. Et ton bras commence à peine à aller mieux.

Le coude raccommodé était encore raide. Rob était censé aller à la clinique de physiothérapie, à l'hôpital. Mais il ne s'y était pas encore présenté.

Il fut reconnaissant à Jess d'essayer de le rassurer, mais ses tentatives n'atténuaient pas son anxiété. La pensée de la remise de sa peine, du procès et de tout ce qui y était relié le laissait aussi impuissant que le garçonnet qui autrefois, étendu sur son matelas, contemplait le papier peint sur le mur. Aussitôt qu'il avait été assez grand pour réfléchir, il s'était promis à lui-même que jamais plus il ne se retrouverait démuni.

Les réflexions de Jess avaient pris une autre direction. Même si elle était en train de sombrer dans le sommeil, l'embarras qu'elle avait ressenti à se trouver dans la chambre de Rob l'amena à imaginer qu'il aurait préféré qu'elle n'y soit pas.

— Beth revient ce week-end, dit-elle d'une voix que le sommeil voilait déjà. Je vais la chercher à l'aéroport. Elle passera deux ou trois nuits à la maison. Je dois m'occuper d'elle, Rob.

— C'est naturel. Ne t'en fais pas. Je ne ferai pas de bêtises.

— Je n'en doute pas.

— À quoi pensais-tu alors ?

Jess mit sa tête sur l'épaule de Rob. Il caressa ses cheveux et attendit le sommeil. L'image de Beth, à l'hôpital, s'imposa à lui, ainsi que le regard qu'elle lui avait jeté aux funérailles. Elle ne ressemblait pas à Danny. Elle n'avait pas tellement hérité des traits de sa mère. Des mèches sagement bouclées, des vêtements de bon goût. Un petit visage sans couleur, altéré par le choc, mais gardant cependant une pointe d'insolence. Le bras de son papa autour de ses épaules.

Il n'avait pas aimé le genre de Beth. Il était jaloux d'elle.

10

Beth, poussant ses bagages, franchit les barrières de la douane, à Heathrow.

Elle le vit, qui se détachait de la foule des parents et des chauffeurs de limousines, aussi visible que s'il avait été pris sous le faisceau lumineux d'un réflecteur. En effet, Sam, dans une tenue sport qu'on lui voyait rarement, l'attendait lui aussi. Il était huit heures, ce samedi matin. Elle n'avait jamais pensé qu'il se souviendrait même du numéro de son vol, et il était pourtant venu l'accueillir.

La joie fit disparaître chez elle la fatigue des vingt-quatre heures de voyage. Elle se précipita vers lui : une seconde plus tard, elle était dans ses bras.

Pendant qu'ils s'embrassaient, elle exultait. « Il doit avoir tout avoué à Sadie. »

Une image instantanée, mais complète, de la vie qu'ils mèneraient ensemble, du mariage qui aurait lieu une fois le divorce prononcé surgit dans son esprit. Le bonheur coulait dans ses veines comme de l'or en fusion.

Sam releva le menton de la jeune femme pour la regarder bien en face :

— Oh, mais ! tu es la déesse du soleil, murmura-t-il.

— Sam, dis-moi ? Comment se fait-il que tu te retrouves ici ?

Il haussa les épaules et lui sourit. C'était ce sourire contraint qu'elle interprétait sans peine comme un avertissement : « Ne me presse pas trop de questions. » À l'instant même le nœud dans sa gorge se resserra comme un signal d'alarme.

— Sadie a amené les enfants dans le Devon pour le week-end. Je suis venu sous l'impulsion du moment. Tu es magnifique !

— Tu trouves ?

Le courant de bonheur qui l'avait tantôt emportée s'était subitement figé. Il n'y avait rien de changé après tout, sauf qu'il était là. Et qu'il avait dû penser à elle en se réveillant le matin. C'était déjà quelque chose, excepté que c'était seulement une pensée qui ne tenait pas compte de sa vie à elle. Il ne lui était même pas venu à l'idée que quelqu'un d'autre pouvait venir la chercher à l'aéroport.

Et c'était bien le cas. L'agréable surprise que lui avait causée la vue de Sam lui avait momentanément fait oublier que sa mère était censée venir l'accueillir. Elle jeta un coup d'œil autour d'elle et aperçut Jess, à cinq mètres derrière la foule entassée dans le hall des arrivées, qui les observait.

— Ma mère est venue me chercher.

Elle se dégagea des bras de Sam, en rejouant dans sa tête la scène qui venait juste de se dérouler. Qu'avait vu Jess ? Et que fallait-il faire maintenant ? Prendre ensemble le petit-déjeuner et admirer les photos du pont enjambant le port de Sydney ?

— Ta mère ? demanda-t-il avec ennui, comme si sa maîtresse n'avait personne d'autre au monde que lui.

Beth se tourna vers sa mère, qui s'était approchée :

— Bonjour maman. Comment vas-tu ? Merci d'être venue.

Jess la serra chaleureusement dans ses bras, ignorant pour l'heure le malaise palpable. Beth savait à quel point sa mère était heureuse de la voir de retour à la maison. Elle réagit avec le plus d'empressement possible, s'efforçant de ne pas paraître embarrassée.

— Je te présente un ami à moi, poursuivit-elle. Sam Clark. Sam, voici ma mère.

Ils se serrèrent la main. Beth nota un changement chez Jess. Et ce n'était pas parce qu'elle pouvait être surprise ou déconcertée par ce qu'elle venait tout juste de voir. Son visage était plus ouvert, de telle sorte que Beth se rendait compte seulement maintenant qu'il était fermé auparavant.

— Tout est ma faute, s'excusa Sam. Je me suis réveillé plus tôt que d'habitude et je me suis rappelé que Beth rentrait au pays. J'ai pensé venir à Heathrow et l'inviter à partager mon petit-déjeuner. Je ne peux jamais dormir après un aussi long vol. Et vous ?

— Je n'en ai pas encore fait l'expérience, répliqua froidement Jess.

Il y eut un court silence pendant lequel Beth pensa : « Je ne peux pas le laisser partir. Je ne peux pas l'embrasser en lui disant au revoir et rentrer à la maison avec maman. Et où pourrions-nous aller tous les trois ? » La présence de Jess faisait problème.

— Maman, tu as dû te lever très tôt pour venir jusqu'ici.

— Pas vraiment. J'ai passé la nuit chez Julie, mentit-elle en enfonçant brusquement ses mains dans les poches de son manteau. Écoute, puisque Sam s'est dérangé pour toi, pourquoi n'irais-tu pas manger avec lui ? Je suis arrivée très tard chez Julie, hier soir...

« Pourquoi ? se demanda Beth. Qu'est-ce qui l'a retenue à la maison ? »

— ...et, de cette façon, je pourrai encore passer une heure ou deux avec elle. Je peux faire des courses et passer te prendre à ton appartement cet après-midi. Ça ira comme ça ?

— J'aimerais vous l'emprunter d'ici là, dit Sam avec un sourire charmeur. Si vous n'y voyez pas d'inconvénient.

Beth monta dans la Saab rutilante de Sam, qui la ramenait chez elle. En traversant le parking de courte durée, Beth avait cherché la vieille Citroën de sa mère, pour envoyer un dernier salut de la main, mais elle n'avait pu la repérer. Maintenant qu'il était trop tard, elle regrettait d'avoir choisi Sam plutôt que Jess. Elle en voulait à son amant d'être à l'origine de ce dilemme. Elle gardait la tête tournée vers la portière, tout en s'efforçant de ne pas regarder les façades massives et encrassées tandis qu'ils descendaient Euston Road. Les branches nues des arbres de Regent Park dessinaient des gribouillages noirs sur le ciel pollué. Malgré sa rancœur, la présence de Sam l'émouvait. L'impression de chaleur que donnait le velours côtelé tendu sur son genou replié et la manchette bleue qui enserrait son poignet la touchèrent.

— Je suis désolé, s'excusa-t-il en posant sa main sur celle de Beth.

Beth s'adoucit, comme il savait qu'elle le ferait. Elle pensait de son côté : « Comme je lui simplifie la vie, par crainte que mes réactions négatives ne le découragent tout à fait ! »

— Aucune importance, mentit-elle. Le seul problème, c'est qu'elle n'était pas au courant à notre sujet. Il va falloir maintenant que je lui explique la situation.

— Je voulais seulement te voir.

Il avait l'air d'un petit garçon surpris à faire une sottise. C'était une attitude qu'il adoptait délibérément.

— Et moi aussi je voulais te voir.

— Tu ressembles à ta mère. Si j'avais cherché n'importe qui à part toi, je l'aurais reconnue parmi la foule.

— Danny lui ressemblait davantage.

— Oui.

Son acquiescement la surprit pendant une seconde. Elle avait oublié leur rencontre au théâtre. Sa mémoire défaillante la fit se détester davantage pour ce qu'elle était en train de faire.

— Es-tu heureuse d'être revenue ? lui demanda-t-il quand ils furent entrés chez elle.

Beth fit rapidement le tour des pièces de son appartement du rez-de-chaussée et les trouva poussiéreuses et en désordre. Elle aurait aimé jeter l'arrangement de fleurs séchées et les photos encadrées dans un grand sac poubelle et ouvrir la fenêtre toute grande pour laisser entrer l'air frais.

— Oui. Parce que tu es avec moi. Autrement, l'appartement me fait penser à un dépotoir.

— Les antipodes t'ont gâtée, dit-il à la blague.

Il avait apporté de quoi faire de leur petit-déjeuner une de ces fêtes amoureuses qu'ils aimaient inventer l'un pour l'autre : du jus d'oranges fraîchement pressées, des croissants et du champagne. Beth alluma le gaz de la cheminée et se pelotonna dans le canapé pendant qu'elle lui racontait son séjour en Australie. Sam lui retira ses chaussures et frictionna ses pieds glacés. Puis elle le laissa la servir et remplir sa coupe. Peu à peu, le champagne fit son effet. Elle laissa sa tête retomber sur l'épaule de Sam et soupira avec soulagement parce qu'elle retrouvait enfin son amant. La peine que lui avait causée leur séparation la torturait encore.

— Ça va mieux maintenant? murmura-t-il.

— Beaucoup mieux.

Ils entretenaient cette fiction selon laquelle il la gâtait. Sam se pencha sur Beth, qui nota le réseau de rides fines autour de ses yeux rieurs et put respirer sa fraîche odeur, si particulière. Elle le laissa enserrer son visage dans ses mains et le crut lorsqu'il se plaignit qu'elle lui avait beaucoup manqué. Pourquoi d'ailleurs ne lui aurait-elle pas manqué, alors qu'elle lui était tellement dévouée?

Et quand il l'embrassa, elle se retrouva pantelante d'amour dans ses bras. Elle n'aurait pas pu faire autrement ce matin-là que de l'amener chez elle : leurs retrouvailles importaient plus que tout. Le sentiment de mener une bien triste vie ne la bouleversait que les jours où Sam était loin d'elle.

— Viens dans ta chambre, lui ordonna-t-il.

Ils écartèrent ses valises et il la déshabilla. Il embrassa ses épaules bronzées.

— Comment va Sadie? demanda-t-elle cruellement.

— Comme toujours.

Il n'était guère facile d'embarrasser Sam.

— Laisse-moi te regarder, dit-il en s'empressant d'oublier sa femme. Seigneur! Tu es belle, tu sais.

Et comme chaque fois qu'il lui accordait sa pleine attention, Sam réussissait à la faire se sentir belle et indispensable. Au lit, il faisait ce qu'il voulait, invariablement. Toutefois, parce qu'il l'amenait subtilement à céder à ses caprices, elle avait le sentiment de mener elle-même le jeu.

— Je n'ai jamais fait l'amour avec autant de plaisir, lui avait-il avoué une fois.

Et elle l'avait cru, se reprochant les doutes qu'il lui arrivait d'entretenir. Il avait évidemment plus d'expérience qu'elle; c'est pourquoi, dans ses moments les plus optimistes, Beth ne croyait pas qu'elle pourrait trouver un amant aussi adroit que Sam.

— Je t'aime tant, lui susurra-t-elle sans pouvoir s'en empêcher.

En guise de réponse, il pressa son visage dans le creux de ses aisselles, contre son ventre, entre ses cuisses.

Après l'amour, elle se sentit comblée dans chaque fibre de son corps et tomba endormie entre ses bras. Quand elle se réveilla, elle le trouva habillé, assis sur le bord de son lit, une chaussure à la main.

— Tu pars?

La trahison était d'autant plus cruelle qu'elle était prévisible.

— Chérie, je suis vraiment désolé. Du travail m'attend à la maison. Je ne voulais pas te réveiller. Je t'appellerai du bureau, lundi.

Il se pencha pour déposer un baiser dans ses cheveux et l'abandonna à sa déception.

Jess prit la direction nord de l'autoroute, Beth assise à ses côtés.

— Es-tu fatiguée? demanda-t-elle à sa fille.

Elles avaient très peu parlé jusque-là. Le dernier malaise qui avait surgi entre elles avait ravivé chez l'une et l'autre le souvenir de ceux qui appartenaient au passé. La pluie commença à tomber, accentuant la monotonie et la grisaille du paysage plat qui s'éternisait une fois qu'on était sorti de Londres.

— J'ai dormi un peu après le départ de Sam.

Jess se concentra sur la route, ne sachant quelles questions poser, si toutefois il y en avait.

— Je ne m'attendais pas à ce qu'il vienne m'accueillir à l'aéroport.

— Je vous ai vus tous les deux avant que tu me voies.

Jess pensa que leur baiser était trop intense pour que Beth essaie de lui faire croire que Sam n'était qu'un simple ami.

— Je ne t'ai pas encore parlé de lui...

— Tu n'as pas à le faire.

— ... et c'est surtout parce qu'il est marié.

Jess soupira. Elle n'était guère surprise :

— Oh! Beth. Les hommes comme lui sont toujours mariés.

Jess n'avait pas l'intention de formuler le moindre jugement, d'émettre le plus petit commentaire, à moins que Beth ne le lui demande. Elle ne se sentait pas dans la position de la juger ni de lui donner des conseils.

— Qu'est-ce que tu veux dire?

— Je veux dire que les hommes de son âge, de belle apparence et satisfaits d'eux-mêmes ont toujours une épouse et veulent en plus un petit supplément. Une aventure qui ne leur amène pas trop de complications ni d'inconvénients.

« Ou qui ne les menace pas trop », pensait aussi Jess. La vulnérabilité de Beth l'irritait, mais elle ressentait à son endroit une profonde tendresse et un sincère désir de la protéger. Elle regrettait aussi que sa fille n'ait pas voulu se confier à elle. « J'ai échoué avec ma fille, se disait-elle. Je continue à échouer. »

— Je ne t'ai rien dit pour nous deux parce que je connaissais d'avance ta réaction. Je t'en prie, cessons d'en parler.

Cela ressemblait tellement à Beth. Elle se retirait, tandis que Danny aurait été tout feu tout flamme pour se justifier et justifier sa passion. Les doigts de Jess se crispèrent sur le volant. Elle devait cesser de comparer le frère et la sœur. Elle était à la veille de perdre aussi Beth tout à fait. Les comparaisons étaient stériles et ne menaient à rien.

— Écoute, tu interprètes mal ma pensée. Je ne voulais pas paraître négative à son endroit. Te rend-il heureuse?

— Parfois.

Cette réponse laconique et presque brutale laissait entrevoir de tels abîmes de souffrance et de frustration que Jess dut cligner des yeux pour voir la route. Elle n'avait pas le pouvoir d'améliorer de quelque façon le sort de Beth. De plus, ses propres secrets dressaient une autre barrière épineuse entre elles.

Elle s'obligea à dire d'un ton neutre :

— Alors je suis contente, si tu trouves que votre relation est assez satisfaisante pour toi.

Pour remplir le silence qui suivit, Beth mit en marche la cassette qui se trouvait déjà dans le lecteur. Elle écouta d'abord distraitement la musique, puis tout à coup son attention fut réveillée :

— Qu'est-ce que c'est ?

Elle appuya sur le bouton pour éjecter la cassette et, incrédule, examina l'étiquette d'identification :

— Depuis quand écoutes-tu Portishead ?

La cassette appartenait à Rob. Jess avait fait disparaître toutes traces du jeune homme dans la maison, mais elle n'avait pas pensé à la voiture.

— J'ai ramené quelqu'un chez lui. Il l'a oubliée.

Jess n'était pas parvenue à trouver comment dire à Beth ce qui était arrivé entre elle et Rob. Prise au dépourvu, obéissant au premier réflexe, elle avait trouvé plus facile de cacher la présence du jeune homme dans sa vie. Beth la regardait curieusement. Jess saisit le ruban et le laissa tomber dans la pochette de la portière, sans un regard pour sa fille. Elle en prit un autre au hasard et le glissa dans la fente. Une musique inoffensive remplit l'intérieur de la voiture.

— Regarde-les, dit Jess.

Elle était devant la fenêtre en saillie du living-room, avec Beth à ses côtés, et regardait dehors. Lizzie et James faisaient marcher Sock de la voiture à la maison. Parvenu au perron, l'enfant leva les bras et ses parents lui prirent chacun une main et le soulevèrent dans les airs. Le petit garçon ouvrit la bouche bien ronde et son visage exprima de l'étonnement en même temps qu'un vif plaisir.

Les deux femmes souriaient, chacune pour soi.

Jess essayait de chasser Rob de sa pensée et Beth avait évité tout sujet qui l'aurait ramenée à Sam, au cas où elles auraient laissé échapper un détail concernant leur vie amoureuse respective.

— Il ne s'est rien passé durant mon absence ? finit par demander Beth.

— Rien.

Elles avaient passé la plus grande partie du week-end à jouer poliment au chat et à la souris. On en était maintenant au déjeuner du dimanche qui, comme presque partout, se prêtait aux réunions de famille. L'épaule d'agneau à l'ail cuisait au four et la table était mise.

Lizzie et Jess s'étaient à peine vues depuis la commotion causée par la présence de Rob dans la maison de la mère endeuillée. Jess avait veillé à ce qu'il soit absent au moment où Lizzie viendrait reprendre Sock.

Quand la sonnerie de la porte se fit entendre, Jess alla accueillir sa sœur et ses deux amours. Elle masqua la gêne qui régnait encore entre elle et Lizzie en soulevant l'enfant dans ses bras et en lui ébouriffant les cheveux. Avec un peu trop d'enthousiasme, car le sourire de l'enfant fit place à une grimace qui annonçait des pleurs imminents.

— Du calme, Jess, murmura-t-elle, comme si elle s'adressait à l'enfant. Vieille tante stupide.

Tout le monde la suivit dans la cuisine, chacun s'obligeant à parler pour éviter que ne s'installe le silence. C'était Lizzie qui parlait le plus fort.

— Beth, le voyage t'a fait du bien ! N'est-ce pas, Jess ? Elle a l'air tellement bien. Mon Dieu, qu'est-ce que je donnerais pour avoir un bronzage pareil. Je veux que tu me racontes tout, ma chérie.

— Maman m'a parlé du rôle que tu as décroché. Félicitations ! Ça me semble merveilleux.

Lizzie fit une grimace qui exprimait sa nervosité. De fait, elle était vraiment anxieuse. Ses mimiques étaient sa façon d'exagérer son angoisse et, ainsi, de l'exorciser. Depuis le temps où Sock avait atteint l'âge de six mois, elle n'avait cessé de se faire du souci pour sa carrière. Elle ne pouvait se résoudre à tout laisser derrière elle pour se présenter aux auditions, comme elle le faisait avant la naissance de Sock. Elle craignait cependant que, si elle ne montait pas sur les planches de temps en temps, elle risquait de tomber dans l'oubli. Elle prenait intuitivement conscience que sa sœur avait sacrifié ses désirs et ses rêves au bénéfice de ses enfants et de son mari, et qu'elle ne s'était pas épanouie.

Et maintenant, pensait-elle, il fallait voir la réaction inattendue que l'abnégation de Jess avait provoquée. Toutes ses aspirations refoulées avaient explosé au grand jour et s'étaient matérialisées dans une passion insensée pour ce terrible jeune homme.

Elle désapprouvait Jess, et le souci qu'elle se faisait pour elle mettait en évidence de façon encore plus aiguë le contraste qui opposait leurs vies. Le renoncement de sa sœur, tout comme le résultat malheureux qu'elle lui attribuait, rendait encore plus dramatique le dilemme auquel elle faisait maintenant face. C'est d'une actrice, d'une femme de carrière que James était tombé amoureux. Si sa vie prenait un autre tournant, se disait Lizzie, si elle entrait dans l'anonymat, ne risquait-elle pas de perdre l'admiration et l'amour de son mari ? Malgré toutes les dénégations de James pour la convaincre du contraire, elle percevait toujours un certain flou dans ses assurances.

C'était précisément parce que James et Sock lui étaient si précieux qu'elle devait foncer et prouver à l'univers qu'elle les méritait tous deux.

La nervosité la minait. L'anxiété lui donnait faim. Elle prenait du poids et elle abusait de la cigarette pour modérer son appétit.

D'un ton presque trop gai, elle dit à Beth, qui était mince comme un fil :

— Je suis morte de peur. Ça fait si longtemps que je n'ai pas travaillé. Jasper – c'est le producteur – m'a vue dans le Dickens et il a pensé que je serais parfaite pour le rôle. J'ai donc participé à une séance de lecture devant le directeur, puis j'ai fait un essai vidéo.

Après sa longue période d'inactivité, les auditions, autrefois si routinières, étaient devenues un vrai cauchemar. La peur l'avait étranglée et la nervosité avait nui à sa performance.

— Et puis, alors que je m'y attendais le moins, j'ai décroché le rôle. Seigneur ! Nous commençons les répétitions dans dix jours et les prises de vues suivront une semaine après.

Il s'agissait d'une télé-série policière de six épisodes. Lizzie n'y tenait pas le premier rôle, qui revenait à une jeune actrice, mais on lui avait confié le principal rôle de soutien. Elle personnifierait une pathologiste légale coriace, affligée par ailleurs d'une insuffisance cardiaque. Un bon rôle pour une femme de presque quarante ans qui n'avait pas travaillé depuis deux ans.

— Tu vas être excellente, l'encouragea James. Tu sais que tu le seras.

— Mais il faut penser à Sock. Les répétitions se tiennent à Londres et le tournage aura lieu autant au pays de Galles qu'à Pinewood.

James la rassura en ayant l'air de répéter des mots qui étaient en passe de devenir un mantra :

— Je peux facilement m'occuper de Sock. Nous engagerons une nounou fiable pour prendre soin de lui quand je devrai m'absenter.

— Et tu sais que je ferai tout ce que je peux pour t'aider, Liz.

Jess avait parlé calmement. Et la façon dont Lizzie s'était à demi tournée vers elle, mais sans vraiment la regarder, convainquit Beth de ce qu'elle soupçonnait déjà : un litige sérieux opposait les deux sœurs. De toute sa vie, Beth n'avait jamais été témoin d'une mésentente entre sa mère et sa tante. L'embarras de James et le babillage incessant de Lizzie masquaient un malaise évident. Jess elle-même était préoccupée et distraite.

— Eh bien, quelqu'un veut prendre un verre ? demanda-t-elle pour détourner la conversation.

Chacun trouva commode de se dévouer pour ouvrir les bouteilles et trouver des verres. Une question, que Lizzie posa à Beth sur l'Australie, fournit un sujet de conversation qui dura jusqu'au moment de passer à table. James découpa l'agneau tandis que Jess s'occupait des légumes. Sock souriait impartialement à tout le monde du haut de sa chaise ingénieusement fixée au bord de la table. Un timide soleil d'hiver apparut brièvement à travers la fenêtre de la salle à manger, dessinant une étroite bande de lumière sur la nappe et la vaisselle des grands jours, que Jess avait jugé bon de sortir en l'honneur de Lizzie et James. La faiblesse du soleil amena Jess à mesurer le temps qui les séparait encore du printemps. À la pépinière, la terre était encore gelée : au-dessus du sol comme au-dessous, les racines et les tiges de toutes les plantes restaient obstinément noires. Graham Adair était irritable, critiquant tout ce qu'elle faisait. Joyce avait chuchoté durant la pause-café de vendredi qu'il avait peut-être des problèmes avec la banque. « Les affaires n'ont pas l'air d'aller très fort », avait-elle laissé tomber au-dessus de son gobelet de thé. « N'y pense pas pour l'instant », résolut Jess. Elle repoussa ce sujet d'inquiétude et se concentra sur ses invités.

« Le déjeuner du dimanche, songea-t-elle, l'occasion des réunions de famille. » Les membres de cette famille s'étaient fidèlement retrouvés, autour d'une table bien garnie, pour se soutenir les uns les autres. Mais la réalité ne correspondait plus à cette vision idéale. Une brèche s'était ouverte entre les trois femmes. C'était comme si l'intérêt que chacune avait porté à Danny ou à Ian avait par le passé cimenté les liens qui les unissaient. Sans cette force unificatrice, leur existence perdait son point de référence et elles risquaient de se tourner les unes contre les autres.

Il semblait à Jess que sa dernière rencontre avec Rob remontait beaucoup plus loin qu'à l'avant-veille. Elle se demandait ce qu'il faisait, s'il tournait en rond dans sa chambre ou s'il était sorti avec des jeunes gens de son âge qui partageaient ses préoccupations. Elle sentit le regard de Beth posé sur elle.

— Tu es bien tranquille, maman.

Beth voulait attirer l'attention sur l'état d'absence de sa mère. Elle lui en voulait déjà à propos de Sam. Une rancœur injustifiée, croyait Jess.

— Vraiment ? demanda-t-elle à sa fille. Je m'inquiétais seulement au sujet de mon travail. Joyce m'a laissé entendre que Graham Adair éprouverait des difficultés financières.

Beth continua de la regarder, évaluant chacun des mots de la dérobade de Jess pour y trouver la vérité qu'ils pourraient cacher.

James, avec sa diplomatie ordinaire, fit de son mieux pour détendre l'atmosphère :

— Es-tu allée voir le Jardin botanique de Sydney, Beth ?

Une fois le repas terminé, Lizzie et Beth firent la vaisselle. Jess posa son regard sur les maisons de l'autre côté de la rue, avec leurs jolies fenêtres de façade garnies de rideaux. Elle connaissait les voisins les plus proches, mais la plupart étaient maintenant de parfaits étrangers pour elle. Une dizaine d'années auparavant, Ian et elle s'étaient liés d'amitié avec quelques-uns des couples qui habitaient leur rue. Depuis, il y avait eu un divorce et le déménagement de deux autres couples. Un quatrième s'y trouvait encore, mais les enfants avaient grandi et ne vivaient plus chez leurs parents, que Jess ne voyait d'ailleurs plus que rarement. La dernière fois qu'elle les avait rencontrés, c'était aux funérailles de Danny.

Pour chasser ces sombres pensées devant cette rue dépeuplée pour elle et déserte en ce dimanche, elle lança une invitation à la cantonade :

— Allons faire une promenade.

— Non, refusa Beth.

— Je t'accompagnerai, offrit James, si tu me permets d'amener Sock dans sa poussette. Il s'endormira peut-être.

Après avoir vêtu l'enfant de sa combinaison matelassée, de son bonnet de laine et de ses moufles, on sortit la poussette de la maison. Jess respira une grande bouffée d'air frais et commença à marcher. James devait allonger le pas pour être en mesure de la suivre tout en faisant cahoter la poussette sur le trottoir inégal.

Lizzie s'installa sur le canapé avec les journaux du dimanche. Elle portait des bottillons de suède, des leggins noirs en tissu velouté et une tunique de laine caramel qui ondulait au rythme de son ventre et de son derrière. Son décolleté plongeait de façon à révéler sa gorge généreuse.

« Qu'y a-t-il dans cette famille, se demanda Beth, pour que les enfants se ressemblent si peu ? »

Elle se tenait debout devant le foyer, mûrissant la décision qu'elle venait de prendre. Elle finit par attaquer :

— Que se passe-t-il donc ici ?

Lizzie leva au-dessus de la chronique des spectacles ses yeux rendus plus brillants par une touche de kohl. Beth avait l'air féroce.

— Ce qui se passe ? Qu'est-ce que tu veux dire ?

— Tu le sais très bien. Ne fais pas l'idiote.

Lizzie, l'air coupable, détourna son regard. « On ne peut rien y faire », songea Beth, la rage au cœur. Elle dit tout de même d'un ton contenu :

— Maman et toi avez eu un différend. Je ne vous ai jamais vues vous comporter ainsi l'une avec l'autre. Que s'est-il passé pendant que j'étais au bout du monde ?

— Rien de bien particulier.

— Ce n'est pas vrai. Je veux savoir, Lizzie. Est-ce qu'il s'agit de Danny ?

— Oui, dit rapidement Lizzie.

— Eh bien, je n'en crois foutument rien, rétorqua Beth en se mettant à crier. J'ai vu comment elle était avant que je parte. Elle était écrasée par la douleur. Maintenant elle est différente. C'est plutôt... on dirait qu'elle affiche une attitude de défi. Par rapport à votre opinion, à James et à toi, sur un sujet qui vous oppose à elle. Vous êtes en désaccord et vous voulez me le cacher. Il y a autre chose encore : cette façon qu'elle a de regarder dans le vide et de ne pas écouter, quand on lui parle, pour se concentrer plutôt sur ce qu'elle est en train de faire. Si je n'étais pas sûre du contraire, je dirais qu'elle est amoureuse.

— Si seulement c'était une chose aussi facilement pardonnable, soupira Lizzie.

Beth se pencha pour saisir le poignet de sa tante. Sa main se referma tant bien que mal sur le bracelet rutilant qu'elle entendait cliqueter depuis le matin.

— Dis-moi tout. Maintenant.

James et Jess parcoururent quelques rues et se rendirent jusqu'à un petit terrain de jeux dont la clôture grillagée permettait de voir la campagne environnante. Non loin, la courbe asphaltée de l'autoroute traçait une longue cicatrice grisâtre sur les espaces enneigés. Bientôt, dans moins d'une heure, l'obscurité tomberait et les phares des voitures perceraient la nuit de leurs cônes lumineux. Jess contempla cette route qu'elle empruntait tous les matins pour se rendre au travail. Son regard suivit le tracé bien au-delà de la sortie conduisant à la pépinière. Son imagination l'entraîna vers le nord, à travers les Midlands, Manchester, Carlisle, et franchit la frontière de l'Écosse. Pour entrer en Écosse, faut-il traverser les hauteurs des Pennines ? Elle fut plutôt surprise, troublée même, de se rendre compte qu'elle n'en avait aucune idée. « Comme mon existence a été limitée ! se dit-elle. J'ai si peu voyagé. Je n'ai pas vu grand-chose. » Désillusionnée, elle tourna le dos à la route.

Sock ne dormait pas. James le sortit de la poussette et l'installa dans le siège baquet de la balançoire réservée aux bébés. Les chaînes qui la suspendaient grincèrent quand il commença à pousser doucement. Sock, momentanément dérouté, raidit les jambes quand la force d'inertie l'entraîna vers l'arrière. Mais, aussitôt qu'il comprit le jeu, il poussa un cri de pure extase. Il devint rouge de plaisir et ses menottes emmitouflées s'accrochèrent à la barre orange du siège. L'air ambiant semblait lui-même vibrer, puis se transformer en un tourbillon vertigineux dont Sock était le centre, tant était intense la joie de l'enfant à découvrir une nouvelle source d'excitation.

— C'est merveilleux ! s'exclama James. C'est une première pour lui.

— Et ce n'est pas fini. Pense à toutes les découvertes qui l'attendent. Et qui t'attendent aussi.

— Je suis désolé. Est-ce que j'ai manqué de tact ?

— Cesse de t'en vouloir. Je ne pensais pas à Danny. Du moins pas à ce moment.

Jess observait James qui poussait son fils. Ainsi qu'il en avait été pour le chemin de halage du canal, chaque coin du parc lui semblait familier, même si elle n'y était pas venue depuis longtemps. Danny et Beth s'étaient souvent pourchassés dans les glissoires et les balançoires. Elle entendait encore clairement dans sa tête leurs cris et leurs querelles.

— James ? Est-ce que tu désapprouves, de façon aussi virulente que Lizzie, ce qui se passe entre Rob et moi ?

— Ça ne me concerne pas.

Sa réponse n'était pas une échappatoire. Jess comprenait la retenue de James, mais il devenait impératif pour elle de savoir ce qu'il en pensait.

— Es-tu bouleversé, alors ? Surpris de ma conduite ?

Il réfléchit avant de répondre avec prudence :

— Non, je n'ai pas été bouleversé. J'ai été seulement surpris, et seulement jusqu'à ce que j'y réfléchisse sérieusement. Je peux imaginer, sans que cela soit bien clair dans ma tête, comment l'amour extrême que tu portais à Danny peut, par transfert, se reporter sur un autre garçon de son âge. Puisque tu te sens dépossédée, c'est probablement une façon de faire face à ce qui autrement serait insupportable. Tu as survécu à ce qui est sûrement le pire moment de ta vie. Qui suis-je, et je pose la même question au sujet de Lizzie, pour porter un jugement sur les moyens auxquels tu as recours pour t'en sortir ?

Jess prit à nouveau conscience du caractère irréversible d'une perte dont il lui arrivait heureusement d'être incapable de mesurer toute l'étendue. En cette circonstance particulière, cependant, l'immensité de son malheur s'imposait à elle de façon inéluctable. Elle avait confié à James que Dan était souvent auprès d'elle, mais elle avait compris qu'il ne pourrait jamais exister à nouveau, excepté dans les arcanes de sa mémoire.

Au milieu du paysage assombri qui s'étendait devant elle, c'était Rob qu'elle voyait. Au lieu de se laisser emporter au fond de l'abîme par son immense chagrin, elle se tournait en pensée vers lui. Elle et Rob s'offraient vraiment un appui mutuel.

— Je te remercie pour ta discrétion, dit-elle à James.

Il laissa la balançoire continuer sur son élan et se tint en face de Jess :

— Tu seras prudente, n'est-ce pas ? dit-il gentiment.

— Oui, James.

Elle ne savait pas si, oui ou non, elle suivrait son conseil, mais elle était reconnaissante à James pour son attitude compréhensive et sa sympathie.

Il se retourna pour sortir Sock de la balançoire maintenant immobile. L'enfant poussa un cri de protestation qui leur perça les oreilles.

— J'ai dit que je voulais savoir !

— Demande-le alors toi-même à ta mère.

— Tu sais qu'elle ne me dira rien.

— Je n'en suis pas si certaine.

Lizzie se leva. Beth fonça sur elle et l'accula au mur. La tante se mit à rire nerveusement et, par plaisanterie, croisa les bras devant son visage pour s'en faire un bouclier.

— Qu'est-ce que ça signifie ? Suis-je soumise au tribunal de l'Inquisition ?

Le visage de Beth resta fermé. La lumière crue de son imagination pourchassait, comme le faisceau lumineux d'un projecteur sur une scène, une ombre qui s'évanouissait au dernier moment dans le décor. Elle cherchait à tâtons et de façon obstinée une vérité qui se dérobait constamment.

À force de scruter le visage de Lizzie, elle finit par identifier une lueur fugace d'appréhension derrière le masque de son sourire. Les yeux inquiets de sa tante lui rappelèrent les souvenirs de l'hôpital et, par voie de conséquence, la ramenèrent à sa mère. Qu'avait-elle dit à Lizzie, l'instant d'avant, à son sujet ?

« Si je n'étais pas sûre du contraire, je dirais qu'elle est amoureuse. »

Parfois, quand elle était plus jeune et rongée par la jalousie, elle avait imaginé que sa mère était amoureuse de Danny. Elle s'était sentie tout de suite honteuse d'avoir eu cette pensée.

Il y avait un amant dans le paysage maintenant. Elle en était certaine.

— De qui s'agit-il ? Qui est-il ? Qui ?

— De quoi parles-tu ?

Beth s'aperçut que Lizzie savait exactement de qui il était question.

Le projecteur de son imagination fouilla furieusement l'ombre et se braqua soudain sur un visage. Beth sentit la nausée l'envahir. L'image resta imprimée dans son cerveau, bien qu'elle eût voulu l'effacer à jamais.

Elle se rappela comment il avait surgi dans la salle d'attente de l'hôpital ; comment elle l'avait immédiatement reconnu, dans son blouson de cuir, avec le côté droit de son visage marqué de bleus et d'escarres.

— C'est Robert Ellis, dit-elle dans un souffle.

Elle cria ensuite le nom au visage de Lizzie, avec l'espoir d'entendre une dénégation :

— C'est Robert Ellis, hein ?

Lizzie se taisait. Son silence éloquent convainquit Beth.

Elle recula, murmurant sans vouloir y croire :

— Et c'est elle que je dois appeler « maman » ?

La main de Lizzie tâtonna sur le manteau de la cheminée, à la recherche de ses cigarettes. Beth lui tourna le dos et courut vers l'escalier, sans trop se rendre compte où elle allait. Elle hésita une seconde devant la porte de la chambre de Jess, puis l'ouvrit brusquement.

Le couvre-lit blanc était soigneusement tiré. Sur la table de toilette se trouvaient des flacons de parfum, un tube de crème pour les mains et une boîte de carton fort que Beth avait fabriquée, il y avait déjà longtemps, pour la lui offrir en cadeau à Noël. Jess y gardait les quelques bijoux qu'elle possédait. Il y avait un blouson en chenille sur le dossier d'une chaise, un roman en format de poche sur la table de nuit.

Beth ouvrit l'armoire. Les vêtements de sa mère y étaient méthodiquement suspendus et les cartons de chaussures bien rangés sur la tablette du bas. Le premier tiroir qu'elle ouvrit laissait voir le même souci d'ordre : les sous-vêtements pliés, les blancs d'un côté et les noirs de l'autre. Contrairement à Lizzie, Jess était ordonnée.

Beth referma les tiroirs d'un geste coupable. Elle se laissa tomber sur un coin du lit, anéantie. Elle avait cherché des traces de Robert Ellis dans la chambre de sa mère. Elle n'y avait rien trouvé. Rien, du moins, qui tombe sous les yeux.

Beth se traîna jusqu'à sa chambre. Dans la maison de Sydney, il lui était arrivé d'entendre le bruit étouffé des ébats amoureux de son père avec Michelle. La plupart du temps, elle avait été capable d'en faire abstraction et, quand ces échos devenaient trop perceptibles, elle les jugeait malvenus, mais à tout le moins compréhensibles.

Ce qui arrivait à sa mère – pour autant que son intuition fût vraie – était différent et soulevait en elle un profond dégoût et un sentiment de révolte.

Beth resta seule dans sa chambre un bon moment. Elle entendit sa mère revenir de promenade avec James et Sock. Les éclats de voix de la discussion animée qui suivit frappaient ses tympans, sans qu'elle puisse toutefois comprendre un seul mot.

James et Lizzie partirent enfin. Beth s'installa à la fenêtre et les vit peiner jusqu'à leur voiture sous le poids du bébé et de tout l'équipement qu'il leur fallait trimballer avec lui.

Beth resta assise, toute raide dans son fauteuil, jusqu'à ce que sa mère vienne frapper à sa porte.

— Oui...

Jess entra avec une tasse de thé posée sur un plateau rond.

— Merci, dit Beth sans faire un geste pour prendre la tasse.

Jess déposa le plateau sur la table et la cuillère tinta sur la soucoupe. Pourtant Beth ne sucrait plus son thé depuis des années.

— Puis-je m'asseoir?

La chaise en osier craqua sous son poids.

— C'est vrai? demanda Beth, les yeux flamboyants.

— Tu es vraiment en colère.

— C'est vrai? Réponds-moi.

— Tout dépend de ce que tu demandes.

— Comment puis-je te le dire sans vomir? Es-tu liée d'une façon ou d'une autre avec... Seigneur! avec lui? Avec Robert Ellis?

Elle avait, au prix d'un effort visible, à peine murmuré son nom.

— Est-ce que c'est Lizzie qui t'a raconté des choses? Je ne me soucie guère qu'elle l'ait fait ou non. Je veux simplement savoir.

— Non. Lizzie ne voulait rien me dire. Alors j'ai imaginé le pire des scénarios et je suis tombée pile. J'ai deviné, tu vois? Déjà en Australie, j'ai eu la puce à l'oreille en t'entendant parler au téléphone. Puis, quand je t'ai aperçue à l'aéroport, il m'a semblé que tu cachais quelque chose. Et j'ai découvert cette cassette dans la voiture. Pense aussi à nos conversations vraiment insignifiantes depuis que je suis à la maison. Tu gardais ton secret et ça valait le coup d'essayer de me la cacher, cette chose épouvantable, pas vrai? J'ai raison, hein?

« Dis-moi que j'ai tort. Allez, nie-le. Je t'en prie, maman. »

— Oui, tu as raison. Pour ce qui est des faits bruts.

— Tu l'as introduit dans la maison ? Tu as vécu ici avec lui ? Tu as fait la cuisine pour lui ?

Jess, qui jusque-là avait gardé la tête penchée, la leva furieusement vers Beth.

— Et qu'est-ce que je pourrais bien faire encore pour lui ? Il est vrai que, maintenant, les termes de sa mise en liberté conditionnelle stipulent qu'il doit demeurer à son propre domicile.

— Comment as-tu pu ?

— Comment ? Il s'est présenté à la porte un soir. La veille de Noël. Nous avons parlé du deuil qui nous frappait. Il voulait me dire que la mort de Danny était un accident. Je le savais déjà, mais Rob m'a forcée à entendre la vérité plutôt que le ronronnement de ma propre douleur. J'ai aussi compris qu'il ressentait une peine identique à la mienne. Et cette découverte m'a réconfortée.

— Tu étais réconfortée, de sorte que tu es allée au lit avec lui, c'est ça ? Il a tué Danny, maman. Et il a mon âge !

— Quel est le pire des deux, Beth ?

— Qu'est-ce que Danny en penserait ?

— Peux-tu imaginer que je ne me suis pas posé la question ? répondit tristement Jess. En vérité, je l'ignore. Toutes les certitudes que j'avais accumulées à son sujet tombent l'une après l'autre. Peut-être que ça l'aurait fâché autant que toi. Ou peut-être m'aurait-il jugée moins sévèrement. Rob était son ami.

— Tu prononces ce nom, Rob, d'une voix spéciale. Ça me met hors de moi. C'est dégoûtant.

Elle avait prononcé le nom du jeune homme en rabaissant le coin des lèvres, comme s'il ne lui inspirait que mépris.

— C'est ce que tu penses ? Mais si ce qui m'arrive était important pour moi ? Pour la simple raison que je suis ta mère, je ne devrais pas faire attention à moi ni satisfaire mes propres besoins ?

Beth serra ses poings entre ses cuisses.

Et alors les accusations sortirent de sa bouche, rendues plus violentes par une perte dont elle souffrait encore et alimentées par un ressentiment qu'elle nourrissait depuis de longues années.

— Et moi ? Mon frère est mort, aussi bien que ton fils. Tu me l'as toujours préféré. Je le sais. Mais j'ai besoin de toi à présent. Tellement besoin ! Je ne veux pas te partager avec l'assassin de Danny. Je te veux pour moi seule. Je ne le mérite donc pas ? cria-t-elle.

Puis elle pleura en silence. Sa mère lui prit la main.

— Je comprends, dit doucement Jess. Je suis avec toi, Beth.

— Laisse-moi seule, rétorqua Beth en repoussant la main de sa mère.

Elle s'empara de son fourre-tout en grosse toile et y vida le contenu d'un tiroir. Elle y jeta une poignée de ses affaires qui traînaient sur sa table de toilette.

— Où vas-tu ?

— Je retourne à Londres.

— Reste, je t'en prie ! Jusqu'à demain, Beth. Comme il était entendu. S'il te plaît. Je veux te parler. Ne t'en va pas comme ça.

— Je pars. Tu ne peux pas m'en empêcher, déclara Beth, le visage buté et la lèvre boudeuse.

— Je sais que je ne peux pas te retenir de force. Mais je ne peux pas te persuader ?

En essayant de saisir le bras de sa fille, Jess heurta le plateau, et le thé refroidi se renversa sur le plancher.

Beth fit comme si elle ne voyait rien. Elle descendit appeler un taxi pour se faire conduire à la gare.

Jess s'empressa de trouver un chiffon pour éponger le dégât.

À peine quelques secondes plus tard, elle entendit klaxonner devant la maison. En moins de deux, Beth sortit avec son fourre-tout. Jess, le torchon à la main, se précipita pour la rattraper :

— Attends, Beth. Ne pars pas !

— Et moi, est-ce que je compte ?

Ce furent les derniers mots que Jess entendit. Le moteur de la voiture tournait. Le chauffeur déposa le sac dans le coffre pendant que Beth s'installait sur la banquette arrière et faisait claquer la portière. Jess cherchait à voir à travers la vitre embuée, mais elle ne pouvait pas distinguer nettement le visage de sa fille.

— Attends ! répéta-t-elle.

Beth regardait fixement devant elle. Avait-elle entendu la dernière supplication de sa mère ? Elle n'en donna aucun signe. Le chauffeur haussa les épaules et la voiture s'éloigna.

Jess actionna les clignotants d'urgence et sortit de la Citroën stationnée en double file. Elle courut à la porte de Rob et posa son index sur le bouton de la sonnerie. Il vint ouvrir.

— Suis-moi, lui ordonna-t-elle.

— Où ?

— Suis-moi sans poser de questions.

Conduire la calmait. Elle sortit de la ville et s'engagea dans la rampe d'accès à l'autoroute, non loin des terrains vagues au-delà desquels se trouvait le terrain de jeux, maintenant enveloppé par l'obscurité. Obligée de suivre à la queue leu leu la longue chaîne de voitures des promeneurs du dimanche, Jess sentit s'apaiser l'agitation qui l'habitait. Rob se pencha et chercha à la radio une musique à son goût. Jess réagit en accélérant, changeant de voie à tout instant comme si elle avait voulu échapper au rythme techno qu'il avait choisi. Elle accrocha solidement ses mains au volant et affronta les phares des voitures qui venaient en sens inverse.

— Ralentis, lui ordonna-t-il en enfonçant vainement son pied dans le plancher.

— Fais jouer autre chose alors.

Il fouilla parmi les cassettes jetées en vrac dans le rangement de la console centrale, en choisit une au hasard et l'examina :

— Ah, bon ! Elle était ici.

Il poussa son ruban de Portishead dans la fente.

— C'est mieux ?

— Dans un sens, oui.

Elle laissa derrière elle la sortie pour la route conduisant à la pépinière.

— Où allons-nous ?

— Je l'ignore. Je voulais juste m'éloigner de la maison avec toi.

Les panneaux indicateurs clignotaient pour indiquer la direction de Stafford, du Nord, de Manchester et de la Galles du Nord. Combien de kilomètres faudrait-il rouler pour aller jusqu'en Écosse ? Combien d'heures pour couvrir cette distance ? Elle sentit le fil qui la retenait de force à la maison se tendre, puis se briser. La sensation de liberté qu'elle ressentait maintenant lui faisait éprouver une espèce de vertige, lui faisait oublier ses inhibitions, comme si l'ivresse s'emparait d'elle.

Jess chercha la main de Rob. Leurs doigts s'entrelacèrent et Rob se laissa rêveusement basculer contre le dossier de sa banquette. Combien de joints avait-il fumés aujourd'hui, cloîtré dans sa chambre ? se demanda Jess.

Une fois qu'ils eurent écouté les deux pistes de la bande et roulé sur une centaine de kilomètres dans cette partie centrale de l'Angleterre alternativement couverte de ténèbres ou illuminée de mille feux, Rob demanda :

— Vas-tu me dire ce qui arrive ou allons-nous poursuivre notre route jusqu'au diable vert ?

— C'est ce qui te fait peur ?

Il roula la tête de droite à gauche, et souffla à travers ses lèvres à demi fermées.

— Non.

— Beth sait tout. Elle a très mal réagi.

Il l'écouta attentivement raconter ce qui s'était passé.

— Je ne sais que dire, reconnut-il quand elle eut achevé son récit.

« Comment pourrait-il le savoir ? » se dit Jess. Il n'avait encore fait face qu'à un nombre limité de contraintes familiales. Il ne s'était même pas encore mis en route, avec ce bagage d'espoirs naïfs bien vite déçus par les compromis forcés et les conflits mal réglés. Elle se demanda si Beth était arrivée à Londres. Elle appellerait sans doute Sam pour qu'il la réconforte, même s'il était plus probable qu'il soit à la maison avec sa femme, prisonnier de la routine rituelle du dimanche soir. Jess souffrait à la pensée de la solitude de Beth.

— C'est une fuite ? demanda Rob.

Jess resserra ses mains sur le volant :

— Ça ressemble à ça. J'ai l'impression d'avoir mis le feu à la maison.

Un autre signal routier lumineux apparut. Il y avait une station-service juste devant.

— Entrons là, suggéra Rob.

Jess obtempéra et mit son clignotant. Ils roulèrent sous les arbres jusqu'à un parking. Autour d'eux, des familles nombreuses émergeaient des voitures pour aller s'agglutiner à la longue queue de la cafétéria.

Jess et Rob restèrent assis en silence dans la Citroën, pendant que décroisssait le petit crépitement métallique qui suivait l'arrêt du moteur.

Jess se tourna vers Rob :

— Il faut rentrer, n'est-ce pas ?

Comme il ne répondait pas, elle ajouta :

— Ta caution. Mon job. Je dois aller travailler demain, et après-demain, et le jour qui suivra, et l'autre aussi. J'ai besoin d'argent.

Rob se rapprocha d'elle. Quand il l'embrassa, elle ferma les yeux. Sa chaude haleine avait quelque chose de troublant.

— J'ai environ deux livres, dit-il, probablement assez pour t'acheter un café, qui te gardera éveillée sur le chemin du retour.

Jess sourit :

— D'accord. J'accepte. Puis nous rentrerons à la maison.

Ils devaient revenir à la chambre de Rob, où elle retrouverait la faible odeur d'encens qui lui rappelait Danny.

11

Rob, au banc des accusés, se leva et déclina ses nom et adresse.

Il resta debout pendant que le greffier de la Cour lisait encore une fois l'accusation portée contre lui. Jess, qui observait la scène derrière le panneau de plexiglas de la galerie publique, se rendit compte que Rob regardait droit devant lui. Il ne broncha pas en entendant l'énoncé : « Avoir causé la mort par suite de conduite dangereuse en état d'ébriété. »

Le magistrat, qui agissait seul, était un homme au visage sévère avec une moustache sombre et des lunettes à monture épaisse. Il leva les yeux au-dessus du dossier qu'il avait devant lui. L'affaire de Rob était la cinquième qui lui était soumise ce matin-là. Les officiers de la Cour, les avocats et les surveillants allaient et venaient dans la salle généreusement éclairée, échangeant de brefs propos au passage.

— Vous plaidez coupable ou non coupable, Robert Ellis ?

— Non coupable.

Le magistrat se tourna du côté de l'avocat de Rob :

— Maître Blake...

— Aujourd'hui, je ne requiers la production d'aucune des preuves qu'entend présenter la poursuite, votre Honneur.

Le greffier commença à faire la lecture d'une liste de noms :

— L'officier de police Farrell.

— Requis comme témoin par la défense, répondit Michael Blake.

— Anthony Summer.

— Requis comme témoin.

— Michael Frost.

— Requis comme témoin.

Et la lecture des noms se poursuivit. Il s'agissait des policiers qui s'étaient rendus sur la scène de l'accident, d'automobilistes qui avaient été témoins, du médecin qui avait procédé au premier examen, de l'officier de police qui avait inspecté le véhicule accidenté et d'experts juridiques. Ceux que l'avocat de Rob désirait contre-interroger lors du procès faisaient l'objet d'une convocation particulière.

Quand il eut épuisé la liste, le magistrat dit à Rob :

— Vous êtes mis en accusation et devrez en conséquence subir votre procès devant la Cour à une date qui vous sera communiquée en temps utile. Si vous omettez alors de comparaître, vous serez arrêté et emprisonné. Est-ce que cet avis est parfaitement clair ?

— Oui, répondit faiblement Rob.

— Les conditions relatives à la caution restent inchangées.

Les formalités de mise en accusation étaient terminées. Elles avaient duré sept minutes. Rob quitta le banc des accusés, et un gardien l'accompagna jusqu'à une porte de côté, qu'il ouvrit en lui faisant signe de sortir.

— Je ne veux pas aller en prison.

— Tu n'iras pas.

— Merde !

Rob se cognait désespérément le front contre la vitre de la portière. Jess l'amenait en voiture du palais de justice à un nouveau complexe domiciliaire aux limites sud de la ville. Il avait entrepris la réalisation d'un petit contrat pour fabriquer des étagères dans l'une des maisons. Jess était pressée et calculait le temps qu'il lui faudrait pour le conduire jusqu'à son lieu de travail, avec ses outils, et refaire la route en sens inverse pour prendre la direction de la pépinière.

— Tout va bien aller, le rassura-t-elle.

— Vraiment ?

— Oui. D'une façon ou de l'autre.

Il saisit la main de Jess d'une façon si brusque qu'elle faillit faire une embardée. Elle fronça les sourcils et donna un coup de volant pour corriger la trajectoire de la voiture.

— Je commence à te taper sur les nerfs, hein ? lui demanda-t-il.

— Non.

C'était la vérité, mais elle se sentait prise dans un réseau de préoccupations, où se rejoignaient Rob, Beth et Lizzie, dont il lui arrivait parfois de vouloir se libérer. « Est-ce que j'aspire à la liberté, se demandait-elle, ou la liberté me fait-elle peur ? »

Elle devrait bientôt tourner pour entrer sur le terrain du nouveau complexe. Elle actionna le clignotant gauche, sortit de la file de voitures et s'engagea dans le rond-point qui lui permettrait d'arriver au terme de sa course. De jeunes arbres, pourvus de tuteurs, séparaient le nouveau lotissement de la route. Les maisons de brique gingembre s'élevaient les unes à côté des autres sur de petits lots bien alignés. Jess songea, comme il lui était souvent arrivé auparavant, qu'elle devrait se lancer en affaires et réaliser des jardins pour des maisons comme celles-là. Rien de compliqué, juste des plantes correctement choisies et disposées selon un habile arrangement, des plans originaux qui donneraient à chaque maison sa propre personnalité. Mais elle se contentait toujours d'en caresser seulement l'idée, sans aller plus loin. Elle était maintenant persuadée qu'elle ne se lancerait jamais dans cette entreprise.

La maison où Rob devait exécuter son travail était identique à ses voisines. Il descendit de la Citroën et sortit ses outils du coffre. Tous ses gestes, de même que les mouvements brusques de son corps, traduisaient sa colère et sa frustration. Il était tellement jeune, pensait Jess, tellement semblable à Danny. Cette similitude lui parut assez forte, pendant un instant, pour la faire sourire et lui couper le souffle durant une seconde.

— Ça va ? lui demanda Rob.

Elle fit oui de la tête, incapable de parler.

Rob se pencha pour poser son sac par terre, et son visage se trouva à la hauteur de celui de Jess :

— C'est l'attente que je ne peux pas supporter. Tu comprends. Ne pas savoir ce qui va se produire et être incapable d'y faire quoi que ce soit.

— Je comprends.

— Je le sais.

Leurs têtes se rapprochèrent et ils s'embrassèrent. Jess se demanda si quelqu'un pouvait les surveiller de l'une des fenêtres, mais Rob n'était pas plus préoccupé que d'habitude par ce genre de détail. Il ne s'inquiétait jamais de qui pouvait les voir ; jamais il n'insinuait qu'ils formaient un curieux couple.

— À ce soir ? demanda-t-il.

Jessa fit non de la tête :

— Il va falloir que je continue à travailler jusque dans la soirée pour compenser mon retard de ce matin. Demain soir.

Il se redressa et dit de façon inattendue :

— Tu es une excellente personne, Jess. Tu en fais beaucoup plus pour moi que ce que je mérite.

— Comment mesures-tu le mérite ? lui demanda-t-elle par-dessus son épaule pendant que la voiture passait devant lui.

La pépinière était de nouveau ouverte au public après la période hivernale de fermeture. Il y avait trois voitures dans le parc de stationnement quand Jess arriva. Elle aperçut, au-dessus de la haie de hêtres, deux têtes grisonnantes penchées l'une vers l'autre pour se consulter. Elle avait espéré se faufiler discrètement dans une serre et y commencer à travailler, mais elle n'avait parcouru que la moitié de la piste cendrée à l'arrière du jardin quand Graham Adair surgit de son bureau :

— Une autre matinée de congé ! lança-t-il d'un ton lugubre.

— Il fallait que j'aille au tribunal ; je vous en ai déjà parlé.

— Nous avons été très occupés ce matin ; il a fallu que je donne un coup de main au magasin.

Jess tourna la tête à gauche et à droite, à la recherche de la multitude de clients pressés venus acheter des fleurs vivaces.

— Trois autocars pleins ? demanda-t-elle sur un ton narquois.

Il se précipita vers elle, les yeux exorbités :

— C'était un peu plus tôt ce matin !

— Eh bien, je vais m'y mettre, j'imagine ?

— Il y a des clients dans l'un des tunnels.

Jess soupira :

— Je m'en occupe.

Un couple emmitouflé dans des anoraks gris fourrageait dans les caisses de plants malgré l'avis, affiché à l'entrée du tunnel, précisant que l'endroit était privé. L'homme avait dans les mains trois pots du lierre préféré de Jess, Hedera Mélanie. Les feuilles grenat étaient ourlées comme le bord dentelé d'une robe de bal.

— Nous aimerions avoir ceux-ci.

— Ils ne sont pas encore à vendre, je regrette. Ils viennent tout juste d'être empotés et ne sont pas encore prêts.

Le visage de la femme s'allongea :

— Oh ! quel dommage ! Ils sont si beaux. Regardez le bord des feuilles : on dirait des volants.

Jess se radoucit immédiatement. À l'instar des plantes, c'étaient les jardiniers fervents, les enthousiastes nourrissant une seule passion, avec leurs carnets de notes et leurs listes, qui compensaient pour la brusquerie de Graham Adair, l'atelier de bouturage non chauffé et les longs hivers frigorifiants.

— Dans ce cas venez avec moi. Je vais voir si je peux vous trouver des plants moins fragiles.

Elle les guida hors du tunnel. Dehors, des massifs d'ellébore bordaient le sentier, quelques-uns aux feuilles veinées de blanc et de vert, d'autres aux feuilles pourpre foncé. Plus loin devant eux, une plate-bande de crocus blancs et lilas s'étendait sous les arbres dont les bourgeons se gonflaient déjà. Jess rejeta la tête en arrière pour exposer son visage à la voluptueuse chaleur du soleil. Elle humait de façon sensuelle le parfum encore discret mais vivifiant qui flottait dans l'air. L'hiver serait bientôt fini. Il y aurait d'autres nuits de gel et des semaines froides à endurer, mais la fin s'annonçait déjà. Derrière elle le couple la talonnait, dans sa hâte de trouver le lierre exceptionnel.

— Par ici, les invita Jess.

Rob était assis sur ses talons et vérifiait la qualité de son travail. Sa cliente voulait des étagères dans la niche surmontant le manteau de la cheminée. Il avait pris les mesures et commandé le bois, qui lui avait été livré. Avant l'accident, qui serait dorénavant un point de repère tragique dans le cours de son existence, il serait allé le prendre avec sa fourgonnette et se serait assuré que les planches ne présentaient pas de nœuds et avaient été sciées à la bonne longueur. Travailler sans la fourgonnette était difficile. Jess lui prêtait la Citroën toutes les fois que cela lui était possible, mais elle en avait besoin pour se rendre à la pépinière. En outre, Rob éprouvait du déplaisir à conduire. Il lui semblait que Danny était assis à côté de lui. Il lui arrivait parfois de sentir sa présence avec une telle force qu'il tournait la tête pour s'assurer que la place était toujours vide.

Après le procès, il lui serait interdit de prendre le volant. Même si c'était le cadet de ses soucis, il se demandait pour combien d'années. Au moins deux. C'était le minimum. Et, en plus de cette interdiction, une autre sentence pourrait lui être imposée.

Il poussa avec son épaule sur le bord de l'étagère et passa la main sur le bois rugueux. Rien n'allait plus. La planche gauchissait sous la pression.

— Comment vont les choses ? Prendriez-vous une tasse de thé ?

La maîtresse de maison, dans la trentaine, était toujours en train de bouger. Elle n'arrêtait pas de venir vérifier si le travail progressait.

— Non, merci. Justement, je dois maintenant partir. Je reviendrai au début de la matinée, demain.

— Mais...

— Ça ne vous dérange pas que je laisse mes outils ? Dans mon sac, comme ça ? Autrement, je devrai les rapporter chez moi pour les trimballer encore quand je reviendrai.

La cliente n'était pas contente. Rob quitta la maison et parcourut au pas de course le chemin désert jusqu'à l'arrêt d'autobus. Il attendit très longtemps le bus qui le ramena en ville.

Il descendit dans la rue principale, devant le magasin de jouets où il avait rencontré Jess peu avant Noël. Il faisait encore jour et un reste de la chaleur de la journée flottait au-dessus de l'asphalte. On était jeudi, et les magasins restaient ouverts tard. Une foule de gens, des jeunes femmes pour la plupart, entraient et sortaient par les portes toutes grandes ouvertes.

Rob réfléchit et songea qu'il avait trois possibilités. Il pouvait revenir chez lui, ou bien aller au gymnase pour lever les maudits haltères pendant une heure, ou bien entrer prendre une bière au pub le plus proche.

Il opta pour le pub. Celui où il entra s'était donné un genre *country* et *western*. Il s'assit sur un tabouret recouvert de faux cuir de bison et commanda une grande chope de bière à une serveuse portant un chapeau stetson et une culotte de peau.

— Salut! C'est bien toi, je ne me trompe pas? Comment vas-tu?

C'était une fille, à côté de lui, qui avait parlé. Il ne la reconnut pas tout de suite.

— C'est moi, Rachel. Nous nous sommes vus ce fameux soir. Tu ne te souviens pas?

Il se souvenait maintenant. La moins jolie des trois filles qui accompagnaient Cat, celle qui avait été malade au club et qu'on avait reconduite chez elle.

— Ah! oui, je me rappelle.

Elle était debout et le dévisageait avec un mélange de curiosité, d'appréhension et de sympathie. « Voilà quelque chose dont je n'ai pas besoin », se dit-il.

— Est-ce que je peux? demanda-t-elle en montrant le tabouret à côté de lui.

Son verre de lager se trouvait sur le bar.

— Je ne serai pas seule longtemps : j'attends Cat et Kim. Elles vont arriver d'une minute à l'autre.

Rob était venu tout près de se lever et d'aller boire sa chope dans le coin le plus éloigné de la salle, mais la perspective de revoir Cat suffit à le faire rester à sa place. Il n'avait fait aucune tentative pour la revoir depuis l'unique fois où elle lui avait rendu visite, laissant derrière elle le petit tricot floconneux. De son côté, elle n'avait pas essayé de le revoir, même pas pour reprendre son pull.

— Eh bien! dit gaiement Rachel, qu'est-ce que tu fabriques ces temps-ci?

— J'attends mon procès.

— Oh! évidemment. Ça va de soi.

Rachel cherchait encore comment orienter la conversation quand Kim et Cat franchirent les portes battantes du pub en riant, chargées de rutilants sacs à poignées.

— Salut, Rachel. Cat a tout dépensé, et même l'argent du mois prochain! Mon Dieu! c'est toi en personne! s'exclama Kim en apercevant Rob. Qu'est-ce que tu fais ici?

Cat laissa tomber ses bras, et les sacs glissèrent à ses pieds. Rob se précipita à bas du tabouret et ramassa le plus gros pour elle. C'était un sac bleu pâle, orné de cœurs rouges et portant le nom *Babe* imprimé en gros caractères. Il le lui tendit.

— C'est bien vrai, ce que Kim a dit, confirma Cat après l'avoir remercié : j'ai dépensé un tas d'argent que je ne possède pas encore. Comment vais-je survivre?

Il haussa les épaules, mais il aurait aussi voulu rire.

— J'ai encore le pull que tu as laissé chez moi. Tu n'en veux plus?

— Oh, oh! laissa échapper Rachel.

— Tais-toi, Rachel, marmonna Kim entre les dents. Contente-toi de boire.

Cat entraîna Rob plus loin :

— J'ai fait exprès de le laisser chez toi. Je voulais savoir si tu t'intéressais assez à moi pour me le rapporter. Il paraît évident que ce n'était pas le cas.

— J'ai voulu te le rendre. Seulement, tu sais...

Elle leva les sourcils, qui rejoignirent les mèches de sa frange.

— Puisque tu dois témoigner contre moi, poursuivit-il, je n'ai pas cru que ma visite aurait été très appropriée, ne penses-tu pas?

Kim avait entendu et s'interposa :

— Cat n'en a jamais eu l'intention, pas vraiment. Même pas au lendemain de l'accident, quand la police est venue recueillir les témoignages. Seulement, une fois que l'affaire s'est trouvée dans la mains de la justice, il a été difficile d'arrêter l'engrenage. Il s'est essayé, n'est-ce pas ? C'est lui qui a ouvert le bal. C'est lui qui a voulu aller trop loin. D'accord ?

— Danny, crut devoir préciser Rob.

— Et puis, il est mort. Les avocats de la poursuite et les policiers nous ont dit...

— Que cela n'avait plus aucune importance, parce qu'il était mort.

— Ouais. Mais c'est bien lui, le responsable. Il aurait été jusqu'au bout, s'il l'avait pu, tu sais.

Il était comme cela parfois, aurait pu dire Rob. En de rares occasions, quand on lui résistait. Rob aurait pu plaider en faveur de Danny, mais il remarqua le regard impassible et lucide de la jeune fille et il se tut.

— Ce n'est aucunement ta faute, conclut Kim.

— Non. Du moins, pas à ce chapitre.

Cat reprit ses sacs et en tendit deux à Rob :

— On ne va pas prendre racine ici, n'est-ce pas ?

— Eh bien, non. Pas si tu n'en as pas l'intention.

Les jeunes femmes échangèrent des regards d'intelligence. Kim et Rachel s'adossèrent au bar.

— On se reverra donc demain, leur dit Cat.

Elle passa sa main sous le bras de Rob et le pilota jusqu'à la sortie :

— Et maintenant, qu'est-ce que tu aimerais faire ?

— Ai-je mon mot à dire ?

— Oui, si tu dis ce que je désire, répondit-elle avec un sourire qui découvrait toutes ses dents.

— Qu'est-ce que tu dirais si on passait chez moi y déposer tes sacs, en n'oubliant pas d'y mettre ton pull, et si on allait ensuite prendre un verre quelque part ?

Le sourire de Cat s'élargit encore :

— Exactement ce que j'allais suggérer.

Une fois installé sur la banquette étroite du bus, avec les sacs empilés sur les genoux, Rob se rappela le trajet qui les avait ramenés tous les quatre, ce soir-là, à la maison de Cat. Il réentendait le frottement des essuie-glaces sur le pare-brise mouillé de sa fourgonnette, les rires nerveux des filles et, à un autre niveau, l'appel de leurs désirs à fleur de peau. La situation était on ne peut plus banale. Mais les événements subséquents avaient créé un irrémédiable bouleversement. On aurait dit qu'un panneau de verre noir, placé devant ses yeux, l'avait définitivement coupé du monde qui avait été le sien jusqu'alors. En cet instant tout de même, la présence chaleureuse de Cat appuyée contre lui dans ce bus et souriant à travers les mèches rebelles de ses cheveux le ramenait dans un monde qui n'avait plus rien d'hostile et se révélait plutôt agréable. Cette découverte le rendit momentanément heureux.

— Cette idée te plaît? demanda Cat.

— Quoi? demanda-t-il en sortant de sa rêverie.

— Ça te plairait que j'achète une pizza pour un dîner en tête à tête?

— Oui, d'accord.

Une fois dans la chambre de Rob, Cat laissa tomber ses sacs avec un soulagement évident. Elle fit la navette entre l'étagère et la table, comme si elle cherchait quelque chose sans savoir quoi au juste.

— Le voici, dit Rob en sortant le pull d'un tiroir.

Quand elle le prit, Rob se rappela qu'il n'avait même pas enfoui son visage dans le tricot pour en respirer l'odeur et il regretta d'avoir laissé échapper cette chance.

— Merci.

Elle alla s'installer devant la fenêtre, lui tournant ainsi le dos, le poids de son corps reporté sur une seule jambe. La courbe de son corps soulevait le bord de sa mini-jupe et révélait la ligne gracieuse de sa cuisse. Il fut instantanément pris de désir pour elle.

— Je t'ai vu avec sa mère, murmura Cat en regardant le jardin mal entretenu.

— Vraiment? demanda Rob, perplexe.

— Au supermarché. Vous faisiez vos achats ensemble. Tu poussais le chariot et elle y jetait les boîtes, le papier hygiénique et le détergent à vaisselle. Une fois à la caisse, tu as tout emballé dans des cartons et elle a fait le chèque.

— La mère de Danny, précisa-t-il. Jess. Oui, c'est vrai.

250

Il se rappelait le jour. Ils avaient fait les courses chez Tesco et il s'était senti vexé et mal à l'aise parce qu'il avait été incapable de payer le moindre article. Il s'était alors mis en quête d'un travail. Il avait sauté sur la première offre qui lui avait été faite : fabriquer des étagères.

Cat s'approcha de lui, pinça pensivement un pan de sa veste de cuir, leva la tête et croisa enfin son regard.

— Où étais-tu ? lui demanda-t-il. Cachée derrière les boîtes de haricots ?

— Je ne me cachais pas du tout. Tu ne m'as tout simplement pas vue.

— Non, acquiesça-t-il.

— Rob, tu ne crois pas que c'est... bizarre ? Toi et sa mère ?

En scrutant ses grands yeux, Rob constata que sa question était volontairement naïve. Par association, il en vint à la conclusion que sa naïveté pouvait délibérément masquer une intelligence plus froide et une détermination qu'il ne lui avait jamais prêtées. Elle lui apparut soudain alors comme une fille aussi formidable que sexy.

— Non. Eh bien... d'accord, oui, un peu. Jess est très... Jess est une très bonne personne.

C'était un piètre témoignage, et elle en méritait un plus enthousiaste.

— C'est arrivé comme ça. Ça continue, d'ailleurs. Et je ne regrette rien.

— Vous veillez l'un sur l'autre.

— Oui.

Elle secoua la tête pour digérer la réponse. Puis elle enroula son bras autour du cou de Rob et l'amena à pencher sa tête jusqu'à ce qu'elle puisse l'embrasser à pleine bouche. Il eut un moment d'hésitation et ne se laissa pas entraîner tout de suite. Mais il leva bientôt les mains et les posa sur les épaules de Cat. Elles glissèrent ensuite sur le dos mince de la jeune fille et sur ses côtes, avant de s'immobiliser sur sa taille. Il la serra alors contre lui.

Cat renversa la tête en arrière et le regarda :

— Pouvons-nous sortir manger une pizza, maintenant ?

— C'est ce que tu veux ?

— Je pense plutôt que c'est ce que nous devons faire.

— Alors, allons-y.

L'apparente docilité de Rob faisait pendant à la naïveté trompeuse de Cat.

Beth se réveilla tôt le samedi matin. Elle avait eu l'intention de dormir encore longtemps, pour entamer le plus possible la journée avant de vraiment l'entreprendre. Mais quand elle ouvrit les yeux et jeta un coup d'œil sur son réveil, elle s'aperçut qu'il n'était que sept heures trente. Elle se retourna, sûre qu'elle ne pourrait plus se rendormir. Son bras gauche s'étendait sur toute la largeur de la moitié inoccupée du lit. Sam s'y était trouvé le soir précédent, mais il l'avait quittée avant minuit.

Beth s'était assise dans le lit pour le regarder s'habiller. Elle s'était juré de ne plus lui poser la question, mais elle ne put se retenir :

— Quand vas-tu mettre Sadie au courant à notre sujet ? Quand ?

Il avait poussé un soupir et avait tapoté sa joue :

— Je ne sais pas, ma chérie. Je ne peux pas maintenant. Le temps serait mal choisi. Ce n'est pas plus facile pour moi, je t'assure.

« Beaucoup plus facile que pour moi », avait pensé Beth. Elle avait cependant gardé cette réflexion pour elle-même.

Maintenant, en ce début de matinée, elle se sentait envahie par la solitude. La plupart du temps, elle réussissait à se convaincre que la présence attentive de Sam compensait largement pour les fois où elle devait se résigner à son absence. Quand cette certitude l'abandonnait, comme c'était maintenant le cas, ses journées lui paraissaient gaspillées à attendre et à supporter le vide autour d'elle.

Elle repoussa les couvertures et sortit du lit. Elle se mit à penser à sa mère et à souhaiter avoir une occasion de lui parler. Elles avaient eu deux ou trois conversations téléphoniques depuis le jour où Beth avait deviné la vérité au sujet de Rob Ellis ; à chacune des occasions, c'était Jess qui avait appelé Beth. Elles s'étaient mutuellement donné l'assurance qu'elles allaient bien, elles avaient sèchement échangé quelques nouvelles et elles avaient bien pris garde de ne pas mentionner le nom et Rob ni celui de Sam. Beth n'était pas encore retournée voir sa mère.

Cédant à une soudaine impulsion, Beth décrocha le téléphone. Jess était une lève-tôt. Elle devait être debout à cette heure, même si elle n'allait pas travailler.

Il n'y eut pas de réponse. Beth laissa retentir la sonnerie un long moment : il n'y avait toujours pas de réponse.

Elle se décida sans hésiter : elle irait passer le week-end chez sa mère. Si elle attrapait un train matinal et qu'elle prenait le taxi à la gare de Ditchley, elle serait là au milieu de la matinée.

Jess ramena Rob à la maison. Au moment où Beth attendait impatiemment que sa mère décroche le récepteur, elle dormait encore chez lui, le bras de son jeune amant reposant lourdement sur son épaule.

— Es-tu sûre de vouloir que je sois présent quand tu vas t'y attaquer ? lui avait demandé Rob tandis qu'ils roulaient vers la maison.

— Oui. Je ne peux pas me débrouiller seule.

Ils montèrent à l'étage et s'arrêtèrent devant la porte de la chambre de Danny.

Jess tourna le bouton et ils entrèrent. Les rideaux étaient à demi fermés et une douce pénombre enveloppait la chambre. Des fanions de diverses couleurs et des posters de pin up et de joueurs de football tapissaient les murs. Les choses sur le bureau et sur les étagères se trouvaient telles que Danny les avait laissées. La pièce donnait l'impression d'avoir cessé de vivre en même temps que son occupant.

Jess se déplaçait sans hâte, touchant chaque objet avec tendresse.

— Je ne veux pas en faire un sanctuaire, déclara-t-elle. Je connais des mères qui voudraient, en pareille circonstance, garder les choses exactement comme elles ont été laissées. Quant à moi, je ne crois pas être capable de supporter qu'il y ait chez moi une espèce de lieu sacré rappelant l'endroit où Dan a vécu. Mais je peux conserver certaines de ses choses, n'est-ce pas ? Et je ferai quelques modifications dans la chambre. Ça ne changera rien aux souvenirs que je conserve dans ma mémoire et dans mon cœur.

Elle ouvrit les rideaux, de sorte que la poussière accumulée depuis le drame apparut, bien visible, sous les rayons du soleil.

— C'est tellement triste. On dirait que je l'ai négligé, murmura-t-elle tout bas.

— Par où allons-nous commencer?

Jess ouvrit un placard et sortit quelques vêtements suspendus à des cintres. L'odeur de Danny dormait encore dans les plis.

— Aimerais-tu choisir quelque chose?

Rob secoua négativement la tête, en évitant de la regarder dans les yeux :

— Je ne crois pas que ces vêtements conviennent à ma taille.

Ils se mirent au travail, heureux de pouvoir se distraire de leurs pénibles préoccupations. Ils vidèrent méthodiquement les étagères et les tiroirs. Jess tria les vêtements et les empila soigneusement dans des cartons : ce qui était à garder ou à donner, à vendre ou à jeter ; ce qui était à mettre de côté pour Beth, qui déciderait de ce qu'elle aimerait conserver.

Bien que Jess eût appréhendé cette pénible tâche, elle était maintenant heureuse de s'y atteler. Contrairement à ce qu'elle avait redouté, elle ne trouva rien de menaçant, de terrible ou de sordide dans les effets personnels de Danny. La peine qu'elle craignait tant qu'ils ne réveillent en elle lui fut même épargnée. Après tout, les livres, les vêtements et les cassettes, même s'ils avaient été étroitement liés à la personne de Danny, étaient de simples objets dépourvus, comme tels, de pouvoirs maléfiques. Les redécouvrir et les manipuler eut plutôt pour effet de rappeler Danny auprès de Jess et de Rob, en réveillant chez eux de menus souvenirs que la tragédie avait effacés de leur mémoire.

Rob épousseta les quelques livres rangés sur l'étagère et les empila dans un carton. Il débrancha l'appareil stéréo et les amplificateurs et enroula soigneusement les fils. Il travaillait avec dextérité, sans poser de questions. Sa présence réconfortait Jess. Ils se laissèrent absorber par leur travail tout en échangeant leurs souvenirs à voix basse. Ils débarrassèrent entièrement les murs des posters qui s'y trouvaient accrochés, ne laissant que les rectangles foncés qui en rappelaient l'emplacement.

Rob trouva au sommet de l'armoire une grande enveloppe remplie de photos. Il hésita à les passer en revue, craignant d'avoir mis la main sur les archives pornographiques de son ami. Ce qu'ils avaient trouvé jusque-là était tout à fait innocent et aurait pu appartenir à un garçon nettement plus jeune que lui.

— Qu'est-ce c'est? demanda Jess, à qui rien n'échappait. Il faut vérifier.

Quand il eut éparpillé le contenu de l'enveloppe sur le lit, Rob fut soulagé. Il ne s'agissait que de photos d'école. La plus grande était une photographie officielle de l'école secondaire entière. De longues rangées de garçons en chemises blanches avec des cravates à rayures. Certains adolescents, sur la première rangée, prenaient des airs devant l'appareil.

— Regarde, dit Jess en pointant son doigt.

C'était Danny, qui fixait l'objectif d'un œil terne. Sa mise soignée contrastait avec la masse de ses cheveux rebelles.

— Il a l'air d'un bel enfant gâté, dit Rob.

— Je me souviens de cette journée-là. Je lui ai fait retirer sa chemise le matin afin de pouvoir la repasser de nouveau. Où est-ce que tu te trouves, toi?

— Voyons voir. Ici, quelque part. Voici Brett et chose... ah! oui, Gibson. Et où est mon cochon d'ennemi, avec son visage rouge et ses cheveux comme des soies de porc? Est-ce qu'il a trouvé moyen de se cacher? Tiens! le voilà.

Puis il posa son index sous un visage que Jess reconnut sans trop de peine. Rob avait les cheveux coupés ras. C'était quand même leur couleur vive qui attirait l'attention sur lui, cela et l'expression particulière qu'il avait prise pour la séance de photo. Il avait la mâchoire serrée, le regard dirigé vers le sol, et l'air d'être sur la défensive.

— Danny avait onze ans à l'époque : donc tu en avais quatorze. Où habitais-tu alors?

— Chez les Purse.

Jess fit courir le bout de ses doigts sur les visages, comme si elle pouvait leur redonner vie.

Les autres photos étaient celles des diverses classes par lesquelles Danny était passé et des équipes sportives dont il avait fait partie. Il se trouvait la plupart du temps au milieu du groupe; il arborait un sourire étudié et arquait les sourcils, conscient de sa belle apparence. Sur la photo de l'équipe de football, il était assis en plein centre du groupe, avec le ballon à ses pieds.

— Kenny Dalglish, de quatrième secondaire, murmura Rob.

Jess se mit à rire d'un rire léger, comme celui d'une jeune fille. Rob rit aussi, par amitié pour son ami et parce que le rire de Jess était si agréable à entendre. Il rit aussi en songeant avec gratitude qu'il n'était plus l'enfant maussade qu'on voyait sur la grande photo.

— Pourquoi gardait-il tous ces souvenirs cachés? demanda Jess, intriguée.

— À cause de la nostalgie. Du passé innocent qu'il regrettait peut-être.

Les autres photos aussi les firent rire. Ils n'entendirent donc ni le taxi arrêter devant la maison, ni le bruit de la clé de Beth dans la serrure. Elle était au milieu de l'escalier quand elle vit la porte ouverte et entendit le murmure des voix et les éclats de rire. Elle escalada plus légèrement les marches qui restaient et avança sans bruit dans le couloir. Sa mère et Rob, agenouillés épaule contre épaule, étaient penchés au-dessus des affaires de Daniel entassées sur le plancher. Beth eut soudain l'impression que la maison était remplie de secrets, comme ces boîtes gigognes qui en contiennent toujours une plus petite. Si elle pouvait seulement découvrir la vérité, sa mère et elle pourraient peut-être mieux s'entendre par la suite.

Jess leva la tête et l'aperçut. Elle s'assit sur ses talons en rougissant, une photo de Danny à la main :

— Beth! Je ne t'ai pas entendue entrer.

— Tu étais trop occupée sans doute. J'ai téléphoné un peu plus tôt.

— Je n'étais pas à la maison. J'étais chez Rob.

Jess refusait de mentir ou de faire semblant. Elle était heureuse que Beth soit venue sans prévenir, car son arrivée inopinée les avait dispensés de cacher quoi que ce soit. Il était préférable que sa fille voie la réalité plutôt que de se morfondre chez elle en essayant de l'imaginer.

Rob s'était éloigné de Jess. Il était maintenant assis sur le bord du lit, ses mains pendant librement entre ses genoux. En le regardant, Beth découvrit qu'il avait au moins la décence de paraître embarrassé.

— Qu'est-ce qui vous faisait rire ?

— Nous avons trouvé de vieilles photos, répondit Jess en montrant la pile. Nous... j'ai pensé qu'il était temps de mettre de l'ordre dans ses choses.

Beth promena son regard sur les posters, les fanions, les cassettes et les vêtements. Puis, elle baissa vivement la tête. Émergeant au-dessus de son ressentiment contre sa mère, de sa jalousie envers Rob et de l'impression désagréable que lui causait le fait de les voir ensemble, un nouveau sentiment affleura à sa conscience : elle se sentait coupable de ne pas avoir été la première à aider sa mère. Si elle avait offert de lui donner un coup de main plutôt que de rester enfermée chez elle à soupirer après Sam, Jess n'aurait pas fait appel à Rob.

Cette prise de conscience mit un terme au flot de rancœur qui l'empoisonnait. Elle avait été sur le point de demander d'un ton cassant : « Le temps est déjà venu de l'oublier, dirait-on ? » Mais les mots se figèrent au bord de ses lèvres et elle les retint, les yeux fixés sur les photos de Danny. Alors, elle fit un pas ou deux de plus dans la chambre, en se tenant le plus loin possible de Rob.

Elle s'agenouilla en face de sa mère et prit un coffret double de cassettes : il était vide. Quand elle consulta la jaquette, elle découvrit que c'était un choix des plus grands succès des Rolling Stones. Danny lui avait prêté ces rubans la dernière fois qu'elle était venue à la maison, peu avant sa mort. Elle le revoyait appuyé contre la porte de sa chambre, qui restait encore la sienne. Des larmes lui montèrent aux yeux et la bouffée d'air qu'elle aspira brusquement lui déchira les poumons.

— Est-ce que je peux faire quelque chose ? demanda-t-elle à sa mère. Je dois sûrement pouvoir me rendre utile.

— J'ai mis un certain nombre de choses de côté pour toi. Je ne savais pas ce que tu pourrais vouloir garder. Tu peux les examiner.

Jess avait parlé de façon plutôt brusque et Beth comprenait pourquoi. Elle savait que sa mère ne s'était résignée à s'acquitter de cette tâche pénible qu'en la considérant comme une corvée dont il fallait se débarrasser sans traîner. Son arrivée inopinée venait perturber la fragile sérénité de Jess, qu'elle venait tout juste d'entendre rire doucement avec Rob.

Au sommet du tas de vêtements, Beth reconnut le blouson de base-ball bleu foncé de Dan. Elle l'avait porté une ou deux fois. Elle le prit dans ses mains et résista à la tentation de presser sa joue contre une des manches de cuir. Elle refusait que Rob soit témoin de cet épanchement.

— Je m'en vais, annonça Rob.

— Non, reste, lui ordonna Jess en lui saisissant le poignet. Je souhaite que nous terminions ce travail tous les trois.

Beth se mordit la lèvre. Il semblait que Rob avait acquis dans cette maison des droits égaux ou supérieurs aux siens. Que savait-il qu'elle, Beth, ignorait ? Que lui avait raconté sa mère ?

L'impression qu'on lui cachait certains secrets s'intensifia. Absorbée dans le rapide déroulement de ses pensées, Beth se surprit elle-même à dévisager Rob. L'hostilité qu'elle entretenait vis-à-vis de lui ne l'empêcha pas de deviner que le jeune homme était tiraillé. Il restait pour ne pas déplaire à Jess, parce qu'elle le lui avait demandé et qu'elle avait besoin de lui. S'il avait été seul en cause, il aurait trouvé plus facile et plus commode de partir, se disait Beth.

Elle se remit à la tâche. Au bout d'un moment, faisant un effort pour ne pas paraître mesquine, elle demanda :

— Et toi, veux-tu emporter un souvenir de Danny ?

— Eh bien, hésita-t-il, j'aimerais peut-être avoir une des photos de groupe. Pas celle de l'école, où se trouvent des visages peu sympathiques, mais une de l'équipe de soccer.

Il n'avait jamais appartenu à aucune équipe, même s'il aurait été un meilleur joueur que Danny. À cette période de sa vie, tous ses efforts étaient consacrés à garder la tête en dehors de l'eau. Il ne lui était jamais resté assez d'énergie pour vouloir vaincre par plaisir.

Jess jeta un coup d'œil à Beth, qui haussa les épaules :

— Choisis celle que tu veux.

Le travail avait finalement été accompli en peu de temps.

En observant les tablettes, les murs nus et les différents lots sur le plancher, Beth songea que Danny n'avait pas amassé grand-chose et que l'ensemble de ses biens était trop maigre pour rendre compte de toute une vie. Même d'une vie aussi courte que la sienne.

— Je descends porter ce carton dans la voiture. Je le déposerai chez Oxfam, et on n'y pensera plus, déclara Jess.

— Laisse-moi le porter, dit Rob.

— D'accord. Jusqu'à la voiture. Merci.

Beth et Rob, côte à côte sur le trottoir, la regardèrent ensuite s'éloigner dans sa Citroën. Ils rentrèrent dans la maison, sans Jess pour arbitrer leurs différends ou les séparer, si jamais ils devaient se sauter à la gorge.

— Je te remercie de l'avoir aidée, dit plutôt Beth.

— C'est l'inverse qui est vrai. C'est elle qui m'aide.

Rendue furieuse par cet aveu, Beth maugréa :

— Mérites-tu son aide ?

— Non. Je ne mérite rien.

Sa franchise la décontenança.

Qu'est-ce qu'elle avait déjà entendu dire à son sujet ? Qu'est-ce que les filles avaient chuchoté et de quoi les garçons s'étaient-ils cruellement moqués ? Une histoire sans doute sérieuse, qu'elle avait déjà sue mais dont elle ne se souvenait plus. Cet oubli l'agaçait.

— Qu'est-ce que ma mère t'a dit ?

Cette question où perçait la jalousie lui avait échappé.

— Quoi ? Rien. Qu'est-elle censée m'avoir dit ? Je ne sais pas de quoi tu veux parler.

Elle le regarda fixement. Les yeux verts de Rob restaient indéchiffrables. Elle remarqua toutefois qu'il était bel homme. Elle frissonna et recula.

— De quelque chose que j'ignorerais, murmura-t-elle.

— Rien, répéta-t-il catégoriquement.

Beth se retira dans sa chambre. Elle lut ou, plutôt, elle essaya de lire. Quand Jess fut revenue, elle entendit le murmure de leurs voix. Un peu plus tard, Jess vint frapper à sa porte.

— Beth? Je vais reconduire Rob chez lui. Je serai de retour dans une heure.

Une fois de plus, Beth entendit la Citroën démarrer et s'éloigner.

Elle laissa tomber son livre, après avoir marqué prudemment la page, même si elle n'avait pas retenu un seul mot de ce qu'elle venait de lire. Elle se glissa silencieusement dans la chambre de sa mère et écarta les rideaux, tout juste assez pour pouvoir surveiller la rue.

Elle jeta ensuite un regard circulaire sur la chambre. La dernière fois qu'elle y était entrée, elle y cherchait des traces de Rob. Aujourd'hui, elle y pourchassait autre chose, un indice plus révélateur encore, sans avoir la moindre idée de ce qu'elle pourrait découvrir.

Elle faisait vite, l'oreille aux aguets pour être sûre d'entendre sa mère revenir. Les tiroirs peu profonds de la table de toilette, comme ceux de la commode, ne contenaient aucun secret. Les étagères ne laissaient rien voir d'important, même si elle secoua quelques vieux livres pour vérifier que rien n'avait été glissé entre les pages.

Restait la penderie. Elle balaya d'un œil rapide les vêtements suspendus aux cintres et les boîtes de chaussures proprement rangées. Rien n'avait changé depuis sa dernière inspection.

Beth s'agenouilla et fureta dans les boîtes de chaussures. Les quatre premières contenaient les souliers d'été de sa mère et une paire de sandales du soir. La cinquième était plus lourde. Elle la soupesa et fit sauter le couvercle.

Elle y découvrit des dizaines de lettres, attachées en petites liasses avec une bande élastique. Elle fronça les sourcils et scruta consciencieusement chacune. La certitude de découvrir ce qu'elle était venue chercher s'évanouit aussitôt. Les lettres venaient de Ian. Son écriture était reconnaissable entre toutes. Elle en tira certaines au hasard et constata que ces lettres avaient été écrites il y avait bien longtemps. Une liasse assez volumineuse réunissait des cartes postales et des lettres adressées par Lizzie. Sa grande écriture indisciplinée couvrait toute la surface des enveloppes ou remplissait le cadre réservé aux messages, sur les cartes, avec une seule phrase : « Pourquoi ai-je accepté d'accompagner cet ennuyeux Richard jusqu'à cette ennuyeuse ville de Malaga ? » Et d'autres du même genre.

Les deux derniers paquets regroupaient les messages, les billets et les cartes postales que Danny ou elle-même avaient rédigés une fois ou l'autre. Beth se rendit compte alors que sa mère avait conservé chaque mot qu'elle lui avait écrit. Au fond de la pile, se trouvait une carte qu'elle avait elle-même préparée pour la fête des Mères à la fin de sa première année d'école. Une fleur pourpre et jaune ornait le message laborieusement calligraphié : « Maman je t'aime deth. » Elle avait longtemps eu du mal à distinguer le *b* du *d,* se rappela Beth, attendrie.

Ses mains tremblaient. Elle se sentait comme une voleuse. Elle passa la bande élastique autour de la liasse et allait la déposer hâtivement dans la boîte quand elle aperçut au fond un papier plié en deux. Elle ne l'avait pas remarqué, parce qu'il avait la même teinte grisâtre que celui qui tapissait la boîte.

Beth le souleva avec le bout de ses doigts devenus soudain engourdis.

À l'intérieur du pli se trouvait une photographie.

Bien que légèrement passées, les couleurs étaient encore assez fraîches pour rendre justice à l'intense lumière du soleil méditerranéen. On pouvait y voir, tournant le dos à une mer d'un bleu profond, un homme au début de la trentaine portant un tee-shirt à rayures et un ample pantalon. Le vent provenant de la mer soufflait les longues mèches de ses cheveux noirs sur son visage bronzé. Il regardait l'objectif et riait. La photo était si vivante que Beth pouvait presque entendre le rire de l'inconnu.

Elle n'avait en effet aucune idée de qui il pouvait s'agir. Elle n'avait jamais vu cet homme ni aucune photo le représentant.

Mais il avait un air familier. Et ce caractère la troubla, la fascina et la décida à rechercher l'identité de ce personnage et à trouver pourquoi sa mère avait caché la photo au fond de sa penderie.

Elle la glissa rapidement dans la poche de son blouson. Elle replia la feuille de papier, la redéposa au fond de la boîte de chaussures et empila les lettres et les cartes postales par-dessus. Elle rangea ensuite scrupuleusement les boîtes dans la penderie.

Elle jeta un dernier regard pour s'assurer que tout était à sa place et retourna dans sa chambre sur la pointe des pieds. Dix minutes plus tard, elle avait encore les yeux braqués sur le visage de l'homme apparaissant sur la photo quand elle entendit Jess qui rentrait à la maison.

Beth cacha temporairement sa découverte dans le tiroir de sa propre commode et attendit que sa mère monte la rejoindre.

12

Beth ne posa aucune question à Jess au sujet de la photo.

Elle ne pouvait pas dire tout simplement : « Je suis allée fouiller dans ta chambre et j'ai trouvé ça. Qui est-il ? Je suis sûre que c'est une personne qui a compté dans ta vie et je veux savoir pourquoi. »

L'envie de parler à sa mère, qui l'avait tout d'abord ramenée à Dichtley, s'était complètement dissipée. Elle restait méfiante, enfermée dans un mutisme boudeur.

— Je suis contente que tu sois venue passer ce week-end avec moi, déclara Jess.

Elles étaient dans le séjour, visiblement mal entretenu depuis quelque temps. Un bouquet de jonquilles en pot achevait de sécher sur le manteau de la cheminée. Beth arrêta son regard sur les fleurs fanées et ne répondit pas.

— J'espère que nous pourrons nous voir plus souvent, reprit Jess dans une deuxième tentative. Il semble que je ne te vois plus ces derniers temps.

Encore une fois, la réponse ne vint pas.

— Écoute, je sais que c'est difficile de comprendre ce qui nous arrive à Rob et à moi, ajouta-t-elle d'une voix tremblante. Je ne pense pas le comprendre très bien moi-même.

— Passes-tu beaucoup de temps avec lui ? demanda Beth en essayant sans succès de ne pas prendre un ton trop inquisiteur.

— Nous nous voyons beaucoup.

Jess était sur le point d'ajouter qu'elle l'admirait, qu'il comptait beaucoup pour elle, mais elle s'arrêta, sachant que Beth ne voudrait pas entendre ces révélations. Elle marmonna plutôt gauchement :

— Autrement, je me sentirais tellement seule.

— Et tu persistes à croire que je devrais venir te voir plus souvent ?

— Beth, je ne pense pas que tu doives faire quoi que ce soit. Je souhaite seulement que tu sois plus heureuse.

Au lieu de les unir, le chagrin les séparait encore davantage.

— Quand je suis entrée ce matin, vous riiez, toi et lui. Dans la chambre de Danny.

— Je t'ai dit pourquoi. Les photos étaient tellement candides et Rob a supposé que Danny avait honte de sa naïveté passée. Je redoutais tellement de mettre le nez dans ses affaires. J'avais peur de les regarder, je craignais qu'elles ne me causent une peine insupportable. Mais, en définitive, cette expérience ne m'a pas meurtrie, elle m'a plutôt libérée. Je me suis rappelé plein de petits faits que j'aurais autrement oubliés.

— Mais quand je vous ai rejoints, l'atmosphère a changé, n'est-ce pas ?

Jess se rappela la scène en fronçant les sourcils, soucieuse de dire exactement à Beth comment elle avait senti les choses.

— Rob était avec moi. J'aurais préféré t'épargner cette rencontre. Ce qui me dérangeait surtout, c'était que ta présence rendait plus pénible le rappel des souvenirs se rattachant à Danny. En me rendant compte, quand tu es apparue à la porte, à quel point je t'aime, j'ai davantage pris conscience de la force avec laquelle je l'aimais lui aussi. Et je t'aime de tout mon cœur, tu sais, acheva-t-elle dans un murmure. Je t'aime tellement.

Au plus profond d'elle-même, Beth ne douta pas que sa mère disait la vérité. Mais le ressentiment et la jalousie refluaient encore à la surface, de sorte qu'elle n'était pas prête à déposer les armes. Elle continua donc de se taire.

Le silence qui s'installa refroidit dramatiquement l'atmosphère.

— Comment va ton ami Sam ? finit par demander Jess.

— Il n'a pas changé, trancha sèchement Beth.

Un peu plus tard, Beth demanda à sa mère la permission d'utiliser la Citroën pour quelques heures.

— Mais oui, avec plaisir.

— J'ai pensé que je pourrais aller rendre visite à Lizzie.

— C'est une bonne idée, approuva Jess, sans essayer de lui suggérer qu'elle pourrait l'accompagner.

Beth monta chercher son blouson. Elle prit la photo et la glissa de nouveau dans sa poche.

Lizzie avait pris du poids. Son visage s'était arrondi et de petits bourrelets de graisse gonflaient ses mâchoires.

— Le stress rend certaines femmes anguleuses. Pas moi, comme tu vois. Mes hanches ont épaissi, mon ventre est rond et je suis affligée d'un double menton.

Elles s'installèrent autour de la table en pin de la cuisine, avec une tasse de tisane.

— De la satanée camomille et de la menthe. Mais ce que j'aimerais vraiment, c'est un triple scotch et une boîte de Black Magic.

— Succombe alors !

— Impossible. La costumière se plaint d'être obligée d'élargir la taille de mes robes tous les deux jours.

Lizzie ne se plaisait pas dans le rôle important qu'elle avait été si heureuse de décrocher. Il était plus difficile que ce qu'une première lecture lui avait permis de constater. Elle voulait rendre sympathique son personnage de pathologiste légal, une femme d'âge moyen qui faisait un travail exigeant malgré une vie privée terriblement compliquée. Le metteur en scène la voulait admirable et détestable tout à la fois. Leurs prises de bec quotidiennes devenaient de plus en plus agressives.

— Il la veut ambitieuse et inflexible, soupira Lizzie. Il n'y a pourtant aucune indication dans le scénario qui m'obligerait à camper un personnage détestable. J'essaie donc de me servir de mon intuition pour lui donner vie. J'en fais une femme têtue et au cœur dur, mais dotée d'un cœur tout de même. Je suis en train de tout gâcher, je crains bien.

— Je suis sûre que non.

— Merci, ma chérie, mais c'est pourtant la réalité crue. On ne cesse de modifier les scènes où j'apparais. On ne me confiera probablement plus jamais de rôles. Sais-tu quoi ? À voir comment les choses se passent, je crois que j'en serais soulagée.

Le travail quotidien lui pesait. Elle avait sous-estimé la difficulté de se séparer de Sock. Comme le tournage se faisait à la frontière du pays de Galles, il lui était impossible de revenir à la maison durant la semaine. Elle ne faisait pas confiance à la bonne d'enfants engagée pour la circonstance, même si James l'avait patiemment assurée qu'elle était efficace et fiable. Alors qu'elle était censée se concentrer sur la production, elle s'inquiétait au sujet de l'enfant.

— Êtes-vous toujours avec nous, Elizabeth ? soupirait le metteur en scène.

Dans le passé, Lizzie se serait tournée vers Jess pour obtenir conseil et réconfort. Elles auraient cherché ensemble ce qui motivait l'attitude du metteur en scène et elles auraient trouvé quelle conduite adopter. Et puis Jess serait passée régulièrement pour s'occuper de Sock. Elle aurait compris que la vie professionnelle et la vie familiale de sa sœur n'étaient pas étanches, de sorte que son souci se déplaçait naturellement du travail à la maison et inversement. James faisait de son mieux : c'était un homme gentil et il aimait sa femme. Mais il était déconcerté par les crises de nerfs de Lizzie et exaspéré par des problèmes qu'il ne voyait pas vraiment. Il pouvait encore moins aider Lizzie à régler ses difficultés professionnelles. James aurait préféré que Lizzie se consacre entièrement à sa vie d'épouse et de mère, mais il était néanmoins disposé à l'aider si elle insistait pour continuer à travailler. Il avait épousé une femme indépendante et ils étaient tous deux probablement trop vieux pour changer, même si c'était pour éviter de se faire souffrir l'un l'autre.

— Tu veux vraiment réussir dans ce rôle, n'est-ce pas ? avait-il demandé.

— Oui, Seigneur. Oui !

— Alors vas-y, puis mets-y toute la gomme. Tu sais que tu en es capable.

L'ennui, c'était qu'elle n'en était pas du tout convaincue. La maternité semblait l'avoir privée des certitudes qu'elle pouvait entretenir sur son talent de comédienne. Il lui semblait qu'assumer deux responsabilités à la fois était une charge trop lourde pour elle. « Je ne peux pas investir toutes mes énergies dans l'interprétation de ce rôle, pensait-elle. Si je le fais, j'aurai l'impression d'abandonner Sock. »

Dans ses pires moments de panique, enfermée seule dans la sinistre obscurité de la chambre mal insonorisée qu'elle occupait dans l'hôtel miteux à proximité des lieux du tournage, cette pensée lui venait : « Et si jamais il lui arrivait malheur parce que je ne suis pas avec lui ? Et s'il mourait ? »

La peur lui asséchait la gorge et faisait battre son cœur. Alors elle se levait et vidait le minibar de ses bouteilles miniatures de brandy. Au matin, elle était désespérée.

Elle ne cessait de penser à Jess et à Danny. Ce n'était que maintenant, après leur premier désaccord sérieux, que l'étendue de sa dépendance vis-à-vis de sa sœur devenait évidente. De plus, elle éprouvait de la compassion pour Jess, car sa propre angoisse la rendait plus consciente de l'immensité de la perte que sa sœur avait subie.

Lizzie alluma une cigarette et fit distraitement pivoter le paquet sur lui-même :

— Comment va Jess ?

La bouche de Beth se crispa sous l'effort qu'il lui fallut faire pour retenir la première réponse qui lui venait. Elle demanda plutôt d'une voix neutre :

— Tu ne l'as pas vue récemment ?

Lizzie secoua négativement la tête :

— Pas depuis que j'ai commencé à travailler sur cette télésérie. J'ai l'impression que ça fait longtemps. Au moins un mois. Nous nous sommes parlé deux ou trois fois au téléphone, sans vraiment rien nous dire. Elle passe tout son temps avec cet affreux garçon.

— Il n'est pas affreux.

Beth avait promptement réagi. Elle avait pu se rendre compte, dans la chambre de Danny, qu'il n'avait rien d'affreux. Elle fut étonnée de s'entendre prendre la défense de Rob Ellis. Lizzie balaya la mèche de cheveux qu'elle laissait savamment retomber sur son front, et la main qui tenait sa cigarette s'immobilisa dans les airs.

— C'est seulement déplacé, lui et maman, il n'y a rien d'autre à ajouter.

— Oh! je vois.

Lizzie versa du thé dans la tasse de Beth, avec un air qui laissait entendre que sa nièce manquait de perspicacité.

Beth sortit la photographie de sa poche et la fit glisser sur la table jusqu'à sa tante :

— Tu le connais?

Lizzie la ramassa d'un air soucieux et la pencha pour mieux l'exposer à la lumière. Puis elle haussa les épaules :

— Non. Pourquoi?

— Je... je l'ai trouvée à la maison, elle appartient à maman. J'ai pensé que, pour une raison ou pour une autre, elle y tenait. Je me suis seulement dit que je te la montrerais. J'étais sûre que tu le reconnaîtrais.

— Hum... un ancien flirt, je suppose. Il y en a eu un ou deux avant ton père. On dirait que la photo a été prise au début des années soixante-dix. Le pantalon à pattes d'éléphant, les favoris et ces longs cheveux...

— À moins qu'elle n'ait été prise la semaine dernière à l'occasion d'une fête rétro?

— Veux-tu dire que ta mère sort avec un tas de garçons?

Les efforts qu'elles faisaient pour rire malgré leur préoccupation paraissaient pour le moins de mauvais goût, et elles furent heureuses quand James arriva avec Sock. Lizzie prit le bébé dans ses bras, mais il se débattit et donna des coups de pied jusqu'à ce qu'elle le dépose par terre. Il se mit à trotter vers les armoires et tira consciencieusement tous les boutons de porte avec ses doigts potelés.

— Il refuse que je m'occupe de lui, soupira Lizzie.

— Tu as trop d'imagination, la rassura James tandis qu'il embrassait Beth en guise de salutation.

Il vint s'asseoir à table avec elles et se versa du thé. Il prit négligemment la photo, y jeta un coup d'œil puis la regarda avec plus d'attention.

— Qui est ce beau brummel?

— Ce n'est qu'une photo que j'ai trouvée en faisant du ménage à la maison. Je me demandais si Lizzie connaissait le type.

— Je ne l'ai jamais vu de toute ma vie, déclara Lizzie.

James fit la grimace en avalant une gorgée de thé :

— Beurk! Ça fait combien de temps qu'on l'a préparé, ce thé? C'est curieux, au premier coup d'œil j'ai pensé qu'il s'agissait de Danny.

Jess étala quelques bouts de papier sur sa table de toilette. Sur une feuille lignée, arrachée à un carnet de notes, noircie par l'écriture de Danny, elle lut un nom de fille, Paula, un numéro de téléphone et les mots Copa Club. À côté du nom, Danny avait écrit « PARFAITE!!! » en grosses majuscules. Jess se dit que c'était pour la repérer plus facilement parmi tant d'autres. Elle se demanda s'il avait jamais appelé cette Paula inconnue. Les autres papiers avaient un lien avec ses études au collège. Elle pouvait y lire des bouts de phrases qui correspondaient sans doute à des notes de cours prises de façon négligente. Il y avait enfin un petit agenda noir, celui de l'année précédente. Elle l'ouvrit et parcourut ce qu'il y avait noté : des choses aussi banales, dans la plupart des cas, que des noms et des adresses. Il n'y avait plus aucune inscription après la mi-mars.

Jess n'avait aucune raison particulière de conserver ces fragments, pas plus que les autres qu'elle avait trouvés dans la chambre de Danny. Ils lui permettaient seulement de lever le voile sur l'aspect caché, moins glorieux de Danny. Ils l'introduisaient dans cette réalité qui entachait depuis peu l'image dorée qu'elle aurait aimé garder de lui. Jess voulait, autant que possible, conserver dans sa mémoire un souvenir impartial de son fils.

Elle plia les feuilles et les posa tout autour de l'agenda, créant ainsi un rectangle parfait. Puis elle ouvrit sa penderie et en retira le carton, qui se trouvait sous une pile de boîtes de chaussures.

Elle souleva les liasses de lettres et de cartes pour retirer celle qui contenait les souvenirs de Danny. Elle enleva la bande élastique et plaça l'agenda à la base de la liasse, qu'elle mit au carré en la frappant contre le couvercle. Au sommet se trouvait la première carte d'anniversaire que Danny avait jamais dessinée pour elle. Mais elle ne voulait pas fouiller dans ces souvenirs maintenant. Le ménage de sa chambre avait déjà suffisamment grugé ses forces. Elle remit l'élastique autour du paquet et, au moment où elle allait le remettre à sa place, elle redécouvrit la feuille pliée au fond de la boîte.

Elle vida la boîte de son contenu pour prendre plus commodément le papier. La photo de Tonio avait disparu. Il s'était peut-être écoulé un an depuis la dernière fois qu'elle l'avait regardée, mais elle était aussi certaine de l'avoir remise à sa place qu'elle était certaine de s'appeler Jess.

Elle savait qu'elle ne la trouverait pas dans la boîte, mais elle en examina quand même avec soin tout le contenu. Elle poursuivit sa recherche dans les autres boîtes de chaussures, sur le plancher de la penderie et dans les poches de ses vêtements. Alors elle se dirigea vers l'étagère accrochée à côté de son lit et leva le bras pour atteindre la dernière tablette, où était rangé le vieux *Guide vert* Michelin de l'Italie. Le livre s'ouvrit aussitôt à la page marquée par une carte postale qui avait dû servir de signet. Jess ne prit pas la peine de lire les quelques mots du message qu'elle portait, ni l'adresse que l'envoyeur avait donnée, parce qu'elle connaissait l'un et l'autre par cœur. Elle voulait seulement savoir si la carte s'y trouvait toujours. Elle resta clouée sur place pendant un moment, le front plissé, avec la carte à la main. Puis elle la remit dans le guide, qu'elle redéposa sur la tablette. Elle replaça les liasses dans la boîte, par-dessus la feuille pliée, empila les boîtes dans le même ordre, referma la porte de la penderie et repoussa la tige du loquet.

— Comment va Lizzie? demanda Jess, à sa fille.

— Elle avait l'air bien. Un peu inquiète au sujet de son rôle. Ça ne va pas bien fort de ce côté.

Jess attendit que Beth en dise plus, mais elle n'en apprit pas davantage.

— Est-ce qu'il est ici? demanda Beth d'un ton glacial.

— Non, si c'est de Rob que tu parles. Il doit dormir à son domicile, c'est une des exigences de sa mise en liberté conditionnelle.

Les yeux des deux femmes se rencontrèrent. C'est Beth qui détourna son regard la première.

Les dimanches de printemps étaient toujours des journées fort occupées à la pépinière. Jess arriva bien avant l'heure de midi, alors qu'on ouvrirait les portes au public. Elle fit le tour des tables d'exposition pour vérifier que les plants étaient bien alignés sur les grandes feuilles de papier blanc, prêts à être vendus. Elle prit mentalement note qu'il serait bon de déplacer des bégonias qui étaient sur le point de fleurir pour les exposer dans un endroit où ils seraient plus visibles. Il y en avait encore beaucoup dans les tunnels, qui seraient le jour même exposés dans le stand de vente. Au magasin, elle trouva Joyce vêtue de sa salopette de nylon, en train de placer les nouveaux prospectus de fleurs sauvages sur les étagères destinées à la documentation horticole.

— Comment vas-tu, ma grande?

— Pas trop mal, répondit Jess.

Le temps était doux et un parfum suave embaumait l'air. Elle sentait un espoir à peine perceptible, mais bien réel, battre en elle, un peu comme le premier coup de pied de l'enfant qu'une mère porte dans son sein. Une voix qu'elle entendait dans sa tête lui disait que tout s'arrangerait. Pas aujourd'hui, mais bientôt.

— Et toi? demanda-t-elle à Joyce. Comment va ta mère?

— Pas trop bien. Elle pleure. Elle ne me reconnaît plus. Elle ne sait pas où elle est, elle n'a aucune idée de ce qui lui arrive. Et elle est tellement malheureuse, à part ça. Elle est assise sur sa chaise, les larmes roulent sur ses joues et je ne sais pas ce que je devrais faire pour la consoler.

— Je suis désolée, murmura Jess en posant sa main sur le bras de son amie.

Joyce contourna le comptoir et vint s'asseoir sur le tabouret derrière la caisse. Il n'y avait plus rien à ajouter.

— Au fait, l'as-tu vu ? Il est passé un peu plus tôt. Il te cherchait.

Jess soupira en pensant qu'il s'agissait de Graham Adair :

— Il ne peut pas se plaindre déjà. Je ne suis pas censée commencer à travailler avant midi. Je ferais mieux d'aller voir ce qu'il veut.

Elle traversa la cour inondée de soleil pour se rendre au bureau de Mr Adair. Il était debout à sa fenêtre et lui fit signe d'entrer quand il l'aperçut.

Jess devina le but de cette convocation aussitôt qu'elle eut franchi le seuil.

— Ferme la porte, veux-tu ? Je suis désolé, déclara-t-il en prenant un ton qui, déjà, était de mauvais augure. J'ai retourné la question dans tous les sens. Crois-moi, ce problème m'a tenu éveillé la nuit, mais il n'y a pas de solution. Avec la récession, les frais généraux et la compétition des grands centres horticoles, je n'ai plus le choix.

Jess fixait les taches lumineuses dessinées par le soleil sur les carreaux de linoléum couverts de crasse, tout en l'écoutant lui dire qu'il aurait fait plus tôt l'économie de son salaire sans les circonstances personnelles pénibles dans lesquelles elle s'était trouvée. Il fallait croire qu'il s'attendait à ce qu'elle le remercie pour l'extrême générosité dont il avait fait preuve en la gardant jusqu'à ce jour.

Elle avait besoin de travailler. Son congédiement lui portait un coup très dur.

— C'est un préavis d'un mois que je te donne, évidemment, dit-il en joignant les mains d'un geste définitif et empreint de soulagement.

Jess se demanda pourquoi elle ne lui avait jamais dit à quel point elle détestait sa moustache à la Charlot, son ciré raide et immaculé et sa diction précieuse de directeur de banque.

— Je vois, dit-elle.

272

Elle se demandait pourquoi elle ne vidait pas son sac tout de suite. Comme le silence menaçait de s'éterniser, elle se décida à le rompre :

— Eh bien, je ferais mieux d'aller me préparer à ouvrir. Est-ce que c'est tout ?

— C'est tout, dit-il en faisant avec raideur un signe de tête.

Elle sortit, traversa les tunnels, dont les parois étaient couvertes de fines gouttelettes de condensation. Dans le parc de stationnement, des couples attendaient dans leur voiture, munis certainement des journaux du dimanche et d'un thermos de café.

— Je suis touchée par les mesures d'économie de personnel, annonça carrément Jess en revenant au magasin y retrouver Joyce. J'ai reçu un préavis d'un mois.

Joyce ouvrit toute grande la bouche :

— Le faux jeton ! Le dégoûtant personnage !

— Exactement, approuva Jess. Tu as son vrai portrait.

— Je... eh bien, je suis soufflée. J'aurais bien envie de lui dire de se congédier lui-même.

Jess aurait voulu être capable de sourire : encore plus qu'elle-même, Joyce avait besoin de gagner un salaire. Elle posa une main sur sa manche :

— Je te remercie, mais n'en fais rien. Je vais trouver autre chose, ne t'inquiète pas.

Elle se rendit à l'atelier de bouturage pour y prendre un chariot. Elle le remplit de bégonias aux feuilles épaisses et glacées et poussa son chargement jusqu'au stand d'exposition près de l'entrée. Elle disposa les plants sur l'éventaire et en vendit une douzaine avant qu'une heure se soit écoulée.

À la fin de la journée, tandis qu'elle roulait vers la maison, elle se perdit dans une foule de pensées troublantes. Beth, qui regardait la télévision dans le séjour, actionna la commande à distance aussitôt que Jess entra.

— Comment a été ta journée ?

— Mauvaise. J'ai été sacquée.

Les yeux de Beth s'agrandirent sous le choc. Puis elle déplia ses jambes, se leva et, après une brève hésitation, vint vers sa mère. Elles s'engagèrent dans une valse hésitation, avant de s'étreindre brièvement l'une l'autre.

— Ce n'était pas assez bien pour toi. Tu trouveras un meilleur job.

— Vraiment? Oui, je suis certaine d'en trouver un meilleur.

— Je suis sincèrement désolée.

— Ne t'inquiète pas. C'est probablement une bonne chose.

Elles se séparèrent, sans savoir laquelle des deux avait battu en retraite la première.

— Il n'y a rien que je puisse faire?

« Je ne dois pas être en colère contre moi-même, pensa Jess. Je n'ai pas à me blâmer pour les erreurs indéniables que j'ai commises. Ni à me mentir à moi-même. »

— Non, merci. Tout ira bien.

Les mots vides qu'elles utilisaient étaient symptomatiques de leur incapacité à communiquer entre elles.

— Qu'est-ce que tu as fait aujourd'hui?

Le regard de côté que Beth jeta à sa mère, comme si elle avait voulu éviter de croiser ses yeux, trahissait son malaise.

— Pas grand-chose, comme tu peux voir.

— Eh bien, c'est encore dimanche. Je vais me changer.

Jess monta dans sa chambre. Elle entendit le ronron de la télévision et elle devina que Beth était retournée se pelotonner dans l'angle du canapé. Elle ouvrit la porte de la penderie et en retira la boîte qui était sous la pile. Elle souleva les liasses pour saisir la feuille de papier grisâtre et constata que la photo de Tonio était revenue à sa place. Cette découverte confirmait les soupçons qu'elle s'était jusqu'ici refusé de formuler : Beth l'avait trouvée et l'avait replacée.

Jess s'assit sur le lit et contempla la photo pendant un long moment. Elle n'y trouva aucune inspiration quant à ce qu'elle devait faire pour l'heure. Mais elle sentait que les convenances établies et les contraintes rigides qui l'avaient obligée à suivre la même voie étroite pendant des années étaient enfin à la veille de céder.

La vérité qu'elle avait refusé d'assumer était sur le point d'éclater au grand jour. La vieille peur que son secret ne soit découvert était en train de faire place à l'indomptable désir de se débarrasser de ce fardeau.

« Si Beth me pose la question, résolut Jess, je vais lui dire la vérité. Seulement si elle me pose la question. »

Sa décision se révéla en soi une sorte de libération. Elle replaça la photo dans la boîte. Dès cet instant, elle ne pensa plus à Beth, à Tonio ou à son emploi perdu, mais à Rob.

Elle s'allongea sur son lit et laissa ses muscles se détendre. Les yeux grands ouverts, elle se rappela la chaleur de sa peau et l'odeur plaisante de sa transpiration. Le besoin de se perdre dans les méandres complexes et exigeants du désir sexuel, si longtemps refoulé, l'envahit. Elle sourit en pensant qu'il était inconvenant, pour une femme d'âge mûr comme elle, d'avoir de tels appétits. Elle avait été étonnée que les plaisirs de l'amour avec Rob soient si agréables. Au début leurs relations avaient comblé un manque et tempéré un désespoir ; elles devenaient meilleures et plus simples à mesure qu'elles lui paraissaient moins taboues. Jess resta encore étendue pendant un certain temps en laissant sa mémoire remonter la chaîne de ses souvenirs. Puis elle décrocha le téléphone, posé sur sa table de nuit, et composa le numéro de Rob. Elle laissa sonner longtemps après le moment où il aurait dû répondre s'il avait été là ou s'il avait été disposé à le faire.

Cat et Rob achetèrent un sac de frites au stand situé à mi-chemin de la maison de la jeune fille et du pub où ils avaient passé la soirée. Ils marchèrent lentement, en puisant dans le sac à tour de rôle. Comme ils s'engageaient dans la rue longeant la voie ferrée, un train siffla en passant sur le talus, ses fenêtres formant une chaîne lumineuse d'un jaune sale. Ils ne daignèrent pas lever les yeux.

Rob prit les clés de Cat et lui ouvrit la porte.

— Entre, l'invita-t-elle.

Ils s'engagèrent dans l'escalier humide qui menait à son studio.

Il se rappela tous les détails de cette soirée dramatique pendant qu'elle mettait un disque et qu'il fouillait dans l'armoire, sous l'évier, pour y trouver quelque chose à boire. Ces souvenirs le glacèrent. Cat le vit, par-dessus son épaule, arrondir le dos et blêmir.

— N'aie pas peur, le rassura-t-elle en posant le bout de ses doigts sur sa joue.

— J'ai encore des cauchemars, lui avoua-t-il.

Il n'avait jamais fait cette confidence à Jess. Devant Cat, cependant, il laissait libre cours à la terreur récurrente liée à l'effet brutal de la collision, au sang qui coulait, au claquement sec des hélices de l'hélicoptère qui braquait sur lui son œil terrible.

— Je ne suis pas surprise.

— Je ne rêve jamais à Danny. Seulement au sang et au bruit. Et quand je prends conscience, je me surprends à lutter pour échapper à ce cauchemar, je me réveille tout à fait et je me rappelle encore et encore que mon rêve est bel et bien la réalité. C'est ce qui est arrivé et c'est encore ce qui se répète.

Chaque fois, il aurait voulu tirer Jess de son sommeil pour qu'elle l'aide. Il se retournait vers elle et retrouvait alors l'odeur cotonneuse de sa mère, qui le rassurait.

— Je suis sûre que le rêve va finir par s'estomper, l'encouragea Cat. C'est une question de temps, n'est-ce pas ?

Elle vint se placer derrière sa chaise et lui massa les tempes :

— Ça te plaît ? C'est toujours ce que je fais à ma mère quand elle a un vilain mal de tête.

Rob laissa son cou se décontracter et il s'adossa. Cat se pencha pour poser un baiser sur le sommet de sa tête. Puis elle entreprit de défaire les boutons de sa chemise et glissa sa main contre sa poitrine.

— Essaie d'oublier un peu, murmura-t-elle à son oreille. Tu ne peux pas passer ton temps à prendre tout le blâme pour toi.

— Mais c'est ma faute. Le fait d'être dans cette pièce me rappelle constamment ce que j'ai fait.

— Et que ressens-tu quand tu es avec sa mère ?

Rob ne répondit pas à la question insidieuse de Cat, mais il n'en pensa pas moins qu'avec Jess il se sentait protégé. Il n'avait rien à admettre ; rien de pire ou de plus épouvantable ne pouvait surgir entre eux. Et elle ne l'avait pas rejeté encore. Cela donnait à tous leurs rapports une facilité, une légèreté qui avait quelque chose de magique. Plus encore, Jess comblait chez lui un besoin inassouvi depuis si longtemps qu'il avait grandi avec lui jusqu'à devenir une partie intégrante de lui-même.

Il n'y avait rien d'étonnant, se dit Rob, que ce qu'ils se donnaient l'un à l'autre ait une telle force, une telle puissance. Cette pensée fit naître chez lui un désir qui le prit aux entrailles.

Cat était trop fine pour le presser de questions au sujet de Jess. Avec l'instinct qui ne lui faisait jamais défaut quand elle voulait atteindre le but qu'elle s'était fixé, elle se glissa devant lui et s'assit à califourchon sur ses genoux. Sa jupe courte se retroussa sur ses cuisses, de sorte qu'elle put se rapprocher davantage de lui et poser son front contre le sien. Elle eut un sourire conquérant quand elle se rendit compte que Rob avait une érection.

— Essaie de ne pas penser tout le temps à l'accident, lui souffla-t-elle à l'oreille. Tu dois te présenter à nouveau devant le tribunal, n'est-ce pas ? La police, le juge et tous les autres feront leur travail et tu devras accepter la sentence. Peut-être seras-tu condamnné à la prison, comme tu le redoutes. C'est leur... comment appellent-ils ça ? Prérogative ? Seulement, Rob, tu vas purger une double peine, parce que tu te punis toi-même trop durement.

Il n'était pas d'accord avec elle, mais il jugea que ce n'était pas le moment de la contredire.

— Vois-tu, nous sommes ensemble, toi et moi, et c'est tout ce qui importe pour le moment, poursuivit-elle en mettant ses bras autour de son cou.

— Qu'est-ce que je dois te dire ? Allons au lit, c'est ça ?

Ce qui lui arrivait maintenant n'était qu'un épisode ordinaire et bien normal, qui le ramenait à sa vie insouciante d'avant l'accident.

Par contraste avec les formes généreuses de Jess, le corps mince de Cat le frappa par son caractère juvénile. Sa peau était ferme et douce. Quand il l'embrassa encore une fois, il sentit que de légers frissons de plaisir la parcouraient.

Elle le prit par la main et l'entraîna vers son lit. Elle se dévêtit en posant sur lui son regard félin. Rob laissa à son tour tomber ses vêtements par-dessus les siens.

— C'est mieux, murmura Cat. Tu as compris.

Ses draps dégageaient les fragrances du comptoir des parfums, chez Debenham, plutôt que la bonne odeur du linge fraîchement repassé, comme chez Jess. Cat s'allongea sur le dos et étendit les bras, renversant la tête pour mettre en valeur sa gorge et le tendre creux à sa base. Rob s'agenouilla au-dessus d'elle et mit sa langue à l'endroit si doux. Elle commença à gémir doucement.

— Oh! Cat, murmura-t-il.

Un peu plus tard, pris d'un sentiment d'urgence, il demanda :

— Ça va? Je n'ai rien avec moi.

Elle prit rêveusement son visage entre ses mains et plongea son regard dans ses yeux :

— Ne t'inquiète pas, le rassura-t-elle en lui tendant les lèvres. Tout est sous contrôle. Je te le jure.

— Tu n'as pas besoin de jurer.

Elle murmurait, le guidant en elle. Il nota la délicieuse diagonale de son sourire.

— C'est ça. Continue. Oui, Rob.

13

Beth s'était plus d'une fois imaginée dans ce bar, assise à cet endroit précis. Elle s'y trouvait enfin maintenant, nerveuse et inquiète, comme si elle avait perdu toute maîtrise d'elle-même et qu'elle était devenue totalement incapable de prédire ce qui arriverait ensuite. Elle s'était installée près d'une fenêtre d'où elle pouvait épier la demeure de Sam, de l'autre côté de la rue. La maison avait des murs de stuc blanc, comme toutes les autres de la rangée, un perron de trois marches et d'élégants petits balcons de fer forgé devant les fenêtres du rez-de-chaussée surélevé. La porte d'entrée était peinte d'un rouge vif.

— Bonjour. Qu'est-ce que je peux vous servir?

Le garçon portait le long tablier des barmen et un tee-shirt affichant le nom du bar en travers de la poitrine. C'était un Australien aux bras musclés, qui faisait penser à un blond surfeur des mers du Sud perdu dans la brume londonnienne.

— Oh! seulement un verre de vin. Blanc.

Elle essaya de saisir le nom des Sancerre et des Chardonnay qu'il lui énuméra d'un seul souffle, et choisit le dernier vin qu'il avait nommé.

— Vous attendez quelqu'un?

— Pardon? Non. Personne.

— Euh... je ne vous ai jamais vue ici. Êtes-vous du quartier?

Le bar était presque vide et le garçon se montrait amical. Elle aurait même pu penser qu'il se préparait à engager un flirt.

— Non.

Puis elle pinça les lèvres et porta son regard vers la rue.

La Saab de Sam, avec Sadie au volant, arrivait devant la maison. Beth remarqua l'éclat des cheveux noirs de Sadie.

— Je vois. Eh bien, je vous laisse déguster votre vin.

Le garçon prit un air offensé et s'éloigna.

On était mercredi soir. Après un week-end passé avec sa mère, Beth avait appelé Sam le lundi et de nouveau le mardi. Il ne l'avait pas rappelée. Au risque d'éveiller les soupçons de la secrétaire de Sam, elle avait appelé encore le matin même. On lui avait dit que Mr Clark ne viendrait pas au bureau, qu'il travaillait chez lui. Beth avait hésité tout l'après-midi. En sortant du bureau, elle avait tout de même sauté dans un bus pour Kensington. Elle n'était jamais allée chez Sam, mais elle connaissait depuis longtemps son adresse, qui était même devenue pour elle un point de référence. Tel ou tel endroit de Londres se trouvait tout près de chez lui, ou très loin, ou dans une direction opposée.

Sam sortit de la voiture en disant à Sadie quelque chose qui les fit rire tous les deux. Beth faillit renverser son vin. Elle déposa son verre sur la table et cacha le bas de son visage derrière ses mains.

Sam ouvrit la portière arrière et les enfants émergèrent de la voiture à la queue leu leu. D'abord Alice, dans un duffle-coat rouge, puis Justin, avec un anorak matelassé, et enfin le minuscule Tamsin.

Sadie portait des collants opaques et une ample jupe en plaid. Elle paraissait plus aimable et plus jeune que dans les rares occasions où Beth l'avait vue. Pendant qu'elle cherchait ses clés, les enfants tournaient autour d'elle comme des mouches. Sam sortit deux sacs d'emplettes du coffre. Les Clark étaient vraisemblablement allés faire une promenade en voiture et revenaient pour dîner. On donnerait ensuite leur bain aux enfants et on leur lirait des contes.

« C'est vraiment une famille heureuse », pensait Beth avec amertume en les regardant disparaître dans la maison.

Elle attendit cinq minutes, puis se rendit au téléphone, au fond du bar.

C'est Sadie qui répondit.

— Puis-je parler à Sam Clark, s'il vous plaît ?

— Bien sûr. Qui appelle ?

Beth inventa un nom et ajouta qu'elle faisait partie du personnel du bureau.

— Allô ?

La voix de Sam trahissait la perplexité et l'irritation.

— C'est moi.

Après un silence pénible, Beth ajouta :

— Je suis au bar, de l'autre côté de la rue.

Il posa le combiné sur la table et elle l'entendit s'éloigner. Elle perçut ensuite des voix à distance. Il lui semblait avoir un trou à la place de l'estomac. Quand il revint, il parla vite et d'une voix si basse qu'elle dut faire un effort pour entendre :

— Marche jusqu'à la rue voisine. Il y a un petit jardin public au bout.

Il coupa la communication avant qu'elle ne puisse ajouter quoi que ce fût. Elle paya sa note à la caisse, endossa son manteau avant que le garçon ait eu le temps de venir l'aider à le passer et sortit dans l'air humide.

Quand Sam la rejoignit en voiture, elle n'avait pas encore atteint l'entrée du parc. Il se pencha pour ouvrir la portière du côté du passager et elle se glissa à l'intérieur. Elle vit tout de suite qu'il semblait à la fois inquiet et fâché contre elle. Elle éprouva alors envers lui le premier sentiment de puissance qu'elle eût jamais connu.

— Joli quartier, dit-elle.

— Pour l'amour de Dieu, qu'est-ce que tu es en train de faire ? Quel prétexte voulais-tu que j'invente pour Sadie ?

— Peu importe ce que tu as inventé, tu es maintenant ici, non ? Tu n'as certainement pas eu beaucoup de difficulté à trouver ce prétexte.

— Beth... tu ne comprends donc pas ?

Comme elle ne répondait pas, il détacha sa main gauche du volant et chercha la sienne :

— Tu ferais mieux de me dire ce qui se passe.

Elle était déçue déjà. Elle pouvait s'imposer à lui, mais elle ne pouvait l'obliger à lui donner ce dont elle avait besoin. Elle voulait qu'il ait confiance en elle et non pas qu'il redoute le prochain geste qu'elle oserait. L'image de Sadie sur le perron avec ses enfants se bousculant autour d'elle traversa son esprit.

Elle dit tristement :

— Tu ne m'as pas appelée. Je voulais te voir.

— Bon Dieu ! Beth. J'ai eu deux journées d'enfer. Justin était malade, tout comme la gardienne au pair. J'ai donc pris une journée de congé pour donner un coup de main à Sadie. Nous revenons justement d'une consultation chez le médecin avec lui.

Il avait l'air d'un petit garçon épuisé, et Beth ne put s'empêcher d'avoir un élan d'amour vers lui. Elle s'obligea toutefois à ne pas s'apitoyer.

— Qu'est-ce que tu vas faire ?

— Je vais rouler pendant un certain temps. Je ne peux pas m'absenter plus d'une heure.

— Je ne parlais pas de maintenant...

— Je sais ce que tu as voulu dire.

Il ne lui offrit rien de ce qu'elle aurait pu espérer et, de son côté, elle n'essaya pas d'obtenir davantage de lui. Elle remettait le compteur à zéro.

Après qu'ils eurent roulé encore une centaine de mètres dans la circulation de fin de journée, Beth lui raconta son week-end. Elle lui parla de l'aventure de sa mère avec Rob, et même de la photo qu'elle avait trouvée dans la penderie.

— Tu as fouillé dans les affaires de ta mère ?

— Oui. Crois-tu que c'est un geste condamnable ?

— Je ne sais pas. Tu cherches sans doute désespérément à découvrir quelque secret. De quoi s'agit-il ?

— De la vérité. De la réponse à une énigme dont le sens m'a échappé tout au long de ma vie.

— Pose donc la question à ta mère.

— Penses-tu qu'elle m'éclairerait ?

— Je n'en ai aucune idée. Mais il faut que tu ailles droit au but. Ne te mets pas à épier, à finasser et à te lamenter dans le noir.

— Tu crois que c'est ce que je fais ?

Sam réussit à lui adresser un sourire enjôleur tout en prenant un air interrogatif :

— Quelque chose te manque, qui t'a toujours manqué. Je l'ai senti dès le début. Il y a chez toi un profond besoin que tu ne peux identifier. Si tu crois que ta mère détient un secret, pourquoi n'en discutes-tu pas ouvertement avec elle ?

— Peut-être le ferai-je.

Sam changea de direction pour entrer dans une petite rue et vira encore pour aller garer la voiture au fond d'un cul-de-sac. Ils se trouvaient maintenant devant une fabrique désaffectée. Il se pencha alors vers elle. Sa main remonta du genou de Beth jusqu'à cet endroit tiède entre ses cuisses. Malgré son désir intense, elle refusait de s'abandonner et restait volontairement impassible. L'attitude de Sam était prévisible, puisqu'elle se conformait à un rituel sans surprise depuis longtemps établi entre eux. Mais les choses étaient différentes ce soir-là.

. Elle saisit la main de Sam et l'écarta. Le rejet de Beth le déconcerta. Quand elle le regarda dans les yeux, elle put y lire de la surprise et de la contrariété, peut-être même aussi un début de respect. Elle pensa que, peut-être, il commençait à avoir peur d'elle.

Elle lui dit gentiment :

— Nous devrions rentrer chacun chez nous. Pourrais-tu me laisser à une station de métro ?

— Fort bien. Je vais t'appeler demain matin.

Il la déposa à la station Hammersmith. Elle descendit de voiture et, sans se retourner, rejoignit les rares voyageurs qui s'engouffraient dans le métro.

Jess allait à son travail et en revenait, le soir, avec le pressentiment qu'un changement beaucoup plus important que la perte prochaine de son emploi s'annonçait.

Elle se rendait chaque soir chez Rob. Il se montrait maintenant plus exigeant et il exprimait ses désirs avec plus d'insistance. Il s'agenouillait devant elle, emprisonnait son visage entre ses mains et le tournait en tous sens pour en étudier le moindre contour. Il la dévêtait cérémonieusement et la touchait ensuite comme s'il essayait d'imprimer dans sa mémoire chacune des parties de son corps. Une fois au lit, il la serrait contre lui et enfouissait son visage dans le creux de son épaule. Elle sentait la chaleur humide de son haleine réchauffer sa peau.

Rob était allé rencontrer l'avocat appelé à le représenter devant la cour de juridiction supérieure qui statuerait définitivement sur son sort, et il était revenu découragé.

— Je suis vraiment coupable, dit-il. Je conduisais. J'étais soûl. Pourquoi est-ce que je plaide le contraire ?

Jess lui répéta patiemment :

— Tu as eu une crevaison. C'était un accident.

— Si Danny était à ma place, qu'est-ce qu'il ferait ?

— Il se défendrait.

— J'aimerais bien en être sûr. J'aimerais bien qu'il soit avec nous.

— Je le sais. Moi aussi, je serais heureuse qu'il nous revienne.

— Mon Dieu ! Jess, comment une seule minute peut-elle tout faire basculer ?

Ils s'étreignirent alors avec frénésie. Ils auraient voulu se fondre par osmose jusqu'à ne plus faire qu'un.

Jess commença à rêver aux moyens qui leur permettraient de se libérer ensemble des contraintes qui les retenaient à Dichtley. Il y avait, dans leur relation, une rage qui la poussait à vouloir aller au bout de leur folie, quelles qu'en soient les conséquences.

— Partons, soupira-t-elle. Abandonnons tout derrière nous et fuyons.

Rob la contempla sans répondre, mais un éclair de témérité passa fugitivement dans ses yeux.

— Bien sûr, acquiesça-t-il finalement. Que penserais-tu des Caraïbes ?

— Je suis sérieuse ! Écoute-moi. Nous irions dans un pays où le soleil brille, où il fait chaud.

Elle rêvait de l'Italie. Il y aurait des fleurs, un ciel impeccablement bleu et une tiédeur printanière dans l'air.

— S'agit-il d'une réalité virtuelle ? demanda-t-il avec amertume.

— Il s'agit d'une réalité qu'on peut envisager. Je vais vendre la maison et nous utiliserons cet argent.

— Ne vends pas ta maison. C'était le foyer de Danny.

— Je vais y penser, murmura Jess. Je trouverai une solution.

Au début d'avril, Lizzie atteindrait ses quarante ans.

À l'approche de son anniversaire, elle répétait avec insistance :

— Je ne veux pas de fête. Je ne veux rien. J'aurai trente-neuf ans, une année de plus.

James décida qu'il y aurait quand même une surprise-partie. Il était temps de célébrer un événement heureux, s'était-il dit. Comme il avait lui-même plus de cinquante ans, il ne voyait pas pourquoi le fait de passer le cap de la quarantaine devrait troubler Lizzie. Il téléphona à Jess pour lui exposer ses plans :

— Veux-tu me faire une faveur ? Prendrais-tu Lizzie en charge et la tiendrais-tu occupée jusqu'à l'heure de la fête ?

Comme Jess hésitait, il ajouta rapidement :

— C'est moi qui assumerai toutes les dépenses, ça va de soi.

— Il ne s'agit pas de ça, l'assura Jess, alors qu'elle n'avait pas encore trouvé d'emploi et qu'elle se demandait constamment comment elle paierait les factures quand elle aurait cessé de travailler. Es-tu sûr que c'est ce que Lizzie souhaite ?

— Lizzie adore les fêtes, non ? Maintenant que le tournage est terminé, elle s'offrira volontiers un jour de congé.

Jess invita donc Lizzie à passer la journée de son anniversaire avec elle dans un spa des environs. L'idée plut à sa sœur, qui accepta d'emblée, se disant qu'elles méritaient bien toutes deux de se faire plaisir une fois en passant. Elle avait hâte de se retrouver avec Jess et d'enterrer la hache de guerre.

— Rob, ne m'attends pas ce soir, parce que je ne serai pas de retour avant le milieu de la nuit.

C'était le matin de l'anniversaire. Rob portait déjà ses vêtements de travail et Jess enfilait sa belle blouse et sa veste la plus chic. Ils évoluaient en se gênant l'un l'autre dans l'espace étroit de la chambre de Rob.

— Ça ne fait rien. Je vais t'attendre pour aller au lit.

— Je ne veux pas, Rob. Si j'ai trop bu, je vais rester chez Lizzie, ou bien je retournerai chez moi. Nous nous reverrons demain. Pourquoi ne sors-tu pas avec des amis, ce soir ?

Avec le temps, leurs différences s'accusaient. Rob avait changé ses vieilles habitudes et s'était retranché de la compagnie des jeunes de son âge, ce qui inquiétait Jess. Cependant, chaque fois qu'elle lui laissait entendre qu'il devrait retourner à son ancien style de vie et qu'il lui donnait raison, elle se sentait torturée par une cuisante jalousie. Elle ne pourrait jamais être aussi jeune que les amis de Rob ; le fossé entre elle et eux ne serait jamais comblé.

Jess savait qu'une autre femme venait dans cette chambre. Elle découvrait parfois des traces : un kleenex rose avec des marques de rouge à lèvres ; du mascara sur le miroir au-dessus du lavabo. Mais elle notait surtout l'ordre qui régnait maintenant dans la chambre et l'odeur parfumée qui y flottait. Jess faisait comme si elle n'avait rien vu, rien senti ; elle refusait d'interpréter ces signes révélateurs. Pourtant, d'une façon quasi inconsciente, elle essayait de se représenter sa rivale. Elle devait avoir à peu près l'âge de Rob. Elle était tout ce qu'elle, Jess, n'était pas.

De son côté, Rob prenait de plus en plus conscience qu'il ne ferait jamais partie à part entière de la vie de Jess. Quand pourrait-il, par exemple, l'accompagner à des fêtes de famille, comme celle que James organisait pour Lizzie ? C'est pourquoi il attachait autant de prix à ce que Jess consentait à lui donner. Il chérissait donc les heures de liberté et d'intimité qu'ils partageaient comme si elles leur étaient comptées. Mais, depuis quelque temps, sa vie alternait entre Jess et Cat, et il avait autant besoin de l'une que de l'autre. D'une part, Jess s'inscrivait dans une nouvelle tranche de sa vie qui avait débuté avec la mort de Danny ; d'autre part, Cat assurait la continuité d'une époque antérieure à l'accident.

Jusqu'ici Cat prenait toutes les initiatives dans leur relation. Elle était subtile dans ses approches et tenace quand il s'agissait de préserver ses acquis. La première fois qu'il avait couché avec elle,

Rob l'avait regardée, après l'amour, et il s'était convaincu qu'il ne la reverrait plus, tout en le regrettant d'ailleurs. Mais, à l'époque, il y avait trop d'impondérables dans sa vie pour qu'il puisse entreprendre la conquête de la jeune fille.

« Nous nous reverrons », lui avait-elle promis. Et, sans trop se compromettre, il avait acquiescé d'un signe de tête avant de sortir de chez elle. Cat avait tenu sa promesse. Elle avait le don d'apparaître à sa porte lorsqu'il se sentait seul ou préoccupé par le sort qui l'attendait. La jeune fille, prudente, ne se montrait pas exigeante. Ils allaient ensemble au pub ou au cinéma. Sans vraiment le vouloir, Rob s'était laissé entraîner à reprendre ses vieilles habitudes. Petit à petit, grâce à Cat, il se rendait compte qu'il aimait son ancien mode de vie.

Cat ne lui demandait jamais ce qu'il faisait quand il n'était pas avec elle. Jamais le nom de Jess n'était prononcé.

Rob regardait Jess finir de se préparer pour cette journée de fête. Elle tournait la tête et fixait à chaque lobe d'oreille une perle montée en dormeuse. La lumière crue du printemps tombait sur son visage, dont la peau laissait voir quelques rides très fines. Le coin de ses yeux disparaissait sous un pli de chair. La réalité de son âge le frappa de plein fouet. Une vague de tendresse l'amena à souhaiter fixer ce moment précis pour l'éternité.

Il prononça son nom avec une telle ferveur qu'elle se tourna vers lui, les yeux remplis d'étonnement.

— Tu es très belle.

Jess lui tendit les bras et il vint s'y blottir. Elle le pressa contre son sein et le berça tendrement :

— Je t'aime, murmura-t-elle à son oreille.

À cet instant, il représentait tout pour elle et comptait même plus que Dan n'avait jamais compté.

Ils étaient en retard maintenant. C'est Rob qui, le premier, se détacha, sans cesser pour autant de lui caresser la joue.

— Profite bien du massage et du bain chaud, et de la fête de ce soir aussi. J'irai au pub passer une heure ou deux. Je te reverrai demain.

Malgré lui, Rob se dit qu'il connaissait l'endroit où il trouverait Cat un vendredi soir. Il savait aussi qu'elle l'y chercherait.

— Je ne peux pas le croire, soupira Lizzie en appuyant sa tête contre le mur embué du bain de vapeur. Quarante ans. Quarante !

— Essaie d'y penser comme à une réussite, murmura Jess les yeux fermés.

Elles avaient nagé dans la piscine et s'étaient ensuite fait rôtir sous les lampes solaires. Enveloppées dans des peignoirs de ratine, elles s'acheminaient lentement vers les chaises longues, au bord de la piscine, pour s'exposer au courant de vapeur chaude qui y était dirigé.

— De toute façon, est-ce que tu aimerais retourner à tes vingt-deux ans si c'était possible ? demanda Jess.

— Oui. Pour sentir du sang jeune couler dans mes veines. Et toi ?

Jess fit non de la tête.

— Pourquoi pas ?

— Être obligée de tout recommencer ? Non, merci.

Lizzie la regarda avec étonnement. La véhémence de la réponse de Jess laissait supposer une expérience amère. Qu'est-ce qui l'avait amenée, dans le passé, à se fermer au monde et à s'en éloigner ? se demandait-elle. Si Jess l'avait mise dans le secret, son aventure avec Rob ne lui paraîtrait sans doute pas aussi choquante, ni aussi opposée aux principes qui avaient toujours guidé sa vie.

L'image de l'homme sur la photographie que Beth lui avait montrée effleura l'esprit de Lizzie pendant une seconde.

Jess, perdue dans les petits nuages de vapeur parfumée à l'eucalyptus, continuait à faire le bilan de la vie de sa sœur.

— C'est une réussite. Tu as James, Sock et ta carrière. Regarde tout le travail que tu as accompli...

Lizzie l'interrompit. Elle croyait avoir finalement compris une chose qui la concernait elle-même :

— De foutus drames policiers. Je ne valais pas de la merde, de toute façon. Et j'ai détesté chaque minute que j'ai dû y consacrer. Écoute-moi : quand tu as quarante ans, tu es censée être capable de jeter un regard objectif sur ta vie et sur tes talents, n'est-ce pas ? Je viens tout juste de prendre une décision importante.

— Laquelle ?

— Je vais tout plaquer et me contenter d'être une bonne mère. Et si James cesse de m'aimer parce que je ne suis qu'une simple femme au foyer, eh bien...

Elle s'arrêta à cette pensée, puis poursuivit :

— Eh bien, je saurai pourquoi il est tombé amoureux de moi. Je n'aurai qu'à tenter de remonter sur les planches.

— Je ne crois pas que tu aies à te faire du souci. James t'aime tellement que ça se voit comme le nez au milieu du visage. Son amour n'est pas conditionné par tes apparitions au petit écran pour vanter les mérites d'une crème à mains. Il t'aime, toi, Lizzie et il aime la mère de Sock.

Lizzie laissa retomber sa tête en arrière pour jouir de la douce vapeur et ferma les yeux. Méritait-elle qu'on lui donne une réponse aussi simple ?

— Peut-être. Je devrais être heureuse d'avoir James et Sock, n'est-ce pas ? Et je devrais arrêter de vouloir décrocher la lune. Et cesser aussi de craindre de tout perdre.

Et qu'est-ce que Jess avait, elle ? Le remords s'empara soudain de Lizzie :

— Crois-tu que je sois une écervelée égocentrique ?

— Mais non, répondit Jess en riant. Tu es ma sœur. Nous sommes très différentes. C'est tout.

— Les contraires familiaux.

Un dernier soupir de vapeur s'exhala et le silence ne fut seulement troublé par le bruit que faisaient les gouttes en tombant de l'appareil.

Lizzie étendit le bras et toucha celui de Jess :

— Je suis tellement heureuse que tu m'aies invitée à partager cette journée avec toi. C'est le plus beau cadeau que je pouvais recevoir, que nous redevenions amies. Écoute, je dois t'avouer quelque chose : je regrette d'avoir déraillé à propos de tes relations avec le jeune homme.

— Rob.

— Avec Rob. Je ne comprenais pas. Je ne comprends pas très bien encore, si tu veux la vérité. Mais si tu es heureuse, je n'ai rien à dire, parce que ça ne me concerne absolument pas, Jess. Veux-tu me pardonner ?

— Tu sais que tu n'as pas besoin de me le demander.

— Le veux-tu ?

— Oui. J'ai autant besoin de toi que toi de moi, tu sais.

— Je crois que je ne me suis jamais rendu compte de cette réciprocité, reconnut humblement Lizzie.

— Mrs Arrowsmith ? Mrs Arrowsmith ? appela la masseuse.

Jess enroula sa serviette autour d'elle et suivit la jeune femme, dont le nom était brodé sur sa salopette rose.

— Joyeux anniversaire, lui souhaita encore une fois Jess avant de disparaître.

Au terme de leur journée, elles se soumirent à un massage facial suivi d'un maquillage complet. Après que les diverses couches de crème et de fard eurent été appliquées, Jess eut l'impression qu'on l'expédiait pour la soirée avec un masque de latex, mais Lizzie était ravie du sien :

— Tout en valait la peine. J'ai l'impression d'avoir encore trente ans.

Quand elles furent toutes deux devant le miroir du vestiaire, Lizzie ajouta :

— Et tu es très belle.

— J'ai plutôt l'air d'une vieille maquerelle, à mon avis.

— Pas tu tout. Tu es très séduisante. Tu as toujours été la plus jolie de nous deux.

Jess ramena Lizzie chez elle. Selon l'histoire inventée par James, ils devaient tous trois prendre un repas de fête dans un bon restaurant. Lizzie soupirait de plaisir par anticipation.

Jess souriait à la pensée que James et ses amis se livraient probablement aux derniers préparatifs de la fête. Leurs rires complices devaient sûrement remplir la maison. Elle n'aurait pas voulu être à la place de sa sœur.

Quand elles arrivèrent chez Lizzie, il n'y avait pas de voitures dans la rue pour éventer la mèche. La maison paraissait tout à fait tranquille. Au grand soulagement de Jess, il était exactement l'heure à laquelle James lui avait fait promettre de ramener sa femme.

Lizzie fourragea dans son sac pour y trouver ses clés. Le vestibule était obscur et silencieux. Tout en appelant James, elle ouvrit la porte du living-room. La lumière éclata soudain et un grand cercle de visages radieux apparut devant elles. Quarante personnes se mirent à clamer « Bon anniversaire ! »

Jess surveillait l'expression de sa sœur. Après une seconde de surprise et d'incrédulité, Lizzie afficha un sourire heureux. Elle était ravie.

James avait eu raison, après tout, et les craintes de Jess étaient injustifiées. « Il la connaît mieux que moi », pensa-t-elle.

On couvrit Lizzie de baisers, on l'étreignit au point de lui rompre les os, on l'inonda de cadeaux.

— Je ne peux pas le croire ! ne cessait-elle de répéter, enchantée.

James avait bien fait les choses. Il avait invité des comédiens, des voisins, des parents, des amis de la famille et l'agent de Lizzie. Jess fut elle-même surprise de découvrir sa fille, Beth, légèrement en retrait du groupe.

— Je te remercie infiniment, Jess, lui chuchota James à l'oreille. Tu t'en es tirée à merveille.

— J'ai besoin d'un très grand verre bien rempli.

— Et tu vas en avoir un.

— Champagne ! clamait Lizzie, une bouteille au bout de chaque bras. Venez, tout le monde. Puisque je dois me résigner à joindre la troupe des quadragénaires, autant le faire de joyeuse façon.

Jess prit un verre et le vida d'un trait. Comme elle connaissait au moins la moitié des gens, il lui fallut un bon moment et un deuxième verre de champagne avant de rejoindre Beth.

— Je ne m'attendais pas à te voir.

— C'est une fête surprise, maman.

— Combien de temps comptes-tu rester ?

— Ce soir seulement. Je suis venue directement chez Lizzie en descendant du train et je repars demain matin. Tu me parais différente...

Jess tapota son maquillage du bout des doigts :

— Lizzie et moi nous sommes fait refaire une beauté. Je suis affreuse, hein? Il me semble que mon visage est à la veille de craquer.

— Non, c'est très bien. Personne ne te prendrait pour ma mère.

— Ce n'est peut-être pas une mauvaise chose, répondit Jess d'un ton pensif.

Le regard de la mère et de la fille fut attiré par deux personnes qui se frayaient un chemin vers elles. Jess reconnut Evie, la première amie que Lizzie s'était faite à l'école d'art dramatique; quant à l'homme portant une queue de cheval et une tunique vert glauque, Jess ne l'avait jamais rencontré. Evie le présenta comme l'astrologue de Lizzie. Il regarda Jess dans les yeux avec insistance, puis s'inclina profondément pour lui baiser la main.

— Personne ne vous a jamais parlé de votre aura? murmura-t-il.

Jess se résigna à subir sa conversation en attendant qu'on vienne remplir son verre.

Les traiteurs avaient dressé un buffet dans la cuisine. Il faisait chaud, ce soir-là, et les portes-fenêtres étaient ouvertes pour permettre aux invités de passer dans le jardin. Jess vit Beth parler en riant avec le jeune comédien qui avait tenu le rôle du policier sans expérience dans la télésérie où avait joué Lizzie. Les cercles se formaient et se reformaient, et les conversations et les rires allaient crescendo. C'était une fête réussie. Lizzie voletait de groupe en groupe, portée par le champagne et le sentiment d'être adulée.

Jess regardait évoluer tous ces gens et méditait sur l'étonnante chaîne humaine dont chacun était un maillon. Le mari d'Evie, qui avait enseigné pendant une courte période à l'école d'art dramatique, avait présenté Lizzie à son agent, lequel avait épousé en troisièmes noces la femme d'affaires par l'entremise de qui Lizzie avait connu James... Ces liens étaient les ligaments de la vie, pensait rêveusement Jess; ils entretenaient l'amitié, faisaient parfois naître

292

l'amour, permettaient aussi que des talents soient reconnus. Elle éprouva une certaine nostalgie à la pensée que certains des liens qui avaient autrefois donné un sens à sa vie étaient maintenant rompus. Elle se sentait seule, là où Lizzie donnait libre cours à ses instincts grégaires. Elle savait aussi que la mort de Danny et la dévotion qui l'attachait à Rob accentuaient son isolement.

Elle but un autre verre de champagne et se tourna vers Beth. Les tapis avaient été roulés dans le living-room et l'on commençait à danser. James prit Beth par la main et ils valsèrent ensemble, riant quand leurs pieds s'accrochaient. Jess songeait que cette fête avait un côté positif, puisqu'elle fournissait à la famille l'occasion de resserrer les liens qui s'étaient récemment relâchés. Bien qu'elle ne l'eût jamais cru, elle pouvait espérer maintenant ne plus traîner la même tristesse.

— Voici ma Belle au bois dormant, murmura une voix dans son oreille.

C'était l'astrologue, mais Jess se sentait assez sûre d'elle-même pour ne pas succomber à la tentation de faire appel à sa compétence divinatoire.

— Ma foi ! combien ai-je bu de champagne ?

Lizzie était assise à la table de la cuisine, effondrée sur sa chaise. Les pleurs et les rires qu'elle avait généreusement prodigués au cours de la soirée avaient dissous le savant maquillage de ses yeux et transformé ses orbites en cavités ténébreuses.

— Juste assez, dit James en vidant le fond de la dernière bouteille dans le verre le plus proche.

Lizzie passa ses bras autour de son cou et l'attira contre elle pour l'embrasser avec ferveur.

— C'est la plus belle fête qu'on m'ait jamais offerte et tu es le meilleur mari qu'une femme puisse souhaiter. Je vide donc ce dernier verre et après, mon amour, je monte me coucher. D'accord ?

— D'accord.

Elle fit un clin d'œil à Jess et à Beth, assises en face d'elle. Ils avaient tous les quatre passé un long moment à faire une rétrospective de la soirée et Jess songeait avec envie au lit qui l'attendait dans la chambre d'amis de Lizzie.

— Passer une nuit sans Sock pour m'arracher au sommeil dès le petit matin, c'est une chance qu'il ne faut pas gaspiller.

— Le petit matin est déjà passé, ma chère.

— Mon Dieu ! Qu'est-ce que nous attendons ?

Lizzie se leva en titubant et James s'avança pour la soutenir.

— Bonne nuit. Merci d'être venues. Merci pour tout. Je vous aime toutes les deux, déclara-t-elle en soufflant un baiser dans leur direction.

Sur le point de franchir le seuil de la cuisine, elle se retourna en affichant un sourire entendu :

— Tu ne me l'as pas encore dit, Beth. Qui était-ce ? As-tu trouvé ?

— De qui parles-tu ?

— Du beau mâle sur la photo.

Le visage de Beth s'empourpra, mais Jess ne sembla pas avoir compris l'allusion.

— Non. Mais ça n'a aucune importance.

— Ah ! bon. Notre Jess a toujours été cachottière. Bonne nuit.

Jess restait assise sans bouger sur le lit, recouvert comme son jumeau d'un édredon bleu à motif floral. Il lui semblait que sa tête et ses mains étaient détachées de son corps. Son sang battait à ses oreilles. Une bouteille d'eau minérale et deux verres avaient été déposés sur l'unique table de chevet. James avait pensé à tout.

La porte grinça légèrement. C'était Beth qui revenait de la salle de bains. Sans ouvrir les yeux, Jess laissa à sa fille le temps de se glisser entre les draps.

— Es-tu prête à dormir ? demanda Jess. Est-ce que je peux éteindre ?

— Oui.

Jess allongea le bras pour atteindre le commutateur. L'obscurité les enveloppa et, dans le silence qui venait de s'établir, Jess posa ouvertement la question :

— Pourquoi as-tu volé la photo ? Pourquoi as-tu fouillé dans mes affaires ?

— Je ne l'ai pas volée, puisque je l'ai remise à sa place.

— Pourquoi l'as-tu prise ?

— Je voulais savoir qui c'était. Il me semblait que notre maison était remplie de secrets et que tu les partageais avec Rob. Je me suis sentie exclue. J'étais jalouse. J'ai toujours été torturée par la jalousie et je me suis toujours sentie exclue. Tu n'as jamais deviné mes sentiments ? D'abord toi et Danny, et maintenant toi et lui. Jamais toi et papa, ce qui aurait tout racheté à mes yeux.

— Je vois.

— Non, tu ne vois rien. Mon Dieu ! j'aimerais bien ne pas avoir autant bu ; je ne peux pas mettre deux idées ensemble. Je voulais qu'on me dise ce que, semblait-il, je n'étais pas censée savoir. Je croyais que Lizzie aurait pu me mettre au parfum. Mais elle ne savait rien. Je te le demande donc à toi.

« Je me conforme à la lettre au conseil de Sam », pensa Beth, surprise de se rendre compte qu'elle n'avait pas pensé à lui de la soirée.

— Qui est cet homme qui apparaît sur la photo ? Celle que tu gardes cachée sous des liasses de lettres, dans la boîte au fond de ta penderie ? Tu sais de qui je parle, non ?

— Il s'appelle Tonio. Il y a vingt ans, en Italie, je suis tombée amoureuse de cet homme.

Un silence embarrassant suivit cette confession.

— Et alors, finit par demander Beth sur un ton prudent, qu'est-ce que ça change pour moi ou pour Danny ? Vas-tu me révéler pourquoi il y avait autant de différence entre nous ?

« Je m'étais promis de le lui dire si elle me le demandait, se souvint Jess. C'est ce que j'avais décidé. Mais elle semble maintenant connaître la réponse. »

— Tonio est le père de Danny, déclara-t-elle clairement et lentement.

Beth soupira. Jess crut deviner du soulagement chez elle ; elle crut même déceler un sentiment de triomphe. Le doute avait dû s'insinuer en elle depuis longtemps. Peut-être qu'au fond d'elle-même elle l'avait toujours su.

— Oui, rétorqua Beth, c'est bien ce que je pensais. Est-ce que Danny le savait?

— Non.

— Quelqu'un d'autre le sait-il?

— Personne.

— Et Rob Ellis? Tu le lui as dit? Pendant que vous faisiez le ménage dans la chambre de Danny, peut-être? C'est ça qui vous faisait rire?

— Non. Il ne sait rien. Il m'a fait des confidences sur sa famille et sur son passé, mais il ne m'a jamais demandé de lui dévoiler mes secrets en retour.

Beth bougea dans son lit. Jess était certaine qu'elle lui tournait maintenant le dos. Elle aurait voulu la tenir contre elle comme c'était son habitude quand elle était petite.

— Beth? Je ne sais quoi dire d'autre. Je suis désolée.

— Au moins, je suis fixée maintenant.

— Veux-tu que nous en parlions?

— Je crois qu'il est trop tard, répondit-elle avec une cruauté délibérée qui blessa sa mère. Et je veux dormir.

— D'accord, répondit humblement Jess. Bonne nuit.

Elle s'allongea sur le dos, ses yeux secs largement ouverts dans l'obscurité. Dans le lit voisin Beth, succombant au sommeil, respirait lentement et régulièrement.

— Qu'est-il arrivé? demanda Lizzie, abasourdie.

Malgré sa gueule de bois, elle pouvait se rendre compte qu'il se passait quelque chose de sérieux, même si elle ne savait pas quoi. Beth finissait son café. Elle avait refusé de manger, prétextant vouloir attraper le train de midi pour rentrer à Londres.

Levée très tôt, Jess avait balayé les planchers et lavé les verres et les cendriers avec une concentration lugubre. Elle était maintenant assise au bout de la table et observait un couple de grives perché dans l'arbre près de la fenêtre. Les oiseaux gardaient le nid chacun son tour pendant que l'autre partait en quête de nourriture.

— Je vais te conduire à la gare, lui offrit James. Je reprendrai Sock en revenant.

L'enfant avait passé la nuit chez la bonne qui s'était occupée de lui pendant que Lizzie était en tournage.

Beth accepta d'un ton las. Elle monta à l'étage chercher son sac de voyage. Jess et Lizzie l'accompagnèrent jusqu'à la voiture.

— Tu ne peux donc pas rester ? la pria Jess, se rendant compte que ses requêtes commençaient à prendre un tour répétitif. Seulement jusqu'à ce soir ? Nous pourrions parler, au moins...

Elle se tourna soudain vers James et Lizzie :

— Est-ce que je pourrais lui parler une minute ? Privément.

Ils s'éloignèrent immédiatement, laissant Jess se demander si on ne la soupçonnerait pas d'être devenue folle. Mais elle voulait plus que jamais retenir Beth, comme si la force de sa détermination pouvait avoir raison de son attitude de refus.

Beth la regarda froidement avec des yeux qui étaient ceux-mêmes de Ian :

— Je veux réfléchir. Je veux seulement avoir un peu de temps pour réfléchir, seule. J'ai l'impression d'avoir perdu Danny une seconde fois.

Jess recula. Elle avait le sentiment d'être toujours en train de s'excuser et d'être loin d'en avoir fini. Elle était très fatiguée et elle se sentait seule. L'optimisme qui l'avait habitée la nuit précédente s'était évanoui.

— Très bien, dit-elle au bord des larmes. Très bien, mais souviens-toi seulement...

Elle aurait voulu faire une promesse ou formuler quelque assurance, mais elle ne put trouver les mots. Elle leva la main en direction de James pour lui signifier que tout avait été dit ou, plutôt, que rien n'avait été réglé. Puis elle rentra dans la maison, les yeux noyés de larmes.

Jess prit la direction de la cuisine et, d'une main tremblante, se versa une tasse de café. L'odeur propre de l'eau de Javel et l'air pur avaient chassé les relents de tabac refroidi. Lizzie, perchée sur le coin de la table, aspirait béatement la fumée de sa première cigarette de la journée.

— Tu devrais tout me raconter, Jess.

— Vraiment? Oui, j'imagine que je devrais. Es-tu assise confortablement?

— Ne sois pas ironique, ça ne te convient pas.

Jess se planta devant la fenêtre. Les deux grives, revenues au nid, se donnaient des coups de bec en balançant leurs têtes comme des figurines de coucou.

Assez curieusement, Lizzie n'essaya pas d'interrompre sa sœur pendant qu'elle lui racontait son aventure. À la fin, quand Jess se retourna, Lizzie avait la bouche tordue par l'émotion et les yeux presque exorbités.

— Je ne te comprends pas, avoua Lizzie en hochant la tête pour exprimer son incrédulité.

— Vraiment? Tu ne pourrais pas te mettre à ma place, Liz? Je suis tombée amoureuse de Tonio. C'était comme si je respirais pour la première fois. C'était comme si personne ne m'avait jamais touchée, comme si je n'avais jamais ouvert les yeux ou vu le ciel de toute ma vie. Le mot « amoureuse » paraît banal, n'est-ce pas? On pense aux rengaines de la musique populaire ou de la publicité et au cinéma sentimental du dimanche après-midi, hein? Mais l'amour s'est emparé de moi. J'étais vivante, alors qu'auparavant je n'étais qu'une froide mécanique. J'aurais fait n'importe quoi pour lui, pour rester avec lui. Mais il ne me l'a pas demandé. Et puis j'étais mariée et j'avais Beth.

Lizzie reprit ses esprits. Ses traits s'adoucirent et elle regarda sa sœur avec sympathie :

— Oui, je sais ce que c'est d'être amoureuse.

— Si tu le sais, tu peux comprendre ce qui m'est arrivé, à moi. Quand je suis revenue vers Ian, j'étais enceinte. Je n'avais que quelques jours de retard, mais j'en étais certaine. Et j'étais heureuse. Je le voulais, ce bébé. J'ai voulu Danny plus que tout. Il était à moi. Il était ma raison de vivre.

— As-tu jamais entendu parler de Tonio par la suite?

Jess hésita avant de répondre négativement.

— Pourquoi ne m'as-tu jamais confié ton secret ? demanda Lizzie.

— Parce que je ne voulais pas t'obliger à le garder toute ta vie.

Lizzie, médusée, acquiesça lentement de la tête :

— Et Ian n'a jamais rien deviné ?

— Non.

— J'ai toujours trouvé qu'il se comportait mal avec toi. Jamais là, toujours de mauvaise humeur quand il y était. Je parie qu'il a eu d'autres aventures avant Michelle ?

— Le problème n'était pas là. Nous avons suivi les règles. Nous avons été loyaux, responsables et ouverts l'un envers l'autre. Pendant toutes ces années. Mais ça n'a jamais marché. Ça ne marchait même pas au début, avant Tonio. Nous n'aurions pas dû nous marier. Mais, dans ce cas-là, Beth ne serait pas née.

— Elle était très bouleversée. C'est ma faute : j'aurais dû me taire, hier soir. Je croyais que le garçon de la photo n'était qu'un flirt de jeunesse. Je voulais seulement te taquiner parce que tu ne m'en avais jamais parlé. Peut-être que, si j'avais retenu ma langue, Beth aurait oublié.

Jess posa le regard sur le buffet de la cuisine. Les rangées de tasses, de verres, d'assiettes blanches et bleues, les photos de Sock étaient autant de signes d'une vie familiale normale. Elle dit lentement, comme si elle se parlait à elle-même :

— Je suis contente qu'elle le sache. Qu'elle sache qu'il y a une raison qui justifie sa rancœur. Au bout du compte, nos relations n'en seront peut-être que meilleures.

— Et Ian, là-dedans ?

— Maintenant que Beth est au courant et toi aussi, il va falloir que je lui dise la vérité. J'ignore comment. Mais je lui dois bien ça, hein ?

Lizzie quitta son perchoir, vint rejoindre Jess devant la fenêtre et entoura ses épaules d'un bras protecteur. Jess reconnut l'odeur familière de son parfum mêlée à celle de la cigarette.

— Merci, dit-elle gentiment. Regarde les oiseaux.

Elles restèrent côte à côte à regarder les grives réparer leur nid.

14

Jess résolut d'écrire à Ian. Elle essaya une fois, puis une demi-douzaine de fois encore.

« Te souviens-tu de Tonio Fornasi ?

Pourquoi t'en souviendrais-tu ? Ce n'était qu'un Italien, né de mère irlandaise, que nous avions rencontré un dimanche, au cours de nos vacances au bord de la Méditerranée. Notre fille n'était alors qu'un bébé. Comme tu devais retourner en Angleterre à cause de ton travail, Beth et moi étions restées là-bas trois autres semaines après ton départ.

Quand est venu le temps de rentrer, j'ai bien failli ne pas revenir au pays. Tu ne peux rien te rappeler, Ian, parce que tu n'as jamais su ce qui était arrivé.

J'étais tombée amoureuse de Tonio. Il n'avait eu qu'à tendre la main pour me cueillir, comme on cueille une figue sur l'arbre. Je devais être mûre pour une telle aventure, j'imagine.

Au début, quand il ne donnait pas de leçons d'anglais l'après-midi, il nous accompagnait tous les trois à la plage, tu t'en souviens ? Beth jouait dans le sable et il construisait pour elle d'étranges châteaux, en lui racontant d'extravagantes histoires sur les gens qui étaient censés les habiter. Il avait des mains douces et hâlées. Le sel marin se cristallisait sur les longs poils noirs de ses jambes et de ses avant-bras. De temps à autre, il me lançait un clin d'œil enjôleur.

Je me contentais de le trouver beau, de la même façon que j'aurais admiré une peinture qui ne m'appartenait pas. Et je l'aimais bien parce qu'il me semblait gentil, qu'il me faisait rire, qu'il m'écoutait quand je lui parlais et qu'il se souvenait de tout ce que je lui disais. Par ailleurs, il paraissait se contenter de ce qu'il possédait, c'est-à-dire de presque rien.

La première fois que nous avons passé la soirée ensemble, tu étais retenu au lit par une insolation. Tu te rappelles à quel point tu avais été incommodé ? Nous avons donc été dîner tous les deux. Nous avions à peine quitté la *pensione* que je me sentais déjà à lui pour le reste de la soirée. Car il m'entourait d'attentions, comme si j'avais été son bien le plus précieux. Pendant les deux ou trois heures que nous avons passées ensemble, j'ai eu le sentiment d'être la personne la plus importante de l'univers. Peux-tu te l'imaginer ? J'ai alors cessé de l'admirer avec détachement et je suis devenue vulnérable.

Par la suite, quand j'ai décidé de rester en Italie alors que tu rentrais chez nous, j'ai pensé que nous aurions un flirt sans conséquence. Un baiser ou deux sous les étoiles au retour d'un dîner ou d'une promenade au clair de lune sur le rivage d'une mer aux mille reflets argentés. Une amourette de vacances, une idylle méditerranéenne.

Mais les choses sont devenues beaucoup plus sérieuses, parce que Tonio est tombé amoureux de moi, de Jess Arrowsmith, cette jeune femme pondérée et rationnelle mariée prématurément, cette mère totalement dévouée à sa fille. J'étais vraiment étonnée par la tournure des événements. Je ne m'étais jamais imaginé auparavant que j'aurais pu intéresser un homme comme Tonio.

Je serais cependant malhonnête en affirmant que je refusais d'emblée que cela se produise, parce qu'en réalité j'en rêvais. Je me rappelle encore, vingt ans plus tard, dans quel état d'esprit je me trouvais. Jusqu'à ce jour, la mer étale de ma vie était barrée par un morne horizon. Le lendemain une vague splendide, venue de nulle part, roulait sa crête au-dessus de moi. Là où j'étais, il m'était encore possible de retenir ma respiration et de faire demi-tour en nageant vers la rive. Mais je ne bougeais pas. Je gardais les yeux ouverts et je laissais la masse rugissante s'abattre sur moi. Alors le ressac m'entraînait vers le large.

Te souviens-tu que la *signora,* à notre hôtel, s'était prise d'une grande affection pour Beth? Elle se faisait un plaisir de veiller sur elle le soir, bien que sa fille, cette Vittoria aux yeux noirs et à la moue dédaigneuse, fût profondément jalouse de moi. Tonio venait me chercher, une fois Beth endormie, et nous sortions ensemble dans la douce fraîcheur de la nuit.

Il logeait dans une chambre toute simple près du petit port. Il m'y a invitée un soir. Nous nous sommes assis sur son lit à structure de métal, parce qu'il n'y avait qu'une seule chaise dans la pièce. Il m'a régalée avec un pique-nique composé de pain, de *prosciutto,* d'olives et de petits raisins poussiéreux à peau épaisse, mais étonnamment sucrés. Comme le jus coulait sur mes lèvres et sur mon menton, il l'a essuyé avec le bout de son doigt et m'a embrassée.

Une foule de souvenirs insignifiants me reviennent en mémoire : les odeurs mêlées du sel marin, de la cuisine et du gasoil; les voix graves des hommes, le grincement de la coque des bateaux sur les parois des quais et le teuf-teuf monotone des moteurs alors que les pêcheurs quittaient le mouillage pour aller passer toute la nuit en mer.

Ce soir-là, Tonio et moi avons fait l'amour pour la première fois.

Le matelas était mince et dur. Les draps propres et usés, délicatement reprisés, fleuraient bon la lavande. Il se leva pour aller fermer les volets. Il avait les fesses aussi brunes et douces que du caramel.

J'avais l'expérience sexuelle moyenne d'une femme de mon âge et de mon temps, du moins je l'imagine. Mais le comportement de Tonio au lit m'introduisait dans un univers nouveau et merveilleux.

Il y avait chez lui une grâce et une retenue qui faisaient paraître ses initiatives réfléchies, presque respectueuses. Puis, une fois sa retenue vaincue, il devenait exubérant et prenait un plaisir évident à l'activité sexuelle. Mon imagination romanesque m'amenait à supposer que cette dualité, chez lui, procédait du mélange de gênes opposés : d'une part, la fougue italienne et, d'autre part, la mélancolie irlandaise.

Il baisait mes pieds et mes chevilles, aussi bien que les surfaces blanches que mon bikini avait protégées du soleil. Il semblait chérir tous les reliefs et les creux de mon corps. Il me faisait sentir que j'étais belle. Ce soir-là, comme tous les soirs qui ont suivi, il m'a aidée à me libérer de mes inhibitions. De tout ce qui me paralysait lorsque je me retrouvais auprès d'un homme.

Je sais, Ian, que je ne t'ai jamais autant donné qu'à lui. Pendant toutes nos longues années de mariage, nous ne nous sommes jamais départis d'une certaine pudeur, n'est-ce pas ?

Tu vas penser, j'imagine, que je fais exclusivement allusion au sexe.

C'est vrai et c'est moins vrai. Le sexe comptait beaucoup pour Tonio et moi, mais c'était seulement la clé qui avait ouvert une porte. En nous donnant à l'un et à l'autre accès à notre moi le plus intime, le sexe nous en apprend beaucoup sur ce que nous sommes. J'en prends conscience encore une fois avec Rob Ellis.

Rob me rappelle constamment Tonio. Je retrouve chez lui la même vulnérabilité et, à l'opposé, la même confiance en soi, qui est d'autant plus dévastatrice qu'elle est inconsciente. Une honnêteté et une passion identiques aussi. Le sexe est en jeu, comme tu peux voir, mais pas seulement le sexe.

Eh bien, c'est tout le temps dont nous avons pu alors jouir ensemble : dix-neuf jours, pas tout à fait trois semaines, de pur bonheur. Il ne m'a pas demandé de rester avec lui. Et s'il l'avait fait, j'aurais refusé. Il n'avait pas un sou, il n'avait pas de racines. Il ne s'en souciait guère, d'ailleurs. Il ne désirait rien de plus que ce qu'il avait. De mon côté je vous avais, Beth et toi. Je ne voulais pas renoncer à ma vie familiale en Angleterre. Il n'était pas question que je sacrifie tout à un bohème extravagant. Tu reconnais sans doute ici cette Jess effacée et tourmentée, qui refusait de se délester de son fardeau de responsabilités trop tôt assumé.

Il ne nous a guère été facile d'envisager le caractère inéluctable de notre séparation prochaine. Il semble que nous ayons refusé jusqu'au bout d'admettre que notre idylle ne pouvait avoir de lendemain.

Le dernier soir, Tonio a cependant essayé de me demander quelque chose. Il m'a pris la main, et j'ai vu l'éclat de ses yeux assombri par le chagrin. Mais je ne l'ai pas laissé parler. J'étais fermement déterminée à ne pas succomber, mais je craignais tout de même qu'un seul mot de lui ne vienne m'ébranler. Je ne lui ai laissé aucune chance de prononcer les mots qui lui brûlaient la langue. Chaque jour, depuis, je me suis demandé ce qu'il aurait voulu me dire : sans doute une prière que je n'aurais pu exaucer ou une promesse que j'aurais été incapable de tenir. Mais si j'étais restée en Italie – et il s'en est fallu de peu –, si nous nous étions engagés l'un envers l'autre, aucun de nous n'aurait été capable de respecter ses promesses. Je le savais d'instinct et je n'ai jamais changé d'avis par la suite.

Nous nous sommes définitivement séparés le dernier soir. De longs nuages argentés striaient l'horizon et les flâneurs se faisaient rares sur la *passeggiata*. Je ne me suis pas retournée pour le voir. Non pas parce que j'étais forte ou déterminée, mais parce que j'avais peur de moi-même.

Voilà à quoi se résume l'histoire de mon grand amour. Je ne suis pas une femme vertueuse : je n'ai pas de courage, c'est tout.

Quand je suis rentrée à la maison, je savais déjà que j'étais enceinte. Si j'ai paru maussade et triste, si j'ai paru entretenir des regrets, tu as sans doute mis cela sur le compte de la fastidieuse routine quotidienne, qui reprenait ses droits après ces longues vacances. La vérité sur ma grossesse était facile à camoufler. Je n'ai eu qu'à décaler légèrement les dates exactes. Mon Danny est devenu tout autant ton Danny.

Je t'ai joué un vilain tour, Ian. Je n'implore pas ton pardon, parce que je ne le mérite pas.

Avant que tu ne me demandes si j'ai jamais revu Tonio, je te donne tout de suite la réponse. Non. Il m'a envoyé une carte postale, une fois, d'un village de l'ouest de l'Irlande. Les gens qui habitaient notre ancienne maison me l'avaient gentiment acheminée. Il n'y avait aucune adresse de retour, seulement le nom du village.

Le message au verso ne contenait que quelques mots sans intérêt sur le temps qu'il faisait et la beauté des paysages. La dernière phrase se lisait ainsi : « C'est un très bel endroit où vivre. » Il avait signé de son nom complet, Tonio Fornasi, comme si j'avais pu l'avoir oublié.

Je me suis imaginé qu'il avait épousé la rondelette Vittoria et qu'il avait engendré une flopée de bébés italiens joufflus.

C'est tout, Ian. Tu connais maintenant l'histoire au complet. »

Jess ne mit pas cette lettre à la poste, évidemment. Pas plus qu'elle n'envoya aucune des autres versions sur lesquelles elle avait passé des heures à s'accuser et à s'expliquer. Elle finit par lui poster un court billet. Elle regrettait, elle avait honte. Elle avait gardé un secret pendant vingt ans. La mort de Danny l'avait amenée à ressasser ses souvenirs, et l'intermède italien avait pris une nouvelle actualité. Beth et Lizzie étaient au courant ; il était juste que Ian l'apprenne d'elle-même.

Une fois de plus, elle était désolée.

Ian cueillit la lettre d'Angleterre au milieu d'un tas de factures et de messages. Michelle avait tout laissé sur la table de la cuisine pour qu'il puisse en prendre connaissance au retour de son travail. Il ouvrit l'enveloppe blanche, fronçant déjà les sourcils.

Il resta debout au milieu de la coquette cuisine blanc et bleu, tenant l'unique feuille de papier entre ses doigts, lisant et relisant les courts paragraphes qu'elle avait écrits.

— C'est toi, chéri ?

Michelle l'appelait de la salle de bains. Elle descendit presque tout de suite, une serviette moulant son corps svelte et une autre enroulée autour de ses cheveux mouillés. Tout en maintenant d'une main son turban improvisé, elle passa son bras libre autour de la taille de son mari. À l'instant où elle commença à tirer sur les pans de sa chemise, Ian s'éloigna d'elle. Elle le regarda avec surprise :

— Qu'est-ce qui ne va pas ?

— Quelle heure est-il en Angleterre maintenant ?

— Je ne le sais pas, répondit-elle en haussant les épaules. C'est toi l'Anglais d'origine. De bonne heure le matin, j'imagine.

— Je veux parler à ma fille.

Il se rendit au séjour et décrocha le téléphone.

Michelle l'avait suivi :

— Qu'est-ce qui a bien pu arriver ?

Il lui tendit la lettre, qu'elle lut rapidement.

— Merde ! Ian. Crois-tu ce qu'elle raconte ?

Il écoutait la sonnerie insistante du téléphone dans l'appartement de Beth.

— Je n'en sais rien. Je vais me rendre à Londres pour savoir exactement de quoi il retourne. Non ?

— Tu n'avais pas besoin de venir jusqu'ici pour moi, papa.

— Je voulais venir. Je ne pouvais pas tirer l'affaire au clair en restant au bout du monde, n'est-ce pas ?

Ils étaient chez Beth, assis l'un à côté de l'autre devant la cheminée. La lumière crue venant de l'extérieur atténuait l'éclat des flammes du gaz. Le printemps avait été venteux et pluvieux à Londres. Vingt-quatre heures seulement après avoir quitté Sydney, Ian avait attrapé un rhume. Il était installé dans le coin le plus confortable du canapé, celui que Sam occupait habituellement. Beth laissa son père passer son bras autour de ses épaules, tout en regrettant que ce ne soit pas Sam, justement, qui soit là. Elle le chassa de sa pensée. Cela lui devenait plus facile depuis quelque temps, du moins le pensait-elle.

— Ce n'est pas le genre de nouvelle qu'on reçoit tous les jours, dit Ian d'un ton amer. Ta femme a chéri les souvenirs d'un autre homme tout le temps qu'a duré ton mariage. Tu apprends que le fils que tu viens d'enterrer n'est pas le tien. C'est comme si on me l'avait enlevé deux fois.

Beth gardait les yeux fixés sur le feu :

— J'ai eu une réaction semblable quand j'ai appris l'histoire. Mais Danny reste pour nous la même personne, ne crois-tu pas ? C'est comme pour maman : elle n'est plus ta femme, mais elle n'en est pas pour autant différente. Aurais-tu préféré ne rien savoir ?

— J'aurais préféré qu'on laisse mes souvenirs intacts. Je me sens totalement dépouillé maintenant.

À la manière dont il serrait les poings sur les coussins, Beth ne pouvait douter qu'il fût furieux. Elle connaissait assez son père pour savoir que son sentiment d'impuissance s'extériorisait chaque fois par la colère. Cette colère, qui l'avait ramené en Angleterre, ne demandait qu'à se déverser sur quelqu'un.

— Il ne faut pas...

Beth se rendit compte que son père ne l'écoutait pas. La peur et un noir pressentiment l'envahirent :

— Ne t'en prends pas à maman. C'est moi qui ai fouillé pour trouver des indices qui confirmeraient mes soupçons.

— Tu avais vraiment besoin de le faire?

— J'ai toujours senti une différence entre Danny et moi.

Elle se retint d'ajouter qu'on n'en avait que pour lui à la maison et qu'elle, l'aînée pourtant, avait dû se résoudre à jouer les faire-valoir.

— Il n'y avait aucune différence, déclara rudement Ian. Vous étiez nos enfants, tous les deux. Je le sais. Vous êtes nés semblables et vous avez été aimés de la même façon. Tout le reste, c'est de la foutaise.

— Papa...

Il lui parut soudain vieilli, différent. Elle avait peine à reconnaître son père dans cet homme accablé, dont le visage trahissait la souffrance et la colère.

— Quoi qu'il en soit, papa, ne la juge pas trop sévèrement.

— Tu prends sa défense, comme toujours. Tu ne m'as même pas dit comment tu avais découvert le pot aux roses.

— Je ne croyais pas avoir le droit de te révéler les secrets de maman. Et je ne veux pas me montrer partiale.

Tout en prenant parti pour sa mère, elle se disait : « Oui, je la défends. Et mon attitude est d'autant plus irrationnelle que je m'en prends férocement à elle quand elle est devant moi. »

Ian s'efforça de faire la part des choses pour le bénéfice de sa fille :

— Tu as raison de vouloir rester impartiale. Il n'empêche que Jess et moi... Penses-tu que je ne me rendais pas compte de l'échec total qu'a été notre vie commune? Que je ne prenais pas conscience de la lente dérioration du couple que nous formions? Nous avons été mariés pendant vingt ans, pour l'amour de Dieu!

— Est-ce qu'elle sait que tu es chez moi? Ou te proposes-tu plutôt de surgir à l'improviste à la maison?

— Je vais l'appeler. Je vais lui faire savoir à quoi elle doit s'attendre.

Une fois de plus, Beth sentit la colère monter chez son père, comme la vapeur sous un couvercle. Elle aurait voulu trouver une soupape de sécurité, mais elle ne savait où la chercher.

— Ne t'emporte pas, l'implora-t-elle. Tu vas être calme, je peux y compter?

La journée, même si on était en semaine, avait été particulièrement occupée. Les voitures s'étaient succédé sans arrêt et trois groupes étaient même venus en car nolisé.

Jess fut la dernière à quitter la pépinière, une heure après la fermeture, à dix-neuf heures. Les ventes de la journée avaient sérieusement dégarni les rangées de plants et quelques-unes des spécialités étaient même épuisées. Il faudrait plusieurs voyages pour transporter les stocks de remplacement de l'atelier de bouturage aux aires de vente. Normalement, elle s'en serait occupée avant de partir. Elle décida cependant de remettre cette corvée au lendemain matin. C'était sa dernière semaine de travail et certaines responsabilités n'étaient déjà plus les siennes.

Joyce avait été occupée toute la journée au magasin. La dernière fois que Jess y était entrée, elle lui avait dit :

— Veux-tu que je reste pour te donner un coup de main pendant une autre heure, puisque ton ex doit venir chez toi?

Ian l'avait appelée le matin, juste avant qu'elle parte au travail. Une fois la surprise de Jess passée, ils n'avaient échangé que de rapides propos, se rendant compte qu'ils ne pouvaient rien régler au téléphone. Jess avait par la suite appris à Joyce que Ian s'était inopinément annoncé. Elle ne lui en avait pas dit davantage.

— Non, Joyce, merci quand même. Retourne à la maison. Il y a déjà assez de travail qui t'y attend et tu sais que l'infirmière n'aime pas être retardée.

Joyce avait enlevé sa salopette et mis son manteau. Elle laissa à Jess les clés et la combinaison du coffre, comme elle l'avait souvent fait auparavant. Jess mit les recettes de la journée dans le sac de toile et haussa les sourcils avec une ironie désabusée en voyant tout cet argent.

Dans le coffre se trouvaient toutes les recettes de la semaine. Graham Adair n'était pas encore allé faire le dépôt à la banque. Jess hocha la tête et ferma le coffre. Elle était pressée : Ian s'était annoncé pour dix-neuf heures trente.

Tout au long de la journée, elle avait essayé de joindre Rob pour l'avertir qu'ils ne pouvaient se voir ce soir-là, mais il n'était pas à l'endroit où il était censé travailler. C'est donc l'esprit inquiet qu'elle prit le chemin du retour.

Rob se trouvait chez elle. Il avait les clés de la maison maintenant. Il aimait se trouver chez Jess ; il s'y sentait en sécurité.

Ce matin-là, il était allé travailler. Une fois dans la cuisine qu'il avait commencé à construire, il ne comprenait plus les mesures. Le bâti qu'il avait déjà fixé aux murs attendait les tiroirs, les tablettes et les portes, mais Rob se sentait maladroit. Il transpirait et tremblait en maniant le rabot et le ciseau à bois. Il alluma sa radio et essaya d'écouter attentivement une entrevue tout en travaillant. Après trois minutes, il se rendit compte qu'il n'avait aucune idée du sujet dont il était question. Il faillit ensuite se blesser en faisant un faux mouvement.

Il essaya de se concentrer, mesura soigneusement un panneau de contreplaqué destiné au plan de travail. Quand il voulut l'installer à sa place, il s'aperçut que la pièce était trop courte et trop étroite. La panique s'empara alors de lui.

Il était incapable d'accomplir son travail, il ne savait même pas ce qu'il faisait. Le lieu de son travail, la forme familière de ses outils, l'odeur résineuse du bois neuf, tout avait pris pour lui un caractère étranger et menaçant. Il s'appuya contre le mur en haletant et attendit que son cœur batte moins vite. Puis il ramassa ses outils, quitta le chantier et prit la route de la maison de Jess.

Il y resta enfermé le reste de la journée. Il nettoya les carreaux de la cuisine, passa l'aspirateur sur les tapis et lava les draps et les taies d'oreiller. L'ordre et la propreté qu'il avait rétablis dans la maison réussirent à le calmer. À la fin de l'après-midi, il sortit quelques morceaux de poulet du réfrigérateur et les prépara comme le lui avait enseigné Jess. Ils avaient pris l'habitude de manger ensemble chez elle et de se rendre ensuite chez lui pour la nuit.

À dix-neuf heures, on sonna à l'entrée. Il était encore trop tôt pour que ce soit Jess, qui aurait oublié ses clés.

Du fond du couloir, près de la cuisine, Rob essaya de voir, à travers les panneaux de verre dépoli de la porte, qui avait sonné. Il distingua la silhouette d'un homme à large carrure dont l'index agressif semblait collé à la sonnette. Finalement, l'homme retira le doigt et s'immobilisa dans une attitude d'expectative. Rob restait figé à l'entrée de la cuisine, craignant que la police ou toute autre autorité ne s'intéresse à eux.

L'homme fit brusquement un pas en avant et sonna encore. Rob nota qu'il était plutôt court malgré sa robustesse apparente. Enfin, avec une réticence évidente, l'inconnu s'éloigna. Son ombre disparut et Rob entendit le bruit de la porte de la clôture qu'on refermait.

Ian marcha jusqu'au bout de la rue. Celle-ci avait si peu changé – les pissenlits s'obstinaient encore à pousser à la rencontre des murets de brique et des trottoirs en ciment – qu'il eut de la difficulté à se convaincre qu'il n'y habitait plus. La mort de Danny n'était qu'un cauchemar du petit matin et, dans un moment, il se réveillerait pour reprendre une vie que rien n'était venu bouleverser. Jess et lui finiraient par se retrouver enfin. Michelle n'existait pas : il l'avait abandonnée dans les profondeurs érotiques de son rêve et Sydney n'était plus qu'une lueur blanche derrière ses paupières closes.

Quelques maisons avaient changé de propriétaires. Les nouveaux voisins avaient aménagé leurs jardins autrement et leurs voitures étaient de marques différentes. Mais le pub le plus proche, à six cents mètres de la maison de Jess, était resté le même, à l'exception du personnel et des clients, parmi lesquels il ne reconnaissait personne. Il commanda un double scotch et alla le boire sur un banc installé sous la fenêtre. Il y attendit le retour de Jess.

Quand elle entra, de façon précipitée comme d'habitude, Rob vint à sa rencontre. Leurs mains se touchèrent et leurs bouches se rencontrèrent avec ardeur. Elle remarqua que Rob respirait plus vite, comme s'il avait couru. Elle s'abandonna dans ses bras pendant un moment, les yeux fermés, frémissant de désir, puis se détacha de lui. Elle haletait, elle aussi, dans sa hâte de dire ce qui la préoccupait :

— J'ai essayé de te joindre toute la journée !

— J'étais ici.

— Je n'ai jamais imaginé que j'aurais pu t'y joindre. Pourquoi ? Laissons, ça n'a aucune importance. Écoute, Ian va venir ce soir. Il ne faut pas qu'il te voie.

— Pourquoi pas ?

Il avait posé la question de façon automatique, tout en se rendant compte que Ian était l'homme qui avait sonné à la porte.

— Il faut que je lui parle. Il est fâché contre moi, il a fait tout le voyage depuis Sydney pour me voir.

— Pourquoi ?

— C'est au sujet de Danny.

— Ton ex est fâché contre toi ?

Rob serrait les poings et affichait déjà une attitude belliqueuse. Jess ne put s'empêcher d'appréhender que la violence n'éclate sous son toit. Elle essaya de parler calmement.

— J'aurais dû te faire une confidence quand tu m'as parlé de ton père et de ta mère. Je ne l'ai pas fait et j'ignore pourquoi. En partie par loyauté envers Danny, mais surtout parce que j'avais honte. Je vais te le dire, mais pas maintenant, parce que ce serait trop long. Voudrais-tu partir sans tarder et me laisser seule avec Ian ?

— D'accord, je vais partir. Ça ira pour toi ?

Elle le regarda droit dans les yeux :

— Oui, mais ça irait mieux si tu restais avec moi.

— Pourquoi me demandes-tu de partir alors ?

— Juste pour l'instant, Rob. Ensuite nous aurons tout le temps pour nous deux.

Il était déjà trop tard. La porte de la clôture grinça sur ses gonds, puis l'ombre de Ian apparut derrière le panneau vitré. La sonnerie se fit entendre.

Sans hésiter, Jess alla ouvrir.

En regardant par-dessus l'épaule de Jess, Ian l'aperçut. Le soupçon, puis l'incrédulité et enfin le sentiment de l'évidence se dessinèrent successivement sur ses traits.

— Bonjour ! ricana-t-il.

— Entre, lui dit Jess en faisant un geste de bienvenue. Rob partait justement.

Rob s'écarta pour laisser passer Ian, qui jouait des épaules pour se frayer un chemin. Il perçut l'odeur de whisky de son haleine. Il nota aussi la façon dont Jess laissait docilement entrer cet homme dont l'agressivité crevait les yeux.

— Rob, dit fermement Jess en guise de présentation.

— Je t'appellerai plus tard, vers dix heures, promit Rob en mettant la main sur le bouton de la porte.

— Fous le camp, blanc-bec, si tu ne veux pas te faire rosser, grogna Ian.

Rob s'avança vers Ian, mais Jess s'interposa immédiatement :

— Va-t'en. Laisse tomber. Je vais m'arranger, ne t'inquiète pas.

Rob se retrouva sur le perron. Il colla l'oreille contre la porte un moment, puis il se dirigea lentement vers la rue.

Ian s'essuya la bouche du revers de la main :

— Qu'est-ce que ce petit morveux fait ici, Jess ?

— Il n'est pas petit, il te dépasse de quinze centimètres.

— Qu'est-ce qu'il fait, Seigneur Dieu ? Pas ça ? demanda-t-il en la regardant avec des yeux brillant de fureur. C'est bien ça, hein ? Avec toi ? Tu couches avec ce vaurien qui a tué Dan ?

Il y eut une pause, aussi pénible que longue, au bout de laquelle il reprit en bégayant :

313

— C'est indécent, c'est obscène, Jess. Comment as-tu pu te comporter ainsi?

— Je ne sais pas comment. C'est arrivé comme ça, dit-elle avec lassitude.

— Est-ce que Beth est au courant?

— Oui.

— Bon Dieu! elle ne m'en a rien dit.

— Peut-être a-t-elle cru que ça ne la regardait pas. Es-tu venu de Sydney pour me parler de ma vie privée, ou de Danny?

— Je ne le sais pas, bon Dieu! et je ne sais plus quoi dire. J'ai été ton mari pendant plus de vingt ans et il me semble que je te connais moins bien que la femme d'à côté. Comment crois-tu que je me sente dans une pareille situation?

— Je ne le sais pas. Je peux deviner, je crois. Viens dans la cuisine. Je peux te servir à boire ou à manger si tu veux.

Pendant qu'elle préparait les verres, Jess sentait la colère de Ian lui brûler la nuque et le creux du dos.

— Je suis désolée, dit-elle.

Cette excuse banale n'arrangeait rien. Ian prit le whisky qu'elle lui tendait et le but d'un trait avant de s'en verser lui-même un autre.

— Vraiment? C'était mon fils. Mon fils, mon fils...

Il tressaillit et ferma les yeux. Il secoua la tête, torturé par la douleur. Jess commença à calculer combien de verres il pouvait avoir bus au cours d'un après-midi inactif passé dans le train depuis Londres, plus une heure environ à attendre son retour au pub voisin. Ian n'avait jamais été un homme réfléchi ou mesuré. Elle eut soudain peur de lui et sentit sa gorge se serrer.

Il rouvrit ses yeux rouges et congestionnés; les pupilles n'étaient guère plus grosses qu'un grain de poussière.

— Et alors, c'est la vérité ou l'une de tes imaginations?

— Une de mes imaginations, dis-tu?

— Tu m'as bien compris. Je veux la vérité, toute nue.

— Je te l'ai écrite dans ma lettre.

— Dis-la maintenant. Crache-la. Regarde-moi dans les yeux et dis-moi tout.

Il lui avait saisi le poignet et le tordait de douloureuse façon :

— De qui ai-je pleuré la mort? De mon fils ou de celui de cette tante italienne?

— Ce n'était pas une tante. De quoi as-tu peur pour l'appeler ainsi?

— C'est le fils de qui?

— Le sien. Danny était le fils de Tonio. Lâche-moi, tu me fais mal!

— C'était mon fils. M'entends-tu?

Ian criait et son haleine empestant l'alcool frappait Jess en plein visage.

Elle secoua la tête en signe de dénégation.

— Tu es une chienne et une menteuse.

— Non! Pourquoi te mentirais-je?

— Tu m'as déjà menti. Tu me l'as avoué dans ta lettre. Et pendant toutes ces années... pendant tout ce temps-là, j'ai pensé...

Sa respiration était oppressée. Il semblait sur le point d'éclater en sanglots ou de piquer une crise de nerfs. Son œil fut soudain attiré par une ombre qui s'était déplacée de l'autre côté de la porte-fenêtre donnant sur le jardin, maintenant envahi par la pénombre. Rob s'était tout de suite recroquevillé sur lui-même, mais il était trop tard.

— On m'espionne maintenant?

Ian perdit toute retenue. Il saisit brutalement le bras de Jess, la tira vers lui et leva le poing pour la frapper. Jess plongea pour éviter son poing et s'adossa au mur, les mains pressées contre sa bouche.

Craignant pour Jess, Rob se précipita vers la porte et donna un violent coup d'épaule contre le montant de la serrure. Une pluie de fragments de verre s'abattit sur le plancher de la cuisine. La force de l'impact avait fait chanceler le jeune homme, qui reprit cependant son équilibre et fonça sur Ian.

Jess avait l'impression de visionner une scène de film projetée au ralenti. À la vue des deux belligérants, qui paraissaient hors d'eux-mêmes, elle mourait de peur.

Ian s'élança impulsivement sur Rob, brandissant son poing droit pour le frapper et se protégeant le visage avec l'autre.

Rob était sobre, plus jeune et plus rapide que son opposant. Il esquiva un premier coup, saisit Ian à la gorge et se mit à le secouer violemment. Ian planta alors son genou entre les jambes de Rob. Pendant que le jeune homme, plié en deux par la douleur, essayait de reprendre son souffle, Ian se jeta sur lui. Ils roulèrent tous deux sur le plancher, au milieu des éclats de verre, donnant et recevant coups de poing et coups de pied. Une chaise bascula sur eux avant d'atterrir avec fracas sur le plancher.

Jess, qui regardait leurs visages tordus par la rage, la douleur et l'effort, avait l'impression que cette lutte n'en finissait plus.

Rob était un jeune sportif en pleine forme et, de plus, il était fermement déterminé à protéger Jess. Ian n'était soutenu que par sa colère aveugle, qui lui donnait cependant la force de se battre comme une bête féroce. Le martèlement de ses poings avait mis la bouche de son adversaire en sang. Rob cracha et fit un bond en arrière ; sa respiration haletante faisait écumer le sang sur ses lèvres.

Il sembla à Jess que le film s'était arrêté tout à fait pendant un long moment.

Mais Rob se ressaisit alors. De toute sa force, il asséna un terrible droit sur le coin de l'œil de Ian. Son opposant s'affaissa comme un ballon qui se dégonfle et heurta son front contre le coin de la table avant de se retrouver par terre.

Rob se pencha sur lui, les bras ballants et le corps parcouru d'un soudain frisson. Le sang dégoulinait sur son menton.

Jess s'approcha de Ian en poussant un faible gémissement et s'agenouilla près de lui, indifférente aux éclats de verre qui jonchaient le sol. Ian respirait de façon saccadée, la bouche entrouverte et les yeux clos. Il ne réagit pas quand elle toucha son visage. Quand elle essaya de le soulever pour le faire asseoir, sa tête vacilla mollement et retomba en arrière. Une coupure sanguinolente lui barrait le front et une bosse rougeâtre gonflait sa tempe.

— Qu'est-ce que tu as fait ? cria Jess en s'adressant à Rob.

Rob se mit à bégayer :

— Il était soûl et violent. Il avait perdu la tête. Il allait te frapper, je l'ai vu. C'était comme autrefois, comme si je revoyais mon père et ma mère. Il fallait que je l'arrête. Il le fallait...

Jess se pencha encore sur Ian, priant pour qu'il ouvre les yeux. Sa respiration paraissait difficile et il se mit à tousser faiblement.

Rob reprenait ses sens. Voyant l'homme inconscient à ses pieds, il se rendait compte avec horreur que le pire venait encore de se produire. La violence incontrôlable qu'il avait toujours crainte avait une fois de plus eu raison de lui.

— Allons, Ian ! Réveille-toi. Ouvre les yeux, je t'en prie, le suppliait Jess.

Elle marcha péniblement jusqu'à l'évier, mouilla une serviette avec de l'eau froide et la posa délicatement sur le front de son ex-mari.

— Est-ce que je peux faire quelque chose ? murmura Rob.

Jess lui adressa un regard fou :

— Tu ferais mieux de partir. Va-t'en, c'est tout. Je m'occuperai de lui. Va-t'en, sinon tu vas te retrouver dans de sales draps.

Il savait qu'elle avait raison. Mieux valait ne pas s'entêter. Il sortit de la maison et se perdit dans la nuit.

Ian reprenait conscience. Jess enleva soigneusement le verre collé à son front et sentit un mince éclat lui percer le bout d'un doigt. Le blessé ouvrit les yeux et jeta sur elle un regard perdu.

Jess le calma :

— Tu n'as rien. Tu vas t'en tirer sans mal.

Elle lui tapotait le front avec la serviette humide quand la sonnerie du téléphone se fit entendre. Pour faire cesser ce bruit qu'elle n'avait d'abord pas reconnu, elle courut à l'appareil et, d'un geste brusque, fit tomber le combiné. Tandis qu'il se balançait au bout du fil, elle entendit la voix inquiète de Lizzie :

— Chérie, c'est toi ? Jess ? Es-tu là ?

Jess cueillit le combiné en pleurant de soulagement :

— Lizzie.

— Tu es donc là ! Qu'est-ce qui se passe ? Écoute, je suis en ville. Je sors de chez l'esthéticienne, qui m'a fait un merveilleux massage. J'avais l'intention de passer chez toi prendre un verre...

— Oui, je t'en prie, Lizzie. Viens tout de suite. J'ai besoin de toi.

Les deux sœurs aidèrent Ian à s'étendre sur le canapé du séjour. Il était conscient mais un peu perdu.

— La police ! Je veux déclarer cet incident à la police, ne cessait-il de répéter.

— Attends quelques minutes, lui conseilla Lizzie d'un ton qui ne souffrait pas de réplique. Repose-toi. Laisse-nous nous occuper de ça.

Jess pensait rapidement ; des images tragiques, navrantes se bousculaient dans sa tête. Elle essayait d'imaginer les conséquences qui résulteraient de ce combat insensé.

Elle se rappela l'épisode, impliquant le garçon aux cheveux comme des soies de porc, qui avait valu à Rob un dossier criminel : condamnation pour agression. Depuis l'accident qui avait causé la mort de Danny, il était en liberté sous caution. Il risquait de se retrouver derrière les barreaux si Ian portait plainte.

« Je ne veux pas aller en prison », l'avait-elle déjà entendu murmurer.

Pourquoi se trouvait-il chez elle ? Quelle raison les poussait à s'y retrouver ensemble, alors que toute la famille les désapprouvait ?

Lizzie prit Jess par le bras et l'entraîna dans la cuisine, hors de portée des oreilles de Ian :

— Que s'est-il passé ? Comment Rob et Ian se sont-ils retrouvés ensemble chez toi ?

— Ce n'était pas prévu. Ian est arrivé dans une rage folle. Je ne l'avais jamais vu dans cet état. J'avais dit à Rob de s'en aller, mais il est revenu, en passant par le jardin, pour s'assurer que tout allait bien. Comme il a vu Ian lever la main sur moi, il s'est précipité dans la cuisine en fracassant la porte.

— Et il l'a presque tué ! glapit Lizzie. Ce garçon n'est pas sorti de l'auberge. Et il va se trouver dans une plus mauvaise situation encore quand Ian portera plainte contre lui, acheva-t-elle avec une résonance de satisfaction dans la voix.

— Ian n'est pas gravement blessé, hein ?

Constatant que Jess avait réellement peur, Lizzie s'empressa de la rassurer. Elle savait que les souvenirs reliés au service des urgences et à la salle d'attente de l'hôpital devaient être beaucoup plus traumatisants pour Jess que pour elle :

— Oh! non. Ne t'inquiète pas pour lui. Il a peut-être subi quelques légères contusions, il aura sûrement mal à la tête. Mais rien de plus sérieux.

— Où êtes-vous? se lamenta Ian. La police est-elle en route?

Jess mit le nez dans la porte. Ian essayait de se lever tout en maintenant un sac de glace contre son front. Il lançait des menaces d'une voix mal assurée.

À l'intérieur d'elle-même, le frein que lui imposaient la raison et sa docilité naturelle se relâcha radicalement et les craintes irrationnelles qu'elle entretenait depuis toujours firent place à une détermination totale et inflexible :

— Lizzie, veux-tu t'occuper de Ian? Il n'est pas gravement blessé. Je dois sortir.

Elle monta chercher son passeport, redescendit, ramassa au passage son manteau et son sac, qu'elle avait laissés tomber dans l'entrée. Ian et Lizzie la regardaient, médusés.

Jess sortit de la maison et s'installa au volant de sa voiture. Elle prit le chemin de la pépinière. Elle conduisait vite. Les portes étaient cadenassées mais, comme Joyce lui avait remis toutes les clés, elle pouvait entrer partout, sans exception. Elle se rendit tout droit au bureau.

Le coffre lui céda gentiment son contenu. Elle prit le sac à provisions en nylon que Joyce gardait dans son tiroir et y jeta l'argent. Elle soupesa le sac et fronça les sourcils, car il était lourd : près de trois mille livres sterling en billets et en petite monnaie. Ce n'était pas une fortune, mais c'était suffisant pour voir venir. Puis elle s'assit devant le bureau de Graham Adair et tira vers elle un bloc de papier.

« J'ai emprunté les recettes de la semaine, écrivit-elle. Je crois que vous me devez bien une compensation, même si je sais que ce n'est pas autant que cette somme. Je vous rembourserai, y compris les intérêts, dès que j'aurai vendu ma maison. Bien cordialement, Jess Arrowsmith. »

Elle referma méticuleusement toutes les portes derrière elle et revint à sa voiture. Elle déposa le sac sur la banquette du passager et fit un détour de huit kilomètres pour jeter les clés dans le passe-lettres chez Joyce. Alors, en plein désarroi, tout à son plaisir de braver les interdits, consciente qu'elle n'avait pas encore brûlé ses dernières cartouches mais impatiente d'aller jusqu'au point de non-retour, elle se rendit chez Rob.

Elle était certaine de le trouver chez lui. Où aurait-il pu aller, sinon à son studio ? Jess n'osait pas répondre elle-même à cette question. Elle dut sonner et frapper avec entêtement à sa porte avant qu'il vienne ouvrir. Il était pâle et sa lèvre fendue était enflée et tordue. Il dit en articulant laborieusement :

— J'ai pensé que c'était la police.

— Prends quelques vêtements et ton passeport. Allez, dépêche-toi.

Il obéit à ses ordres sans discuter. Il se trouva dans la voiture en moins de cinq minutes. Il déplaça le sac et se glissa sur la banquette. Puis il posa sa tête fatiguée contre la glace. Jess démarra.

Ils avaient atteint le boulevard périphérique lorsqu'il leva enfin la tête et tourna les yeux vers Jess. Il s'aperçut, contre toute attente, qu'elle souriait.

— Qu'est-ce qui t'amuse ? demanda-t-il sur un ton amer.

Jess venait justement de penser que leur escapade tenait de la comédie noire et loufoque : elle fuyait la police et son ex-mari avec son jeune amant après avoir subtilisé le produit des ventes de toute une semaine à la pépinière. Mais Rob était inquiet :

— Jess, la police va me courir après pour me jeter en prison à cause de ce que je viens de faire. Il n'y a pas de quoi rire. Je serais plutôt porté à penser que j'ai gâché définitivement mes chances. Au fait, où allons-nous ?

— À l'aéroport.

— Hein ?

— Nous allons prendre l'avion. C'est pourquoi je t'ai dit d'apporter ton passeport.

Rob commençait à comprendre qu'elle parlait sérieusement :

— Nom de Dieu ! Jess, je n'ai pas un sou en poche. Et tu m'as dit que tu n'avais pas un rond, toi non plus.

— Je vais te dire ce qui me fait rire. Regarde dans le sac.

Il fit ce qu'elle lui ordonnait. Alors qu'ils apercevaient le premier panneau annonçant l'aéroport, il se tourna vers elle :

— Où as-tu pris tout cet argent ?

— Je l'ai emprunté. À la pépinière.

Ses yeux brillaient. Elle fit part à Rob de son plan. Il écoutait sans vouloir y croire, bouleversé.

— Attends une minute ! Tu as fait ça pour moi ? Tu étais décidée à voler, à tout abandonner derrière toi ? Pour moi ?

— Pour moi aussi. Es-tu prêt à jouer le jeu ?

Il pencha la tête vers elle jusqu'à ce que ses lèvres meurtries touchent son épaule, et il posa sa main sur sa cuisse.

— Oui, je suis prêt, répondit-il d'une voix rauque.

15

Le premier vol pour lequel il y avait encore des places libres partait pour Francfort.

Une fois parvenue au *passagierterminal,* Jess téléphona à la maison. Elle avait confié son sac à Rob, qui le tenait fermement sur ses genoux sans jamais le quitter des yeux.

— Où es-tu ? demanda d'une voix tremblante Lizzie, chez qui la colère avait succédé bien vite au soulagement d'entendre la voix de sa sœur.

— Il n'est pas important que tu saches où je suis. Est-ce que Ian va bien ?

D'où elle était, Jess pouvait voir le visage de Rob. Il avait encore la lèvre meurtrie et passablement enflée même si, durant le vol, elle avait insisté pour qu'il presse contre sa blessure des glaçons enveloppés dans son mouchoir.

Elle se rappela la confession que Rob lui avait faite : « J'ai peur de la violence. Elle m'effraie parce qu'elle se trouve à l'intérieur de moi, exactement comme elle l'était chez mon père. »

Jess l'avait assuré du contraire. Mais la journée qui s'achevait lui avait permis de voir cette violence se manifester. Que ce soit à tort ou à raison, son instinct l'avait poussée à protéger Rob de ses démons tout comme du monde extérieur. Cette idée de fuite avec laquelle ils avaient déjà jonglé avait soudain pris une forme concrète ; elle lui était apparue comme quelque chose d'immédiatement réalisable et elle avait sauté sur l'occasion.

— Oui, il va bien, dit Lizzie d'un ton amer. Le médecin est venu et a proposé de le faire admettre à l'hôpital pour la nuit, en observation, s'il y avait un lit disponible. Mais Ian a refusé. Il est furieux, Jess. Ton petit ami fait mieux de se tenir loin de lui.

— Je verrai à ce qu'il se tienne à distance respectueuse.

— Où es-tu? La communication est mauvaise...

— Que fait Ian maintenant?

— Il est allé s'étendre dans ta chambre. Il dort probablement. On est censé vérifier, toutes les deux heures, comment son état peut avoir évolué.

— Lizzie, veux-tu m'aider?

— Bien sûr. Quand penses-tu rentrer à la maison?

Jess prit une longue respiration et parla lentement pour être certaine de se bien faire comprendre :

— Je ne reviendrai pas à la maison. Je resterai à l'étranger avec Rob. Peux-tu veiller sur Ian ce soir, jusqu'à ce que tu sois certaine qu'il est rétabli? Demain, tu prendras les dispositions pour mettre la maison en vente. Une vente rapide. J'ai besoin d'argent le plus tôt possible.

Lizzie pesait les mots et essayait d'en évaluer l'impact.

— Qu'est-ce que tu as fait?

— Nous sommes en route pour l'Italie. J'ai pris l'argent dans le coffre de la pépinière. Je le rembourserai aussitôt que j'aurai touché le montant de la vente de la maison. Vous allez recevoir la visite des policiers. Ils voudront évidemment poser quelques questions. Vous pourrez leur dire la vérité, ça va de soi. Je me fiche totalement de Graham Adair.

Il y avait des intonations, dans la voix de Jess, que Lizzie n'avait pas entendues depuis des années; elle ne se rappelait même pas les avoir jamais remarquées. Elle n'en pensa pas moins que sa sœur était devenue folle. Jess faisait certainement une dépression. Il s'agissait probablement d'une réaction tardive à la douleur et au stress. Mais elle ne se leurra pas longtemps : « Ça, c'est ce que je voudrais croire », finit-elle par se dire. En réalité, Jess paraissait saine d'esprit, joyeuse même. Comme si elle avait finalement pris en main son destin. Elle avait décidé de vivre plutôt que d'exister. Lizzie éprouva soudain un sentiment d'envie.

— Vas-tu me rendre ce service ?

La voix de Jess se détachait au-dessus d'un message transmis par les haut-parleurs de l'aérogare. À l'oreille de Lizzie ne parvenait qu'une rengaine monotone qui n'évoquait absolument rien pour elle.

— Oui, répondit Lizzie. Si tu es sûre que c'est ce que tu veux. Il n'est pas trop tard pour changer d'idée. Ian se calmera, une fois dessoûlé et ses blessures à peu près guéries. Il ne tuera pas ton ami. Tu pourras rembourser l'argent à la pépinière. Pour l'amour du ciel, Jess, pourquoi ne nous as-tu pas demandé à James et à moi de te prêter cet argent ?

— Je n'avais pas le temps. Je ne voulais pas faire de plans, j'ai juste eu besoin de fuir. C'est mieux comme ça, Lizzie. Je dois partir maintenant. Merci pour tout. Je te rappellerai.

— Qu'est-ce que je dois dire à Beth ?

— Je lui parlerai moi-même. Bonne nuit. Ne t'inquiète pas.

Quand elle fut certaine que Jess avait coupé la communication, Lizzie raccrocha lentement. Elle attendait que la colère ou l'inquiétude s'empare d'elle, mais elle n'éprouva que la bizarre conviction que Jess était heureuse. Encore une fois, elle rectifia son jugement. Ce n'était pas du bonheur : c'était trop maigre et il s'y mêlait trop de douleur encore. Pendant un bref instant, pendant qu'elle tapotait le combiné du bout des doigts, Lizzie communia à la passion qui emportait Jess vers d'autres horizons.

Beth passait une soirée solitaire dans son appartement silencieux. Elle décrocha le téléphone à la première sonnerie, en regrettant de ne pas être assez sage pour s'abstenir de répondre. La voix de sa mère avait un timbre tellement nouveau qu'elle eut peur. Son cœur se mit à battre de façon échevelée. « Maman, attention ! Tu dois faire attention à toi... »

— Je vais très bien, la rassura Jess d'une voix plus jeune, haut perchée, où perçaient à la fois l'inquiétude et l'enchantement. Sauf que j'ai fait quelque chose que tu dois savoir dès maintenant. Je veux que tu essaies de ne pas être en colère contre moi.

— De quoi s'agit-il? Quel est tout ce bruit que j'entends?

— Je suis à l'aéroport de Francfort avec Rob.

— Quoi? Pourquoi?

— Écoute.

Jess lui raconta les événements de la journée. Elle l'assura avec insistance que Ian n'était pas grièvement blessé, mais qu'une nouvelle histoire risquait de nuire sérieusement à Rob. S'il restait en Angleterre, il pourrait bien dès maintenant aller en prison.

— Je n'ai rien planifié, Beth. Devant la tournure des événements, j'ai pris la première solution qui s'est présentée à mon esprit. Elle me paraissait convenir à la situation, elle signifiait la liberté, alors que rester en Angleterre équivalait au contraire.

— Je vois, dit froidement Beth.

L'anxiété avait cédé la place à l'amertume dans sa voix. Jess accéléra le débit en essayant de lui faire comprendre que les kilomètres ne créaient pas de véritable distance entre elles. Le conflit qui opposait deux loyautés chez Jess la tirait dans deux directions opposées.

— Je ne veux pas que tu croies que j'ai fui en t'abandonnant derrière moi. Ce n'est pas ce que j'ai fait et je ne le ferai jamais.

— Ce que je peux penser a-t-il vraiment de l'importance? demanda durement Beth.

« Elle t'a finalement abandonnée, pensait-elle. Elle a coupé tous les ponts et elle est partie avec Robert Ellis. »

— Beth, ce que tu penses m'importe plus que tout le reste.

— Vraiment? Tu ne le montres pas vraiment.

— Je suis désolée. Mais je dois partir maintenant. Je ne peux pas revenir en arrière. Aussitôt que nous aurons un pied-à-terre, je te ferai savoir où me joindre si tu en sens le besoin. J'écrirai, je téléphonerai tous les jours si tu le souhaites. Je t'aime tellement, Beth. Je ne sais pas ce que je pourrais dire de plus.

— C'est tout?

Beth en voulait davantage, mais elle était trop blessée, trop sur la défensive pour le demander.

— Tout?

— Eh bien, j'ai hâte d'appeler papa pour m'assurer qu'il va bien.

Jess fut bien obligée de comprendre que sa fille voulait qu'elle raccroche.

— Oui, oui, naturellement. Je... je voulais seulement te mettre au courant de ce qui était arrivé. Je te rappellerai. Je t'aime. Prends soin de toi, et... très bien. Au revoir.

— Maman?

Il était trop tard. La communication avait été coupée. Beth n'entendait plus que le bruit de la tonalité du téléphone.

Jess attendit d'être certaine d'avoir repris le contrôle d'elle-même avant de retourner auprès de Rob. Il était assis près d'un groupe de voyageurs laissés en plan, qui s'étaient résignés à leur longue attente en prenant d'assaut les bancs de l'aérogare. Rob semblait encore plus perdu et dérouté qu'eux. Pendant un moment, l'image de Danny se substitua à la sienne, l'image d'un Danny plus jeune. Le pas de Jess se fit hésitant tandis qu'elle se demandait soudain où elle se trouvait et où exactement elle s'en allait avec Rob. Elle dit en le rejoignant :

— Tout va bien, Ian dort. La police n'est pas encore après nous. Il y a un vol pour Florence à huit heures demain matin et j'y ai retenu nos places. Il y a un hôtel bon marché, juste à côté de cet aéroport, où nous pourrons dormir ce soir.

— Pourquoi l'Italie?

Jess hésita avant de répondre :

— Parce que j'aime ce pays. Parce que l'Italie nous en met plein la vue. Mais nous pouvons aller ailleurs si tu préfères.

— Non. Va pour l'Italie! Avons-nous signé un traité d'extradition avec les Italiens? C'est comme ça qu'on dit dans les films, je crois.

— J'ignore si on en viendra là. Aimerais-tu que nous rentrions au pays? Il n'est pas trop tard, dit-elle en reprenant les mots de Lizzie.

— Tu as pensé à ta fille?

— Je viens juste de lui parler.

Rob comprit qu'il ne devait pas pousser plus loin son souci pour Beth. Il réfléchit pendant une courte minute et demanda :

— Quelle raison aurais-je de rentrer ?

— Viens alors. Trouvons l'hôtel.

L'hôtel correspondait à une halte de voyageurs des plus fonctionnelles. Peu désireux d'aller au lit et de mettre ainsi un terme à cette folle journée, ils s'assirent à une table dans la cafétéria de l'hôtel. Rob but une bière et Jess trempa distraitement une cuillère dans son café, qui avait débordé dans la soucoupe. L'équilibre qui existait entre eux fut rompu encore une fois ; ils eurent conscience d'attendre avec une certaine anxiété le moment où ils rajusteraient leurs positions respectives.

— Tu as dit que tu allais me confier quelque chose ?

— Oui.

— J'aimerais que tu me dises quoi.

— Oui. Tu dois savoir. C'est ce qui a mis Ian dans une telle colère ce soir.

Rob tressaillit et ses traits se durcirent à la pensée de l'ex-mari de Jess. Il était encore en proie à ses démons, songea-t-elle. Si elle était incapable de l'en débarrasser, elle savait tout au moins à quoi elle avait affaire.

Elle lui raconta l'été en Italie, vingt ans auparavant, son aventure avec Tonio et l'histoire de Danny. Puis la découverte de la photo par Beth ainsi que la désillusion profonde et la rage aveugle de Ian.

Il n'y avait enfin plus de secret, pensait Jess. Et Danny était définitivement parti. Resteraient cependant les chambres secrètes qu'il occupait encore dans son cœur et les tendres souvenirs qui habiteraient toujours sa mémoire.

Pendant qu'elle parlait, les yeux de Rob rencontrèrent d'abord brièvement les siens. Puis ils s'attachèrent à elle. Il agrippa finalement ses avant-bras :

— Je savais qu'il était différent pour toi. Je savais qu'il était unique à tes yeux. Il était l'enfant particulièrement chéri ; il représentait pour toi beaucoup plus qu'un fils.

Rob se rappelait le cynisme enjoué de Danny : « Je peux mener ma mère par le bout du nez. » Il avait envié l'adoration maternelle dont il faisait l'objet.

— C'est vrai, acquiesça tristement Jess. Ce n'était pas bien, n'est-ce pas ? Ni pour lui ni pour Beth.

— J'ignore si c'était bien ou mal. Il savait que tu l'aimais. Et je suis désolé que tu l'aies perdu, Jess. Et je regrette d'avoir causé sa mort.

À son grand désarroi et sans qu'elle ait pu le prévoir, Jess se mit à pleurer. Elle enfouit sa tête dans ses mains pour dissimuler ses larmes. Rob contourna la table, vint s'asseoir à côté de Jess, passa le bras autour de ses épaules et attira sa tête contre la sienne :

— Je comprends maintenant pourquoi tu as choisi l'Italie, murmura-t-il. C'est pour y chercher Danny, je ne me trompe pas ?

Jess constata avec étonnement qu'elle n'y avait pas du tout pensé. Elle avait souhaité se retrouver en Italie, avec Rob, pour se libérer des contraintes sociales. Soudain consciente de la présence des autres clients, elle pressa ses paumes contre ses yeux, mais Jess et Rob n'étaient pas les seuls, dans cet endroit, à noyer un chagrin.

— Non, ce n'est pas là mon but. C'est peut-être moi-même que je cherche.

Il sembla réfléchir un moment. Puis il l'aida à se lever :

— Viens, lui ordonna-t-il impérativement. Suis-moi là-haut.

Ian se réveilla, émergeant d'un brouillard douloureux qui faisait pression derrière son front. C'était le matin ; la lumière du jour passait entre les rideaux mal tirés. Il avait cru se réveiller dans son propre lit mais, aussitôt qu'il reconnut les lieux, sa conscience encore somnolente fut déchirée par le souvenir. Il se trouvait dans le lit de Jess, et non pas dans le sien. Le confort familier dans lequel il avait dormi appartenait à une autre époque. Il s'assit. La lumière lui fit plisser les yeux, qu'il couvrit instinctivement de sa main droite. Sauf un nouvel élancement douloureux à l'intérieur du crâne, il ne ressentit aucun malaise particulier. Après tout, le garçon ne l'avait pas trop amoché.

Le garçon. Le garçon et Jess. Et elle avait voulu lui faire croire que Danny n'était pas son fils.

Il était adossé contre les oreillers, essayant de mettre de l'ordre dans le fatras de ses sentiments, quand la sonnerie de la porte résonna. Quelqu'un alla vite répondre. Il entendit un bruit de voix, puis des pas dans l'escalier. Après avoir gratté légèrement à la porte, Lizzie apparut. La masse rebelle de ses cheveux, qu'elle n'avait pas encore brossés, encadrait son visage. Elle jeta sur lui un coup d'œil inquisiteur et peu chaleureux.

— Qu'est-ce que tu fais ici ? marmonna Ian.

— Ce que je fais ? Tu ne te rappelles pas ce que le médecin a dit ? Bon Dieu ! Ian. Depuis hier soir, je suis venue toutes les deux heures pour être sûre que tu n'étais pas tombé dans le coma. Tu me parais en bonne forme, tu peux donc te lever. La police est en bas. Elle enquête sur le vol du contenu du coffre-fort de la pépinière.

Ian scilla, puis mit prudemment ses mains sur son front endolori :

— Quoi ? Que dis-tu ?

— Jess s'est enfuie en Italie avec Rob Ellis. Après qu'elle a eu quitté la maison, hier soir, elle s'est rendue à la pépinière et a vidé le coffre, qui contenait les recettes de la semaine. Elle veut que nous vendions la maison pour rembourser l'argent. Elle croit que son action est moins un vol qu'un emprunt non autorisé. Malheureusement, son patron et la police voient la chose d'un tout autre œil.

Ian eut l'impression que Lizzie éprouvait un malin plaisir à lui raconter tout cela. Il crut voir sur ses lèvres un sourire amusé qu'elle avait de la difficulté à retenir. Il réfléchit à l'attitude qu'il devait adopter en la circonstance. Devrait-il se montrer outré et exprimer sa colère ? Il écarta cette idée : il voulait éviter que Lizzie ne se moque de lui ou ne rie tout haut des incartades de Jess.

— Elle est folle à lier, trancha-t-il.

— Je ne suis pas d'accord.

— Laisse-moi régler l'affaire.

Ian sortit les jambes du lit. Il se rappela juste à temps qu'il avait lui-même insisté, la veille au soir, pour se déshabiller lui-même.

— Je descends les prévenir que tu arrives, murmura Lizzie en se retirant avec tact.

Ian s'habilla. Le soir précédent, il fulminait et exigeait qu'on fasse venir la police. Lizzie lui avait promis, avant qu'il aille au lit, qu'ils décideraient au matin si c'était la meilleure solution. Et maintenant que la police l'attendait, il se rendait compte que le cours des événements l'obligeait à opter pour une voie totalement différente. Comme Jess s'était mise elle-même dans une très fâcheuse situation, il lui fallait oublier pour l'instant l'amertume et le ressentiment qui les opposaient. Naturellement, il prendrait la défense de Jess. Il mettrait son comportement blâmable au compte de sa douleur de mère endeuillée et, pour éviter que le jeune homme ne soit accusé d'agression, il expliquerait ce qui s'était vraiment passé la veille.

Il secoua la tête, douloureusement, en remontant la fermeture éclair de son pantalon. Ou bien Jess était plus brillante qu'il ne le pensait, ou bien elle avait abandonné tout calcul. Il ne savait pas encore ce qu'il fallait croire, mais il le saurait bientôt.

Pendant ce temps, à Florence, Rob et Jess montèrent à bord d'un train qui les amènerait vers le littoral ouest. Un soleil brûlant auquel ils n'étaient pas habitués filtrait à travers les vitres poussiéreuses de leur compartiment et irritait leurs yeux.

La petite ville côtière avait pris de l'expansion. De larges artères avaient été ouvertes, d'énormes immeubles s'élevaient maintenant aux abords de la mer. Le centre n'avait toutefois pas beaucoup changé. Près du petit square paisible qu'elle n'avait pas oublié, Jess retrouva la *pensione* où elle avait autrefois logé avec Ian et Beth. Elle se garda bien de révéler à Rob que c'était là que Tonio venait donner des cours d'anglais à la fille de la *signora*. Elle s'attendait à voir l'ombre de Tonio surgir de la maison avec une réplique d'elle-même poussant la petite voiture d'enfant, en route pour une promenade au soleil. Elle entraîna plutôt Rob vers les hôtels bon marché, à bonne distance du petit port et de l'anse de la plage. Le lendemain ils chercheraient un appartement à louer et essaieraient de trouver du travail.

Les rues étroites grouillaient de gens qui faisaient leurs courses et de groupes rieurs et animés de filles et de garçons qui se rencontraient, sans vraiment se fondre, aux coins des rues ou des allées ombragées. Les murs exhalaient la chaleur qu'ils avaient emmagasinée au cours de la journée et le ciel tournait au bleu marine au-dessus de la voûte formée par les platanes des squares. Rob et Jess marchaient main dans la main. Elle était heureuse d'être revenue dans cette ville et elle jetait un œil inquisiteur du côté de Rob pour voir comment il réagissait aux us et coutumes des Méditerranéens.

Beth dressa deux couverts sur la table de sa cuisine. Elle plia deux serviettes de lin bleues et plaça au centre de la table un petit vase d'anémones violettes et bleues. Sam sifflait en se rasant dans la salle de bains. Sadie et les enfants étaient en dehors de la ville, et Sam avait passé les deux dernières nuits avec elle.

Quand il apparut sur le seuil de la cuisine, dans la chemise empesée qu'elle avait repassée pour lui et avec son nœud papillon, un sentiment de satisfaction sereine monta en elle. Il était chez elle parce qu'il ne pouvait pas en être autrement. Elle était certaine qu'il avait besoin d'elle. Elle ne put s'empêcher de sourire en pensant à la nuit qu'ils venaient de passer ensemble. La confiance en soi et l'assurance sexuelle irradiaient de toute sa personne. Elle leva la tête et redressa les épaules, parce que Sam la regardait. Elle sentit le poids rassurant de ses cheveux sur sa nuque et le sourire détendu qui apparaissait sur son propre visage.

— Café? demanda-t-elle d'une voix attentionnée, à demi tournée vers lui.

Son bras et son poignet dessinèrent une ligne gracieuse quand elle tendit la main vers la cafetière. Il avança vers elle, glissa la main à l'intérieur de son peignoir de coton lâchement attaché et caressa ses seins. Laissant voir un plaisir évident, Beth s'étira à la manière d'un chat. Pour la première fois de sa vie, peut-être, elle était sûre de sa propre beauté, sûre de la douceur de sa peau, sûre d'être heureuse. La fraîche haleine de Sam caressa sa joue, mais elle le vit froncer les sourcils pendant que ses doigts caressaient ses seins.

Beth recula. Elle voulait jouir paisiblement de sa sérénité. Elle songeait, en versant le café dans les tasses de porcelaine française, à quel point il était bizarre que, depuis le départ de sa mère, elle se sentît tellement différente. Il lui semblait qu'un lien fondamental la rattachant à elle avait cédé. Le cordon ombilical avait enfin été coupé. Beth était convaincue qu'elle pourrait dorénavant orienter sa vie comme elle l'entendait, parce que plus personne ne pourrait le faire à sa place. Assez étrangement, son nouveau pouvoir semblait s'étendre aussi à Sam. Pour la première fois, Beth se sentait son égale.

— Viens prendre ton petit-déjeuner.

Elle lui sourit, tira son peignoir devant elle et en noua la ceinture.

— Quand le conseil de famille aura-t-il lieu ? lui demanda Sam en s'asseyant docilement à table.

Beth l'avait informé de l'histoire.

— Ce soir, chez tante Lizzie, où je vais passer la nuit. Je verrai mon père, qui s'y trouve déjà, avant qu'il retourne en Australie. Ils veulent discuter du cas de ma mère. Moi, je pense que cette discussion ne mènera à rien.

La colère de Beth s'était calmée, mais elle était encore étonnée de la tournure des événements. Elle découvrait une Jess différente et insouciante dans la personne, jusque-là responsable et timorée, qu'avait été sa mère. Cette révélation lui ouvrait des perspectives nouvelles tant à son sujet propre qu'à celui de son entourage. Peut-être, après tout, que la vie n'était pas toute tracée d'avance. Peut-être était-il possible, et même facile, d'inventer pour soi de séduisants modèles.

— Quand je reviendrai, nous pourrons parler à Sadie. Nous pourrons le faire ensemble, si tu veux.

Sam se rembrunit. Elle pensa qu'il allait lui dire : « Ce n'est pas le bon moment. Peut-être après l'été. » Et elle se tenait prête à le contredire, à lui tenir tête. Mais il tint des propos tout à fait différents :

— Beth, j'ai senti quelque chose hier soir. Et encore maintenant, quand je t'ai caressée.

Il se pencha en avant, déplaçant la tasse encore à moitié pleine et le vase de fleurs. Il défit la ceinture du peignoir et l'ouvrit délicatement. Ses doigts pressèrent et pincèrent doucement la peau nue de son sein. Puis, avec sa main libre, il prit les doigts de Beth et les posa sous le mamelon. Beth sentit, elle aussi, une masse de la grosseur d'un pois, anormalement mais nettement enfouie dans le tissu mammaire.

— Est-ce que tu le savais ? demanda Sam.

Ses yeux étaient tout proches des siens : elle pouvait voir nettement les rayons colorés de ses iris.

— Non.

Elle ne perdrait pas sa sérénité. Pas maintenant, alors qu'elle venait tout juste de l'atteindre après tant de vains efforts. Elle se força à sourire et haussa les épaules :

— Je suis sûre que ce n'est rien. Ces choses apparaissent et disparaissent, tu sais. Je vais aller me faire examiner aussitôt que je serai revenue de Ditchley. Je te le promets.

Il l'embrassa tendrement, heureux de se libérer d'une impasse :

— N'oublie pas.

Lizzie alluma une cigarette et en expira rageusement la fumée :

— Seigneur ! Il devrait bien y avoir moyen de faire quelque chose.

— Quelque chose a déjà été fait, se récria James. J'ai passé une heure avec Mr Adair. Un homme de bonne volonté ne peut pas en faire plus.

— Ce n'est pas très drôle, grogna Lizzie en fronçant les sourcils.

— Il y a pourtant des aspects comiques dans cette affaire.

Ian et Beth étaient assis en face d'eux, à la table de cuisine. Le soir était doux. Au-delà des portes ouvertes, le jardin était tapissé par la tendre verdure des premiers jours de mai. Beth avait admiré les tulipes rouges de la plate-bande longeant la terrasse. La couleur en était si intense qu'elle était restée accrochée à son œil au moment où elle avait levé la tête. Elle se pencha vers son père et mit sa main sur la sienne. Ian paraissait plus vieux : des tendons faisaient maintenant saillie sur son cou.

— Nous sommes sa famille, rappela Lizzie.

— Je ne la comprends tout bonnement pas, répéta Ian pour la énième fois. C'est à croire que je ne l'ai jamais connue. Je sais qu'elle a perdu Danny, mais nous l'avons tous perdu. Nous ne sommes pas devenus des pilleurs de coffre-forts ou des fugitifs, pour autant que je sache ? Jess porte la responsabilité de certains actes répréhensibles. Par-dessus tout, je ne peux pas comprendre comment elle s'est liée à ce garçon.

Il y eut un bref silence. Lizzie se souvenait de cet étonnant mouvement d'envie qu'elle avait eu vis-à-vis de Jess et qui avait terni l'image qu'elle se faisait d'elle-même :

— Je crois pouvoir comprendre, dit-elle lentement. Nous sommes scandalisés parce que nous nous attendons toujours à ce que Jess soit la meilleure de nous, notre modèle, à ce qu'elle soit le pilier de la famille. Mais les fondations du pilier ont probablement été secouées. Pourquoi Jess devrait-elle toujours faire ce qu'on attend d'elle ? Est-ce que j'ai toujours agi comme il faut, moi ? Et toi, Ian ?

Beth leva la tête et ses yeux rencontrèrent ceux de Lizzie. Elle sentit soudain la complicité qui les rapprochait :

— Je crois comprendre, moi aussi.

Certains aspects de la personnalité de sa mère, qui lui étaient apparus mystérieux jusqu'alors, lui semblaient maintenant mieux définis.

Jess avait toujours paru tellement équilibrée, mais elle avait tout de même souvent vécu aux frontières des limites admises. Beth évaluait maintenant l'effort qu'il en avait coûté à sa mère pour rester dans les voies étroites du conformisme. Par ailleurs, avec ses frasques récentes, Jess lui donnait un cadeau inattendu : la confiance en elle-même, qui lui avait toujours manqué. Mais elle ne pouvait en retour offrir à sa mère l'indulgence, la gratitude ou le pardon. « Comme les relations entre mères et filles sont compliquées ! » pensait-elle.

Dans un geste d'impatience, Ian libéra sa main, serra les poings et les rabattit sur la table :

— Bon Dieu ! Qu'est-ce que tout ça signifie ? Vous n'aimez pas tellement ce garçon, non ? Qu'est-ce qui vous attire chez lui ? Ses cheveux en queues de rat ? ses muscles gonflés au gymnase ? son foutu sourire arrogant ? C'est ça ?

Soudain embarrassé, il se leva et alla se poster devant la fenêtre. Le soir qui tombait éteignait le rouge vif des tulipes.

— Non, dit doucement Lizzie. Ce n'est pas ça. Quelle importance peut avoir son apparence, de toute façon ? L'amour est aveugle, comme nous le savons tous.

— Et puis alors ? demanda Ian, les yeux exorbités.

Les deux femmes savaient qu'il fallait trouver la réponse dans le terrible drame qui était survenu. Au milieu des ruines, Jess avait recueilli quelques débris et s'était bravement affirmée sous un nouveau jour. Il ne leur appartenait pas de juger si le changement était positif ou non. Chacun d'eux avait d'ailleurs à entreprendre une tâche de reconstruction, moins lourde toutefois.

Personne ne parlait.

Finalement Ian poussa un grognement de dépit et avala le fond de son verre de whisky.

— Très bien. Venons-en aux choses pratiques. L'argent.

— J'ai offert à Graham Adair de le rembourser intégralement, les informa James. Il a répondu qu'il y penserait et qu'il en parlerait à la police. Je crois qu'il va donner son accord à la solution qui lui créera le moins de dérangement. Il me fait l'impression d'un bonhomme profondément paresseux. Mais la police peut décider, de toute façon, d'engager des procédures contre Jess, à cause de sa complicité avec Rob, qui n'a pas respecté les conditions de sa mise en liberté. Nous ne pouvons pas grand-chose à ce sujet.

— Je peux avancer la moitié de la somme, proposa Ian. Je n'ai rien de plus à offrir.

— Très bien, répondit James. Voilà qui a du bon sens. Et que faisons-nous pour la maison ?

Tous les yeux se portèrent sur Beth. C'était encore son port d'attache il n'y avait pas si longtemps. Elle n'hésita pas :

— Vendez-la. J'ai mon propre appartement.

Et elle partagerait bientôt un foyer avec Sam. Elle n'avait besoin de rien d'autre.

— Tout est donc réglé, conclut Lizzie.

Le conseil de famille était terminé.

Ian les regarda l'un après l'autre. Tout n'était pas réglé pour lui.

— Croyez-vous vraiment possible que je ne sois pas le père de Danny?

Lizzie lui répondit, aussi gentiment qu'elle le put, par une autre question :

— Est-ce si important de le savoir, maintenant qu'il est mort?

— C'est important. Pensez-vous que ce soit vrai?

— Jess le sait probablement. Si elle affirme que c'est vrai, il faut la croire.

L'air frais du soir pénétra dans la pièce. Le jardin était maintenant plongé dans l'obscurité.

— Je n'en crois pas un mot.

Ian jugeait qu'il n'avait pas de temps à perdre. Dès le lendemain, il se trouvait dans le bureau de Michael Blake. En face de lui, de l'autre côté d'une table de travail encombrée de mille et un papiers, l'homme de loi ne paraissait guère plus vieux que Danny. Lizzie lui avait révélé, avec une certaine réticence, le nom de l'avocat de Rob.

— Comment puis-je vous rendre service, monsieur? lui demanda Blake.

« Si Danny avait vécu, pensait Ian, serait-il devenu quelqu'un comme le jeune homme que j'ai devant moi? » La certitude qu'il ne saurait jamais quel aurait été l'avenir de Danny vint ajouter à sa souffrance intérieure.

— Je viens au sujet de mon fils.

Ian pouvait lire de la sympathie de même qu'une pointe d'embarras sur le visage de l'avocat. Il exposa ce qu'il désirait. La difficulté qu'il éprouvait à formuler ses intentions le faisait paraître plus rude qu'il ne l'aurait voulu.

— Je n'ai pas encore reçu le dossier de la preuve de la poursuite, répondit lentement Michael Blake. De toute manière, je ne pourrais vous confier aucun détail à ce sujet. Cela irait à l'encontre du devoir de confidentialité qui me lie à mon client. Le procès était censé avoir lieu dans un mois environ. Cependant, comme Mr Ellis a violé ses engagements et qu'il a quitté le pays, j'ignore ce qui va maintenant se passer.

— Il est en Italie avec le mère de Danny, mon ex-femme.

— Je suis au courant. Il ne s'est pas présenté à l'audience, il y a deux jours.

— Eh bien, croyez-vous qu'on va entamer les procédures d'extradition ?

— Oui, sans aucun doute. Mais il faudra un certain temps, des mois, peut-être même davantage. La police et la Cour ont évidemment été informées de ce qui s'est passé. Si Robert revient au pays, il sera probablement immédiatement arrêté.

— Je vois.

Cette confirmation causait à Ian moins de plaisir qu'il ne l'aurait imaginé.

— Je regrette de ne pas pouvoir vous aider. Quant à la confirmation de votre paternité, il y a d'autres avenues que vous pourriez explorer. Vous pourriez vous adresser au service des archives de l'hôpital où votre fils est né. Mais peut-être l'avez-vous déjà fait.

— Pas encore. Et puis j'ai une femme et un travail qui m'attendent à Sydney. Je ne peux prolonger indéfiniment mon séjour à Londres. Mais j'aimerais bien, tout au moins, faire établir ma paternité.

Ian récupéra le manteau et le parapluie qu'il avait dû acheter le matin même. La pluie battait aux carreaux des fenêtres du bureau.

Blake tendit une main que Ian serra mollement.

— Bonne chance, souhaita-t-il à son visiteur, qui lui tournait déjà le dos.

Beth attendait, assise sur une chaise droite dans une cabine de la clinique externe, qu'on lui apporte le verdict. Cinq minutes auparavant, une infirmière avait passé la tête dans la porte entrebâillée pour la prévenir que le docteur Faraday viendrait la voir bientôt. Tout en essayant de ne pas trop s'énerver, Beth se disait qu'il ferait mieux de ne pas tarder. Elle prenait déjà beaucoup trop de temps sur ses heures de travail.

Quand le médecin entra, elle sut, avant même qu'il parle, que le verdict ne lui était pas favorable. Elle ressentit le même genre de malaise qui l'avait plus d'une fois assaillie à l'hôpital où Danny agonisait. Elle se força à sourire au médecin pendant qu'il consultait ses notes.

La petite masse de la grosseur d'un pois était solidement logée dans son sein droit. On l'avait palpée et pincée à travers l'enveloppe charnue. Puis elle avait dû revenir à l'hôpital pour une mammographie, puis pour une biopsie. Les tests s'étaient succédé avec une inquiétante rapidité.

Le chirurgien la regarda dans les yeux. Il paraissait s'appliquer à se montrer gentil, comme les médecins qui s'étaient occupés de Danny.

— Je crains que les nouvelles ne soient pas très bonnes. Il s'agit d'une tumeur maligne, inhabituelle chez une personne de votre âge. Mais la tumeur est petite. Je suis sûr que nous pouvons l'extirper complètement.

Il se donna la peine de décrire rapidement le traitement envisagé. Il n'était aucunement question de mastectomie.

Beth le remercia comme s'il lui redonnait son corps. Elle cherchait déjà un endroit d'où elle pourrait appeler Sam, tout en se demandant quel serait le moment le plus opportun pour le faire. Elle ne pensa à personne d'autre en cette circonstance inquiétante. « Suis-je à ce point seule ? » se demanda-t-elle. En lui expliquant les étapes du traitement, le médecin posa sur elle un regard intrigué, comme s'il s'était attendu à une autre réaction de sa part.

Jess ouvrit toutes grandes les persiennes métalliques de la chambre et se pencha sur l'appui de la fenêtre pour regarder dehors. De son poste d'observation, elle pouvait voir les rails brillants des voies du chemin de fer et, plus haut, un réseau serré de fils électriques qui s'entrecroisaient sur un ciel nacré. Il était de bonne heure encore et on pouvait à peine prévoir la chaleur qui régnerait au cours de la journée.

La rue en contrebas était presque vide. Jess regarda un camion balayeur rouler lentement le long du caniveau, avalant tous les détritus accumulés depuis la veille, tandis qu'un manœuvre en bleu de travail cheminait derrière en recueillant avec son balai-brosse les résidus restés au sol. Sur le mur de ciment, en face, entre un garage et un grand magasin, on apercevait une mosaïque d'affiches périmées couvertes de graffitis. Cet échantillon de paysage urbain n'était guère différent de ce qu'elle avait laissé derrière elle, en Angleterre. Jess n'en avait pas moins l'impression d'habiter un univers tout autre, qui n'avait sur elle aucun effet déprimant.

Depuis qu'elle était arrivée en Italie, elle éprouvait une sensation de légèreté qu'elle avait d'abord identifiée, non sans un vague sentiment de culpabilité, au bonheur. Elle avait par la suite cessé de désigner ainsi son allégresse, parce que le bonheur devrait normalement découler de la vertu. Elle se rabattit donc sur le concept d'enchantement. Et encore là, même si c'était exactement ce qu'elle ressentait, elle ne pouvait s'empêcher de regretter que son état d'euphorie ait un caractère pervers et qu'il soit même déraisonnable. Son allégresse reléguait même au second plan la peine d'être éloignée de Beth. Elle pensait constamment à elle, mais sans éprouver ce sentiment, qui la hantait depuis si longtemps, de manquer à son devoir envers elle. Elle se sentait libre de se remémorer les moments heureux de son existence et elle transcrivait ces souvenirs dans les longues lettres qu'elle écrivait à sa fille. Elle intercalait de courtes descriptions de la ville côtière et de ses habitants. Elle ajoutait aussi des dessins de plantes propres au climat méditerranéen. Écrire à Beth était devenu l'un de ses plaisirs. Elle avait reçu une ou deux réponses assez sèches et ne contenant que de brèves nouvelles, mais c'étaient tout de même des lettres.

Jess avait maintenant le menton posé sur ses poings tandis qu'elle continuait de contempler cet humble paysage urbain. Elle en connaissait chaque détail maintenant, tel qu'elle pouvait l'apercevoir à chaque heure du jour. Il y avait une chaise droite peinte en bleu et une table de métal à côté de l'entrée du grand magasin. Plus tard, quand le magasin aurait ouvert ses portes et que le soleil réchaufferait la rue, un vieillard traînant les pieds viendrait s'asseoir sur cette chaise pour regarder le temps passer. À cent mètres seulement devant elle, invisible derrière les lignes de chemin de fer et les immeubles locatifs presque identiques, s'étendait la Méditerranée. Jess en humait l'air salin, qui charriait avec lui une odeur de pin. À cette heure matinale, la mer devait avoir des reflets argentés ; plus tard elle prendrait la teinte bleue que l'on admire sur les cartes postales et, à la fin de l'après-midi, elle changerait encore pour revêtir sa robe turquoise.

Jess s'éloigna de la fenêtre en souriant. Elle était restée trop longtemps nu-pieds sur la céramique fraîche et elle avait froid. Elle frissonna légèrement. Rob dormait encore, tourné vers la place qu'occupait Jess depuis leur arrivée. Son fin profil se détachait parfaitement sur l'oreiller froissé. Elle éprouva en ce moment pour lui une tendresse qui prenait une forme nouvelle.

Rien ne serait plus pareil, en effet, même si elle aurait souhaité arrêter à jamais cette minute ou toutes celles qui s'étaient égrenées au cours de la dernière semaine. Elle ne pouvait espérer retenir indéfiniment Rob à ses côtés, comme maintenant, comme cela avait été possible hier encore. C'était un homme très jeune, débordant de vie. Elle ne pouvait rien changer à ces évidences.

Rob ouvrit les yeux. Il tendit la main vers elle et l'attira dans le lit.

— Tu es glacée, murmura-t-il en l'entourant de ses bras.

Il l'embrassa, l'haleine chargée de sommeil et la barbe rousse autour de ses lèvres égratignant sa peau douce. Il posa la main sur sa poitrine et Jess se cambra quand les doigts de Rob commencèrent à titiller ses seins.

Plus tard, alors qu'ils reposaient immobiles, soudés l'un à l'autre, Jess ouvrit les yeux et regarda la lumière du soleil filtrer à travers les cheveux de Rob. Puis elle compta à rebours les jours qui s'étaient écoulés depuis leur départ d'Angleterre.

Plus de trois semaines.

— Allons à Lucques aujourd'hui, lui proposa-t-elle.

Ils s'étaient promis d'aller visiter cette ville. Rob travaillait comme aide-cuisinier dans l'un des gros hôtels de la ville. C'était son premier jour de congé. Jess n'avait encore rien trouvé, même si elle avait exploré toutes les avenues auxquelles elle avait pensé. Elle avait péniblement conscience que l'argent de Graham Adair filait inexorablement entre ses doigts.

Elle écarta résolument ces pensées inquiétantes et revint à son propos :

— Nous prendrons le car. Nous ferons la promenade des remparts et nous visiterons les églises. Elles sont magnifiques.

— Oui, allons à Lucques. Nous jouerons aux touristes qui ont le loisir de se promener toute la journée.

Il faisait chaud, mais la large promenade des remparts était abondamment ombragée par les platanes. Cependant, dans les courts passages à découvert, le soleil mordait le chemin poussiéreux. Ils marchaient au pas, bras dessus bras dessous, admirant les toits de tuiles orangées des maisons entassées dans la ville close. Ils avaient acheté un guide dans un kiosque à journaux et Jess en lisait à haute voix des extraits. La curiosité que Rob montrait au sujet des intrigues ayant marqué l'histoire du dix-huitième siècle augmentait le plaisir qu'elle prenait à jouer son rôle de cicerone.

— Vraiment ? ne cessait-il de demander. C'est si vieux que ça ? Cet amphithéâtre qu'on voit là-bas date du temps des Romains ?

Ils s'arrêtèrent dans un créneau des remparts pour observer la *casa* des Guinigi, percée de petites fenêtres cintrées et dont la tour était couronnée d'arbres au panache fourni. Rob resta derrière Jess, ses mains la retenant légèrement à la taille pendant qu'elle était penchée au-dessus du mur. À travers sa mince jupe de coton, elle sentit la chaleur de sa cuisse. Une lessive était suspendue sur une corde en travers d'une étroite ruelle juste au-dessous d'eux. De petites robes de bébé pendaient dans l'air lourd comme autant de drapeaux. Rob allongea le cou et posa sa bouche sur la nuque de Jess. Ils se sentaient parfaitement seuls, même au milieu des grappes de touristes scandinaves et des cyclistes qui faisaient rapidement le tour des murs d'enceinte.

« C'est maintenant, pensa Jess. Voilà l'instant que je voudrais vivre éternellement. Si seulement c'était possible. »

— C'est vraiment très beau, dit Rob. Je prends conscience que je n'ai jamais regardé attentivement les choses. Je n'ai pas beaucoup voyagé, de toute façon. J'ai presque toujours été accaparé par l'obligation d'assurer ma survie. Je n'ai donc eu ni le loisir ni la curiosité de regarder autour de moi. Mais, grâce à toi, je sens le besoin de me tourner enfin vers l'extérieur.

— J'aime la façon dont tu considères tout ça, répondit Jess en gardant les yeux sur l'harmonieux ensemble que formaient les toits, les tours et les églises.

Une cloche sonna midi, puis une autre lui fit écho et une autre encore. Dans la minute de calme qui suivit, Jess pensa que c'était vraiment le moment qu'elle voudrait éterniser. Ils vibraient à l'unisson comme deux cloches résonnant de concert. Le tintement cesserait et l'écho se perdrait, mais la note parfaite aurait été frappée.

« D'une façon qui nous est propre, nous avons été bénis, se dit Jess. Il n'en est pas moins vrai que tout change. Chaque minute qui passe nous rapproche de la mort, mais elle n'en représente pas moins un infime progrès. »

— Reprenons notre marche, suggéra-t-elle.

Après avoir complété le tour des remparts, ils trouvèrent un restaurant où quelques tables étaient dressées sous de grandes toiles tendues au-dessus d'une petite cour. Ils avaient rarement mangé à l'extérieur depuis leur arrivée en Italie. Par souci d'économie, Jess cuisinait des pâtes sur la plaque à deux feux dans la cuisinette de leur appartement. Ce jour-là, toutefois, ils éprouvaient le besoin de célébrer. Ils lurent le menu et choisirent des *antipasti* et une spécialité locale, du lapin *al forno*. C'est Rob qui donna la commande au garçon : Jess fut surprise, comme tous les jours depuis leur arrivée, de la facilité avec laquelle il retenait les mots et les tours de phrases italiens.

Ils étaient trop intéressés l'un par l'autre pour remarquer que les autres clients jetaient des regards intrigués ou envieux de leur côté. Un chat de ruelle se glissa sous la table et frotta sensuellement son dos au tibia de Rob en poussant de petits miaulements de plaisir. Rob lui donna quelques bouchées de lapin, dont l'animal lécha la graisse avec gourmandise, avant de les avaler gloutonnement. Jess songea à la possibilité de dessiner le chat gourmand dans sa prochaine lettre à Beth.

Pour couronner leur repas, ils commandèrent un *espresso* particulièrement corsé. Après avoir trempé ses lèvres dans la tasse minuscule, Jess remarqua que les volets des maisons voisines étaient fermés : la ville s'était paresseusement installée dans la langueur de la mi-journée.

— Parle-moi de Danny, demanda-t-elle à Rob. Comment était-il ?

Elle aurait voulu que son fils partage avec eux le bonheur de cette visite ; que sa présence soit réelle pour que, par la suite, elle puisse commencer à vraiment se séparer de lui. Mais elle souhaitait aussi retrouver le vrai Danny, celui que Rob avait connu, et non la version idéalisée qu'elle s'en faisait.

— Tu sais bien comment il était, dit Rob avec réticence.

— Non, je n'ai jamais connu ton Danny.

Il comprit alors ce qu'elle désirait.

Il lui raconta encore une fois leur dernière journée ensemble, l'heure passée au gymnase à faire des exercices à la fin de la matinée ; les parties de billard disputées durant l'après-midi. Jess en connaissait tous les détails, de sorte que Rob pouvait lui faire un compte rendu exact des dernières heures vécues par son fils sans se soucier de masquer la vérité. Danny avait eu ses mauvais côtés. Il voulait toujours gagner et il se préoccupait rarement de ce qui pouvait en résulter. La fin de la soirée, avec Cat et Kim, parlait d'elle-même.

Pendant qu'il évoquait le souvenir de Danny, Rob prit conscience que la pensée de Cat s'insinuait dans son esprit. Récemment, elle s'était imposée avec force au cours de la promenade du soir, avec Jess, quand ils croisaient les jeunes gens qui encombraient les rues et les squares. Il aurait alors voulu savoir ce que Cat faisait à cet instant précis et il découvrait qu'elle lui manquait terriblement.

Le pressentiment qu'une existence nouvelle l'attendait prenait forme dans son esprit.

Jess écarta sa tasse vide. Rob remarqua que la sérénité avait effacé la tristesse sur son visage. Il la trouva alors particulièrement belle.

— Nous marchons encore ? proposa-t-elle.

Ils parcoururent bras dessus bras dessous la *via* Fillungo jusqu'à la *piazza dell'Antiteatro*. La chaleur du jour s'était concentrée dans le parfait ovale autour duquel se dressaient de hauts édifices construits là où se trouvaient les anciens gradins. Un marché en plein air aux stands délabrés se préparait à rouvrir pour la soirée. Jess et Rob se promenèrent autour des étalages de verrerie, de légumes et de chaussures bon marché. Jess trouva un chapeau de paille et se délesta de quelques milliers de lires pour se l'approprier. Rob le lui posa sur la tête, et nota que l'ombre jetée sur son visage par le large bord adoucissait ses traits.

Ils achetèrent des glaces qu'ils dégustèrent assis, adossés à un mur de pierre.

— Je suis déjà venue ici avec Tonio.

— Est-ce que la journée était aussi belle que celle-ci ?

— D'une certaine façon, oui. Mais je me sens plus heureuse aujourd'hui.

Il lui prit la main et baisa le bout collant de son pouce :

— Merci.

Ils restèrent assis en silence pendant un certain temps, captivés par le va-et-vient incessant du marché.

— Et maintenant ? demanda Rob.

— Nous rentrons.

Ils attendirent le car pour la côte à l'extérieur des fortifications, dans le square brûlant et poussiéreux, bordé de cafés minables, où ils étaient descendus le matin. Un groupe de jeunes adolescents montèrent sur leurs bicyclettes et se mirent à jouer des épaules les uns contre les autres en se lançant des railleries. Jess repéra leur souffre-douleur : c'était un garçon grassouillet vêtu d'un short trop grand pour lui et d'un maillot orange qui enserrait son abdomen rebondi.

Soudain deux des cyclistes se détachèrent, firent demi-tour chacun de son côté et foncèrent sur le groupe. Les autres se dispersèrent pour éviter la collision, mais le garçon obèse donna un coup de volant dans la mauvaise direction et se retrouva devant les deux excités. L'un d'eux dirigea son volant de côté, mais l'autre ne réagit pas assez vite et heurta violemment le maladroit. Le balourd tomba assis sur le bord du trottoir. La boîte de soda qu'il tenait à la main éclaboussa son épaule avant de rebondir dans le caniveau.

Après avoir rétabli son équilibre, l'assaillant regarda derrière lui pour voir comment sa victime s'en était tirée, se mit à rouler très vite et disparut derrière la gare d'autobus. Son complice disparut à sa suite, laissant le malheureux là où il était tombé. Les autres restaient prudemment à distance.

Rob se leva et se dirigea d'un pas tranquille vers le garçon. Il s'arrêta à un mètre de lui, les mains enfoncées dans les poches de son jean. Il dit quelque chose que Jess ne comprit pas et l'adolescent leva la tête. Son large visage potelé était crispé par la douleur et l'humiliation. Quand les garnements virent la taille de Rob, ils reculèrent encore davantage.

Le garçon répondit en haussant les épaules et Rob l'aida à se remettre debout. Il avait une vilaine écorchure maculée de poussière au bas de la jambe. Il secoua les gouttelettes de boisson gazeuse restées collées à son cou et à ses bras. Rob franchit les quelques pas qui le séparaient d'un stand de rafraîchissements et acheta au garçon un autre soda. L'adolescent ouvrit immédiatement la boîte et se mit à boire goulûment. Ensuite, comme s'ils étaient de vieux amis, Rob l'accompagna lentement jusqu'à la porte de la ville, au-delà de laquelle le gros garçon continua seul son chemin, en poussant sa bicyclette. Rob attendit sous la voûte de la porte qu'il soit hors de vue et à l'abri de tout autre ennui.

Quand il revint vers Jess, leur car arrivait :

— C'est bien le nôtre ?

Le regard qu'il lui adressa décourageait tout commentaire qu'elle aurait pu être tentée de faire, mais Jess avait deviné la portée de cet incident sans importance :

— Adieu, Bits, dit-elle d'un ton détaché.

346

Rob ne parut pas l'entendre. Ils montèrent dans le véhicule. Jess s'installa, la tête posée sur l'épaule de Rob. Elle regarda se dérouler le paysage sans relief pendant le trajet qui les ramenait à la côte.

16

Ce jour-là il y avait dans l'air quelque chose d'irréel, qui amenait Beth à regarder le paysage familier de Londres comme si elle le découvrait pour la première fois. Les bus semblaient se mouvoir de façon anarchique au carrefour. Un gringalet tatoué, qui se faufilait avec un essuie-glace entre les voitures tournant au ralenti, saluait d'une rapide inclinaison de tête les automobilistes qui refusaient ses services. Les couleurs de posters annonçant quelque concert à Wembley dansaient devant ses yeux, de sorte qu'elle ne pouvait rien y lire.

« J'ai le cancer », se répétait-elle, évaluant encore l'énorme impact que créait dans son cerveau cette navrante réalité.

L'éventualité de sa propre mort la rapprochait de Danny, comme s'il cheminait maintenant à ses côtés. Les vagues prospectives s'exprimant jusqu'alors pour elle en décennies se traduisaient en années qui lui seraient désormais comptées. Elle était séparée de son frère par une gaze infiniment plus mince que le mur opaque qu'elle avait pu jusqu'à présent imaginer. Marchant dans cette rue qu'elle voyait comme un mirage, elle se trouva soudain absorbée dans une conversation avec Danny :

« Tu n'as jamais eu le temps d'y penser, n'est-ce pas? Est-ce que tu savais, couché dans ce lit d'hôpital, à la merci des tubes et des machines, ce qui t'attendait? Avais-tu peur? »

Elle entendait sa voix, ironique et suffisante, résonner à ses oreilles exactement comme lorsqu'il condescendait à discuter avec elle de musique, de sexe ou de ce qu'il avait expérimenté avant elle ou plus jeune qu'elle : « Ce n'est rien. Ça arrive à tout le monde, tu sais. »

« Sauf que tu as été le premier à faire cette expérience, Dan. Je suis l'aînée, mais tu es le plus rapide. »

« Tu es jalouse, la raillait-il joyeusement. Tu l'as toujours été et tu le seras toujours. »

Beth s'immobilisa si abruptement que l'homme qui la suivait d'un pas rapide entra en collision avec elle et faillit tomber. Il s'éloigna en titubant avant de pouvoir retrouver son équilibre.

« Non, je ne suis plus jalouse. Tu ne le savais donc pas, Danny ? Je peux voir comment je fonctionnais autrefois. Je peux entendre le vieux ressentiment grincer, même alors que c'est de la mort que nous discutons. Mais je peux encore changer, n'est-ce pas ? Je regrette que tu sois mort si vite. J'aurais aimé que nous puissions vivre sur un pied d'égalité. Ce serait possible maintenant. »

Beth s'aperçut qu'elle souriait. Elle ne savait trop comment, mais la rue avait retrouvé son apparence normale. Elle pouvait maintenant lire les posters et les bus avaient repris leur allure ordinaire. Elle poursuivit son chemin et nota alors que l'homme qui l'avait heurtée lui faisait maintenant face, à moins de deux mètres devant elle.

— Bonjour, dit-il.

— S'il vous plaît ?

— Tu es Beth, n'est-ce pas ?

Il approchait de la trentaine. Du genre artiste, plutôt hippie. Quand elle l'eut examiné plus attentivement, elle eut la vague impression de l'avoir déjà vu quelque part. Elle se demanda où.

— Oui...

— Nous nous sommes rencontrés à la soirée d'anniversaire chez Lizzie. Nous avons eu une longue conversation.

Il secoua la tête, en affectant un air fâché, pour se moquer de son oubli.

Elle se rappelait, maintenant. C'était un comédien, évidemment. Il avait tenu le rôle du jeune policier dans la série que Lizzie venait de tourner.

— Nick, dit-elle, après s'être creusé les méninges pour exhumer ce nom de son subconscient.

— Bravo! s'exclama-t-il avec plaisir. Collision plutôt amusante, ne crois-tu pas?

— Je travaille dans les environs.

— Ah oui? Écoute, où vas-tu? Accepterais-tu de prendre un verre avec moi?

Beth avait rendez-vous avec Sam au bar où ils se retrouvaient souvent lorsqu'ils n'avaient pas le temps d'aller à l'appartement. Elle ne l'avait pas revu depuis son examen médical, cinq jours plus tôt. Il s'était absenté pour participer à un colloque sur les ventes. Elle n'avait encore parlé à personne, même pas à sa famille, des résultats des analyses. Elle voulait d'abord en faire part à Sam et lui demander, les yeux dans les yeux, d'être à ses côtés pour l'aider à passer au travers de cette épreuve.

— Je ne peux pas, Nick. Quelqu'un m'attend justement. Je suis même un peu en retard, dit-elle en consultant sa montre sans même regarder l'heure.

— C'est dommage. Pouvons-nous y aller un autre soir? J'appellerai Liz pour lui demander ton numéro de téléphone.

— D'accord. Remettons ça à plus tard.

Nick tira sa carte de son portefeuille :

— Voilà. Passe-moi un coup de fil.

Beth prit la carte et la mit dans sa poche en dissimulant son soulagement. Elle n'aurait pas ainsi à redouter un coup de fil importun.

— Je n'y manquerai pas. Au revoir.

— Je parie que tu n'en feras rien, lui lança-t-il. Mais je le regretterai.

Elle fit demi-tour pour relever malgré elle son défi :

— N'en sois pas si sûr.

Sam l'attendait à leur table habituelle. Aussitôt qu'il l'aperçut, il se leva, l'embrassa tendrement et la guida vers leur coin. Il alla lui chercher un verre au bar et, une fois qu'il l'eut mis devant elle, il lui posa la question, l'air attentif, gravement préoccupé; il espérait le mieux tout en se préparant au pire.

— C'est un cancer du sein, répondit brutalement Beth.

Elle vit tout de suite que ce n'était pas la réponse qu'il attendait. Il était sûr qu'elle dirait : « Il n'y a aucune raison de s'inquiéter. C'est un problème insignifiant. » Elle lut sur son visage une consternation qui ne permettait aucun doute. Il hésita, car il ne pouvait plus réciter le petit discours qu'il avait préparé et qu'elle entendait aussi clairement que s'il l'avait prononcé : « Remercions le ciel. Je savais que ce n'était pas grave, chérie. Je suis tellement soulagé. Embrasse-moi. Nous allons fêter la bonne nouvelle dans un excellent restaurant. »

L'écho du non-dit remplissait tout l'espace entre eux. Elle déduisit avec certitude qu'il réévaluait rapidement la situation : « Où en suis-je ? Qu'est-ce que je peux faire de plus pour elle ? Jusqu'où dois-je m'engager et subvenir à ses besoins, alors que j'en ai déjà tellement sur les bras ? »

— Oh ! mon Dieu ! Je suis infiniment navré, murmura-t-il.

Beth prit une gorgée de vin. Son arôme robuste la stimula.

— Qu'est-ce que ça entraîne ? risqua-t-il.

Elle le mit au courant sans entrer dans les détails. D'abord l'intervention chirurgicale : excision, un vilain mot. Dans les plus brefs délais, le mardi suivant en fait. Ensuite, selon ce qu'on découvrirait, radiothérapie ou chimiothérapie, ou peut-être les deux.

— Je suis infiniment navré, répéta-t-il. Pauvre petite chérie !

Il essayait maintenant de se composer une attitude. Beth scrutait son visage. Ses traits réguliers, presque beaux, se transformaient sous ses yeux et prenaient une apparence moins rassurante. Pour la première fois depuis le début de sa liaison avec lui, elle pouvait s'imaginer ne pas l'aimer. Il serrait les mains froides de Beth dans les siennes.

— Qu'est-ce que nous allons faire pour toi ? demanda-t-il doucement.

Ne pas l'aimer ? C'était évidemment impensable. Qu'est-ce qui n'allait pas chez elle ?

Sa résolution fléchit pendant une seconde, mais se raffermit aussitôt. Beth savait exactement ce qu'elle voulait, ce dont elle avait besoin. Elle devait le lui exprimer clairement :

— Je veux que tu quittes Sadie, murmura-t-elle. Je ne veux pas attendre plus longtemps. Je veux que tu me dises ce soir ce qui nous attend. J'ai besoin de le savoir maintenant, Sam. J'ai besoin que tu sois avec moi pour traverser cette épreuve. Avec toi, je le peux. Sans toi, je ne suis pas sûre de pouvoir l'affronter.

Il cessa de lui caresser les mains.

— Beth, chère Beth, tu me lances un ultimatum ? Ne penses-tu pas que tu vas trop loin ?

Il jouait avec l'expression de son visage crispé et défait. Comme si les lentilles roses de l'amour étaient soudain tombées de ses yeux, Beth jugea que la physionomie qu'il avait adoptée lui donnait tout bonnement l'air d'un jeune chien que l'on vient de réprimander.

— Je ne lance aucun ultimatum. J'exprime simplement ce que je veux.

Il soupira :

— Le temps n'est pas particulièrement bien choisi.

— Pourquoi pas ? À cause des épreuves de ballet d'Alice ? Des difficultés que Sadie éprouve au travail ? De la bonne qui songe à vous quitter ?

La dureté de ses sarcasmes les étonna tous deux. Ils se regardèrent avec malaise.

— Tu es bouleversée, finit par dire Sam.

— Oui, c'est vrai.

— Je voulais dire que ce n'est pas le meilleur moment pour prendre une décision aussi définitive. Après l'opération, quand tu te seras rétablie...

— Non.

— Beth, écoute-moi.

Ses yeux lorgnaient du côté de l'horloge, au fond du bar. Il devait participer à un dîner d'affaires, et il calculait combien de temps il lui restait pour calmer Beth et lui faire entendre raison.

Elle devina ses pensées, parce qu'entre eux c'était immanquablement le même scénario qui se répétait. Elle était fatiguée de devoir constamment prendre en considération la longue liste de ses multiples engagements. L'indigence de leur relation la découragea soudain. Elle l'interrompit :

— Je ne veux rien écouter. Tu m'as promis que tu quitterais ta femme dès que les circonstances s'y prêteraient. Au cas où tu l'aurais oublié, tu m'as dit que tu m'aimais et que tu avais besoin de moi. Je t'ai cru et, maintenant, c'est moi qui ai besoin de toi.

— Je suis ici.

Elle secoua lentement la tête :

— Non, tu n'y es pas. Tu te retires quand ça fait ton affaire et tu reviens comme si de rien n'était. Je suis un nom qui apparaît ici et là dans ton agenda. Oh! regarde, six heures trente. C'est le temps de baiser Beth puis de courir dîner avec Sadie. Beth va comprendre. Beth va même avoir de la gratitude pour le temps que je lui ai consacré.

Une boule de colère, logée dans sa poitrine, l'oppressait. Mais elle se complaisait dans cette rage.

— Tu t'égares.

Elle savait que son interprétation des faits était juste mais, pendant un court moment, sa colère s'atténua et elle flancha. Que deviendrait-elle sans l'amour réconfortant de Sam, sans la passion qui donnait tout son sens à sa vie? À quoi lui servirait de quitter Sam si elle devait ensuite rester seule comme une idiote? Pourtant, pensa-t-elle l'instant d'après, j'aime avec une servile dévotion un homme qui n'est pas digne de mon amour. Son assurance lui revint. Elle avait raison. Elle avait raison de croire qu'elle avait du pouvoir sur lui.

— Vas-tu laisser Sadie?

Il avait l'air complètement décontenancé. Si elle poussait encore, se dit-elle, il se mettrait à verser de grosses larmes en lui reprochant de le torturer.

— C'est impossible, chérie. Pas tout de suite. Je pense aux enfants. C'est aussi leur vie qui est en cause et je ne peux pas...

— Dans ce cas, tu aurais mieux fait de te préoccuper d'Alice et de ses frères avant de t'introduire dans mon lit.

— Je le sais, admit-il avec beaucoup trop d'empressement, se rendant compte qu'il perdait du terrain. Je sais que j'aurais dû y penser.

Beth se leva, en jetant un regard tout autour, et s'aperçut que deux ou trois personnes les regardaient. Elle dit à haute voix :

— Tu me dégoûtes, Sam. Tu es un lâche, un menteur et un salaud. Je ne voudrais pas de toi, même s'il ne restait que ta minable bite dans l'univers entier.

Sam n'apprécia pas l'allusion au volume de son pénis.

Elle tourna les talons et sortit. Une fois sur le trottoir, elle éclata de rire. « Seigneur ! se dit-elle. C'était tellement bon de me vider le cœur que ça rachetait tout le temps qu'il m'en a fait baver. »

Avant d'encaisser le contrecoup de son action d'éclat, elle se mit à marcher d'un pas énergique. Elle erra sans but un bon moment, la tête haute, les bras battant au rythme des jambes. À cinq heures moins dix, elle arriva au coin de la rue où habitaient les Clark. La Saab n'était pas devant la porte, puisque Sam avait un dîner avec un auteur important, son agent et l'équipe des ventes et du marketing. Il était hors de question qu'il juge la confrontation qu'il venait d'avoir avec sa maîtresse assez menaçante pour revenir à la maison, au cas où...

Beth descendit la rue et gravit les trois marches du perron. Les boîtes à fleurs des fenêtres, derrière les balcons en fer ouvragé, étaient méthodiquement plantées de fleurs blanches bordées de feuillage vert argenté. Elle appuya à fond sur le bouton de la sonnette en laiton.

Sadie vint ouvrir. Elle avait délaissé son tailleur rouge pour des jeans et un chemisier en batiste. Elle ne portait même pas de rouge à lèvres.

— Je suis Beth Arrowsmith. Nous nous sommes déjà rencontrées, mais vous ne vous souvenez sûrement pas de moi. J'ai travaillé pour Sam.

Sadie remplit deux verres de sémillon blanc de Nouvelle-Zélande et en poussa un vers Beth. La cuisine, installée au sous-sol, correspondait exactement à l'image que Beth s'en était faite. Des couleurs fades sur les portes d'armoires, les dessins des enfants punaisés au mur, juste au-dessus des plans de travail, des rideaux aux motifs géométriques bleu et jaune.

Sadie alluma une cigarette et en exhala la fumée :

— Avez-vous cru que vous étiez la première ?

— Non. J'ai pensé que je serais la dernière.

Sadie pouffa de rire sans aucune malveillance :

— Juste ciel ! Vous avez travaillé pour lui, non ? Vous ne connaissez pas sa réputation ?

— Je croyais que j'étais différente. C'est ce qu'il m'a dit. Puis-je vous poser une question ?

— Je vous en prie.

— Étiez-vous au courant pour Sam et moi ?

— J'ignorais qu'il s'agissait précisément de vous. Mais aussitôt que je vous ai vue sur le seuil de ma porte, j'ai su de quoi il retournait. Quel âge avez-vous ? Vingt-trois ans ?

— Oui.

— Ouais. Écoutez, Beth. Je vais vous dire la vérité, parce qu'il ne le fera pas. Sam ne me quittera jamais pour vous. Son ambition est de toujours avoir les deux : moi, ses enfants et son foyer, plus une fille gentille à ses côtés, un peu intimidée par lui et, pour cette raison, docile.

— Ma mère m'a dit plus ou moins la même chose.

— C'est évident. C'est pourquoi il cherche toujours des filles jeunes. C'est moins menaçant qu'une femme d'âge mûr. Je dois reconnaître qu'il a fait une erreur avec vous, n'est-ce pas ? Vous avez eu beaucoup de courage de venir me dire que vous entreteniez une liaison avec mon mari.

— Je n'ai pas voulu qu'il s'en tire à bon compte, murmura Beth, au bord des larmes.

Elle se sentait profondément embarrassée. Elle avait espéré lui faire une révélation étonnante et être récompensée, en retour, par une réaction proportionnelle à la gravité de ce qu'elle lui avait appris. Le froid cynisme de Sadie la déconcerta entièrement. « J'étais préparée à recevoir une réponse et j'en obtiens une autre totalement différente. J'ai fait la même stupide erreur que Sam », songeait-elle.

— Il ne s'en sortira pas indemne, je vous assure, déclara Sadie.

Elle remplit leurs verres et offrit à Beth une cigarette, que la jeune femme refusa.

356

— Pourquoi avez-vous choisi de venir aujourd'hui?

— Parce que je viens d'apprendre que j'ai un cancer du sein. On m'opère mardi.

Sadie était bouleversée :

— Mon Dieu. Où?

— Au sein.

— J'avais compris, pauvre de vous. À quel hôpital?

— Oh! St. Mary's.

— Bien. Où est votre mère? Est-elle assez proche pour s'occuper de vous?

— Ma mère a vidé un coffre-fort avant de filer en Italie avec son amant, il y a un mois. Il a mon âge.

Sadie la dévisagea jusqu'à ce qu'elle se rende compte que Beth ne plaisantait pas. Puis les deux femmes hésitèrent à la frontière de la réprobation et de l'admiration peu enthousiaste, avant que Sadie éclate d'un rire profond, contagieux, où perçait une note de paillardise.

— Votre mère me paraît être une maîtresse femme.

— Oh! elle l'est! Il n'y a aucun doute.

Sadie insista pour que Beth lui raconte toute l'histoire. Quand elle en eut terminé, le bouteille de vin était vide et Beth se demandait si elle ne venait pas de se faire une nouvelle amie. Elle était assise avec la femme de Sam dans la maison de Sam, un peu grise et étonnée de trouver l'expérience agréable.

— Je dois partir.

— Eh bien, merci de votre visite. Non, ne prenez pas cette mine : je suis sérieuse. J'aime bien savoir ce que Sam manigance; comme ça, je peux voir venir.

Elle se leva, fit le tour de la table et mit la main sur l'épaule de Beth :

— Ne vous laissez pas bouleverser par cette histoire, aussi pénible qu'elle soit. Vous serez beaucoup mieux sans lui, croyez-moi.

Il y avait dans la voix de Sadie du regret et de la tristesse, qu'une gaîté superficielle ne réussissait pas à masquer entièrement.

Beth acquiesça de la tête et renifla énergiquement pour contenir les pleurs qui menaçaient de se manifester. Sadie poursuivit :

— J'espère que l'opération sera un succès. Je suis sûre qu'on vous l'a répété à satiété, mais le taux de guérison du cancer du sein est élevé, si le mal est détecté assez tôt, et il s'améliore constamment. Nous avons publié une longue série d'articles dans le journal, il y a environ un mois, et j'ai lu toutes les statistiques. Je peux vous les faire parvenir si vous le désirez. Vous êtes jeune. Tout va bien aller.

— J'en suis persuadée, murmura Beth.

Pendant qu'elle marchait vers la rue, Sadie lui cria de la porte :

— Tenez-moi au courant !

Beth fut agréablement surprise par l'attitude encourageante et serviable de ses amies et de ses collègues. Une ancienne compagne de collège la conduisit à l'hôpital ; deux autres copines et une secrétaire du bureau vinrent lui rendre visite au cours de la soirée suivant son opération. Les fleurs qu'elles avaient apportées égayaient son plateau roulant. Elle ne se sentait pas seule, alors que sa rupture avec Sam lui avait fait craindre la solitude.

— Le chirurgien dit que la tumeur a été entièrement extirpée, expliquait Beth pour rassurer ses visiteuses. On va me soumettre à la radiothérapie pendant un certain temps, pour mettre toutes les chances de mon côté.

Le lendemain, en revanche, Beth faisait connaissance avec la dépression postopératoire. Elle pleurait pour un rien et elle était remplie de noirs pressentiments. Comment les médecins pouvaient-ils savoir que les cellules maraudeuses ne s'étaient pas glissées dans les ramifications de ses organes ? Que devenait Sam ?

Elle reposait dans son lit en position fœtale, le dos tourné à la porte de la salle, envahie par la tristesse. Le martèlement de talons hauts sur le carrelage frappa son oreille sans qu'elle y prête vraiment attention. Mais le clic-clac s'arrêta juste à côté de son lit.

— Dormez-vous ?

C'était Sadie, arborant un grand sourire, les bras chargés d'une montagne de magazines et de lis aussi blancs que son tailleur de lin :

— La religieuse dit que tout va bien. Elle m'a fait un compte rendu détaillé de votre cas. Vous serez sortie dans deux ou trois jours et vous n'aurez plus jamais à y remettre les pieds.

Beth essaya de s'asseoir, mais elle était bouleversée par tant de gentillesse de la part de Sadie. Elle retomba sur ses oreillers et se mit à pleurer à chaudes larmes.

Sadie eut de la difficulté à comprendre le sens des mots qu'elle réussissait à bégayer entre les hoquets et les sanglots.

— Je veux ma mère. Je voudrais qu'elle vienne me voir.

— Vous avez un numéro où la joindre ?

Beth avait apporté à l'hôpital les lettres, remplies d'amour et de souvenirs, que sa mère lui avait adressées d'Italie. Il y avait un numéro de téléphone sur la première page de la première.

— Elle m'en a donné un où je peux la joindre en cas d'urgence.

— Appelez-la. Ne pensez-vous pas qu'elle souhaiterait être à vos côtés ?

— *Signora Arrowsmith ! Telefono.*

Le nom de Jess avait retenti dans l'escalier. Elle sortit de l'appartement et se pencha au-dessus de la rampe. Dans la pénombre du couloir d'en bas, elle voyait la propriétaire, les épaules recouvertes d'un châle noir, qui scrutait le haut de l'escalier.

— Si, signora. Telefono.

— *Vengo, grazie.*

Jess débaula les escaliers. Elle avait trouvé un emploi de jardinière à temps partiel chez les propriétaires d'une villa spacieuse aux limites de la ville. Elle pria pour que ce ne soit pas un message lui faisant savoir que ses services n'étaient plus requis.

Elle se faufila dans la chambre de la propriétaire, hors de souffle et souriant de gratitude.

— Maman ? C'est toi ? demandait Beth.

Le son de sa voix suffit pour qu'une sombre prémonition fasse battre à tout rompre le cœur de Jess.

— Beth ! Qu'est-ce qui ne va pas ? Dis-le-moi vite !

Et pendant qu'elle écoutait sa fille, Jess revoyait la jeune policière venue sonner à sa porte ce soir-là, ainsi que les médecins et les infirmières dans la salle d'hôpital où Danny gisait inconscient. Leurs visages, imprimés depuis lors dans son cerveau de façon indélébile, apparurent devant elle comme s'ils étaient les témoins d'une nouvelle catastrophe.

— Pourquoi ne me l'as-tu pas dit tout de suite ? Pourquoi ?

Beth pouvait à peine parler. Sa voix se noyait dans ses incoercibles sanglots.

— J'étais fâchée contre toi. Mais je veux que tu reviennes. S'il te plaît, maman, veux-tu rentrer à la maison ?

— Aussitôt que ce sera possible, promit Jess. Et même plus tôt encore.

— Est-ce que, vraiment, tu peux venir ?

— Beth, ne demande pas si je peux, mais avec quelle rapidité je me rendrai auprès de toi. Je voudrais bien voir qui m'empêcherait de te rejoindre.

— Je t'attends, maman. J'ai tellement besoin de toi !

Le jour même, au crépuscule, Jess et Rob marchaient lentement en direction du port. Ils traversèrent un square où les propriétaires de cafés, pour attirer les touristes, avaient aligné des tables et des chaises devant leur devanture. On était en juin et ils vivaient en Italie depuis maintenant deux mois. L'été remplirait bientôt de vacanciers les *trattorias* et les bars.

— Tu dois partir, insista Rob.

Mais il souhaitait le contraire. La pensée que Jess puisse l'abandonner ravivait la vieille peur remontant à son enfance : être séparé de sa mère.

— Je suis désolée, disait Jess, désespérée. J'ai commis une erreur en t'entraînant ici.

Il n'y avait aucun doute dans son esprit. Beth passait en premier. Elle luttait déjà contre son impatience de partir la retrouver. Mais cela ne l'empêchait pas de se reprocher cette espèce d'aveuglement volontaire qui l'amenait à ne considérer qu'une solution : rentrer en Angleterre, en abandonnant Rob.

— Non. Tu m'as beaucoup donné.

C'était la vérité telle qu'il la voyait : comment s'en serait-il tiré au cours des derniers mois sans Jess ? Elle lui avait offert son amour. Ce n'était que maintenant qu'il découvrait que ce don était conditionnel.

Peut-être n'appartenait-il qu'à l'amour maternel, dans ce qu'il avait d'aveugle et d'entêté, d'être inconditionnel.

— Et je t'ai suivie de mon propre gré. Tu ne m'as pas forcé.

— Que vas-tu faire maintenant ?

Rob s'était de toute évidence posé la question :

— Je vais rester ici, je crois. J'ai un petit travail. Si je retourne au pays, je n'ai aucune alternative. Nous avons toujours su qu'alors on m'arrêterait et qu'on me jetterait en prison. Ici, au moins, j'ai du temps pour réfléchir et un endroit où vivre. Plus tard, si on me fait extrader... Bah ! il sera toujours temps d'y voir.

— Je reviendrai peut-être quand Beth ira mieux.

— Peut-être.

Ils atteignirent le port et s'installèrent à la terrasse d'un bar sans prétention fréquenté par les pêcheurs. Ils commandèrent chacun une bière et regardèrent en silence les lézards poursuivre leur course saccadée. Une distance s'était créée entre eux et ils étaient aussi certains l'un que l'autre que le temps et la séparation l'accroîtraient.

Jess serait obligée de prendre le premier car le lendemain si elle voulait arriver à l'aéroport à temps pour le vol vers Heathrow. Quand ils eurent vidé leurs verres, ils refirent le trajet en sens inverse, main dans la main, ignorant pour l'heure ce qui les éloignait l'un de l'autre. Une fois dans leur appartement, cependant, l'atmosphère de complicité qui était de règle chez eux reprit ses droits. Rob ferma les persiennes métalliques, et la chambre redevint un sanctuaire. Le bruit tonitruant du téléviseur de la propriétaire les fit sourire. Ils avaient constaté dans le passé que sa surdité les avantageait.

Jess hésita dans l'espace étroit entre la table et le lit. Elle avait retiré ses souliers, et la fraîcheur des carreaux sous ses pieds lui ramena à la mémoire les souvenirs de leur visite à Lucques. Elle y avait éprouvé avec force une sensation grisante qu'elle avait assimilée à l'enchantement. « Nous avons été émerveillés, pensa-t-elle. Nous avons partagé cet émerveillement. » Ce matin-là, elle s'était approchée du lit pour contempler les détails du visage de Rob endormi. Il avait alors ouvert les paupières et avait tendu la main pour l'attirer vers lui.

Ce souvenir lui causa une contraction viscérale qui équivalait presque à une sensation douloureuse. Sa bouche s'ouvrit légèrement et la lueur du plafonnier fit briller un reflet humide sur sa lèvre inférieure. Le sang battit à ses oreilles comme après un effort épuisant. Pendant un moment, ils se regardèrent sans bouger. Jess portait une chemise de coton d'un bleu délavé qu'elle avait trouvée dans une friperie. Quand ils étaient arrivés en Italie, ils n'avaient que les vêtements qu'ils portaient. Ils en avaient acheté d'autres depuis, qu'ils lavaient et relavaient. Rob posa les doigts sur le premier bouton de la chemise bleue et le détacha lentement.

Les longues heures de jardinage en plein soleil avaient laissé à la base du cou de Jess un triangle fortement hâlé. Quand Rob eut défait les autres boutons et lui eut retiré sa chemise, les bras bronzés de Jess apparurent, faisant contraste avec la blancheur laiteuse de ses épaules. Il avait vu au fil des jours se dessiner ce nouvel épiderme aux tons tranchés. Rob trouva infiniment touchant, lorsqu'elle replia ses bras sur elle en étendant largement les mains, qu'elle veuille lui cacher les marques du pénible labeur qu'elle accomplissait. Il sentit la poussée du désir le tenailler.

Il aurait voulu lui arracher le reste de ses vêtements, mais il s'obligea plutôt à procéder lentement. Il déboutonna son jean et le fit glisser sur ses hanches. Elle en retira posément ses jambes, mais Rob nota que ses mouvements pondérés contrastaient avec le désir puissant qui brillait dans ses yeux.

Quand elle fut nue, il fit courir ses mains derrière ses épaules et les fit descendre jusqu'aux hanches, puis la fit asseoir sur le bord du lit. Il alla ensuite chercher son chapeau de paille et le lui posa sur la tête. Elle lui parut alors mystérieuse et lointaine, comme certaines femmes dans les tableaux de maîtres.

Il s'agenouilla devant elle, lui souleva un pied et y posa sa bouche. Il couvrit sa jambe de baisers légers avant d'écarter ses genoux d'une main insistante. Il s'assit sur ses talons et rencontra ses yeux. Elle était redevenue simplement Jess une fois de plus, pour ce soir-là au moins, ni mère ni étrangère. Jess, souriant langoureusement, se laissa retomber en arrière, pour prendre appui sur les coudes, dans une pose invitante et sans équivoque, qui fit rouler le chapeau sur le lit. Rob se redressa, emprisonna amoureusement les mains de Jess dans les siennes et enfouit son visage entre ses cuisses.

Le téléviseur de la propriétaire résonnait d'indulgente façon au rez-de-chaussée.

Ils firent l'amour en silence, comme la première fois, comme si l'expression sexuelle était seule capable de traduire l'immensité de leur peine et, en même temps, de les consoler.

Ils restèrent ensuite étendus côte à côte dans le lit en pagaille. Quand ils se rapprochèrent l'un de l'autre, Jess colla sa bouche contre la gorge de Rob :

— Je vais te laisser l'argent.

Ils avaient été sages, et il en restait assez pour que, pendant encore un bon moment, Rob ne soit pas dans la gêne.

— Je n'en ai pas besoin.

— Je te le laisse quand même. Je ne veux pas le rapporter avec moi.

— C'est comme tu veux.

Jess se sentait glisser inexorablement dans les limbes du sommeil. Rob pourrait voyager avec l'argent, s'il le désirait. Il irait encore plus loin que l'Italie, passerait des frontières qu'elle ne pourrait pas franchir pour le rejoindre. Pourquoi pas en Amérique du Sud ? Il vivrait en liberté au Brésil. Elle imaginait de quelle façon il lui serait possible de se recréer un autre univers. Il était doué pour les langues, il était jeune et encore plus beau depuis qu'elle avait remarqué les jeunes Italiennes, à la plage, qui lorgnaient de son côté. Elle prévoyait ce qui lui arriverait. Il tomberait amoureux d'une fille mince aux cheveux noirs et au teint basané ; il serait heureux, libéré de son passé misérable, libéré de la lourde et sévère chape des conventions anglaises. L'idée de le perdre au profit d'une belle inconnue avec qui il coulerait des jours heureux la tourmentait. Elle fronça inconsciemment les sourcils et s'endormit en enserrant tristement Rob entre ses bras.

Beth avait déjà reçu son congé de l'hôpital lorsque Jess revint d'Italie. Quand elle lui ouvrit la porte de son appartement, Beth hésita à reconnaître sa mère dans cette femme brunie par le soleil et visiblement amaigrie. Il lui sembla que ses yeux étaient plus grands qu'à l'accoutumée. Même si Beth savait que l'argent pris dans le coffre avait été remboursé et que Graham Adair avait accepté, avec réticence, de ne pas porter plainte, elle ne put s'empêcher de penser que sa mère ressemblait à une fugitive, dans ses vêtements défraîchis et informes. Jess n'avait d'ailleurs qu'une seule valise pour tout bagage.

Le voyage de retour lui avait paru interminable. Dans le train qui l'avait ramenée de l'aéroport, puis dans le bus qui l'avait déposée près de chez Beth, Jess avait eu la tête pleine d'images : de Danny dans son lit d'hôpital ; de Beth, dont les traits se superposaient à ceux de Danny et lui empruntaient la même sinistre beauté cireuse.

Elle posa sa valise et prit les mains de sa fille dans les siennes. Beth était pâle mais, pour le reste, elle était toujours pareille. La mère et la fille avancèrent l'une vers l'autre et s'étreignirent étroitement. La méfiance et l'incompréhension qui s'étaient installées entre elles étaient encore palpables, mais elles ne demandaient qu'à disparaître.

— Je vais très bien, affirma Beth, sans trop d'assurance, lorsque Jess prit de ses nouvelles. Ou, du moins, je vais aller de mieux en mieux à partir de maintenant.

— J'en suis sûre. Laisse-moi te regarder.

Elle l'entraîna dans la cuisine, où la lumière était meilleure, et la conduisit devant la fenêtre sans rideaux. Elle nota les ombres violacées sous ses yeux, mais les plis qui fronçaient fréquemment ses sourcils et sa bouche s'étaient effacés. Elle était tellement jeune. Jess prit encore Beth dans ses bras et appuya son front contre le sien. Elle sentait battre le rythme rassurant de la vie chez sa fille, comme elle l'avait senti lors de sa naissance, quand on l'avait déposée dans ses bras pour la première fois. Jess restait immobile, envahie par une soudaine poussée d'amour pour sa fille, un amour qui maintenant, seulement maintenant, lui faisait oublier la douleur causée par la perte de Danny.

— Où est Rob ? demanda Beth avec une certaine raideur.

La question lui brûlait les lèvres depuis l'arrivée de sa mère.

— Il est resté en Italie.

— Vraiment ? Votre séparation a-t-elle été pénible ?

— Oui, répondit franchement Jess.

— Je te remercie d'être venue.

La formule leur suffisait à l'une et à l'autre.

— Je voudrais que tu me parles de ton opération. Qu'est-ce qui arrive maintenant ?

— Je dois subir un traitement de radiothérapie. Il faudra que j'aille à l'hôpital tous les jours. Ce sera fatigant, je crois.

— Je vais m'installer ici et m'occuper de toi.

Comme le petit appartement loué ne comportait qu'une chambre, Jess ajouta :

— Il va falloir que je trouve un lit de camp.

Lizzie avait mis la vieille maison en vente et un acheteur éventuel s'était déjà montré intéressé. Jess savait qu'elle n'aurait plus sa maison à elle. L'idée ne la troubla pas outre mesure. La perspective la mettait plutôt dans un état de ravissement et d'excitation, semblable à une légère ébriété. Si Beth guérissait vite et si tout allait bien pour Rob, Lizzie, Sock et James, elle n'en demanderait pas davantage.

— J'en ai un. C'est une sorte de machin pliant comme on en trouve dans l'armée. Inconfort garanti, je présume.

— C'est sans importance. Je peux dormir n'importe où.

Ce qui était vrai. Elle avait peu à peu retrouvé le sommeil réparateur.

Beth faisait non de la tête et riait en même temps :

— Je suis tellement contente que tu sois revenue. Je t'en supplie, maman, ne m'abandonne jamais plus.

— Je ne recommencerai pas. Tu le sais aussi bien que moi.

Michael Blake réussit à joindre Jess au téléphone chez Beth. Une date théorique, au début de juillet, avait été fixée pour le procès, lui annonça-t-il :

— Vous savez où Rob se trouve ? Je vous prie de prendre contact avec lui et de lui faire part d'un message de ma part. S'il revient à Londres assez tôt pour que le procès puisse avoir lieu, ce sera plus facile d'obtenir qu'on lui pardonne d'avoir enfreint les conditions de sa mise en liberté. D'autre part, s'il ne revient pas volontairement, qu'il sache qu'on lui mettra tôt ou tard la main au collet.

— Je vais lui faire le message, lui répondit Jess, sans trop se compromettre.

Elle ne se reconnaissait pas le droit d'influencer les décisions que Rob devait prendre. Le soir même, après avoir évalué l'heure à laquelle il serait de retour de son travail, elle lui téléphona. Dans son italien extrêmement rudimentaire, elle essaya de se faire comprendre le mieux possible par la vieille propriétaire sourde.

— *Ah, si. Ma il signor e partito.*

— *Partito ? Quando ?*

— *Questo mattino, signora. Di buon'ora.*

— Je vois. Merci. *Grazie.*

Rob était parti de bonne heure au cours de la matinée. Elle l'imagina prenant la fuite, allongeant la distance qui le séparait des cours de justice et de la police, de Michael Blake, d'elle-même et de son passé malheureux. La tristesse qu'elle éprouvait était cependant compensée par le soulagement qu'elle éprouvait pour lui.

Rob marchait derrière la foule des passagers qui, après être descendus de l'avion, avançaient dans le labyrinthe mal aéré des corridors de l'aéroport. Tout comme Jess, il ne transportait qu'une seule valise contenant ses maigres effets et les quelques articles qu'il avait acquis en Italie. Il marchait les yeux fixés sur la nuque du passager qui le précédait. Dans ce no man's land entre la passerelle et les services de l'immigration, il n'y avait qu'une seule direction : droit devant soi.

En entrant dans la grande salle d'accueil, les passagers se mirent en ligne devant les guichets de contrôle. Rob s'installa stoïquement au bout de la queue la plus proche. Il essayait de ne penser à rien, mais son esprit était rempli de crainte. Il sentait presque les poussées d'adrénaline courir sous son épiderme, mais il rejetait toute idée de résistance ou de fuite. Il attendrait et s'ajusterait aux circonstances.

C'était maintenant son tour.

Il présenta son passeport et attendit que l'agent vérifie son nom et examine sa photo. Rob s'était fait couper les cheveux en brosse. Même sans les boucles cuivrées qui l'encadraient naguère, son visage était parfaitement reconnaissable. L'homme referma le passeport d'un coup sec :

— Attendez là, dit-il sèchement.

Il décrocha un téléphone et dit quelques mots. Immédiatement, deux agents en uniforme apparurent, qui se dirigèrent rapidement vers Rob et le saisirent par les bras. Le jeune homme se laissa emmener sous les regards curieux des autres passagers.

La cellule de détention du poste de police, près de l'aérogare, contenait quatre couchettes groupées par deux l'une par-dessus l'autre. La couchette du bas, à gauche, était libre. Celle du haut était occupée par une forme immobile, ramassée sous la couverture. En face, deux Asiatiques vêtus de blousons étaient assis sur la couchette inférieure. Ils n'étaient pas rasés et leurs traits, sous l'éclairage au néon, trahissaient l'épuisement total. L'officier de service ôta à Rob ses menottes et pointa son menton vers la couchette vide. Rob se dirigea docilement vers le lit en se frottant les poignets. Une forte odeur de transpiration, de nourriture rance et d'excréments remplissait l'air. Après avoir jeté un coup d'œil rapide dans sa direction, les deux Asiatiques reprirent leur conciliabule à voix basse.

Il était vingt-deux heures. Rob s'allongea sur le dos et tourna le visage vers le mur aveugle, peint en vert, sur lequel l'humidité suintait légèrement. Il était inutile d'y chercher des îles et des continents. Au bout d'un moment, Rob ferma les yeux et il ne retrouva pas la terreur qu'il avait redoutée. Michael Blake lui avait expliqué au téléphone qu'il pourrait le lendemain faire une demande de libération, qui serait probablement rejetée.

L'homme au-dessus de lui commença à ronfler légèrement. Mais bientôt ses ronflements semblèrent se frayer un chemin à travers les tissus congestionnés de son larynx et de ses poumons. La prison ressemblait à ce que Rob avait imaginé. Ni pire ni mieux. Mais il appréhendait que le pire fût encore à venir. Pour l'instant, il était capable d'en supporter les conditions.

Il était resté seul en Italie pendant une semaine. Il savait cependant depuis le début qu'il n'avait aucune raison de s'y attarder, maintenant que Jess était rentrée au pays. Il n'avait aucun désir de s'éloigner davantage de l'Angleterre et de se retrouver encore plus seul qu'il ne l'était maintenant. Les derniers mois lui avaient appris qu'il pouvait vivre autrement qu'en solitaire. Il avait donc décidé de rentrer au pays : quelle que soit la sentence qui l'y attendait, elle serait préférable à un interminable isolement.

Rob écouta patiemment les ronflements au-dessus de lui et le murmure inintelligible de ses deux autres compagnons de cellule. Il pensa à Jess, à Beth et à Danny, à Kim et à Cat. Il resta patiemment allongé sur dos, la tête tournée vers le mur, et finit par s'endormir.

17

En détention préventive dans l'attente de son procès, Rob avait droit à des visites quotidiennes. Jess vint le voir à la première occasion qui se présenta. Ils se tenaient les mains au-dessus de la table qui les séparait.

— Pourquoi donc es-tu revenu ? lui demanda Jess. Je m'étais imaginé que tu étais parti au loin pour refaire ta vie.

À sa surprise, Rob se mit à rire. On aurait dit que ses anciennes craintes s'étaient évanouies.

— J'y ai pensé. J'ai compté l'argent qu'il restait et j'ai essayé de trouver un endroit où fuir, mais j'avais toujours l'impression que ce n'était pas moi qui étais en cause, comme si je jouais dans un film. J'ai fini par me rendre compte qu'il est impossible de tout recommencer à neuf. On peut seulement continuer avec son petit bagage à partir du point où on est parvenu.

Il haussa les épaules et ses mains se pressèrent autour de celles de Jess :

— Je suis revenu parce que c'est ce que je voulais.

Jess savait qu'il n'était pas revenu pour elle. Les choses avaient changé entre eux ; elles avaient commencé à changer avant même qu'elle ait quitté l'Italie. Aucun d'eux n'avait cependant laissé entendre qu'elle ou lui se trouvait à la croisée des chemins. Mais en volant au chevet de sa fille, elle avait irrévocablement altéré le lien qui existait entre elle et Rob. Aujourd'hui, dans ce parloir de prison sans fenêtres où l'air était saturé par l'odeur de la cigarette refroidie et de la transpiration, elle avait la nette impression que ses mains auraient pu tout aussi bien être enfermées dans celles de Danny. Des mains qui lui étaient précieuses et familières. Pas moins que cela. Pas davantage non plus.

— Tu as fait ce qu'il fallait faire. Je regrette de t'avoir persuadé de violer les conditions de ta mise en liberté. Je suis désolée d'avoir contribué à te mettre dans cette mauvaise posture.

Il rit encore :

— Tu ne m'as pas convaincu de te suivre. Je suis parti avec toi de mon plein gré. C'est moi qui ai mis ton ex-mari K.O., non ? Et puis, écoute-moi bien, j'étais heureux là-bas, avec toi. Les semaines que nous y avons passées ont été pour moi une expérience entièrement nouvelle, unique. J'en garderai au fond de ma mémoire un souvenir impérissable. Je n'aurais jamais refusé de vivre cette période merveilleuse avec toi, même en sachant qu'elle me ferait aboutir ici.

Jess opinait de la tête, trop émue pour parler. C'est le mot « enchantement » qui lui était venu à l'esprit pour exprimer l'état dans lequel elle avait vécu son séjour en Italie avec Rob. Et Rob avait aussi connu le même enchantement. « Nous avons tellement reçu, pensa-t-elle. Et nous en garderons toujours un souvenir heureux. Nous avons fait beaucoup plus que simplement nous aider l'un l'autre. »

Jess était bien obligée de reconnaître que, malgré tout ce qu'ils avaient partagé, plus de vingt ans les séparaient, sans tenir compte des responsabilités complexes qu'elle avait assumées comme mère de famille et l'amour passionné et indéfectible qu'elle avait toujours voué à ses enfants.

Avec tristesse ils libérèrent leurs mains. Jess demanda :

— Y a-t-il autre chose dont tu aurais besoin ?

Elle lui avait apporté des friandises, des livres et des cassettes pour son lecteur.

— Non, rien du tout, répondit-il en secouant la tête.

Jess ne fut pas sa seule visite. À la fin de sa deuxième semaine d'incarcération, on lui fit savoir que quelqu'un venait de s'annoncer pour lui. Il attendit quelques minutes au parloir, s'attendant à voir arriver Michael Blake ou son autre avocat. Quand la porte s'ouvrit, c'est Cat qui entra. Les yeux de la jeune fille cherchèrent à travers la salle avant de rencontrer enfin ceux de Rob. Cachant son malaise sous un air de bravade, elle se dirigea vers la chaise faisant face à celle de Rob et s'assit de côté, croisa ses jambes minces et rejeta la tête en arrière, comme pour s'éloigner de Rob. Ses cheveux paraissaient ternes et son visage était dépourvu de couleur et d'expression.

— Es-tu surpris de me voir ?

— Je suis plutôt enchanté.

Rob disait vrai. Le gardien qui avait introduit Cat haussa les épaules et se retira. Il avait refermé la porte derrière lui, mais il réapparut derrière la baie vitrée d'où il surveillait.

— Tu es donc revenu.

Il fit signe que oui, sans ajouter de commentaire.

— Qu'est-ce qu'il lui arrive, à elle ?

— Si tu veux parler de Jess, c'est elle qui est revenue la première. Pour s'occuper de sa fille, qui est atteinte de cancer.

— Es-tu revenu pour vivre avec elle ? Quand tu seras sorti d'ici, évidemment. Est-ce qu'elle t'attend ?

— Non, répondit simplement Rob.

Le ton sarcastique de Cat masquait un désir ou une crainte que Rob ne pouvait deviner. Il ajouta :

— De toute façon, ça ne te regarde d'aucune façon.

Cat se redressa et croisa les jambes de façon encore plus agressive.

— Tu te demandes pourquoi je te rends visite ? Ne va pas croire que j'ai apporté une lime dissimulée dans un gâteau.

Elle promena ses yeux autour de la salle. Rob se rappela les soirées et les nuits qu'ils avaient passées ensemble avant sa fuite en Italie. Il se souvenait de la façon dont ces rencontres le ramenaient à la vie insouciante qu'il menait avant l'accident.

— Dis-moi alors pourquoi tu es venue.

— Je suis enceinte ; l'enfant est de toi, laissa tomber Cat.

Rob passa la langue sur ses lèvres. Il se pencha au-dessus de la table :

— En es-tu sûre ?

— Sûre de l'être ou sûre que tu es le père ?

— Des deux, j'imagine.

Une foule de réactions s'agitèrent en lui. Un bébé, une chose concrète, un être vivant. Il s'aperçut qu'il était incapable de soutenir son regard.

— Oui, je le suis. Et depuis près de trois mois.

— Qu'as-tu l'intention de faire ?

Il ne savait pas s'il devait lui offrir son aide.

Cat renifla énergiquement en faisant la moue en même temps :

— Je n'ai pas l'intention de m'en débarrasser, si c'est ce que tu as l'intention de me suggérer de faire. Je ne pourrais pas. Je ne veux même pas y penser. Et puis c'est mon bébé. Je vais le garder et l'élever.

— Tu viens de dire que c'est aussi le mien.

Leurs yeux se rencontrèrent enfin. Il s'aperçut qu'elle avait pris une attitude de défi pour masquer sa vulnérabilité et il ressentit soudain le besoin de la prendre dans ses bras. Puis il revit mentalement le bébé de la sœur de Jess et sentit alors ses viscères se tordre jusqu'à ce qu'il en ait le souffle coupé. « Homme », avait dit le bébé en le montrant du doigt. Il s'était blotti contre sa poitrine, ce paquet de morve et de pipi. Cat l'observait, évaluant ses réactions :

— Ouais, c'est aussi le tien jusqu'à nouvel ordre.

— Puis-je... Veux-tu mon aide ? C'est pour cette raison que tu es venue ?

Comme elle ne répondait pas et se contentait de le regarder, il ajouta :

— J'aimerais vraiment t'aider.

Elle renifla encore une fois avant de répondre :

— Tu n'es pas d'un grand secours, enfermé ici, ne crois-tu pas ? Et on m'a dit que tu pourrais y rester cinq ans.

— Ou beaucoup moins. C'est une offre que je te fais, rien d'autre. Tu peux y penser.

Cat acquiesça. Elle décroisa les jambes et se leva en glissant sur son épaule la courroie d'un sac informe.

— D'accord. Je reviendrai te voir.

Elle sortit sans le regarder et le gardien vint chercher Rob pour le ramener à sa cellule.

— Plaidez-vous coupable ou non coupable, Robert Ellis ?

— Non coupable.

Du banc des accusés, il pouvait voir Jess au premier rang de la galerie réservée au public. Elle était assise seule, le visage calme, le regard posé attentivement sur lui. Un peu plus vers l'arrière, il découvrit Cat, qui était seule aussi. Il voulait lui faire signe, de quelque façon, pour la rassurer, mais il dut attendre qu'elle lève la tête pour accrocher son regard et lui adresser un sourire.

Les membres de la Cour entrèrent d'un pas traînant et s'installèrent à leurs places respectives. Au début de la matinée, la salle était encore fraîche et aérée, mais la chaleur commencerait bientôt à s'accumuler sous le plafond décoloré. Heureusement, le procès avait été fixé au début de septembre, alors que les matinées étaient plus fraîches et que le soleil se couchait plus tôt.

Rob jeta un coup d'œil au jury. Il était composé de gens ordinaires modestement vêtus et portant lunettes pour la plupart. Certains se penchaient en avant pour mieux entendre le procureur de la Couronne tracer les grandes lignes de la cause qu'ils auraient à juger. Ils avaient de la chance, car le procès serait court. Ils ne passeraient pas de longs mois à écouter les preuves accumulées, comme ce serait le cas, par exemple, s'il s'agissait d'une fraude compliquée.

On appela le premier témoin à la barre. C'était l'un des officiers de police qui avaient pris la camionnette de Rob en chasse. Il prêta serment et le contre-interrogatoire commença.

Rob écoutait mais, à un autre niveau, dans les replis de son âme où dormaient ses secrets, il pensait à son père et au procès pour homicide où il avait été jugé. Le fait d'être lui-même emprisonné ne le rendait pas plus proche de son père. La crainte que sa vie ne soit à l'image de celle de son père ne s'était pas matérialisée non plus. Il se sentait plus que jamais différent de lui. Il subissait certes une épreuve en se retrouvant devant le tribunal, mais c'était aussi une espèce de soulagement, car il se disait que rien ne pourrait être pire.

Il est vrai que certains aspects de la vie carcérale – comme le manque d'intimité, l'absence de confort – lui rappelaient le temps où il vivait à l'orphelinat ou dans des foyers d'accueil. Il était donc psychologiquement prêt à faire face. D'un autre côté, les longues heures d'inactivité lui laissaient beaucoup de temps pour réfléchir.

Il avait pensé à Jess, avec gratitude, et aux visites de Cat. Elle était revenue le voir trois ou quatre fois. Ils restaient assis, leurs têtes proches l'une de l'autre, se murmurant leurs confidences au-dessus de la table qui les séparait. La ferme résolution de Cat de s'occuper toute seule de son bébé avait fléchi et la jeune femme avait donné son accord pour que Rob assume certaines responsabilités quand il sortirait de prison. À titre d'essai, sans engagement de part et d'autre.

Les circonstances avaient amené Rob à réfléchir. Il avait consenti à admettre dans sa pensée des souvenirs qu'il avait toujours voulu chasser. Il avait fini par adopter à l'égard de son père une attitude de pitié détachée, sans dégoût et sans honte. Il commençait même à envisager une forme de pardon. Il s'était probablement trompé sur le compte de son père. Après tout, c'était peut-être moins un homme violent qu'un alcoolique désespéré.

Debout dans le box des témoins, le policier raconta d'une voix neutre les détails de l'accident :

— La fourgonnette conduite par l'accusé approchait du pont de Pond Road. Un autre véhicule arrivait dans la direction opposée.

Les images se succédaient sans arrêt dans l'esprit de Rob, mais il y avait toujours la tache sombre de l'oubli au milieu. Il se rappelait que la camionnette s'était mise à vibrer quand il avait appuyé à fond sur l'accélérateur; il n'avait pas oublié le gyrophare bleu clignotant dans son rétroviseur, Danny qui criait d'aller plus vite et la lumière aveuglante projetée par les phares des véhicules venant vers eux. Puis le nez de la fourgonnette replié comme un accordéon et son ami étendu sur l'herbe, comme s'il dormait.

— Qu'est-il arrivé quand le véhicule de l'accusé est arrivé à proximité du pont?

— J'ai vu la camionnette osciller, puis faire une embardée sur la gauche. Les voyants arrière se sont allumés et j'ai entendu les freins crier juste avant que le côté gauche du véhicule frappe le pilier du pont.

Jess joignit les mains sur ses cuisses. Elle savait que, au cours des témoignages à venir, il lui faudrait entendre des choses bien plus pénibles : elle s'était préparée en conséquence. Il n'était pas question pour elle de quitter le prétoire. Ses yeux se portèrent du dos du témoin à Rob. Il avait maigri, il était pâle et ses cheveux coupés court le faisaient paraître plus vulnérable, mais il semblait néanmoins très calme.

Au cours de l'après-midi, les autres policiers témoins de l'accident et de ce qui s'était ensuivi furent appelés à la barre. Puis ce fut au tour de l'expert en reconstitution. Celui-ci présenta un compte rendu technique détaillé concernant la distance de freinage, le type des pneus et la vitesse de l'impact. La camionnette roulait à environ quatre-vingt-cinq ou cent kilomètres à l'heure, avant de s'écarter brusquement de la ligne droite pour aller frapper le pilier du pont. Le pneu arrière gauche avait éclaté juste avant le dérapage, comme l'indiquaient les marques laissées sur la chaussée.

Le procureur de la Couronne demanda s'il était possible que la crevaison ne soit pas la cause, mais plutôt le résultat du dérapage.

— La séquence des événements, déclara l'expert, nous apparaît de façon aussi évidente que s'il s'agissait d'empreintes digitales.

Mais il était d'accord avec la Couronne pour affirmer qu'un conducteur sobre et prudent aurait pu contrôler le véhicule et l'immobiliser en toute sécurité en retrait de la route.

Jess, impassible, écoutait en regardant droit devant elle.

La vitesse lors de l'impact approchait les soixante-dix kilomètres à l'heure. Il semblait que Rob ne s'en était tiré que par miracle. Danny n'avait pas eu cette chance. C'était sa mort tragique qui amenait à ce procès les policiers avec leur montagne de dépositions, les avocats avec leurs perruques et les sténographes avec leur clavier. Rien ne pourrait le ramener. Ni les pleurs ni les récriminations.

Elle cligna des yeux pour retenir ses larmes.

Le défenseur de Rob reformula la séquence des événements ayant précédé l'impact et remercia chaleureusement l'expert pour la clarté de son témoignage. Le témoin de la défense était un ingénieur spécialisé en trafic routier. Il affirma qu'à son avis, étant donné la nature de la crevaison, la vitesse, le temps qu'il faisait et les conditions routières, même le plus expérimenté et le plus sobre des conducteurs aurait eu de la difficulté à éviter la collision.

Comme on pouvait s'y attendre dès le début de la journée, il faisait très chaud dans l'enceinte et l'air était de plus en plus vicié.

« Au revoir, Bits », avait murmuré Jess au moment de monter, avec Rob, dans le car qui les ramenait de Lucques. Au fond, c'était le triste passé de Bits qui les avait jetés dans les bras l'un de l'autre. Et l'image de Bits, cet adolescent mal dans sa peau qui traînait derrière lui tous les fantômes de son enfance malheureuse, était en voie de se dissoudre dans son souvenir. Rob leva les yeux vers la galerie où se trouvait Cat. Il se languissait d'aller la retrouver.

Le dernier témoin fut l'inspecteur de police responsable de l'enquête. Il décrivit la façon dont Danny avait passé la journée avant l'accident. Le gymnase, le pub et le restaurant, puis le club. À une heure trente du matin, la police avait reçu par téléphone une plainte logée par une jeune femme qui louait une chambre dans un meublé. Il y avait du grabuge dans une chambre voisine de la sienne, sûrement une violente bataille. Quand la police était arrivée sur les lieux, l'accusé et Daniel Arrowsmith étaient déjà partis.

À la fin du témoignage, le juge enleva ses lunettes et se massa l'arête du nez. Puis il annonça que la procédure se poursuivrait à dix heures le lendemain matin. Tout le monde se leva lorsqu'il quitta l'enceinte.

On emmena Rob. Jess le regarda s'éloigner, puis se faufila entre les étroites rangées de sièges pour sortir. Elle avait les membres ankylosés après avoir été aussi longtemps assise et sa paupière droite était agitée par des fibrillations. Elle se retrouva en plein soleil automnal et elle hésita au milieu du trottoir en se demandant où aller. Cat se trouvait à quelques pieds, aussi hésitante qu'elle. Leurs yeux se croisèrent et ce fut Cat qui fit les premiers pas. Elle haussa ses minces épaules :

— Je m'appelle Cat Watson. Je... euh... Nous ne nous sommes jamais rencontrées. Il n'y a d'ailleurs aucune raison qui aurait pu nous amener à le faire, je crois bien. Je ne sais même pas pourquoi je dis ça. Je suis désolée, voilà tout. Pour Danny et pour tout le reste.

— Merci, répondit simplement Jess.

Elle jugeait que des propos spontanés valaient mieux que des formules conventionnelles de sympathie.

— Vous m'êtes apparue tellement triste, assise seule là-haut, ajouta Cat.

Jess ne s'était pas préoccupée de savoir de quoi elle avait l'air. Elle était cependant alarmée par l'image que cette enfant avait d'elle.

— Qu'est-ce qui s'est vraiment passé cette nuit-là ? demanda-t-elle sans transition.

— Rob ne vous l'a pas dit ?

— D'une certaine façon.

— Vous ne savez pas si vous devez le croire ? C'est bien ça ?

— Oui.

— Danny s'est jeté sur moi. J'ai essayé de le repousser et il l'a mal pris. Il m'a fait mal et j'ai eu peur. Je savais qu'il allait me violer. Rob l'a arraché du lit, l'a entraîné de force et ils sont partis ensemble tous les deux en courant presque. Je suis désolée, répéta-t-elle.

Deux images de Danny s'opposaient : la négative et la positive. À quel endroit, entre ces deux pôles, se situait le véritable Danny ? Elle ne pourrait jamais le savoir.

— Tout ira bien, affirma Jess avec conviction.

— Vous voulez dire pour Rob, répondit Cat, comme si Jess lui avait lancé un défi. Oui, je suis persuadée qu'il ne s'en tirera pas trop mal.

Jess, décontenancée, l'approuva d'un signe de tête :

— Je le crois, moi aussi.

Des détails sans lien apparent trouvèrent soudain un sens. Elle comprit que Cat était la femme qui avait laissé derrière elle, dans la chambre de Rob, des traces de son passage.

Cat ajusta son sac à dos sur ses épaules :

— Bon, voici mon bus. Je vous reverrai demain, je suppose ?

Elle traversa la rue et Jess nota qu'elle était petite et fragile. Une jeune fille l'attendait à l'arrêt et elles conversèrent amicalement. Jess les trouva d'abord fort semblables avec leur jupe courte et leurs chaussures lourdes, qui faisaient paraître leurs jambes encore plus longues et plus fines. Elles s'appuyaient sur une jambe, la hanche opposée plus haute et projetée vers l'avant, de telle sorte que leur jupe se retroussait.

Cat changea alors de posture, brisant ainsi la symétrie.

Les pieds écartés, elle rééquilibra son poids. Puis elle creusa le dos et posa en même temps la main sur son diaphragme, laissant ainsi voir sur son ventre une légère rondeur qui ne trompait pas.

Aussitôt qu'elle eut découvert que Cat était enceinte, Jess ne douta pas un instant qu'il s'agissait du bébé de Rob.

De l'autre côté de la rue, Cat sentit le regard de Jess peser sur elle et, pendant une seconde ou deux, leurs regards se croisèrent à travers le va-et-vient de la circulation. Jess eut le temps de lire le défi sur le visage de Cat et crut même voir un éclair de triomphe dans ses yeux.

Jess aurait voulu la rassurer : « Ça va. Je ne suis pas une menace pour Rob et toi. La vie suit son cours, ne penses-tu pas ? »

Un camion imposant surgit devant Jess et lui bloqua la vue. Quand elle put à nouveau voir de l'autre côté de la rue, les deux jeunes femmes montaient dans l'autobus.

La maison de Jess semblait déjà abandonnée. La vente était sur le point d'être conclue, première brèche dans la digue du patrimoine familial. En laissant tomber ses clés sur la table du vestibule, Jess nota que le délicat motif de fleurs vertes du papier peint avait gardé sa fraîcheur à l'endroit où les cadres s'étaient longtemps trouvés suspendus. Avait-elle autrefois précisément choisi cette teinte de vert ?

— Maman, je suis ici, l'appela Beth, assise dans le séjour. Comment les choses se sont-elles passées ? J'aurais aimé que tu me laisses venir avec toi.

Beth en avait terminé avec la radiothérapie. Elle habitait avec sa mère, le temps de bénéficier d'une période de repos avant de retourner au travail. Elle était fatiguée et sans énergie, mais le pronostic était bon. Son chirurgien était persuadé que le traitement avait été entrepris à temps et qu'il se révélait une réussite. Jess se répétait mentalement avec une béate gratitude les phrases que le praticien avait prononcées. Elle prit le visage de Beth entre ses mains et se pencha pour poser un baiser sur son front. Il lui était facile, maintenant, de montrer à Beth à quel point elle l'aimait.

— Les choses se sont bien passées au procès. Je voulais m'en assurer par moi-même. C'est une petite salle d'audience. Tout se déroule selon les règles, mais de façon étonnamment décontractée. Le gens bâillent, soupirent et se grattent. C'est passionnant et ennuyeux tout à la fois.

— Et Rob ?

— Tout va bien aller pour Rob, dit Jess en reprenant les mots de Cat.

— Je t'accompagne demain, dit Beth d'un ton décidé.

Jess aurait aimé l'avoir avec elle, mais elle la mit en garde :

— On va probablement commencer à entendre les témoignages du médecin légiste.

— J'étais là quand il est mort. Lizzie veut venir aussi. Tu vas l'appeler ?

— Je veux d'abord prendre un peu l'air. Sortons prendre un verre de vin dans le jardin.

Elles apportèrent une bouteille et des verres, puis s'assirent sur un vieux banc de bois. Un parfum de miel flottait dans l'air lourd. Jess tourna la tête pour regarder la maison. Beth chantonnait d'un air absent pendant qu'elle cassait les tiges des roses depuis longtemps fanées. Jess remarqua que la peinture s'écaillait sur les cadres des fenêtres, cuits par le soleil, et que la gouttière, au-dessus de la fenêtre de la salle de bains, commençait à s'affaisser. L'acheteur éventuel avait d'ailleurs souligné que l'entretien de la maison avait été négligé. Il avait en conséquence réduit le montant qu'il s'était d'abord montré prêt à payer. Jess n'en avait pas moins accepté la nouvelle offre avec bonheur.

Elle ferma les yeux et laissa le soleil réchauffer son visage.

Quand elle regarda de nouveau la maison, elle discerna les trois lignes verticales que Danny avait peintes sur la surface extérieure de la porte, un été, pour y représenter un guichet de cricket. La tristesse l'envahit et elle s'y abandonna paisiblement, comme elle avait appris à le faire. Puis, portant encore son regard sur la maison, elle se sentit profondément soulagée. La maison était devenue pour elle un poids, une responsabilité sans objet, dont elle était heureuse de se décharger. Elle se sentirait aussi libre qu'en Italie.

Le lendemain, Jess prit place dans la galerie publique entre Lizzie et Beth.

On lut devant la Cour le rapport du médecin divisionnaire de la police. Le taux d'alcoolémie de Robert Ellis, la nuit de l'accident, était de 120 microgrammes par 100 millilitres. L'accusé était certainement ivre. Restait à savoir s'il aurait été capable de maîtriser le dérapage brutal causé par la crevaison s'il avait été sobre.

Après la lecture de ce premier rapport, ce fut au tour du médecin légiste de venir témoigner.

Il fut d'abord établi que Danny n'avait pas bouclé la ceinture de sécurité. La nature exacte et l'étendue des blessures qu'avait reçues la tête de Danny avaient été minutieusement décrites. Ces traumatismes étaient tous consécutifs à l'éjection hors de la voiture sous la force de l'impact et au fait que la tête du jeune homme avait heurté la chaussée.

Jess savait déjà tout cela. De ce compte rendu, qui lui était apparu d'autant plus terrible que le pathologiste l'avait donné sans montrer aucune émotion, un détail avait frappé son esprit : elle avait entendu les mots sans y prêter attention sur le moment, mais leur écho se répercuta dans son cerveau, en augmentant constamment de volume, jusqu'à ce qu'elle ait l'impression de les entendre résonner de nouveau à ses oreilles. Elle se tortilla nerveusement sur sa chaise. Lizzie, dont l'attention avait été attirée, jeta sur elle un regard rapide, prit sa main et la serra affectueusement dans la sienne.

Beth la regarda à son tour :

— Maman, est-ce que tu te sens bien?

Jess, la gorge sèche, acquiesça d'un signe de tête. Il était impossible qu'elle ait mal interprété le témoignage du pathologiste, qui décrivait les mesures d'urgence prises par l'équipe médicale lorsque Danny avait été admis à l'hôpital.

La défense fit valoir que, si Danny avait porté sa ceinture de sécurité, il n'aurait pas été éjecté sous l'impact.

Jess résolut de ne pas bouger durant le contre-interrogatoire, même si les images surgissaient dans sa tête à une vitesse tellement folle qu'elle se sentait prise de nausée. Un nouveau paysage se dessinait autour d'elle et apparaissait à ses yeux comme un cliché instantané révélant une preuve nouvelle.

« Oh! mon Dieu. Pourquoi n'ai-je pas vu ça avant? Pourquoi ne me suis-je jamais posé la question? »

La Cour interrompit les procédures pour permettre à chacun d'aller prendre un repas.

Jess chemina à tâtons jusqu'au foyer, suivie de Beth et de Lizzie, qui alluma avec soulagement une cigarette.

— Donne-m'en une, dit Jess.

— Qu'est-ce qui t'arrive? Pourquoi ce témoignage t'a-t-il autant bouleversée?

— Maman, tu es blanche comme un drap. Viens, assieds-toi.

Elles trouvèrent un banc. Jess aspira une bouffée de la cigarette que Lizzie lui avait donnée. Elle toussa plusieurs fois de suite et, quand elle eut retrouvé sa respiration normale, prit un air absent.

— Jess? l'interpella vivement Lizzie.

— Son groupe sanguin, laissa faiblement tomber Jess, encore secouée par la surprise de sa découverte.

— De quoi parles-tu?

— Du groupe sanguin de Danny. Cet homme, à la barre des témoins, a dit que les médecins du service des urgences avaient demandé qu'on prélève un échantillon sanguin sur la victime.

— C'était normal. Au cas où il y aurait eu hémorragie interne.

— Il ne s'agit pas de ça, l'interrompit Jess. Ce qui me préoccupe, c'est son groupe sanguin. Je n'ai jamais su de quel groupe il était. Je ne l'ai pas demandé lorsqu'il était à l'hôpital. Pourquoi l'aurais-je fait ? Il n'avait jamais été malade. Le médecin légiste a dit B positif. C'est aussi ce que vous avez entendu ?

— Et alors ?

— Je suis du groupe O, dit Jess.

— Moi aussi, ajouta Beth.

Elle avait subi assez de tests récemment pour le savoir.

— Ian appartient au groupe B

Un court silence s'abattit sur le trio. Beth leva la tête et regarda du côté de sa mère.

— Vous vous souvenez, poursuivit Jess, il donnait régulièrement de son sang. Il possédait un carnet dans lequel étaient consignés tous ses dons de sang. Il avait même reçu en témoignage un badge en or émaillé sur lequel étaient gravés deux cœurs entrelacés...

Prenant conscience qu'elle s'était mise à bafouiller, elle reprit plus lentement :

— Ian disait toujours que le B était le moins commun des groupes ordinaires. Quatre pour cent de la population. Il en était fier, d'une façon un peu puérile. On l'appelait parfois pour qu'il donne son sang en vue d'une opération particulière. Une blessure au cœur ou quelque autre cas grave...

Lizzie écrasa sa cigarette.

— Et qu'est-ce que tout ça peut vouloir dire ?

Beth s'empressa de répondre :

— Seigneur ! Tu ne vois pas ? Elle est en train de nous apprendre que Dan est le fils de papa. C'est ça ? C'est bien ça ?

— Je dis seulement qu'il pourrait l'être. Je ne sais pas. J'ai toujours été si sûre qu'il ne l'était pas. Qu'il ne pouvait pas l'être.

Il y eut un autre moment de silence. Chacune pensait à la boîte de chaussures dans la penderie de Jess et à l'instantané qui s'y trouvait caché : la photo du bel homme ressemblant à Danny.

Jess pensait frénétiquement : « Est-ce possible ? Je voulais que mon fils ressemble à Tonio parce que j'avais besoin de croire à quelque chose qui dépassait la vérité ? »

Elle regarda Beth, dont le visage était illuminé par l'espoir. Elle se rendit alors compte qu'elle devait absolument rétablir la vérité pour le bonheur de sa fille.

— Je vais aller jusqu'au bout de l'affaire, promit-elle malgré sa réticence muette et la tentation de se réfugier dans une espèce d'incertitude commode. De toute façon, je le dois bien à la famille, non ?

Lizzie poussa un soupir d'irritation. Ce qui ne l'empêcha pas de s'approcher brusquement de Jess et de la serrer dans ses bras. Jess se soumit volontiers à cette étreinte qui correspondait à demi à une rebuffade.

— Doux Jésus ! s'exclama Lizzie. Qu'est-ce qui nous attend encore ? Tire l'affaire au clair, Jess, tu m'entends ? Avant que de nouveaux fantômes n'apparaissent.

— Je te le promets.

Aussitôt qu'elles furent revenues à la maison, Jess trouva le numéro de téléphone du médecin responsable de l'équipe qui s'était occupée de Danny. La secrétaire du docteur Copthorne l'informa qu'il se trouvait avec un patient mais que, si elle voulait bien laisser son numéro, il se ferait un devoir de la rappeler.

Une heure plus tard, alors que Jess et Beth étaient assises dans le jardin, le téléphone sonna.

— Mrs Arrowsmith ? Comment puis-je vous être utile ?

Jess avait totalement oublié le son de la voix mais, en l'entendant, les mille et un petits riens qui meublent les heures d'attente, aux urgences ou dans les salles d'attente, inondèrent soudain sa mémoire.

— J'ai une question à poser, et elle n'est pas facile.

Il l'écouta avec tact pendant qu'elle cherchait les mots pour s'exprimer clairement :

— J'aimerais... Je voudrais obtenir la preuve que Danny était vraiment le fils de mon mari. J'avais des raisons de croire qu'il ne l'était pas. Mais, maintenant, je ne suis plus aussi sûre.

Pendant qu'elle s'expliquait, elle se rappelait la colère blessée et humiliée de Ian :

— J'ignore si mon ex-mari va vouloir coopérer.

— Madame, ça vous aiderait d'apprendre que Mr Arrowsmith est venu me voir il y a quelques semaines ?

— Je n'en avais aucune idée.

— Il m'était impossible de faire le test d'A.D.N. Cependant, en m'appuyant sur le type des tissus et sur les tests sanguins, j'ai été capable de confirmer au-delà de tout doute raisonnable que Daniel était son fils.

Jess exhala un long soupir :

— Je vois. Merci, docteur.

Jess n'eut pas besoin de parler lorsqu'elle revint dans le jardin. Aussitôt que Beth vit l'expression sur son visage, elle jubila :

— Il l'a confirmé ? C'est donc vrai alors ? Papa va être tellement heureux !

La joie de Beth, extrêmement touchante, atténua le remords de Jess.

— Ton père le savait déjà, dit-elle. Il était allé voir le docteur pour subir des tests avant de retourner en Australie. Étais-tu au courant ? Il ne t'a rien dit ?

Beth, perplexe, secoua négativement la tête :

— Non. Rien du tout. Nous avons seulement parlé de moi, et de ma tumeur.

— Quelle heure est-il à Sydney ?

— Très tôt demain matin.

Jess sentit un grand soulagement en entendant la voix de Ian, brouillée par le sommeil et la distance :

— Je t'ai réveillé ?

— Est-ce que Beth va bien ? demanda-t-il d'une voix pressante.

— Oui, oui. Je n'apporte aucune mauvaise nouvelle, Ian...

— Je sais ce que tu vas dire. C'est mon fils. *C'est,* et non pas c'était. Je le savais d'instinct, mais j'ai été heureux d'en avoir la confirmation.

Jess, en proie à des sentiments contraires, se surprit à sourire devant la satisfaction que cet entêté de Ian éprouvait à s'être vu donner raison. « Tout change, y compris moi, pensa Jess, et pourtant l'essentiel reste inchangé. »

— Pourquoi ne m'en as-tu rien dit, Ian ? Ou à Beth ?

— Écoute. On ne cherche que ce que l'on veut savoir, n'es-tu pas d'accord ? Tu t'étais fait une idée de la réalité, Dieu sait pourquoi, et tu t'en es tenue à ça. Tu ne voulais rien savoir d'autre. Et maintenant, je suppose que tu as permis à la vérité de reprendre ses droits ; ou bien tu n'as plus été capable de t'enfermer dans ton aveuglement plus longtemps. Est-ce que j'ai raison ?

— D'une certaine façon.

— Une fois que tu aurais reconnu l'évidence, je tenais à ce que tu mettes toi-même Beth au courant. Je ne voulais pas qu'elle soit confrontée à deux versions de l'histoire et qu'elle soit obligée de se demander à laquelle donner foi.

Jess sut à ce moment à quel point elle avait sous-estimé Ian :

— Je comprends, Ian, je comprends.

— Parle-moi de toi maintenant ? Es-tu revenue pour de bon ?

— Je ne suis pas tout à fait décidée encore. La vente de la maison est en train de se régler. Je serai en mesure de te rembourser bientôt.

— Bah ! l'argent n'est pas tellement important. Beth est-elle là ?

— Oui. Je vais te la passer dans une minute. Est-ce que je peux te demander quelque chose d'autre ?

— Vas-y.

— Es-tu heureux, en Australie, avec Michelle ?

Jess n'avait pas posé la question parce qu'elle espérait qu'il en soit autrement, mais parce qu'elle avait besoin de savoir.

— Je le suis, répondit franchement Ian. Occupe-toi de ma chère Beth pour moi, veux-tu ?

— C'est la moindre des choses.

Les témoins civils furent appelés ensuite l'un après l'autre. Les automobilistes qui avaient vu l'impact se produire apparurent tout d'abord à la barre. Puis ce fut Kim, qui prêta serment d'une voix à peine audible.

— Mademoiselle, voulez-vous raconter à la Cour, dans vos propres mots, ce qui s'est passé ce soir-là ?

Kim commença à raconter l'histoire. « Nous y voilà », se dit Jess. Elle découvrirait enfin le visage que son fils lui avait toujours caché. Elle se résignait mal à ne pas avoir connu cet aspect de sa personnalité. Elle avait commencé d'ailleurs à se reprocher la partialité qu'elle avait constamment manifestée au profit de son fils.

Son esprit était hanté par le souvenir du magnifique Danny, de l'insatiable Danny, qui avait toujours obtenu ce qu'il voulait.

Du banc des accusés, Rob la regardait. Jess trouvait ironique qu'il ait pu envier son ami.

Le témoignage de Cat, qui ne s'était pas présentée aux audiences du matin, n'avait pas été requis. La Cour avait appris qu'elle portait le bébé de Rob.

À la fin de la journée d'audience, le juge annonça, avant de se lever, qu'il présenterait le lendemain matin le résumé des dépositions. Ce serait le quatrième jour du procès, et probablement le dernier.

Dès la fin de la matinée, le jury se retira pour délibérer. Jess essaya de déchiffrer l'expression sur le visage du défenseur de Rob tandis qu'il bavardait avec des avocats plaidant devant une autre cour, mais elle ne pouvait y lire que l'optimisme de commande des plaideurs. Lizzie et Beth essayèrent de la convaincre de sortir pour aller manger, mais elle était incapable de s'arracher à l'atmosphère de tension et d'expectative qui marquait la fin du procès. Chaque fois qu'une porte s'ouvrait ou qu'une voix s'élevait au-dessus du murmure ambiant, elle tournait vivement la tête pour voir ce qui se passait. Elle tenait entre ses doigts serrés un gobelet de plastique rempli de café pris à la machine et répéta avec insistance que cela lui suffisait.

— Il ne se passera rien avant des heures, protesta Lizzie.

— Je le sais, mais je reste quand même.

Elles partirent en lui promettant de lui apporter un sandwich. Jess s'installa sur une chaise dans la salle d'attente. Un groupe enthousiaste de supporteurs, sortant d'une autre cour, s'amassa devant elle et lui bloqua la vue. C'est à peine si elle pouvait voir courir les aiguilles de l'horloge accrochée au mur devant elle. L'attente la rendait de plus en plus nerveuse. Pour se distraire, elle se mit à observer les gens qui entraient ou sortaient, en essayant de deviner ce qui les avait amenés dans ces lieux. Elle reconnut Cat et Kim aussitôt qu'elles entrèrent. Les deux jeunes filles l'aperçurent en même temps.

« Cat doit sentir une tension encore plus forte aujourd'hui », pensa Jess. Elle voulut lui parler, partager avec elle la torture de l'attente. Mais Lizzie et Beth revinrent et l'interceptèrent aussitôt.

— Qu'est-ce qui s'est passé? demanda Lizzie.

— Rien. Je suis restée assise et j'ai regardé les gens aller et venir.

Lizzie jeta un œil du côté des avocats et des officiers de la Cour, auxquels se mêlaient quelques étudiants en droit :

— Hum, ça m'a l'air d'une faune assez particulière, marmonna-t-elle.

Le jury était parvenu à un verdict. Les jurés entrèrent l'un derrière l'autre et réintégrèrent leurs places.

Rob attendait dans le box des accusés, les bras ballants.

Le président du jury se leva. En réponse à la première accusation, il déclara à haute voix :

— Non coupable d'avoir causé la mort en conduisant dangereusement un véhicule.

Cat se pencha en avant et pressa ses doigts contre sa bouche. Le juge demanda ensuite :

— Que répondez-vous à la seconde accusation : avoir causé la mort en conduisant avec négligence sous l'influence de l'alcool?

— Coupable.

C'est vers Cat que Rob porta son regard en premier. Ses doigts esquissèrent involontairement un geste d'affection et de réconfort qui était aussi explicite qu'un baiser.

Le juge se râcla la gorge et annonça à Rob que le prononcé de la sentence n'aurait pas lieu avant quatre semaines. Cet intervalle permettrait à un agent de probation de faire l'étude de son cas, de rencontrer le prévenu et de formuler ses recommandations.

Jusque-là, Rob resterait derrière les barreaux.

18

Les dernières caisses étaient entassées dans le vestibule de la maison qui avait appartenu à Jess.

— Beth, es-tu certaine que tu n'en veux pas ? demanda Jess en indiquant un carton.

Beth prit un air amusé. Son visage était plus rond et les plis causés par le stress avaient disparu.

— Je ne sais pas où je rangerai la moitié des choses que tu m'as déjà données. Je n'ai pas besoin d'un service à thé en porcelaine, même si c'est tante May qui te l'a offert en cadeau de mariage.

— Eh bien, nous le donnerons à Joyce, mon ancienne compagne de travail.

Elles casèrent les cartons dans la Citroën. L'enseigne que l'agent immobilier avait clouée sur la porte de la clôture était barrée par un large autocollant : VENDU. L'étroit jardin avait déjà pris l'aspect négligé des lieux inhabités. Jess se dit qu'elle aurait dû couper le gazon et tailler les rosiers, mais elle se rappela que ce travail ne la regardait plus. Dans trois jours, le nouveau propriétaire emménagerait. Elle arborait un large sourire quand elle s'installa derrière le volant.

— Tu sembles heureuse, maman. Il n'y a pas si longtemps, je pensais que tu ne le serais plus jamais.

Jess s'engagea dans cette rue qui lui était tellement familière. Elle avait du mal à s'imaginer comment cette avenue apparaîtrait au regard neuf de la jeune famille qui viendrait bientôt y habiter. Jess n'aurait plus de raison d'y revenir, ce ne serait plus qu'un endroit comme un autre, ni beau ni exceptionnel. Ce cadre n'était qu'un élément secondaire de sa vie, qui allait se poursuivre ailleurs.

— Éprouves-tu de l'anxiété à la pensée d'avoir vendu la maison, d'avoir donné presque tout ce que tu possédais et de te retrouver sans toit au-dessus de la tête? lui demanda Beth.

La vente de la maison lui avait procuré un petit capital. Et pour la première fois de sa vie d'adulte, elle ne se sentait aucune responsabilité ni obligation envers personne. Elle allait s'acheter une autocaravane pour aller là où sa fantaisie la conduirait.

— Si j'avais ton âge, je serais effrayée, répondit-elle. Mais maintenant, je considère que ce n'est qu'une aventure. On serait porté à penser l'inverse, ne crois-tu pas? Es-tu inquiète pour moi, qui n'ai jamais eu jusqu'ici une vie trop aventureuse?

— Non. Je pense que tu es assez vieille pour t'occuper de toi.

Elles rirent de l'apparent renversement de leurs rôles respectifs. Elles prirent conscience que le vieux lien conflictuel entre mère et fille les unissait encore. Sauf que, dans leur cas, ce lien était plus sain qu'auparavant.

En leur ouvrant la porte, Joyce les complimenta :

— Tu sembles en pleine forme, répéta-t-elle deux fois à Jess. Et toi aussi, Beth. On dirait deux sœurs.

— Cesse tes flatteries, protesta Jess.

La porte principale de l'appartement, que Joyce louait dans un H.L.M. construit au cours des années soixante, s'ouvrait directement sur le living carré. Des rideaux de tulle laissaient filtrer la lumière du soir, qui donnait à la pièce encombrée une apparence quelque peu irréelle. Un imposant téléviseur jacassait dans un coin, sous une horloge murale silencieuse.

La vieille mère de Joyce était installée devant le téléviseur. Une épaisse feuille de polythène recouvrait les bras et les coussins de son fauteuil, un petit tapis avait été placé sous ses pieds et elle portait un tablier de plastique blanc qui la recouvrait du menton jusqu'aux genoux. La peau de ses jambes brunes et marbrées était tirée comme du cuir ridé sur ses os fragiles. Ses yeux larmoyants fixaient tristement les visiteuses sans les reconnaître.

— Elle refuse de mettre ses bas, expliqua Joyce. À part ça, elle a passé une très bonne journée. Tu étais sur le point de prendre le thé et c'est pour cette raison que tu as mis ton tablier, hein maman?

La question resta sans réponse. La vieille dame continua à les regarder d'un œil humide et absent.

— Nous l'empêchons de manger, je crains. Nous voulions juste te laisser ces cartons, dit Jess.

— Vous ne la dérangez pas du tout. Quand t'ai-je vue pour la dernière fois, Jess? Maman peut attendre encore une demi-heure pour son thé. Le temps ne signifie plus rien pour elle. Je mets l'eau à bouillir et nous prendrons le thé ensemble.

Jess désigna l'une des boîtes et les formes ovoïdes, bien emballées dans le papier journal, qui y étaient contenues :

— Regarde dans celle-ci d'abord. C'est la porcelaine que je t'avais promise.

Joyce s'agenouilla et déballa le premier paquet. C'était une tasse à thé. La porcelaine était si mince que le vernis nacré posé à l'extérieur transparaissait sur la surface bleutée de l'intérieur. L'anse, le bord et le pied étaient enjolivés d'une fine dorure. Joyce rougit de plaisir. Du bout du doigt elle essuya une tache noirâtre laissée par le papier journal sur la délicate volute de l'anse.

— Regarde ça. As-tu déjà vu quelque chose de plus délicat? Tu ne peux pas me donner ce service, ma fille. Il revient à Beth.

— Je ne saurais pas où le mettre. Et j'infuse mon sachet de thé directement dans ma tasse. Je n'utiliserais jamais un service à thé complet avec tous ses accessoires, s'empressa de dire Beth.

— Je tiens à te le donner, Joyce, insista Jess. En souvenir des bons moments que nous avons passés ensemble à la pépinière.

Joyce souleva la tasse pour la montrer à sa mère :

— Regarde, maman. Nous pourrons recevoir la reine pour le thé, maintenant. Qu'en penses-tu?

— Est-ce que le pasteur arrive? demanda-t-elle d'une voix saccadée étonnamment forte.

Joyce secoua négativement la tête :

— Non. Pas aujourd'hui. Nous avons assez de visiteurs, ne penses-tu pas ? Occupons-nous de ce thé.

Tout en rapportant à Jess les derniers potins de la pépinière, elle remplit la riche théière et disposa sur un plateau en étain trois de ses nouvelles tasses, avec leurs soucoupes, ainsi qu'une grande tasse en plastique :

— Je n'ai jamais autant ri, au cours des vingt dernières années, qu'en apprenant que tu avais vidé le coffre-fort de Graham. Je n'ai jamais rien trouvé d'aussi drôle.

— J'en ai honte maintenant.

Joyce lui lança un œil perspicace :

— Ne te fais pas de reproches inutiles.

Elle présenta à sa mère sa tasse à bec en plastique remplie de thé généreusement additionné de lait. Mais les yeux de la vieille femme se braquèrent sur les tasses de porcelaine rose aux reflets perlés :

— J'en veux une comme ça.

— Tu bois dans ta tasse, maman. Je ne veux pas d'accident.

La vieille femme repoussa sa tasse avec un cri inarticulé de désapprobation. Le couvercle sauta et le thé sucré éclaboussa le mur et le tapis sous ses pieds. Joyce se leva avec lassitude pour aller chercher un chiffon, que Jess saisit pour éponger le dégât. Beth prit une tasse vide et la mit dans les mains de la vieille femme. Comme si elle avait voulu récompenser Beth de lui avoir accordé le plaisir que sa fille lui avait refusé, l'impotente lui adressa un sourire radieux et tint la tasse avec un soin exagéré :

— C'est très joli, approuva-t-elle.

— N'est-ce pas ? Mais cette tasse ne contient pas beaucoup de thé. Je préfère un gobelet d'une demi-pinte.

Le météorologiste donnait à la télévision les prévisions atmosphériques locales pour le lendemain. Joyce interrompit sa conversation avec Jess, mais il était déjà trop tard. Sa mère pointa un doigt accusateur vers le météorologue, oubliant la tasse, qui lui échappa des mains et vint se briser contre le coin de la cheminée. Sans paraître se rendre compte du dégât, elle cria :

— Joyce? Joyce? Reste tranquille, veux-tu? Il nous regarde!
Je te dis qu'il nous regarde.

Joyce éteignit le téléviseur :

— Il est parti.

À l'intention de ses amies, elle ajouta :

— Elle a une fixation sur certains hommes qu'elle voit à la
télé. Elle croit qu'ils peuvent aussi la voir.

La mère s'affaissa dans son fauteuil, la crainte que lui inspirait
le météorologue s'étant déjà égarée dans son cerveau confus. Joyce
épongea avec un kleenex les larmes qui coulaient sur les joues de
sa mère :

— Ne pleure pas. Tu es une bonne fille. Il n'y a aucune raison
de pleurer. Je t'apporte ton dîner dans une minute.

Avant de disparaître dans la cuisine, elle dit à Beth :

— Ne t'en fais pas pour la tasse. Je ne recevrai jamais six invités de marque pour le thé.

Elle revint avec un bol de purée et une tranche de pain complet. Pendant que sa mère émiettait le pain sur son tablier, elle la
gavait de purée. Elle recueillait avec la cuillère ce qui s'échappait
des commissures de ses lèvres tremblantes et le réintroduisait dans
sa bouche. Elle lui prodigua ses encouragements jusqu'à ce que le
bol soit vide et les dernières bouchées avalées.

Elle conduisit ensuite sa mère à la salle de bains, après quoi
elle la réinstalla dans son fauteuil. Puis elle alluma de nouveau le
téléviseur pour elle.

Jess et Beth étaient sur le point de partir quand la vieille
femme tomba endormie. Joyce la laissa seule pendant qu'elle allait
raccompagner ses visiteuses jusqu'à leur voiture. Joyce devança le
témoignage de sympathie qu'elle appréhendait :

— Il n'y a rien à faire. Je ne devrais pas souhaiter qu'elle
meure, mais ça m'arrive parfois. Assez parlé de ça. Où penses-tu
aller, Jess?

— En Écosse, peut-être, ou en Irlande. Je ne suis jamais allée
en Irlande.

— Quand pars-tu?

— Dans quelques jours. Je dois d'abord me présenter à la cour comme témoin de moralité pour Rob Ellis.

— C'est bien que tu le fasses. Il sera sûrement heureux. Promets-moi de m'envoyer une carte postale d'un endroit excitant. Et donne-moi de tes nouvelles.

— C'est promis, Joyce.

— Merci pour le service à thé.

— J'aurais bien aimé qu'il... Eh bien, tu sais fort bien ce que je souhaite pour toi.

Joyce les salua de la main du seuil de son appartement baigné d'une lumière jaune.

Une fois dans la voiture, Jess et Beth observèrent un long moment de silence. Finalement, Beth prit une longue respiration et s'exclama en soupirant ;

— Seigneur ! c'est comme si elle devait s'occuper de Sock.

— Sauf que Sock apprend des choses nouvelles chaque jour. Il acquiert progressivement son indépendance. Contrairement à la mère de Joyce, qui oublie un peu plus chaque jour et perd peu à peu sa dignité. Ferais-tu pour moi ce que Joyce fait pour elle ?

Beth gonfla ses joues :

— Te nourrir ? Changer tes culottes ? Non. Tu es ma mère. C'est toi qui es censée t'occuper de moi.

— Exactement. C'est ce que j'ai fait pour toi.

— Et c'est ce que je ferai pour tes petits-enfants.

Cette perspective prit Jess par surprise. Elle s'imagina fort sentimentalement les petits bras passés autour de son cou, et sa gorge se serra :

— D'accord. Marché conclu.

Et elle pensa : « Est-ce que je croyais rester libre et sans port d'attache pour toujours ? » Cette question lui fit paraître le temps qu'elle avait immédiatement devant elle encore plus précieux et plus séduisant.

— Je voudrais vous appeler à la barre comme témoin de moralité, lui avait dit le défenseur de Rob. Voulez-vous faire ça pour lui ?

Une fois qu'elle eut accepté, il avait ajouté :

— Il serait probablement mal avisé, madame, de donner l'impression que vos relations avec Rob allaient plus loin que la simple amitié. Je pense par ailleurs qu'il est fort peu probable que le juge suppose, sans qu'on lui en ait donné l'idée, qu'il peut y avoir autre chose entre vous.

— Je comprends.

Le tribunal paraissait inchangé, sauf que les bancs normalement occupés par le jury étaient vides. Jess était debout dans le box des témoins.

— Madame, depuis combien de temps connaissez-vous Robert Ellis ?

Même si la question avait été posée par le défenseur de Rob, Jess regarda directement le juge, qui paraissait écrasé sous les lourdes boucles de sa perruque grise.

— Depuis la nuit où mon fils a été tué accidentellement. Je l'ai vu une première fois à l'hôpital, dans la salle d'attente des urgences, puis ensuite aux soins intensifs.

— Que faisait-il aux soins intensifs ?

— Il était venu voir Danny. Danny et Rob étaient de grands amis. Mon fils... l'admirait.

— Diriez-vous que cette admiration était justifiée, madame ?

— Oui.

— Et comment Robert Ellis a-t-il réagi à la mort de son ami ?

— Il était bouleversé. Il avait beaucoup de peine. Il était torturé par le remords.

— Vous et Robert Ellis vous êtes-vous subséquemment liés d'amitié ?

Jess affichait un grand calme et sa voix ne laissait percevoir aucune émotion. Seules ses mains tremblantes auraient pu la trahir, mais le juge ne pouvait les voir parce qu'elles étaient cachées dans les plis de sa jupe.

Le temps qu'ils avaient passé ensemble se déroulait devant les yeux de Jess, debout dans le box des témoins. Elle se rappelait la douleur insoutenable, la passion amère de leur première nuit et la tendresse nostalgique de leurs derniers jours en Italie. Elle regretta soudain de l'avoir perdu. Mais elle ne laisserait pas deviner son trouble :

— Oui, nous sommes devenus amis, répondit-elle d'une voix ferme. Notre expérience commune de la douleur a créé un lien entre nous, même s'il s'agit d'un lien douloureux. Robert et moi nous sommes beaucoup aidés.

Lizzie et Beth l'observaient de la galerie publique. Jess avait la ferme conviction de bénéficier de leur indéfectible appui.

— Affirmeriez-vous que vous lui avez pardonné d'avoir causé la mort de votre fils ?

— Je ne crois pas qu'il y ait quoi que ce soit à pardonner. Je suis convaincue que la mort de mon fils résulte d'un tragique accident.

— C'est tout, madame. Merci.

Le juge devait maintenant imposer sa sentence. Rob se leva, les mains croisées devant lui.

— Robert Ellis, le jury vous a trouvé coupable d'avoir causé la mort en conduisant de façon négligente sous l'influence de l'alcool. Je suis persuadé que l'ivresse a été la raison principale qui vous a empêché de maîtriser votre véhicule. Néanmoins, je garde en tête que la cause initiale de cet accident est la crevaison du pneu arrière de votre fourgonnette. Je prends aussi en considération, à part votre âge, le fait que vous n'avez jamais dans le passé fait l'objet d'une condamnation liée à la conduite d'un véhicule et que vous êtes un bon travailleur. Je retiens les aspects tragiques de votre passé familial. Je suis aussi impressionné par le témoignage de Mrs Arrowsmith, qui a fait ressortir vos indéniables qualités morales. Je retiens surtout que, pour le reste de vos jours, vous aurez sur la conscience la mort d'un ami.

Rob baissa lentement la tête.

— En conséquence, poursuivit le juge, considérant que vous avez déjà été privé de liberté durant sept semaines, je propose que vous soyez soumis à cent quatre-vingts heures de travaux communautaires.

Jess poussa un long soupir de soulagement : « Oh ! mon Dieu, merci. Et à vous aussi monsieur le Juge. »

Le juge donna une brève description des obligations reliées au travail communautaire.

— Êtes-vous prêt à accepter ces conditions, Robert Ellis?

Rob s'humecta les lèvres, et regarda le juge :

— Oui, monsieur.

— Vous perdez votre permis de conduire pour trois ans. Vous êtes aussi requis d'acquitter les frais de la poursuite, s'élevant à la somme de cinq cents livres, payables dans un délai de six mois.

Rob se tourna vers Jess et lui sourit. C'était un sourire fatigué, reconnaissant, un sourire d'adulte qu'elle ne lui avait jamais vu auparavant.

Le juge repoussa ses papiers, jeta un regard au greffier de la Cour. On allait passer à la deuxième cause où une sentence devait être prononcée. On en avait terminé avec celle-ci.

Rob avait serré le main de son défenseur et celle de Michael Blake. Il lui sembla étrange de se retrouver dans la lumière du jour, libre de monter dans le premier bus pour aller où bon lui semblerait. Jess l'attendait. Sa fille et sa sœur, qu'il avait remarquées dans l'enceinte du tribunal, s'étaient diplomatiquement éclipsées. Il se figea sur place, soudain désorienté. La main de Jess toucha la sienne, puis ses bras l'étreignirent. Elle gardait sa joue collée contre la sienne, et il se rendit compte qu'elle était aussi soulagée que lui pouvait l'être. Il la regarda dans les yeux :

— Je te remercie d'avoir témoigné en ma faveur, lui dit-il d'un ton mal assuré.

— J'aurais aimé pouvoir faire davantage.

— Tu as fait beaucoup.

Ils se retrouvaient comme dans une bulle, indifférents à la rumeur envahissante de la circulation, à la morsure du vent de cette matinée d'octobre précocement froide, au tourbillon de détritus qui tournait autour de leurs chevilles. Rob se dégagea le premier de leur étreinte et posa le bout de ses doigts sur les lèvres de Jess.

— Et maintenant? demanda-t-il.

Les spéculations touchant leur avenir respectif n'étaient jamais allées au-delà du moment où Rob serait libéré.

Pendant un instant, la peur de se retrouver seule, sans but, sans port bien abrité où se réfugier, la glaça.

— Je vais prendre des vacances... je vais voyager un peu. Et toi?

— Je vais construire encore des cuisines, pour vivre, dit-il en dessinant de larges rectangles dans les airs.

Il porta soudain un regard surpris au-dessus de la tête de Jess avant de poursuivre :

— Et je fabriquerai aussi de beaux meubles que je vendrai à des gens de goût. Je vais faire un travail parfait.

— J'en suis sûre.

Jess, qui sentait la ferme détermination de Rob, se tourna pour voir où s'étaient portés ses yeux, bien qu'elle l'eût déjà déviné.

Cat arrivait, vêtue de leggins noirs et d'une chemise à carreaux délibérément trop grande. Elle était manifestement enceinte et elle pleurait et riait en même temps.

— Je me sentais incapable de venir entendre le juge prononcer la sentence. C'était au-dessus de mes forces.

— Je comprends, la rassura-t-il. Je suis libre maintenant. Tu n'auras plus à t'inquiéter.

Il mit les mains sur les épaules de la jeune femme et pencha la tête vers elle.

Jess avait le sentiment de les espionner :

— Je dois partir, ma sœur m'attend.

Cat entoura la taille de Rob de ses bras. Le contact de son corps semblait lui redonner de la force. Elle passa la manche de sa chemise sur son visage et se redressa. Après avoir jeté un bref coup d'œil sur Jess, elle dit à Rob en reniflant :

— Qui a dit que je m'inquiétais?

Rob éclata de rire. Jess eut la claire vision de l'homme qu'il serait devenu s'il avait eu une enfance normale.

Il ferait un bon père, se dit-elle. La paternité lui donnerait ce qui lui avait manqué jusqu'alors : des racines et des raisons de vivre. Elle ne croyait pas que Rob et Cat se rendraient la vie facile l'un à l'autre, mais elle envia quand même leur bonheur.

— Bonne chance! leur souhaita-t-elle sincèrement.

— Nous en avons besoin, répondit Cat avec un large sourire.

Jess avait à peine fait quelques pas, que Rob la rattrapa et lui saisit le bras :

— Attends, Jess. J'ai quelque chose à te dire. Je pense à lui, souvent. Son souvenir surgit dans mon esprit n'importe où, n'importe quand. Je le vois et il me parle comme s'il était vraiment avec moi. Je ne l'oublierai jamais.

— J'en suis heureuse. Je crois que personne d'entre nous ne l'oubliera. Me permets-tu de te poser une question, même si ta décision ne me regarde pas ? As-tu l'intention d'assumer la paternité de cet enfant ?

— Oui, pour autant que Cat me le permette. C'était un accident, tu sais. Ni elle ni moi ne voulions d'un enfant. Peut-être s'agit-il d'un heureux accident. Je le protégerai contre vents et marées. Je ne laisserai personne lui faire le mal qu'on m'a fait à moi.

— Je sais que tu ne le permettras pas.

Ils ne se dirent pas adieu. Jess se dirigea lentement vers le parc de stationnement, où Lizzie et Beth l'attendaient.

James souleva le capot de l'autocaravane et examina les entrailles du moteur. Il décrivit ensuite un large cercle autour du véhicule pour examiner les pneus et détecter toute trace de rouille sur la carrosserie. Jess se tenait sous l'auvent et examinait l'intérieur. C'était tout juste assez haut pour qu'elle puisse s'y tenir debout. La banquette-lit, les placards de formica brun et la plaque de cuisson miniature évoquaient une maison de poupée. Cet espace étroit, cette habitation mobile correspondait exactement à ce qu'elle voulait.

Les propriétaires – un couple âgé – attendaient anxieusement le verdict à côté du véhicule :

— Elle nous a donné des années de plaisir, sans jamais nous causer une seule seconde d'ennui, dit le mari. Nous l'appelons Polly. À cause de la plaque d'immatriculation, vous voyez ? PLY.

— Ce genre de détail ne les intéresse pas, Ted, intervint sa femme.

— Elle est très bien, dit Jess.

Quand James eut terminé son examen, elle le tira de côté :

— Qu'en penses-tu ?

— Je ne suis pas un spécialiste. Elle me semble en bon état. Pourquoi ne demandes-tu pas l'expertise du Club automobile ?

— La bonne affaire risque de me passer sous le nez. Cette roulotte motorisée me donne bonne impression. Des gens qui surnomment leur autocaravane Polly ne peuvent pas être malhonnêtes. Je l'achète. Polly et moi roulerons ensemble vers le soleil couchant.

L'affaire fut conclue. Jess serra la main des propriétaires et leur promit de revenir le lendemain avec l'argent comptant. James la ramena ensuite chez lui, où elle s'était installée depuis que les nouveaux propriétaires avaient emménagé dans son ancienne maison. Les possessions de Jess se réduisaient à deux valises et à quelques cartons entreposés pour l'heure dans le grenier de Lizzie.

— J'ai l'impression d'avoir reçu un énorme cadeau, pouffa Jess. Une caravane et une libération conditionnelle.

James, en conducteur prudent, surveillait la route, toujours encombrée vers la fin de l'après-midi. Il évita le chemin qui les aurait amenés à emprunter la bretelle les obligeant à passer sous le pont de Pond Road.

— Ce n'est pas une dérobade cette fois, n'est-ce pas ? Il ne s'agit pas d'une fuite aveugle ?

Elle réfléchit, essaya d'examiner sans passion ses motivations, comme si elles étaient imprimées sur du papier grand format.

— Je veux seulement voler de mes propres ailes, enfin, et ne plus être à la remorque de Pierre, Jean, Jacques.

Elle ne voulait abandonner personne. Elle voulait seulement emprunter des avenues qu'elle n'avait pas encore découvertes parce qu'elle n'avait jamais regardé autour d'elle.

— Ne t'approche pas trop du soleil, lui conseilla James en lui tapotant amicalement le genou.

— Il n'y a pas grand risque de ce côté. Pas pour une casanière nouvellement convertie à l'aventure.

Sock, qui sortait de la baignoire et qui était en pyjama, fila comme une flèche vers l'étagère où étaient rangés ses livres et apporta à Jess un album de comptines. Il sauta sur ses genoux :

— Bicyclette, lui commanda-t-il.

Jess tourna docilement les pages, repéra l'image qu'il préférait et scanda :

Un, deux, trois, quatre, cinq, six, sept,
Vi-o-lette, Vi-o-lette.
Un, deux, trois, quatre, cinq, six, sept,
Vi-o-lette...

— À bicyclette ! hurla l'enfant, qui s'appropriait la chute.

— C'est ça. Tu la vois rouler ?

Une fois passé le moment fort des aventures de Violette, Sock enfonça son pouce dans sa bouche et se laissa bercer par la cadence des autres comptines. Jess caressa les cheveux de l'enfant et écouta sa respiration suivre les autres rythmes. Quand elle fut parvenue à la fin du livre, Sock était presque endormi.

— Est-ce que Beth peut venir t'embrasser ? murmura Jess en le mettant dans son lit.

Il acquiesça d'un air séraphique :

— Et maman.

Lizzie et Beth étaient dans le séjour. La première lisait un magazine tout en sirotant un gin, et l'autre regardait la télévision.

— Vous êtes toutes deux sommées de monter déposer un baiser sur son front, déclara solennellement Jess.

— Jess, tu es un ange ! Quel soulagement d'avoir de temps à autre quelqu'un pour le mettre au lit !

Jess rit de sa sœur en la voyant se lever à regret après avoir déposé son verre sur la table :

— Pourquoi souhaite-t-on toujours avoir ce qu'on n'a pas ? Il était si charmant, ce soir, que je l'aurais croqué.

Lizzie prit un air dégoûté :

— Tu n'es pas en train de devenir une poule couveuse, j'espère ?

— Non. J'attends d'avoir des petit-enfants.

— Ah ! Je soupçonne alors que tu n'auras plus à attendre longtemps, dit Lizzie en faisant un clin d'œil destiné à Jess. Nick a encore téléphoné ce soir.

— Je n'en suis pas encore là, répondit Beth sans perdre de temps. Il m'a aidée à acheter mon appartement et, maintenant, il me donne un coup de main pour le déménagement. C'est tout.

Mais elle avait rougi et elle évita de regarder sa tante.

Elle avait téléphoné au jeune comédien. Il était très différent de Sam. Mais, comme Sadie le lui aurait dit sans détour, elle ne gagnerait rien à troquer une affligeante source de déceptions contre une autre.

Quand James rentra de son bureau, il ouvrit une bonne bouteille et tout le monde passa à table pour dîner. Même si personne ne le souligna, chacun savait que c'était le dernier repas qu'ils partageaient avant de se séparer pour un temps indéterminé. Jess partirait bientôt. Beth retournerait à Londres dès le lendemain matin et elle reprendrait son travail le jour suivant. Jess lui avait avancé la somme qui lui avait permis de faire le versement initial sur l'achat d'un appartement bien à elle. Sa nouvelle demeure était assez grande pour que deux personnes puissent y vivre à l'aise.

— Je pourrais même prendre quelqu'un en pension. Pour m'aider à payer l'hypothèque, tu comprends?

Et Jess l'avait approuvée, du même ton détaché :

— C'est une bonne idée.

Les jeunes comédiens étaient souvent pauvres et sans toit fixe. Elle pensa que ce brave Nick apprécierait de vivre d'une façon moins précaire.

— À nous tous, dit James en levant son verre. Et au voyage de Jess.

Ils trinquèrent, puis Jess les regarda l'un après l'autre et dit doucement :

— À Danny.

Elle pensa, comme elle le faisait chaque jour et encore plusieurs fois par jour, que l'espace qu'il avait laissé vide ne perdrait jamais ses rudes et massifs contours. Sa disparition était entière et définitive. La peine de l'avoir perdu ne la quitterait jamais et elle supposa qu'il y avait, dans un processus de guérison, un point qu'il valait peut-être mieux ne pas dépasser. Elle vivrait avec sa peine, qui était maintenant devenue une part d'elle-même.

— À Danny, répétèrent-ils en chœur.

Si Jess craignait que son fils adoré ne soit oublié, leur tendre gentillesse l'assurait qu'il ne le serait jamais.

Après le dîner, à la suggestion de Beth, ils apportèrent la boîte de photos de famille, qui n'avait pas encore trouvé l'endroit où elle serait définitivement remisée.

Beth souleva le couvercle et vit la photo jaunie de Tonio mêlée aux autres. Elle l'ignora quand elle prit un paquet d'instantanés dans chaque main. Puis, ainsi qu'ils l'avaient fait le soir des funérailles de Danny, ils se tournèrent vers le passé pour se remémorer les vacances d'été en Cornouailles, les célébrations de Noël, les anniversaires de naissance, les barbecues, les manifestations sportives et tous les petits événements sans gloire de la vie familiale. Les ciels bleus, les mers d'azur et les sourires adressés à l'objectif, comme sur toutes les photos de famille, jetaient un voile indulgent sur les mésententes et les déceptions appartenant à l'histoire véritable. Jess, pour sa part, pensait qu'il n'y avait aucun mal à se souvenir des jours de bonheur plutôt que des épisodes moins heureux. Elle méditait aussi sur la rude leçon que la preuve de paternité de Ian l'avait amenée à tirer : la vérité lui avait fait perdre sa féroce conviction que son fils n'appartenait qu'à elle. Danny avait ainsi été rendu à la famille entière.

Les photos du deuxième anniversaire de Sock étaient les plus récentes. De les trouver parmi toutes les autres et de comprendre que de nouvelles pages de l'histoire familiale s'ajoutaient aux souvenirs du passé fut pour chacun un réconfort.

Jess leva les yeux au-dessus des photos éparpillées et rencontra ceux de sa sœur. Lizzie reniflait et souriait, tout en essuyant une traînée de mascara mouillé de larmes qui barrait l'une de ses joues. Beth s'agenouilla sur le tapis, à ses pieds, et se mit à agencer, selon leur ordre chronologique, des photos prises à la plage de Polzeath, où elle et Danny apparaissaient tous deux ensemble ou l'un sans l'autre. Le photomontage improvisé composait une mosaïque de rectangles glacés rappelant autant de souvenirs heureux.

— Je ne crois pas que, sans vous tous, j'aurais pu survivre à l'épreuve qui m'a frappée, murmura Jess.

Sa bouche se tordit et, pendant un moment, elle oscilla entre le sourire et les larmes.

— Je ne sais pas comment vous le dire sans paraître un peu gauche, poursuivit-elle tout de même, mais je vous aime.

— Nous formons une famille, déclara James.

Il avait parlé d'un ton un peu solennel, comme si cette réalité brute était l'unique source du bonheur qu'ils avaient partagé et de l'animosité qui les avait opposés.

— Tu sais quoi ? dit Jess. Je pense que ces photos nous tiennent lieu d'argenterie de famille.

Elle tapota l'épaule de sa fille en lui adressant un sourire radieux :

— Je pense qu'on peut aussi trouver ailleurs deux ou trois cuillères à thé et une salière en argent.

— Nous sommes donc extrêmement riches, conclut posément Beth.

Les mains solidement agrippées au volant de l'autocaravane, Jess prit la direction nord-ouest. Le pays de Galles offrait un spectacle changeant de collines pourpres et de blocs hiératiques polis par la pluie et le vent. On était à la mi-octobre. Les matinées et les soirées étaient déjà fraîches, de sorte que la buée se formant à l'intérieur des vitres se condensait en grosses gouttes qui coulaient sur le revêtement intérieur de formica. Elle se rendit compte que son talent pour les mauvais calculs lui avait fait choisir la mauvaise saison pour entreprendre son odyssée. Ce serait bientôt trop venteux pour qu'elle puisse dormir dans sa maison mobile. Elle se mit à répertorier les climats plus chauds. Même si elle se trouvait maintenant à Holyhead en train d'aligner nerveusement la caravane pour emprunter la rampe d'accès du ferry allant à Dublin, elle songeait au sud de l'Espagne et rêvait des oasis de l'Afrique du Nord. Au cours de la traversée de la mer d'Irlande, grise et agitée, elle s'installa au bar et prêta l'oreille au badinage exubérant des Irlandais.

À Dublin, elle descendit dans un petit hôtel. Une fois dans sa chambre, elle sortit l'unique carte postale que Tonio lui avait jadis envoyée. Elle connaissait l'aspect du petit village tourné vers la mer et pouvait réciter par cœur le message que son amant d'une quinzaine lui avait écrit. Elle étala ensuite une carte routière pour étudier le chemin qui y conduisait. Dublin, Port Laoise, Limerick et Tralee, puis plus à l'ouest encore, un minuscule point au bord de l'Atlantique.

Jess replia la carte et, en levant la tête, découvrit son image dans le miroir au-dessus de la table de toilette. Son visage lui apparut verdâtre et ses yeux agrandis par l'appréhension.

« Dans quelle galère suis-je en train de m'embarquer ? » se demanda-t-elle.

Cet accès de pessimisme ne la fit pas changer d'idée. La mort de Danny avait forcé la porte du cachot moral dans lequel elle s'était peu à peu trouvée enfermée. La découverte de la paternité de Ian l'avait libérée entièrement. Elle n'avait plus à porter le lourd secret de l'origine de son fils. Elle n'était plus obligée de s'en faire le reproche et d'en supporter le remords. Elle n'avait pas privé Tonio d'un enfant. Elle n'avait pas à pleurer pour lui la mort d'un fils dont il ignorerait l'existence. Tonio était tout bonnement devenu dans son cœur un homme qu'elle avait profondément aimé.

Il n'y avait plus rien pour la détourner de son projet de le retrouver, sinon qu'elle n'avait aucun moyen de savoir si sa carte postale avait été une invitation ou un adieu.

« C'est un endroit magnifique où vivre », avait-il écrit. Et il avait signé de son nom complet, Tonio Fornasi, comme si elle aurait pu hésiter à le reconnaître parmi les douzaines d'autres Tonio de par le monde.

Elle pouvait seulement utiliser la carte comme point de départ de sa quête tardive.

Au matin, la pluie avait cessé. Le ciel bleu n'était plus traversé que par de légers nuages effilochés. Jess conduisait lentement, contemplant avec plaisir les douces ondulations du paysage et les espaces fertiles qui s'étendaient devant elle. Elle trouva refuge pour la nuit dans un pub de Limerick, dont le patron louait des chambres à l'étage. Elle échangea quelques propos, devant une demi-pinte de Guinness, avec un constructeur au visage épanoui qui était rentré au pays après avoir passé vingt ans à Londres. Puis elle regagna sa chambre. Elle se glissa entre les draps frais, écoutant l'écho de la musique et des conversations qui montait jusqu'à elle. Elle ferma les yeux et sombra dans un sommeil sans rêves.

Le lendemain matin, les nuages étaient revenus. Un vent aigrelet et humide l'assaillit et l'obligea à rentrer la tête dans les épaules quand elle alla ranger son sac de voyage à l'arrière de l'autocaravane. Elle s'installa au volant et remarqua que la conduite de ce gros véhicule ne l'intimidait plus. Elle pouvait déjà imaginer quelle expérience ce serait de conduire encore et encore avec seulement ses pensées et ses souvenirs pour lui tenir compagnie.

Vers le milieu de l'après-midi, elle atteignit la côte. La mer, couleur d'ardoise, jaillissait en gerbes laiteuses et argentées quand elle se brisait contre les rochers. Du sommet d'une petite colline, Jess découvrit le village où Tonio avait peut-être une fois vécu ou vivait encore. L'agglomération semblait compter à peine plus d'une douzaine de maisons basses et blanches, enfouies au fond des replis de terrain, à l'abri des coups de vent agressifs venant de l'ouest. Dans l'unique rue Jess trouva un petit magasin avec, d'un côté, des tablettes bien garnies et, de l'autre, un bar qui semblait fermé à cette heure de la journée. Elle y entra et examina les paquets de biscuits et de céréales placés en évidence sur une toile cirée bleue, jusqu'à ce que le propriétaire sorte de la pièce du fond en s'essuyant la bouche. Jess se sentit soudain embarrassée. Elle acheta une boîte de corn-flakes et une demi-livre de beurre du pays, que l'homme détacha d'une grosse motte et enveloppa dans un épais papier sulfurisé. Elle paya ses achats, compta lentement la monnaie en se demandant si Tonio venait toujours s'approvisionner dans ce magasin ou y boire sa pinte de bière, assis sur le vieux banc de chêne.

L'image de Tonio, qui avait été si longtemps et si concrètement présente à son esprit, lui parut soudain évanescente. Les souvenirs qu'elle avait chéris pendant de longues années au fond de son cœur lui paraissaient tout à coup fort lointains. Elle se sentit soudain désemparée.

— Vous êtes venue en visite ? lui demanda l'homme, sans réelle curiosité.

Jess était une simple touriste, comme il devait s'en trouver beaucoup d'autres durant les vacances d'été. Mais, à cette période de l'année et durant les six mois à venir, ils se feraient de plus en plus rares dans ce petit coin de pays.

— C'est exact.

Elle prit la direction de la porte basse avec ses achats au bout du bras. Elle fit soudain demi-tour, alors que l'homme retournait à sa tasse de thé, et bredouilla rapidement sa question :

— Connaîtriez-vous Tonio Fornasi ? Est-ce qu'il vit toujours ici ?

Le marchand se retourna et l'examina sans parler comme si elle lui paraissait arriver d'une autre planète.

— C'est un Irlandais, précisa-t-elle, comme si la consonance étrangère du nom nécessitait une mise au point.

L'homme souleva un sourcil :

— Irlandais, dites-vous ? Alors il doit trancher sur les autres personnes du village.

Malgré elle, Jess éclata de rire. Elle s'appuya contre la porte et rit de sa propre sottise. Elle était venue jusqu'ici, presque à l'extrême ouest du continent, pour répondre aux quelques mots écrits quinze ans plus tôt sur une carte postale. Au bout d'un moment, l'homme se mit à rire aussi.

— C'est Tony que vous cherchez. Il habite la dernière maison au bout de la rue, à gauche, face à la mer.

Le rire de Jess s'étouffa dans sa gorge. Elle regarda le marchand droit dans les yeux :

— La dernière maison, murmura-t-elle. Face à la mer. Merci.

Elle courut dans la rue, qui se terminait à cinquante mètres devant elle. Elle se dirigea vers une maison dont le mur arrière, aveugle et blanchi à la chaux, semblait vouloir protéger les habitants contre la menace du vent.

Un carré de jardin séparait la maison d'un sentier qui longeait le front de mer. Le jardin gazonné, planté d'arbustes taillés en boules, était délimité par un chapelet de cailloux arrondis et de gros galets aux arêtes émoussées. Cet arrangement, qui rappelait les jardins japonais, donnait une étrange impression de tranquillité. Jess alla discrètement frapper à la porte peinte en vert. Elle attendit qu'on réponde et frappa encore une fois. Il n'y avait personne à la maison. Elle se dirigea alors vers le sentier au bord de la mer et s'assit dans les herbes folles pour contempler la mer. Un rocher blanc, qui émergeait de l'eau à quelques mètres de là, était l'hôte d'une bande de mouettes au dos noir qui, le bec pointé vers l'horizon, semblaient attendre quelque signal. Son oreille perçut un bruit léger de roues sur les gravillons du sentier, et elle tourna la tête. Un homme à l'épaisse chevelure grisonnante venait vers elle en poussant une bicyclette. Son corps alourdi trahissait la bonne cinquantaine. C'était Tonio, dont les yeux avaient gardé le même noir lumineux. Jess se leva. Elle essayait d'ajuster ses souvenirs à la version vivante de l'homme qui se tenait devant elle. Elle aussi devait lui apparaître bien différente de celle qu'il avait connue.

— Michael m'a dit que j'avais de la visite. Tu es Jess, n'est-ce pas ?

Sa voix n'avait pas changé non plus.

— Oui.

Il appuya sa bicyclette contre le muret du jardin et posa ses mains sur les bras de sa visiteuse. Il secoua la tête en souriant exactement comme autrefois.

— Jess ! Après tout ce temps. Viens, entrons.

Il ouvrit la porte et la poussa à l'intérieur. En passant le seuil, Jess se dit qu'elle ne s'était jamais permis d'imaginer ce moment. C'était extraordinaire, mais néanmoins vrai. Elle n'avait jamais fantasmé sur cet instant où elle viendrait chez lui et pourrait poser son regard sur ce qu'était le cadre de sa vie. Le moindre détail lui raconterait, dans un langage plus éloquent que les mots, son passé et son présent.

Le plafond bas était traversé par des poutres sombres. Il y avait une cheminée de pierre et, tout à côté, des bûches dans un panier. Dans les niches, de chaque côté de la cheminée, étaient alignés des livres de poche. Plusieurs peintures, des marines pour la plupart, décoraient les murs blancs. Des photos encadrées avaient été placées sur le buffet de chêne bien ciré. La plus en vue était celle d'une fillette de onze ans environ. Elle portait les cheveux longs et une blouse blanche d'écolière avec un large nœud autour du cou. Il y avait quelques plantes d'intérieur – des bégonias royaux et des ficus – visiblement bien arrosées, un téléviseur, des magazines empilés et une horloge de parquet. C'était une pièce familiale. On devait manger à la table placée devant le mur. C'est là que la petite fille faisait sans doute ses devoirs.

— Que fais-tu maintenant ? lui demanda Jess tout en continuant à regarder autour d'elle. Chaque détail, dans la pièce, avait une telle présence qu'il s'imposait à elle comme allant de soi : une boîte à ouvrage avec un tricot en cours, un chat aux yeux courroucés dérangé dans sa sieste de l'après-midi.

Tonio se tenait devant le foyer. Jess se rendait compte qu'il se demandait comment l'accueillir.

— Je suis peintre, autodidacte en grande partie. Ces toiles sont toutes de moi. Je peux en vendre un bon nombre au cours de l'été. Megan, ma femme, enseigne la chimie à l'école secondaire. Elle est galloise, de Swansea.

Il y avait une photographie de mariage sur le buffet. Voile blanc, fleur à la boutonnière.

— De Swansea ? répéta mécaniquement Jess. De Swansea...

— Brigid, c'est notre fille, va à l'école où enseigne sa mère. C'est notre unique enfant. Elle a treize ans maintenant. Et toi ?

— J'ai Beth, tu t'en souviens ?

Il baissa la tête et pivota sur ses talons pour éviter de croiser le regard de Jess. Elle aurait ressenti le même malaise, pensa Jess avec symphatie, si Tonio était arrivé chez elle au milieu d'un après-midi tranquille, avant le retour de Ian.

— Je n'ai pas oublié.

— J'avais aussi un fils, Danny. Il a été tué dans un accident de voiture il y a presque un an.

— Oh ! mon Dieu. Quelle chose terrible ! J'ai beaucoup de peine pour toi.

C'était maintenant le même Tonio qu'elle avait aimé qui participait à sa peine, et non pas l'homme râblé qu'il était devenu. Jess se laissa choir sur le canapé, de nouveau accablée par ce douloureux souvenir. Il vint près d'elle, prit ses mains et les frictionna délicatement, pour ramener le sang dans ses doigts.

Jess tourna la tête du côté de la fenêtre qui s'ouvrait sur la mer. Des gouttes de pluie s'écrasaient sur les carreaux. Elle commença

409

à sentir un calme bienfaisant l'envahir, comme si les battements de son cœur s'accordaient au tic tac de l'horloge. Elle avait eu raison de venir. Bientôt le temps recommencerait à prendre pour elle le rythme qu'il avait perdu au cours des derniers mois.

— Tu dois te demander pourquoi je suis venue après si long-temps?

— Oui. Mais je suis vraiment heureux de te revoir.

— J'ai vendu ma maison et j'ai acheté une autocaravane. Ian et moi sommes divorcés. Beth est une adulte maintenant. Danny est mort. Moi, je me contente de rouler. Pour aller partout où m'en-traîne ma fantaisie. « C'est ici, ajouta-t-elle mentalement, que ma fantaisie m'entraîne, ou m'a entraînée plutôt. » Crois-tu que je sois folle?

Il secoua négativement la tête. Maintenant qu'elle voyait son visage de près, elle reconnaissait certains des traits de l'homme jeune qu'elle avait connu autrefois.

— Non, je crois que c'est une excellente idée.

— Je suis heureuse que tu le penses, répondit Jess, maintenant convaincue que sa décision de partir à l'aventure était la bonne.

Tonio se redressa:

— Je suis vraiment un très mauvais hôte. Boirais-tu du thé? Ou peut-être préférerais-tu prendre un verre?

— Non, je ne veux rien pour l'instant.

— Parfait. Megan et Biddy vont revenir avant peu. Elles seront heureuses de te voir.

— Je serai enchantée de faire leur connaissance.

Tonio la présenterait comme une vieille amie avec qui il avait perdu contact.

— Depuis combien de temps es-tu marié? demanda-t-elle.

— Quatorze ans.

La carte postale lui était arrivée avant. Une invitation, un der-nier appel. Jess, ayant enfin compris, pencha lentement la tête.

— Tu n'es jamais venue, dit Tonio d'une voix rauque.

— Ça n'aurait pas été bien, répondit-elle simplement.

C'était alors le cas. Mais serait-ce mieux maintenant? Jess ne s'arrêta pas à cette interrogation. Pour l'heure, il y avait encore des centaines et des centaines de kilomètres à parcourir. L'aménagement de cette pièce ouverte directement sur la mer lui sembla tout à coup étouffant, comme si la proximité des eaux mouvantes s'accordait mal à cet intérieur douillet.

Après tout, pensait-elle, à quoi bon s'être laissé pousser des ailes, si ce n'était pas pour s'envoler?